Das schwarze Schaf

Thomas Hesse, Jahrgang 1953, lebt in Wesel, ist gelernter Germanist und Journalist und war am Niederrhein lange in leitender Position bei der »Rheinischen Post« tätig. Heute ist er freier Autor und Publizist. Im Emons Verlag hat er bisher zwölf Niederrhein Krimis veröffentlicht.

Renate Wirth, Jahrgang 1957, lebt in Xanten und arbeitet seit vielen Jahren als Gestalttherapeutin im sozialen Bereich. Seit 2005 schreibt sie im Duo mit Thomas Hesse und legt nun den neunten gemeinsamen Niederrhein Krimi vor.

THOMAS HESSE/RENATE WIRTH

Das schwarze Schaf

NIEDERRHEIN KRIMI

emons:

Bibliografische Information der Deutschen Nationalbibliothek
Die Deutsche Nationalbibliothek verzeichnet diese Publikation in der Deutschen Nationalbibliografie; detaillierte bibliografische Daten sind im Internet über http://dnb.d-nb.de abrufbar.

MIX
Papier aus verantwortungsvollen Quellen
FSC® C083411
FSC
www.fsc.org

Umschlagmotiv: Holger Leue/Lookphotos
Umschlaggestaltung: Tobias Doetsch
Gestaltung Innenteil: César Satz & Grafik GmbH, Köln
Lektorat: Hilla Czinczoll
Druck und Bindung: CPI – Clausen & Bosse, Leck
Printed in Germany 2016
ISBN 978-3-95451-990-3
Niederrhein Krimi
Originalausgabe

Nahment zusammen
Rief man über den Zaun
Lief die Wiesen entlang
Schwamm durch grünliche Seen
Und wurde zum schwarzen Schaf

Hanns Dieter Hüsch, der große Niederrheiner,
aus »Das schwarze Schaf vom Niederrhein«,
Heyne Bücher, 1983

EINS

Das große Ganze immer im Blick, ein gemeinsames Ziel vor Augen haben und niemals die Statuten und die Ideologie bezweifeln, das hatte man ihr monatelang eingebläut. Eine Schulung baut dein Denken um, das hilft dir, weil der ganze unnötige Ballast aus deinem Kopf verschwindet. Wie lauten die Grundsätze? Falsch! Zehn Liegestütze, zwanzig, dreißig, mach jetzt nicht schlapp. Und? Richtig!

Mit der gleichen unerbittlichen Härte hatte sie in den letzten Jahren die Grundsätze an die Neuen weitergegeben. Was sollt ihr entscheiden? Nichts. Was könnt ihr allein entscheiden? Nichts. Den Befehl eines ranghöheren Sprechers in Frage zu stellen oder sich Kritik zu erlauben, eine Order zu ignorieren oder Widerstand zu leisten galt als Sakrileg. Es bedeutete unweigerlich, bei der nächsten Zusammenkunft vor eine Art Gericht gestellt zu werden.

Sie selbst hatte schon geurteilt, verurteilt. Du hast gesagt, getan, du hast dich widersetzt, du hast jetzt einen einzigen Satz, um dich zu verteidigen. Und wenn dieser eine verkackte Satz nicht alle ranghöchsten Anwesenden überzeugt, bist du wieder der Arsch vom Dienst, darfst erneut klein anfangen. Botendienste, Spähaufträge, Beschaffungswesen, ja, gewiss, nein, bestimmt nicht, du kannst dich mühsam wieder hochbuckeln, egal, von welcher Position aus du in diesen Abgrund gerutscht bist. Du bist am Boden. Oder du bist tot.

Der Mann am Steuer des Wagens war ranghöher als sie. Er fuhr mit einhundertzwanzig km/h die Albert-Einstein-Straße am Gewerbegebiet Bucholtwelmen entlang, siebzig waren erlaubt.

»Ras nicht so, guck, die Schwertransporter haben eine Eskorte mit Blaulicht da stehen. Mensch, geh vom Gas, die haben uns doch gleich am Haken.«

Das Stoppschild zur Neuen Hünxer Straße überfuhr er ebenso rasant, mit hundert ging es auf die Kanalbrücke zu. Der Mann wies mit einer kantigen Kopfbewegung auf die Transportfläche des Ducato.

»Wer hat uns den Scheiß eingebrockt, he? In zwei Wochen ist

Gericht in der Stammzelle in Dortmund, ich werde dafür sorgen, dass man dich auseinandernimmt. Du wirst wieder putzen und kochen, das sag ich dir, und meine Unterhosen waschen.«

Er äffte sie mit überzogener Mimik nach. »Ich wollte ja nur, ich dachte, ich könnte, aber es ist doch nichts passiert.«

Die Beifahrerin rutschte nervös auf dem durchgescheuerten Sitz hin und her, schaute aus dem Fenster in die Dunkelheit. Am Kieswerk vorbei raste der Fahrer in Richtung B 8, bog an der Ampel bei Rot in Richtung Wesel ab.

»Du hast uns das dahinten eingebrockt, du wirst uns auch wieder davon befreien.«

Schlagartig wandte sie den Kopf in seine Richtung. »Was soll das heißen?«

Seine Rechte formte mit ausgestrecktem Zeigefinger und Daumen eine Pistole. Er setzte ihr den Zeigefinger wie den Lauf einer Waffe an die Schläfe.

»Paff!«

»Ich soll ...?«

»Ja. Wenn du jetzt erneut einen Befehl verweigerst, dann weißt du, dass ich das Recht dazu habe, innerhalb von vierundzwanzig Stunden ein außerordentliches Gericht einzuberufen. Dann bist du weg vom Fenster!«

Sie sackte in sich zusammen, während der Fahrer über die Dinslakener Landstraße in Richtung Weseler Innenstadt raste.

»Ich steige gleich am Bahnhof aus, hinten auf dem Schotter steht ein Ersatzwagen. Mach mit dem Problem, was du meinst, aber mach es.«

Keine anonyme Menge, kein aufsehenerregendes Blutbad unter fremden Menschen. Dieser Befehl überstieg die Dimension des Todes, die sie bereits erlebt, organisiert, durchgeführt hatte. Das Problem im Heck des Transporters kannte sie. Gut. In irgendeiner grauen Vorzeit hatten sie gemeinsam Marmeladengläser aus dem Bestand ihrer Mutter geklaut und hinter der Hecke leer geschleckt. Und jetzt?

Peng.

***

Das letzte Indigo des Abendhimmels war dem Schwarz der Nacht gewichen. Die Venus stand strahlend über der Sichel des Mondes, beide ließen beim Betrachter eine Ahnung vom Sternenhimmel über dem hell erleuchteten Rastplatz aufkeimen. Laternen an hohen Masten, vorbeihuschende Lichtkegel, die Innenbeleuchtung der Gaststätte lenkten ab von fernen Galaxien.

Vor dem Gebäude standen wenige Autos, die Standplätze für die Lkws waren dicht zugestellt mit Fahrzeugen aus unterschiedlichen Nationen, alle mit dem Führerhaus in Fahrtrichtung A 3 geparkt. Motoren liefen, Aggregate versorgten Kühlwagen und Klimaanlagen mit Energie in dieser lauen Sommernacht. Die Fahrer brauchten ihre vorgeschriebenen Ruhepausen, die meisten Kabinenfenster waren mit Gardinen verhangen. Eine Handvoll Männer nutzte den naturnahen Rastplatz abseits der großen Parkfläche zum Picknick, dunkle Stimmen, Gelächter im matten Schein glimmender Holzkohle unter improvisierten Grillrosten schallten gegen die Geräuschkulisse an, der Duft von Grillgut waberte über den Platz. Auf der nachtleeren Autobahn dröhnten vereinzelt die Motoren schneller Fahrzeuge, deren Fahrer die Leistungsfähigkeit ihrer Pferdestärken spüren wollten. Flott nach Hause.

Zunächst nahm niemand Notiz von dem Tier, einem langhaarigen, großen Hund, grau wie der Asphalt, auf dem er nahezu regungslos hockte. Sein Kopf verfolgte jedes neue Geräusch, das auf ihn zukam, aufmerksam, er reckte seine Nase in den Wind, witterte in die ferne Dunkelheit, hechelte. Speicheltropfen liefen an seinen Kinnhaaren entlang, tropften vor seinen Pfoten auf den Untergrund. Um ihn herum leere Parkflächen, nahe der Fahrbahn vor der Raststätte ein silberfarbener Opel, sonst nichts und niemand. Neben dem Tier lugten zaghaft Löwenzahnpflanzen aus winzigen Rissen im Belag, die Männerstimmen und der Duft von Grillwürsten konnten ihn nicht beeindrucken. Er saß mit tropfendem Kinn aufrecht da, einer vergessenen Statue gleich.

In der Raststätte standen zwei Männer neben den Spielautomaten und beobachteten mit Gleichmut das bunte Flackern der Spielverläufe, ließen immer wieder neue Münzen in die Schlitze gleiten, wenig Hoffnung im Blick. Hinter der Imbisszeile putzten Küchenhilfen die Warmhaltemulden für den Ansturm des nächsten Tages. Die Kassiererin, zuständig für hochpreisige Heißgetränke, bemerkte den Hund erst, als zwei der Fahrer sich dem Tier vorsichtig näherten. Der zottelige Hund ließ es zu, stand sogar auf, beschnupperte sie schwanzwedelnd, rührte sich jedoch nicht weiter als zwei Schritte vom Fleck. Sie beobachtete, wie einer von ihnen das Halsband des Tieres lockerte und abnahm, in die Höhe hielt und offensichtlich dem anderen eine Telefonnummer vorlas, die dieser in sein Handy eintippte. Ein kurzes Gespräch, gestikulierend erläuterte der Mann offenbar die Lage, wandte sich, das Handy mit abgewinkeltem Ellenbogen ans Ohr haltend, zu allen Seiten um. Nachdem der andere das Halsband wieder fixiert hatte, animierten sie das Tier, ihnen zu folgen.

Die Kassiererin lächelte, sie kannte das schon von anderen ausgesetzten Tieren. Entweder war ihre Not so groß, dass sie jedem freudig folgten, oder sie blieben stur sitzen in der Hoffnung, dies sei ein Spiel, und Herrchen oder Frauchen käme gleich wieder zurück.

Keine Chance, der graue Hund setzte sich elegant auf die Hinterläufe und verschmolz farblich mit dem Asphalt.

Die beiden Männer betraten die Raststätte, bestellten Kaffee und setzten sich an die Panoramascheibe mit Blick über den Parkplatz, die seitlich abgestellten Lkws und den Hund, der wieder und wieder seine Nase in den Wind hielt.

***

Maarten de Kleurtje hatte sich nichts dabei gedacht, als seine Frau auch nach Mitternacht noch nicht neben ihm im Bett lag. Am frühen Abend hatte Karin Krafft ihn von der Raststätte Hünxe Ost aus angerufen. Als Vertreterin ihres Kommissariats 1 in Wesel war sie zu einer forensischen Fortbildung in Bochum gewesen und hatte, wenige Kilometer von ihrem Zuhause entfernt, eine Pause einlegen müssen. Woodstock habe dringend in die Büsche gemusst und sie kurz zum Klo.

»Und du glaubst nicht, wer mich urplötzlich vom Kuchenbüfett aus begrüßt. Die Greta! Eine alte Freundin von mir, ich habe dir bestimmt schon von ihr erzählt. Wir haben uns fast zwanzig Jahre nicht gesehen und sind uns tränenreich in die Arme gefallen. Woodstock war ganz irritiert, aber wie immer schnell wieder in der Spur. Ihr Temperament ist unverändert. Natürlich ist sie älter geworden, aber ihre Stimme ist unverkennbar. Wir werden nachher in verschiedene Richtungen fahren und bleiben noch ein wenig hier. Schwelgen in alten Erinnerungen.«

Er hatte ihr viel Spaß gewünscht. Wenn er seine alten Freunde traf, wurde es auch immer spät. Irgendwann war er über seinem Buch eingeschlafen.

Und nun, mitten in der Nacht, meldete sich das Telefon, seine ausgestreckte Linke fand niemanden an seiner Seite, es konnte nur ihm gelten und nicht der Hauptkommissarin, die oft herausgeklingelt wurde. Hastig suchte er den Lichtschalter, eine fremde Männerstimme meldete sich. Auf dem Rastplatz Hünxe Ost säße ein Hund, in der Plakette an seinem Halsband habe der Mann diese Telefonnummer gefunden. Schlagartig war Maarten hellwach.

»Ist denn meine Frau nicht in der Nähe?«

»Nein, nur der Hund hockt hier wie bestellt und nicht abgeholt. Da ist niemand.«

»Ich komme ihn abholen, brauche eine gute halbe Stunde.«

Raststätte Hünxe Ost, das stimmte, nur wo war Karin? Er wählte ihre Nummer, es schellte durch, die Mailbox sprang an.

»Maarten hier, bitte melde dich kurz, ja? Langsam mache ich mir Sorgen.«

In Windeseile schrieb er für Hannah einen Brief in einfachen Buchstaben, legte ihn vorsichtig an das Bett der Tochter. Die Absprache mit der Nachbarfamilie bestand, dass man sich im Notfall helfen würde. Diese Situation konnte sich durchaus zu einem entwickeln.

Wie er es geschafft hatte, innerhalb einer exakten halben Stunde vor Ort zu sein, wusste er nicht mehr genau. Freie Straßen und sein Fuß immer auf dem Gaspedal. Auf dem Navigationsgerät abgebildet war die rückwärtige Zufahrt zu dem Motel, das zu der Raststätte gehörte. In Hünxe war er über eine schmale Landstraße der Beschilderung gefolgt und in kurze Zweifel verfallen, ob dies wirklich stimmte oder die Navigation von TomTom ihn in die Wüste schickte.

Die Zufahrt zur vorderen Parkfläche war verboten, egal, er sah Woodstock von Weitem einsam unter der Laterne sitzen und hielt mit zwei Fahrzeugbreiten Abstand seinen Wagen an. Vorsichtig öffnete er die Tür, der Hund erkannte ihn sofort. Er wollte auf Maarten zulaufen, schien sich auf seinen Auftrag zu besinnen, hielt inne, wedelte ihm entgegen.

»Sie hat dir befohlen zu warten, mein Guter. Und du bist ein gehorsamer Hund.«

Maarten nahm die Ersatzleine, eine Plastikschüssel und die Wasserflasche vom Beifahrersitz und ging auf ihn zu. Eine heftige Begrüßung folgte.

»Du musst Durst haben, he? Seit wann du wohl hier hockst?«

Hastig schlabberte der Hund die Schüssel leer, Maarten nutzte die Situation, um ihn anzuleinen, schaute sich in der Zeit um. Karins Dienstfahrzeug erkannte er am Polizeiaufkleber auf der Heckscheibe. Wo war seine Frau?

Aus dem hell erleuchteten Gastraum der Raststätte schauten ihm zwei Männer entgegen, einer hob die Hand zum Gruß.

»Das muss dein Retter sein, komm mit, wir begrüßen ihn kurz. Woodstock, bei Fuß.«

Mit einem letzten Blick auf den Platz unter der Laterne setzte dieser sich zögerlich in Bewegung. Auch dem Vize des Alphatiers musste man als guter Hund gehorchen, und so trottete er mit gesenktem Kopf neben Maarten auf die breite Treppe zum Eingang zu.

Die beiden kräftig gebauten Männer schauten ihnen grinsend entgegen.

»Wer ist nun ausgerissen, der Hund oder deine Frau?«

»Sie haben mich angerufen?«

»Ja, nachdem der Kerl sich nicht von der Stelle rührte, haben wir die Telefonnummer am Halsband gefunden.«

Der andere kraulte Woodstock hinter den Ohren.

»So einen hätte ich auch gerne. Hätte ihn glatt mitgenommen, wenn er ausgesetzt worden wäre.«

»Haben Sie zufällig jemanden bei dem silbernen Opel gesehen? Eine Frau, so groß wie ich, dunkelblonder Kurzhaarschnitt, hübsch, sportlich?«

»Nee, niemand weit und breit. Ist das der Wagen von deiner Frau?«

»Ja, und sie hat den Hund beauftragt zu warten. Er ist ausgebildet und nimmt Befehle beim Wort.«

Die beiden Männer schüttelten die Köpfe, da war kein Mensch unterwegs gewesen.

»Vielleicht ist sie unten bei den Toiletten. Bauchweh oder Frauenmalheur.«

Maarten wandte sich mit Woodstock zusammen um, schon auf dem Weg zum Untergeschoss wusste er, dass er Karin dort nicht finden würde, der Hund hätte die Witterung bereits beim Hereinkommen aufgenommen und keine Ruhe gegeben. Stattdessen lief er weiter mit hängendem Kopf neben ihm her. Auch der Angestellte der Reinigungsfirma hatte in der letzten Stunde seit Schichtbeginn keine Frau in Begleitung dieses Hundes hier unten gesehen.

Am Ausgang trafen Maarten und die Lkw-Fahrer wieder aufeinander. Der größere der beiden lächelte süffisant und wies mit dem Kopf in Richtung Parkplatz.

»Attraktive Frauen verbringen schon mal ein Stündchen da draußen in einer Fahrerkabine.«

Maarten unterdrückte den blitzartig aufwallenden Impuls, dem Mann eine zu scheuern, nickte, für die beiden Männer irritierend, und verließ die Raststätte. »Wir werden nachschauen«, sagte er. Vielleicht war die Freundin ja Fahrerin, und sie plauderten munter in einer der Kabinen.

»Mach keinen Scheiß. Wenn du einen schlecht gelaunten Osteuropäer weckst, kann es ungemütlich werden.«

Maarten drehte sich um. »Vielen Dank für die Warnung. Ich habe einen professionellen Suchhund dabei, wir müssen nicht einmal anklopfen.«

Widerwillig folgte Woodstock dem Befehl »Such Karin« und lief die Lkw-Reihen entlang. Keine Reaktion. Erst als Maarten sich mit ihm auf den Rückweg begab, wurde das Tier wieder lebhaft, wagte es sogar, die Leine zu straffen, strebte scheinbar Maartens Wagen entgegen und stoppte abrupt unter der Laterne, an exakt derselben Stelle, an der er über Stunden gehorsam gewartet hatte. Dort setzte er sich und gab kurz Laut.

Nichts brachte ihn dazu, sich fortzubewegen. Maarten ging vor ihm in die Hocke, kraulte ihn, redete auf ihn ein wie auf ein krankes Pferd. Was konnte er machen? Karin blieb verschwunden. Es hatte wenig Sinn, die Polizei zu informieren, was sollte er den Beamten sagen? Seine Frau war seit drei Stunden nicht erreichbar, ihr Hund saß unbeirrbar auf einem Parkplatz unweit ihres Dienstwagens. Und?

Er schaute Woodstock an, der sich nicht beirren ließ. Um ihn herum glitzerten die Tropfen seiner Lefzen auf dem Asphalt. Er starrte auf das feuchte Muster, blieb mit seinem Blick an einem Fleck haften, der sich von den anderen unterschied. Dunkler war er, glitzerte auch nicht, wirkte an einer Seite lang gezogen verschmiert. Maarten beugte sich hinunter, glaubte erst nicht, was er irgendwo in seinem Unterbewusstsein vermutete.

Zögerlich zog er einen Zeigefinger durch die matte Flüssigkeit, hielt ihn ins Licht. Schweiß trat ihm auf die Stirn, er bemerkte die Unruhe, die ihn beim Anblick seines Fingers durchfuhr. Das undefinierbare dunkle Material hatte eine Spur auf der Fingerkuppe hinterlassen. Es war rot. Blutrot.

***

Nikolas Burmeester hatte mit sekündlich wachsender Unruhe den Schilderungen Maartens gelauscht und ihn anschließend angewiesen, die Stelle auf dem Parkplatz nicht aus den Augen zu lassen. Hellwach war er aus dem Bett in seine Klamotten gesprungen und hatte sich von seiner Wohnung in Bislich-Büschken aus auf den Weg gemacht.

Die Beschreibungen des Ehemannes seiner Chefin wirkten äußerst beunruhigend. Ein programmierter Suchhund, der sich nicht von einem Blutfleck fortbewegte, während von der Hauptkommissarin jede Spur fehlte. Das passte ganz und gar nicht zu Karin. Maarten hatte Burmeester, als Kollegen seiner Frau, angerufen, weil er sich sorgte, von fremden Polizeibeamten nicht ernst genommen zu werden.

Während der Fahrt hatte Burmeester zunächst die Bereitschaft informiert, damit ein Streifenwagen das Terrain auf dem Rastplatz professionell sicherte, und als Nächstes den Kollegen Heierbeck von der Spurensicherung aus den Federn geklingelt und mit seiner Ausrüstung zur Raststätte beordert. Alles war ohne großartige Rückfragen gelaufen, ein einziger Satz von ihm hatte überzeugt: »Hauptkommissarin Karin Krafft ist nicht auffindbar.«

Über die rückwärtige Zufahrt gelangte auch er zur Vorderseite der hell beleuchteten Raststätte. Die beschriebene Fläche war bei seiner Ankunft bereits mit transportablen Pollern und Trassierband gesichert, Maarten und ein Streifenbeamter standen in der Nähe, einige Lkw-Fahrer schauten neugierig zu ihnen hinüber. Im Vorübergehen hörte Burmeester, wie einer dem anderen sagte, das sei ja ziemlich übertrieben, erst habe nur der Hund dort gesessen, jetzt dieser Massenauflauf. Wer wohl die Frau sei, um die es ginge. Der andere mutmaßte, vielleicht ein verschwundener Promi.

»Blond, schlank. Helene Fischer?«

»Wenn das so ist, hatte jemand Erbarmen mit der Menschheit, die sollen bloß nicht nach ihr suchen.«

Burmeester ging wortlos vorüber, sollten sie doch spekulieren.

Maarten begrüßte ihn aufgeregt, so hatte der Kommissar den taffen Mann seiner Chefin noch nie erlebt, halb aufgelöst in echter Besorgnis.

»Da ist ein Blutfleck, Nikolas, ganz sicher, und Woodstock hat die ganze Zeit danebengesessen. Er hat aufgepasst, damit jemand den Fleck entdeckt. Wenn das Karins Blut ist, was hat das zu bedeuten?«

Während sie dastanden, bemühten sich erste Gaffer, in ihren Fahrzeugen langsam über den Parkplatz zu rollen, um zu erkennen, was dort vor sich ging. Burmeester legte Maarten eine Hand auf die Schulter, drehte ihn aus dem Blickfeld und wies zur Restauration.

»Los, wir gehen rein und setzen uns. Gleich kommt Heierbeck, ich habe ihm schon durchgegeben, worum es geht, er wird alles sichern, was er hier finden kann. Wir können zunächst nicht mehr tun.«

Am Fuß der Treppe zögerte Maarten erneut, Burmeester schob ihn sanft in Richtung Eingang. »Und jetzt will ich, dass du mit mir dort hineingehst und eine Cola oder sonst was trinkst, um dich zu beruhigen. Ich brauche einen Kaffee. Karin kann gut auf sich aufpassen. Vergiss nicht, sie ist Hauptkommissarin, ausgebildet in Selbstverteidigung und aller Wahrscheinlichkeit nach auch bewaffnet.«

»Glaube ich nicht. Sie war doch zur Fortbildung. Karin hat ihre Waffe heute Morgen im Safe gelassen, da bin ich mir sicher.«

Langsam setzten sich die zwei Männer und der Hund in Bewegung, immer wieder schaute sich Woodstock um, tänzelte nicht wippend mit wehendem Fell, sondern trottete unfreiwillig neben Maarten her.

Sie hockten sich an die Panoramascheibe und beobachteten das Tatortfahrzeug, das neben dem Streifenwagen hielt. Heierbeck hatte einen jungen Kollegen mitgebracht, beide streiften sich am Heck des Kleintransporters weiße Schutzanzüge über, bevor sie sich der Absperrung näherten.

Maarten wollte aufspringen, Burmeester hielt ihn zurück. »Die wissen Bescheid und machen das schon, glaub mir.«

Die beiden Bediensteten der Restauration gesellten sich zu ihnen vor die Scheibe, um einen Blick auf die Geschehnisse zu erhaschen. Die Kassiererin von der Kaffeebar im Servicebereich sprach die Männer an.

»Entschuldigung, wissen Sie, was das zu bedeuten hat?«

Burmeester antwortete mit Bedacht. »Dort werden Spuren gesichert, mehr nicht.«

»Sie sind von der Polizei?«

Burmeester nickte, die Frau schaute skeptisch auf seine hautenge gelbe Jeans in Biker-Optik und das knallbunte Shirt. Den Blick kannte er, fühlte sich mal wieder zu farbig für diese Welt und hielt ihr kurz seinen Ausweis ins Blickfeld.

»Es geht um die Frau, der dieser Hund gehört, richtig? Ich habe Sie vorhin gehört, als Sie die Fahrer ansprachen«, wandte sie sich an Maarten.

Burmeester nickte matt.

Sie sah sich zu einer Erklärung genötigt. »Also ich habe ja erst seit Mitternacht Dienst, aber die Melanie, die habe ich abgelöst.

Sie müsste die Frau bemerkt haben, um die es geht. Soll ich Ihnen die Telefonnummer geben?«

Schon lief sie und kam mit einem Notizzettel zurück. »Name und Nummer, aber bitte nicht wecken, die muss um acht wieder fit sein.«

In der Zwischenzeit hatte Heierbeck zwei leistungsstarke Scheinwerfer platziert, die Fläche war taghell erleuchtet. Er stellte Schilder zur Nummerierung von Spuren auf, um danach eine Reihe von Fotos zu machen.

Maarten tippte mit dem Finger an die Scheibe. »Der hat zwei Schilder fotografiert. Nummer eins und zwei, was hat er außer dem Blut noch entdeckt?«

Burmeester zuckte mit den Schultern. »Keine Ahnung, aber gutes Licht bringt kleinste Flusen zum Vorschein. Ich werde ihn fragen, bevor er wieder losfährt.«

Maarten wollte sofort eingreifen, Burmeester beruhigte ihn. »Bleib. Ich gehe und frage, und rühr dich nicht von der Stelle, verstanden? Das ist eine Angelegenheit für Profis, da störst du nur.«

Der Kommissar stand auf, während Maarten unablässig mit dem Fuß wippte, und ging zügig nach draußen. Er blickte zu Maarten hinauf, der sich an seine Ansage zu halten schien. Er kam in die Nähe der Absperrung, als Heierbeck gerade mit einem Spatel Proben vom Asphalt kratzte und in ein Glasröhrchen klopfte.

»Was haben wir?«

Heierbeck blickte zu ihm hoch. »Aller Wahrscheinlichkeit nach Blut. Ich werde so schnell wie möglich eine Vergleichsprobe erstellen, wir haben ja die Daten der Kollegin vorliegen. Morgen früh gibt es ein sicheres Ergebnis.«

»Und die zweite Spur?«

Heierbeck schaute neben sich auf die Nummer zwei, schien unsicher zu sein.

»Ich weiß nicht, ob es überhaupt von Belang ist und zusammengehört, schließlich standen hier den ganzen Tag über bestimmt unterschiedliche Fahrzeuge. Schauen Sie her. Die Blutspritzer sind so verteilt, als habe sich jemand gehörig den Kopf gestoßen, jedoch die Blutung nicht selbst gestoppt. Verstehen

Sie? Wenn Sie sich eine Kopfwunde zuziehen, die erfahrungsgemäß sehr stark blutet, dann sind Sie bedacht, diese schnell zu bedecken, mit irgendwas, mit bloßen Händen, irgendwie. Es blutet weiter, die Spuren verteilen sich, somit vergrößert sich der Radius. Hier aber ist es auf eine Stelle getropft, an der ich auch Haare sichergestellt habe.«

»Daher die These mit der Kopfwunde?«

»Genau. Wenn es sich um Karins Blut handelt, dann könnte sie hier mit einer Kopfwunde zusammengebrochen sein, sodass sie die Blutung nicht stillen konnte.«

Beklommen fuhr Heierbeck fort: »Die gute Nachricht ist, dass ich hier zwar Haare, jedoch keine Knochenpartikel gefunden habe. Und bei der Nummer zwei liegen unterschiedlich große Partikel von porösem Dichtungsgummi, vermutlich von einem etwas älteren Fahrzeug, abgerieben durch Scheuern oder Entlangschleifen. Habe ich schon eingetütet, da kümmern wir uns drum.«

Burmeester nickte anerkennend. »Verstehe. Und wenn an diesen Partikeln ebenfalls Blutspuren zu finden sind …«

Heierbeck atmete schwer ein und aus. »… dann ist zu vermuten, dass hier jemand mit einer blutenden Wunde in ein Fahrzeug verfrachtet wurde.«

Burmeester blickte verunsichert in Richtung Raststätte und sah Maarten, der sich fast die Nase an der Scheibe platt drückte. »Bestenfalls hat dann jemand eine verletzte Person in ein Krankenhaus gebracht.«

Heierbeck verstaute die Gefäße mit unterschiedlichen Proben in einem Koffer mit entsprechenden Einschüben. »Ja, bestenfalls. Würden Sie eine verletzte Person einfach so in Ihren Wagen packen? Blutend?«

Burmeester realisierte ganz langsam, was der Kollege von der Spurensicherung zum Ausdruck bringen wollte. »Ich würde Erste Hilfe leisten und einen Rettungswagen anfordern.«

Heierbeck erhob sich und wies den jungen Kollegen an, die Beleuchtung neu auszurichten, an dem Blutfleck vorbei auf die Parkbucht.

»Ja, so würden Sie handeln, und ein Großteil der Bevölkerung ebenfalls. Das hier wirkt anders. Ich schaue noch einmal nach, ob ich sekundäre Spuren vom Fahrzeug oder von Fahrer und Mitfahrern finden kann.«

»Was sage ich dem Mann von Karin?«

Heierbeck schaute ihn ernst an. »Sagen Sie ihm, Sie würden gleich alle Kliniken im Umkreis abfragen. Und Ergebnisse von mir gibt es am Morgen.«

Burmeester machte sich auf den Rückweg zur Restauration. Was war hier geschehen? Das war mysteriös. Und es ging um Karin.

Mit feuchten Fingern setzte er sich wieder an den Tisch. »Morgen wissen wir mehr.«

»Was? Was wisst ihr dann?«

»Ob es Karins Blut ist. Ich werde gleich einen Suchruf an alle Krankenhäuser im Umkreis starten, vielleicht hat sie jemand in eine Ambulanz gebracht.«

Maarten stand energisch auf. »Gut. Ich komme mit.«

Burmeester trank einen Schluck Kaffee aus seiner Tasse. Kalt und abgestanden. »Du wirst nichts unternehmen. Ich befrage hier jeden, der noch wach ist, und lasse die Leitstelle bei den Ambulanzen nachforschen.«

»Ich kann beim Fragen helfen.«

»Maarten, du bist Archäologe, ich bin der Mann von der Kripo. Ich befrage Leute, du fährst mit dem Hund nach Hause zu eurer Tochter. Es wird sich alles aufklären, glaub mir.«

Auf dem Weg zu den Fahrzeugen klopfte Burmeester ihm kurz auf die Schulter, die Männer schauten sich an. Eine Spur Zuversicht im Blick, die neben großer Sorge und Verunsicherung fast unterging.

Maarten nahm die Ausfahrt direkt an der Raststätte, während sich Burmeester auf dem Rastplatz umschaute. Um zwei Uhr in der Nacht war nicht viel los. Er nahm sein Handy und gab den Auftrag an die Leitstelle in Wesel, in den Krankenhäusern der Umgebung nach Karin Krafft zu forschen. Nach dem Gespräch machte er eine umlaufende Videoaufnahme, auch der parkenden Lkws, darauf bedacht, die Kennzeichen festzuhalten, damit er im Bedarfsfall die Fahrer ausfindig machen konnte. Er schaltete die Kamera ab und begab sich auf den Weg zu den Nachtschwärmern an der langsam verglimmenden Grillstelle. Dabei schaute er sich um, zur Tankstelle würde er danach gehen, und wählte gleichzeitig die Nummer seiner Chefin. Nichts. Kein Signal. Er würde ihr Handy nicht orten können.

Karin Krafft war verschwunden.

Die Männer an der Grillstelle, eine zufällig zusammengewürfelte Gruppe von Fahrern aus unterschiedlichen Balkanstaaten, die sich gegenseitig Lieder aus der Heimat vorsangen, verstanden ihn nicht. Er brauchte ein Foto, das er vorzeigen könnte, möglichst großformatig und klar.

Die Anfrage bei den Ambulanzen verlief negativ. Ob Burmeester es wollte oder nicht, das Gefühl, das sich langsam in ihm ausbreitete wie ein aggressiver Grippevirus, der nacheinander alle Zellen besetzt, war Angst.

***

Es lohnte sich nicht, nach Hause zu fahren.

Im Büro durchsuchte Burmeester sämtliche offiziellen Dateien nach einem Foto von Karin mit Woodstock. Es gab nur die Personalfotos, jedoch keines von beiden oder gar dem Hund allein. Schließlich erinnerte er sich an Schnappschüsse, die er selbst von Hund nebst Frauchen gemacht hatte, nachdem der Bouvier aus dem offiziellen Dienst bei der Drogenfahndung ausgeschieden war. Er hatte einem Kollegen gehört, der sich in der Asservatenkammer an einer umfangreichen Menge Drogen vergriffen hatte, um gemeinsam mit seiner Schwester ein lukratives Nebengeschäft zu betreiben. Der Mann saß für die nächsten Jahre hinter Gittern, und Karin war auf den Hund gekommen, der die Herzen ihrer Familienmitglieder im Sturm erobert hatte.

In den Fotodateien auf seinem Smartphone fand Burmeester ein Bild, auf dem beide gleichermaßen gut zu erkennen waren, machte für seinen eigenen Gebrauch mehrere Abzüge und schickte es weiter an die Leitstelle für den Fall, dass eine Suchaktion eingeleitet werden musste.

Selten hatte er sich so hilflos gefühlt wie jetzt, in diesem Moment. Was war mitten in der Nacht da draußen passiert? Ein Unglück, ein Überfall? Karin als Opfer eines Gewaltverbrechens? In seinen übelsten Phantasien sah er sie für einen Moment misshandelt und leblos irgendwo im Hünxer Wald liegen, ähnlich wie im Fall der Frau aus Dinslaken, die ihr eigener Sohn in einem stillgelegten Bachbett entsorgt hatte. Burmeester schüttelte, entsetzt über die Gedanken, die sich in seinem Hirn verselbstständigten, den Kopf. Nein, Karin doch nicht! Diese toughe Frau hatte so etwas nicht auf ihrer Schicksalslinie stehen, nein, das konnte nicht sein, und er durfte sich nicht noch einmal derart schlechte Gedanken erlauben. »Du erzeugst schlechtes Karma«, hätte seine Mutter dazu gesagt. Karin ging es gut. Jedenfalls lebte sie, davon war er überzeugt.

Die nächtliche Stille im Kommissariat übertrug sich heute nicht auf ihn, er blieb unruhig, hätte sich gerne mit seinen Kollegen ausgetauscht, wollte andererseits nicht die Pferde scheu machen, ahnte, dass es den anderen Männern des K1 ähnlich gehen würde wie ihm, wenn sie von den Ereignissen der Nacht erfahren würden. Hier konnte er absolut nichts machen. Aber draußen auf dem Rastplatz wurden vielleicht die ersten Fernfahrer wach und bereiteten sich auf die Abfahrt vor. Der besorgte Kommissar schnappte sich die Fotos mit Frau und Hund, verließ die Amtsstube und begab sich erneut auf den Weg nach Hünxe Ost.

Noch war der Himmel tiefschwarz, in Kürze würde die Morgendämmerung einsetzen, die blaue Stunde zwischen Nacht und Tag, die er schon als Kind gemocht hatte. Alles war noch schlafstill und starr, er hatte sich als Magier gefühlt, wenn er das Erwachen von Tier und Mensch beobachten konnte. Während seiner Aufenthalte mit der damals orangefarben gekleideten Mutter in Indien war diese Zeit in zarte Rauchschwaden der Feuerstellen gehüllt, über denen das traditionelle Frühstück zubereitet wurde.

Es dämmerte am Horizont, als Burmeester auf dem Rastplatz eintraf. In den Kabinen einiger Lkws brannte bereits Licht, mehrere Plätze waren auch schon verlassen, es wurde also höchste Zeit für die Befragung. Um seine Seriosität und Funktion zu unterstreichen, zog er sich die Warnweste an, auf der Vorder- und Rückseite mit dem fluoreszierenden Aufdruck »Polizei« versehen, und begab sich zunächst zur Tankstelle, bevor dort der

Schichtwechsel wieder für neue Gesichter und für verblassende Erinnerungen sorgen konnte.

Nein, weder Frau noch Hund kamen jemandem bekannt vor. Burmeester wies auf die Überwachungskameras an einem Mast zum Rastplatz hin. Die Angestellte wusste nicht weiter.

»Die nehmen alles auf, was draußen bei den Zapfsäulen passiert, und wenn uns jemand ausraubt, dürfte man ihn aus der Tür rennen sehen. Wir denken nicht an allgemeine Überwachung, hier geht es um geprellte Tankrechnungen und Schutz vor Raub. Wenn die Frau hier getankt hat, wird sie auf einem Band sein. Ansonsten kann Ihnen leider nicht helfen.«

Noch einmal schaute sie auf das Foto. »Die Frau sieht nett aus.«

Burmeester seufzte kurz, ja, das tat sie.

Die Runde an der Lkw-Reihe vorbei hätte er sich sparen können, keiner der Männer konnte oder wollte sich an eine Frau mit Hund erinnern. Die beiden Fahrer, die in der Nacht Maarten informiert hatten, standen um kurz vor sieben gemeinsam mit Kaffeetassen vor dem Kühler eines ihrer Fahrzeuge. Sie erkannten den Hund auf Anhieb.

»Die Frau fällt doch auf, sieht gut aus. Nee, ehrlich, die habe ich nicht gesehen. Du?«

Der andere Mann blickte ratlos. »Hab mir schon gedacht, dass es brenzlig ist, die Polizei kommt nicht einfach mit Großaufgebot, wenn Frauchen für zwei Stunden den Hund vergessen hat. Was ist da los? Eine Entführung? Wer ist die Frau?«

»Meine Chefin.«

Die Männer schauten beide auf seinen Ausweis, den er immer noch in der Hand hielt, und die Aufschrift der Warnweste.

»Eine verschwundene Polizistin. Deshalb die vielen Kollegen heute Nacht … Wenn das mal gut geht. Habt ihr schon eine Spur?«

Burmeester schwankte kurz, ob er den Männern Einzelheiten erzählen sollte, sie konnten schließlich im Funkverkehr mit anderen kommunizieren, Nachrichten verbreiten und eventuell auch erhalten.

»Nein, von ihr fehlt jede Spur. Zuletzt ist sie hier auf dem Parkplatz gewesen, sie muss den Hund angewiesen haben zu bleiben, sonst hätte der sich nicht immer an die gleiche Stelle begeben. Ihr Auto steht dort in der Nähe, ihr Handy lässt sich nicht orten.«

Einer der Fahrer fragte ganz direkt: »War sie im Einsatz? Ich meine, solche Orte bieten sich an für Machenschaften aller Art. Müssen wir hier auf der Hut sein?«

»Nein, nein, bis auf ihr Verschwinden gibt es keinen Grund zur Besorgnis. Sie war nicht im Einsatz.«

Der andere schleuderte mit heftigen Armbewegungen die allerletzten Tropfen aus seiner Tasse. »Wir können uns ja mal umhören.«

Burmeester zog zwei Visitenkarten aus der Brusttasche seiner Weste. »Und wenn Sie was hören, bitte umgehend melden, ja?«

»Ist gebongt.«

Ringsum schwoll die Geräuschkulisse an: der rollende Berufsverkehr auf der Autobahn, startende Lkw-Motoren, die derben Rufe einzelner Männer, die sich voneinander verabschiedeten. Bis zum nächsten Mal, irgendwo. Um acht würde die Frau mit dem Vornamen Melanie, die Karin aller Wahrscheinlichkeit nach gesehen hatte, zum Dienst in der Raststätte erscheinen. Burmeester blickte auf die Uhr und lief auf die Stufen zur Restauration zu.

Zwanzig vor acht, er würde sich einen Kaffee und ein kleines Frühstück gönnen, auf »Melanie« warten und nach dem Gespräch zurück in die Dienststelle fahren. Eine aufregende, hektische Nacht ohne Schlaf. Er verpackte so etwas nicht mehr wie mit zwanzig, fühlte sich ausgelaugt und aufgedreht zugleich. Ein letzter Versuch, Karins Handy zu erreichen, scheiterte wie alle anderen zuvor.

Beim Anblick des reichhaltigen Frühstücksbüfetts wurde ihm klar, dass er dieses Angebot nicht wahrnehmen konnte. Er hatte keinen Appetit, würde keinen Bissen runterkriegen. Burmeester entschied sich für ein koffeinhaltiges Heißgetränk mit viel Zucker.

***

Jeremias Patalon, der dunkelhäutige Kommissar mit Wurzeln auf Haiti, Tom Weber, der stille grauhaarige Denker, und Gero von Aha, der eulenartig wirkende Rebell des K1, saßen wie versteinert im Besprechungsraum und ließen sich von Burmeester auf den Stand bringen. Die Ergebnisse der Spurensicherung lagen vor.

Tom Weber ließ sich bestätigen, ob er wirklich richtig gehört hatte. »Der Hund saß allein auf dem Rastplatz, von Karin keine Spur und in der Nähe von Woodstock Blutflecken auf dem Asphalt, korrekt?«

Die anderen nickten beklommen.

»Und Heierbeck bestätigte vor fünf Minuten, dass es sich bei zwei Blutproben, die nur wenige Zentimeter voneinander entfernt gefunden wurden, um Karins Blut handelt?«

Burmeester bestätigte, Patalon hakte nach.

»Was heißt das im Klartext? Wir müssen doch wohl von einem Gewaltverbrechen ausgehen und sollten alles in die Wege leiten, was wir tun können. Hat schon jemand den Staatsanwalt und die Behördenchefin informiert? Wir werden doch vom LKA unterstützt, wenn es um Verbrechen gegen Polizeibeamte geht, vielleicht wäre es hilfreich, wenn so schnell wie möglich jemand aus Düsseldorf zu uns stoßen würde.«

Von Aha hatte ganz vergessen, seine Kaffeemaschine in Gang zu setzen, um das K1 mit seinem edlen Gesöff zu versorgen, jetzt stand er auf und erging sich in Aktionismus, holte Wasserflaschen zum Nachfüllen, drückte Knöpfe, stellte Tassen parat, raufte sich das wirre Haar.

»Leute, mal ganz langsam. Die Blutspuren sind nicht zu leugnen, waren jedoch nicht von nennenswerter Größe. Das kann heißen, Karin hat sich verletzt, und ihre alte Freundin hat sie zu sich nach Hause gebracht, um sie dort zu versorgen, richtig? Haben wir die schon ausfindig gemacht?«

Burmeester verneinte.

»Karin hatte Maarten nur einen Vornamen genannt. Eine Frau namens Greta, die sie aus der Kindheit kennt und seit mehr als zwanzig Jahren nicht mehr gesehen hat, mehr wissen wir noch nicht.«

»Und? Wieso hast du noch nicht deine Fühler ausgestreckt und die einzige Person befragt, die über eine Greta aus Karins Kindheit Auskunft geben könnte?«

Burmeester sah ihn fragend an.

Von Aha verteilte die ersten beiden duftenden Kaffeebecher, einen gab er dem Kommissar mit dem übernächtigten Gesichtsausdruck. »Lebst du zufällig noch immer unter einem Dach mit Karins Mutter?«

An Johanna Krafft hatte Burmeester überhaupt nicht gedacht, war nachts zwischen Raststätte und Kommissariat hin- und hergependelt. Dankbar nahm er einen Schluck Kaffee. »Klar, hätte ich selbst draufkommen können, ist mir völlig entfallen.«

»Dann ruf sie an.«

Burmeester schüttelte den Kopf. »Nein, Gero, ich kann sie doch nicht per Telefon über die Geschehnisse der Nacht informieren, die Dame ist nicht mehr die Jüngste, wir sollten das sensibel handhaben. Ich fahre nach der Lagebesprechung nach Hause und werde vor Ort mit ihr sprechen.«

Von Aha gab sich ungeduldig. »Dann mal los, mach dich auf die Socken, wir brauchen den Namen.«

Tom Weber bremste Gero von Aha, der bereits die Tür aufhielt. »Den Namen zu kennen ist zwar wichtig, aber meinst du nicht, dass Karins Handy noch zu erreichen wäre, dass jemand schon auf Maartens Kontaktversuche reagiert hätte, um die Sachlage zu erklären, wenn die Geschichte so positiv ausfiele? Eine alte Freundin wäre selbst auf die Idee gekommen, Angehörige zu informieren. Ausfindig machen sollten wir sie natürlich auf jeden Fall. Burmeester, bevor du gehst, solltest du den anderen noch berichten, was die Kassiererin in der Raststätte beobachtet hat.«

Burmeester setzte den Becher ab. »Melanie, alle sind hier per Du, kommt um elf Uhr, damit ein Phantombild erstellt werden kann.«

Er schilderte, dass der Angestellten die teenagerhafte Begrüßung der beiden Frauen aufgefallen war. Melanie erinnerte sich genau, es habe geklungen wie in den amerikanischen Sitcoms, wenn Frauen sich begrüßen, schrill, hell, freudig, ein Tanz der Stimmen. Dann hätten sie mehrere Colas und Kaffees lang an einem der Tische zur Terrasse hin gesessen, es habe den Anschein gehabt, als hätten sie ununterbrochen geredet. Der Hund, der bei ihnen war, sei vorbildlich, genügsam, wohlerzogen gewesen.

Melanie hatte nicht beobachten können, mit welchen Fahrzeugen die Frauen unterwegs waren. Sie selbst habe das Gebäude wie immer auf der Rückseite verlassen und sei über den Gansenbergweg nach Hause gefahren, sie nutze nie die Abfahrt von der Autobahn, alle Mitarbeiter kämen über den schmalen ländlichen Weg, denn die Parkplätze für das Personal seien hinter dem Gebäude.

Die Männer hatten ein zweites Mal aufmerksam gelauscht, doch einen Hinweis auf das merkwürdige Verschwinden von Karin Krafft fanden sie auch diesmal nicht. So verteilten sie zunächst, was sich an Aufgaben anbot.

Burmeester würde den Kontakt mit Johanna Krafft und Maarten de Kleurtje übernehmen. Gero von Aha wollte sich mit der Kassiererin zusammen um das Phantombild kümmern, und Tom und Jerry, wie man Weber und Patalon intern nannte, würden Staatsanwaltschaft und Behördenchefin um Punkt fünfzehn Uhr über den Stand der Dinge unterrichten, wenn es bis dahin immer noch kein Lebenszeichen von Karin geben sollte.

***

Maarten hatte kaum geschlafen. Kurz bevor die Weckfunktion seines Smartphones ihn zurück in die Welt holte, war er am Esstisch, den Kopf auf die verschränkten Arme gelegt, in einen wenig erholsamen, traumlosen Schlaf gesunken. Vor ihm lagen sein mobiles und das Haustelefon, immer wieder hatte er in der Nacht den Ladestand der Akkus überprüft, auf eingehende Anrufe geachtet, die vielleicht zu kurz für ein Klingelzeichen gewesen waren. Nichts.

Woodstock war seit seiner Ankunft in der Diele geblieben und bewachte akribisch die Haustür. Selbst in dem Tier zeigte sich nichts als der Wunsch, Karin käme jeden Moment durch diese Tür und würde den ledernen Rucksack und die Jacke fallen lassen, um alle zu begrüßen, wie sie es immer tat.

Hannah saß nun in der Schule und glaubte, ihre Mutter sei im Einsatz. Sie hatte sich gewundert, den Hund vorzufinden, der eigentlich zu Karins ständigem Begleiter geworden war, und Maarten war es sehr schwer gefallen, ihr etwas Falsches zu erzählen. Noch nie hatte er seine Tochter belogen, dieses Gefühl nagte an ihm. Würde Karin bis zum späten Nachmittag nicht zurück sein, bliebe ihm nichts anderes übrig, als seine Tochter mit einer schonenden Version der Wahrheit zu konfrontieren. Mama ist verschwunden, niemand weiß im Moment, wo sie ist. Das hörte sich unglaublich an. Ihm blieben mehrere Stunden Zeit zum Üben.

Maarten entschuldigte sich bei seiner Arbeitsstelle. Halbtags war er als Archäologe im Römerpark in Xanten beschäftigt. Er bat um zwei bis drei Tage Urlaub außer der Reihe, er würde sich melden.

Es gab nur wenige Abende in der Zeit mit Karin, an denen sie sich nicht eine gute Nacht gewünscht hatten. Mitten im Einsatz etwa ging das schlecht, und Maarten selbst fuhr einmal im Jahr zu Ausgrabungen an entlegene Stellen der Erde, an denen jegliche technische Kommunikation unmöglich war. Es war ihre ungeschriebene Regel, den Tag mit ein paar Worten, einer lieben Geste, einem zärtlichen Kuss für den anderen zu beschließen. Der Gedanke schmerzte. Immer wieder rekapitulierte er das Telefonat vom Vorabend, rief sich den Dialog in Erinnerung.

Was hatte Karin genau gesagt? Sie habe an der Raststätte haltgemacht, Woodstock in die Büsche gelassen und selbst die Toilette aufgesucht. Auf dem Weg zum Ausgang sei unvermittelt eine Frau auf sie zugestürmt, die am Kuchenbüfett gestanden hatte. Karin hatte sich wie irre gefreut. Natürlich, Greta mit ihren Temperamentsausbrüchen, unverkennbar, und im Gegensatz zu ihrem Äußeren habe ihre Stimme sich nicht verändert. Greta, sie habe ihm bestimmt schon von ihrer Kindheits- und Jugendfreundin erzählt. Die beiden würden nun ein wenig in Erinnerungen schwelgen, er solle nicht auf sie warten.

Natürlich hatte Maarten vorgehabt aufzubleiben, bis sie käme, war dann über seinem Buch eingenickt und erst aufgewacht, als das Telefon klingelte und eine raue Männerstimme ihm berichtete, der Hund sitze allein auf dem Rastplatz.

Bei allem, was er und Karin sich aus ihrem Leben erzählt hatten, mussten sie doch immer wieder feststellen, dass es vieles gab, wovon der andere noch nichts wusste. Den Vornamen Greta konnte er partout nicht einordnen. Dabei erzählte Karin immer lebhaft, er hörte ihr gerne und aufmerksam zu. Wer war Greta?

Maarten nahm die Telefone und ging hinauf ins Gästezimmer. Hier hatte Karin ein Regal mit ihren Erinnerungen gefüllt. Steiff-Tiere aus ihrer Kindheit, Fotoalben mit vergilbenden Bildern, der Handabdruck von Moritz aus seiner Kindergartenzeit und ganze Serien von Gemälden ihrer Kinder bewahrte sie hier auf. Es gab Kästchen mit Briefen und eine Sammlung Postkarten aus aller Welt. Nie wäre Maarten auf die Idee gekommen, hier zwischen ihren ganz persönlichen Sachen zu stöbern, und so hockte er in der Zimmerecke, lehnte sich an die Wand und starrte auf das bunte Sammelsurium. Ein gerahmtes Foto, klein, unscheinbar, fiel ihm ins Auge. Karins Eltern. Er sprang auf. Natürlich! Wenn jemand über Karins Freundschaften in der Kindheit Bescheid wusste, dann war es ihre Mutter.

Er wählte die Nummer von Johanna Krafft. Es klingelte durch, niemand da, der Anrufbeantworter sprang an.

»Maarten hier, hallo, Johanna, ich bin zu Hause zu erreichen, bitte ruf mich doch eben an, wenn du zurück bist, danke.«

***

Kein Kontakt, keine neuen Erkenntnisse, man konnte die Situation um vierzehn Uhr dreißig an diesem Tag drehen und wenden, sie blieb mysteriös. Stündlich wuchsen Unruhe und Sorge in den Köpfen der Männer vom K1, die Atmosphäre in den Räumen am Herzogenring war zum Bersten gespannt.

Burmeester kehrte unverrichteter Dinge aus Bislich-Büschken zurück. Er hatte Karins Mutter nur eine Botschaft hinterlassen, denn Johanna Krafft und ihr Lebensgefährte waren nicht daheim.

Die Auswertung der Befragungen hatte nicht einmal ergeben, welches Fahrzeug an der Stelle geparkt hatte, an der das Blut auf dem Asphalt gefunden wurde. So hatten sie auf das Phantombild gewartet, das man nach den Angaben der Kassiererin anfertigte. Der Fachmann, der mit einem neuen Darstellungsprogramm arbeitete, hatte versprochen, mit Feingefühl und besonderer

Aufmerksamkeit alles aus der Erinnerung der jungen Frau herauszufiltern, was dort verborgen war.

Er hatte sich Zeit genommen, nach fast zwei Stunden wurde dem K1 eine Datei mit dem Abbild einer ungefähr vierzigjährigen Frau zugestellt, das dunkelblonde Haar zu einem Pagenschnitt frisiert, dessen Ponyfransen wie eine lichte Kante knapp über dem Schwung der Augenbrauen lagen. Ferner hatte sich die Zeugin an ein Muttermal auf der linken Wange, ungefähr mittig, in einer Linie mit der Iris, erinnert. Es gab Piercinglöcher am äußeren Ende der rechten Augenbraue, und es fehlte eine Ecke am linken Schneidezahn der oberen Zahnreihe. In seiner E-Mail attestierte der Zeichner der Kassiererin eine sehr gute Beobachtungsgabe.

Der intensive Blick auf die Kundschaft mache die Arbeit interessanter, hatte die Zeugin gemeint. Allein schon am Gesicht könne sie oft ablesen, ob jemand gepflegt und ordentlich oder vergammelt und schmuddelig sei, und diese Frau hatte von allem etwas. Auf die Frage, wie sie das meine, hatte sie geantwortet, die Frau habe blasse Wangen, raue Haut um den Mund herum, also eine vernachlässigte Gesichtspflege, aber eine superordentliche Frisur gehabt. Ihre Hände seien ebenfalls sauber gewesen, als sie jedoch das Tablett mit ihrer Mahlzeit zum Tisch trug, sei der völlig abgetretene, fransige und schmutzige Saum ihrer Jeans sichtbar geworden. Außerdem habe sie abgetretene Doc Martens getragen, bei denen sich an einem Schuh bereits die Sohle löste. Der Zeichner hatte ein Zitat vermerkt: »Typischer Fall von oben hui und unten pfui.«

Die Zeugin hatte es so zusammengefasst: »Sie glauben nicht, wer alles vor der Kasse steht und wie die Finger manchmal aussehen, die in speckigen Hosentaschen nach Geld fischen. Ich kann es nicht anders beschreiben, die Frau wirkte echt widersprüchlich auf mich.«

Das Phantombild hatte der Kollege um alle genannten Details, Körperlänge und ungefähre Konfektionsgröße ergänzt. Die Herren Kommissare gesellten sich nebeneinander vor die digitale Schautafel und betrachteten das Ergebnis.

Tom Weber brachte es auf den Punkt: »Wer auch immer diese Frau ist, sie hat tatsächlich großen Wert auf ihre Haare gelegt, und es wirkt, als habe das Geld nach dem Friseurbesuch nicht mehr für den Rest gereicht.«

Jerry Patalon reagierte flapsig. »Wo schaust du denn bei einer Frau zuerst hin, auf Hosenbeine und Schuhe oder blickst du ihr ins Gesicht?«

Weber verteidigte seine Ansicht. »Du nimmst doch ein Gesamtbild wahr, oder? Auch wenn dich Sternchenaugen anblinken, checkt dein waches Auge den Rest deines Gegenübers ab.« Er schüttelte den Kopf. »Erzähl mir nicht, dass dir löchrige Hosenbeine und lose Schuhsohlen entgehen würden.«

Burmeester schaltete sich ein. »Jerry, dir fehlt momentan die Übung, was die Wahrnehmung des weiblichen Geschlechts angeht. Ich habe vom ersten Zusammentreffen mit meiner orientalischen Perle jedes Haupthaar und sogar die Riemchen ihrer Sandalen in Erinnerung.«

Patalon winkte ab. »Oder eher sie dein Haupthaar. Wenn ich mich nicht irre, hat sie beim Kennenlernen auf dich runtergeschaut, weil du gestolpert und ihr vor die Füße gefallen bist. Kein Kunststück, dass du dabei ihr Schuhwerk im Blick hattest. Stehend wären deine Augen garantiert nicht tiefer als bis zur Taille gewandert. Leute, egal, der Angestellten ist die Frau im Gedächtnis geblieben, das zählt. Wir sehen hier die ehemalige Freundin von Karin, ihr Name ist Greta, und wenn sich nichts anderes ergibt, ist dies die Person, die bis zu Karins Verschwinden vom Parkplatz in unmittelbarem Kontakt mit ihr stand.«

Hilflos blickte er zu Burmeester. »Hast du eine Ahnung, wann ihre Mutter wieder erreichbar ist?«

Der junge Kommissar verneinte, er habe die dringende Bitte um Rückruf hinterlassen, man müsse abwarten. Unterdessen sollte man auf anderem Weg versuchen, dieser Greta auf die Spur zu kommen. Vielleicht wusste Maarten, welche Schulen Karin besucht hatte?

Gero von Aha, bislang mit krauser Stirn stumm in die Betrachtung der Zeichnung vertieft, übernahm, während er sich mehrmals das Haar raufte, die Organisation.

»Das Ding ist mir zehn Nummern zu diffus. Da ist was passiert, glaubt mir. Ihr kennt Karin doch schon wesentlich länger als ich und könnt noch besser beurteilen, dass es nicht ihre Art ist, einfach von der Bildfläche zu verschwinden. Ich werde also jetzt die Behördenchefin und den Staatsanwalt per E-Mail über den ersten Sachstand informieren. Wir lassen uns das weitere Vorgehen offiziell von der Chefetage absegnen und intensivieren die Suche mit gebotener Vorsicht. Ist das okay?«

Sie stimmten ihm zu. Burmeester blieb am Telefon, während Tom Weber überlegte, sich mit der Personalabteilung in Verbindung zu setzen, um in Erfahrung zu bringen, ob in Karins alten Bewerbungsunterlagen Hinweise auf die von ihr besuchten Regelschulen zu finden seien.

»Ich weiß nicht, wie das jetzt ist, aber wir mussten ja noch einen solchen lückenlosen Lebenslauf einreichen. Ein erster Ansatz.«

Patalon stimmte zu. »Gute Idee, könnte von mir stammen. Ich frage mal bei Maarten de Kleurtje nach. Außerdem fällt ihm vielleicht etwas zu dem Phantombild ein.«

Es wurde geschäftig im K1, alles erinnerte an einen ordnungsgemäßen Ermittlungsbeginn. Den Unterschied erkannten nur die vier Männer. Sie legten ohne Vorgesetzte los, und ihnen fehlte die rechtliche Absicherung durch den Staatsanwalt und die Behördenchefin. Gero von Aha hämmerte auf seine Tastatur ein und formulierte eine knappe, sachliche E-Mail, die keine zehn Minuten später an Haase und van den Berg herausgehen sollte.

Die Zeit verging schleichend. Jede Minute konnte ein Zeichen, ein Lebenszeichen von Karin eintreffen. Theoretisch ja. Praktisch nein.

***

Ein großer Tisch, sechs Stühle, eine provisorisch eingerichtete Küche, frei stehender Kühlschrank, Spüle mit Unterbau, daneben eine Waschmaschine, offene Regale für billiges Geschirr und Vorräte. Nette Gardinen vor den Fenstern und, damit das Image wirklich perfekt war, die eine oder andere robuste Topfpflanze auf der Fensterbank.

In zwei Nebenzimmern ausreichend Matratzen, säuberlich gefaltetes Bettzeug an den Fußenden, mit einfachen Kunststoffbügeln behängte Kleiderstangen auf Rollen und Regale für Wäsche. Im gegenüberliegenden Raum Campingstühle und ein Fernseher, dessen tonloses Geflimmer abends das Bild eines harmonischen Miteinanders mit Chips und Limo nach außen abgab. An der Wand eine aus einzeln ausgedruckten DIN-A4-Bögen zusammengesetzte Karte des rechten Niederrheins, auffällig darauf eine grellgrün markierte Linie, die sich von Süd nach Nord zog, Punkte in den Städten Emmerich, Mehrhoog, Wesel, Voerde, Dinslaken und Oberhausen waren rot eingekreist.

Durch die beiden Fenster zur Straße war diese Karte für die Außenwelt nicht sichtbar. So funktionierte es immer, je unauffälliger, desto besser hielt die Tarnung. Es gab insgesamt vier Räume, man hatte sich als kleine WG angemeldet, drei Paare und gelegentlicher Besuch. Die Vermieterin gab sich tolerant und weltoffen angesichts der bar auf den Tisch gelegten Kaution und der drei Monatsmieten im Voraus. Sie schien froh darüber zu sein, dass ordentliche junge Leute die Wohnung ohne Bitten um Modernisierung der alten Räume aus den Fünfzigern oder Einsicht in den Energiepass nehmen wollten. Die Wohngemeinschaft kam gerade zur rechten Zeit.

Manchmal übernachteten sie hier, in der Mitte von Wesel, zu sechst, dann wiederum verbrachten drei Mitglieder der Gruppe eine Zeit auf dem Campingplatz, eine harmlos wirkende Männerrunde getarnt als Anglerfreunde, die sich regelmäßig trafen und ihre Köder, Schwimmer, Blinker und Bleigewichte an edlen Ruten in den Rhein warfen.

Heute saßen sie bereits zu fünft am Tisch, drei Männer und zwei Frauen, und schauten der Frau entgegen, die nun mit ihrem Schlüssel die Wohnungstür öffnete. Sie atmete tief ein und aus. Das große Ganze immer im Blick haben, ein gemeinsames Ziel vor Augen und nie die Statuten oder die Ideologie bezweifeln. Einem Mantra gleich wiederholte sie innerlich den Satz, ging lässig auf den Kühlschrank zu, nahm sich eine Dose Cola und setzte sich so locker wie möglich auf den leeren Stuhl.

Alle schwiegen, als sie die rote Dose mit metallischem Knacken öffnete, sich den sprudelnden Inhalt in die Kehle laufen ließ und die Dose so laut auf dem Tisch aufsetzte, dass der Inhalt knisternd aufschäumte.

»'n Abend zusammen. Komische Stimmung hier. Ist was?«

Der Sprecher beugte sich vor und wies mit dem Finger drohend in ihre Richtung. »Das weißt du ganz genau. Ich hoffe, du hast deine Hausaufgaben gemacht. Die Gruppe ist informiert und steht voll auf meiner Seite. Überzeuge uns, und dir bleibt das Gericht in der Hauptgruppe in Dortmund erspart.«

Die Frau blickte in jedes der Gesichter am Tisch, aus jedem einzelnen schaute ihr Entschlossenheit entgegen. Sie nahm einen weiteren Schluck aus ihrer Dose, bevor sie zu einer Antwort ansetzte. »Du hast mich angewiesen, ein Problem zu lösen. Das habe ich gemacht.«

Ruhig saß sie da, gönnte sich einen weiteren großen Schluck Cola und setzte die Dose dieses Mal geräuschlos auf der Tischplatte ab. Niemand rührte sich, fünf Augenpaare blickten abwechselnd in ihre Richtung und warteten auf die Reaktion ihres Gegenübers. Auf den nächsten Satz des Gruppensprechers war sie vorbereitet, zog, bevor er ihn aussprach, langsam ihr Handy aus der Hosentasche hervor, während ihr Blick unbeirrt auf den verengten Augenschlitzen des muskulösen Mannes haftete.

»Beweise es«, sagte er.

Mit überlegenem Gesichtsausdruck sichtete sie ihre Dateien. Sie fand problemlos, was sie suchte, mehrere Fotos in Reihe, die sie dem siegesgewiss dreinblickenden Mann ihr gegenüber wie selbstverständlich präsentierte.

»Auf dem ersten Bild siehst du eine Tätowierung der Frau, die befindet sich auf ihrem linken Oberarm, ein kleines Kleeblatt, in den Blättern die Initialen ihrer Familienmitglieder, M, H, M, K. Es hat die Größe einer Zwei-Euro-Münze.«

»Und?«

»Switch doch einfach zum nächsten Foto.«

Im schwachen Blitzlicht des ältlichen Handymodells festgehalten war eine unbekleidete Frau, die auf steinigem Untergrund lag. Erst auf den zweiten Blick realisierbar war, dass der Körper nicht vollständig dort lag. Über den blutbesudelten Schultern klaffte eine unnatürliche Lücke. Frau ohne Kopf. Der Sprecher schaute sie fragend an. Sie antwortete so selbstsicher, wie es ihr nach dieser Nacht möglich war.

»Glaub mir, der Kopf wird niemals gefunden werden. Ich

habe erst nach der Endlösung ans Fotografieren gedacht, aber das Tattoo ist der Beweis.«

Der Sprecher ließ das Handy rundgehen, stand vehement auf, sein Stuhl kippte mit Getöse gegen die Wand hinter ihm. »Was hast du gemacht, außer eine lange Reihe von Spuren zu legen, die früher oder später direkt zu uns führen wird?«

Sie lehnte sich zurück und sah ihm weiterhin in die Augen. Wer in dieser Situation zuerst wegschaute, hatte verloren. »Ich habe das Problem gelöst, du erinnerst dich an deine Anweisung? Und jetzt reg dich wieder ab.«

Sein Schweigen verriet ihr einen Hauch von Unsicherheit, sie kam in Fahrt, nutzte die teilweise angewiderten Reaktionen der anderen Gruppenmitglieder. Eine der Frauen, die Blonde, reichte das Handy mit einem kleinen, unterdrückten Aufschrei an ihre Nachbarin weiter. Sie wurde eine Spur lauter.

»Was guckt ihr so blöd? Stellt euch bloß nicht an wie Klosterschülerinnen, hier gilt ein Menschenleben nichts, und wer das noch nicht in seinem Schädel drin hat, sollte dringend zur Nachschulung.«

Mit funkelnden Augen betrachtete sie den aufgebrachten Sprecher. »Und jetzt zu dir. Wer hat sie denn betäubt und in den Wagen gezerrt? Das war doch deine verdammte Idee! Du mit deinem pathologischen Verfolgungswahn, die hätte mich niemals auf diesen miesen Fahndungsplakaten erkannt. Wir hätten uns einfach verabschiedet, und jede wäre in ihre Richtung abgedampft, aber nein, du musstest den paranoiden Obermacker machen und sie mitnehmen. Nur weil wir uns über alte Zeiten unterhalten haben! Mensch, ich hatte das Ding allein zu lösen und habe einen Weg gefunden, und jetzt setz dich wieder.«

Unwirsch stellte er den Stuhl auf die Beine, schwang sich auf die Sitzfläche und schaute für einen Moment zur Seite. Die Frau fuhr mit der Berichterstattung fort.

»Sie treibt den Fluss hinunter, ist vielleicht schon hinter der niederländischen Grenze, und es entscheidet sich gerade, ob es im Rhein weitergeht oder im Pannerdenschen Kanal.«

Der Mann mit dem ordentlich zurückgekämmten Haar fragte, was das zu bedeuten hätte.

»Der Rhein teilt sich in mehrere Wasserwege, man wird

suchen müssen, wo sie herkommt. Jetzt guckt nicht so blöd, auf die Schnelle fiel mir nichts anderes ein, um so viele Spuren wie möglich zu vernichten.«

Sie fixierte die Augen ihres Gegenübers, des großen Oberhaupts der Gruppe, des ideologischen Vorbilds, des Gurus, den sie plötzlich in der Hand zu haben schien.

»Und?«

Langsam und wortlos nickte er. Die Mitglieder der Gruppe entspannten sich sichtbar, auf dieses Zeichen hatten sie gewartet. Sie erwiderte sein kaum sichtbares Signal, leerte die Coladose und zerdrückte sie mit einem heftig knirschenden Geräusch in der Hand.

»Ich lass mir nicht nachsagen, ich sei unzuverlässig. Ich habe deinen Auftrag erledigt, auch wenn er völlig sinnlos war. Schließlich habe ich das große Ziel vor Augen, genau wie alle anderen in dieser Gruppe.«

Sie warf die zerbeulte Dose mitten auf den Tisch und stand auf. Beim Hinausgehen fasste sie sich in den Wirbel mitten auf dem Kopf, zog sich routiniert die Perücke vom Schädel und raufte sich durch das flach anliegende, kurze schwarze Haar.

***

Frau Dr. van den Berg rang offensichtlich nach Atem. Während sie hektisch den Raum betrat, fächerte sie sich mit beiden Händen Luft zu. Man merkte ihr eine ungewohnte Anspannung deutlich an. Nervös zupfte sie ihr Seidentuch zurecht, eine ebenfalls bislang nicht beobachtete Geste, da ihre modischen Accessoires im Normalfall wie angeheftet auf ihren breiten Schultern ruhten.

»Und Sie haben die Unverfrorenheit, mich jetzt erst zu informieren? Das ist keineswegs eine Glanzleistung, meine Herren. Sie wissen doch genau, dass die ersten Stunden nach dem Geschehen die wertvollsten Zeugenaussagen und Spuren erbringen.«

Gero von Aha blieb unbeeindruckt von ihrer Tirade, bot ihr zunächst den bequemsten Stuhl im Besprechungsraum an und platzierte umgehend einen Becher seines frisch gebrühten

Edelkaffees neben der improvisierten Fallvorlage, die er auf dem Tisch verteilt hatte.

»Wir waren keineswegs untätig, alles Notwendige ist durchgeführt worden. Wir haben uns lediglich für die Informationsweiterleitung ein internes Ultimatum gesetzt, jetzt ist es abgelaufen. Das K1 ist beunruhigt, glauben Sie mir, ach was, in Aufruhr, wir haben seit den frühen Morgenstunden nicht nur ein, sondern alle Augen auf den Vorgang gerichtet.«

Van den Berg nippte an dem Kaffee, ein kurzes Nicken in von Ahas Richtung bestätigte die Güte des Heißgetränks.

Staatsanwalt Haase erschien und begrüßte die Anwesenden beim Eintreten.

»Sie entschuldigen meine Verspätung, es zog sich bei Gericht. Sind Sie schon mitten im Fall? Was haben wir da? Das ist kein Burn-out mit Flucht auf die Insel, das wäre nicht denkbar bei unserer Hauptkommissarin, Sie stimmen mir zu? Ergo, welchen Tatbestand definieren wir hier, ein Gewaltverbrechen, eine Entführung?«

Auch er nahm mit einem kleinen Nicken dankbar einen Nobelkaffee aus von Ahas Händen und blickte in die Runde ratloser Gesichter. »Ein Lebenszeichen wäre zu diesem Zeitpunkt genau das Richtige, stimmt's?«

Die Behördenchefin hatte sich durch das vorliegende Papier gearbeitet und legte es zurück auf den Tisch. »Ich sehe, Sie haben alle ermittlungsrelevanten Schritte bereits durchgeführt. Gut. Der Kollege Heierbeck war zum Glück sehr aufmerksam. Gibt es mittlerweile Ergebnisse zur Herkunft des Dichtungsgummis, an dem die Blutspur haftete?«

Von Aha verneinte. Außer dass es sich um Abrieb von einer Türdichtung handelte, habe man noch nichts Konkretes, die Spurensicherung arbeite auf Hochtouren.

Van den Berg ließ nicht locker. »Helfen Sie mir auf die Sprünge. Wie lange warten wir bei einer Vermisstenmeldung in besonderen Lagen bis zum Beginn der Nachforschung?«

Tom Weber antwortete ungerührt und mit dem Blick auf das Foto von Karin Krafft und ihrem Hund, das auf die gläserne Wand projiziert wurde.

»Das ist unterschiedlich. Bei Kindern reagieren die Kollegen sofort bei Anzeige. Bei älteren Jugendlichen geht eine Beschreibung mit Foto an die Streifenwagen mit dem Hinweis, besonders in der Nähe neuralgischer Treffpunkte die Augen offen zu halten, und bei Erwachsenen wird der Lebenshintergrund erfragt. Und wenn jemand wie Karin ein geregeltes Leben ohne großartige Kapriolen führt, dann beginnt die Suche nach zweiundsiebzig Stunden.«

Haase und van den Berg tauschten stumme Blicke aus, kaum wahrnehmbar. Schließlich rückte die Behördenchefin ihren Kaffeebecher neben das Papier und atmete hörbar ein und aus. Sie sah sich in der Lage, die eben getroffene Entscheidung auszusprechen.

»So lange werden wir in diesem speziellen Fall nicht warten. Ungeachtet dessen, was sich hinter dem Verschwinden der geschätzten Kollegin Krafft verbirgt, spricht das Auffinden ihres Blutes für eine unfreiwillige, mit einer größeren Verletzung einhergehende Aktion. Ich erteile dem K1 hiermit grünes Licht zur Feststellung des Tatbestandes mit dem Ziel der Auffindung der Vermissten. Hat ihr Ehemann bereits eine entsprechende Anzeige aufgegeben?«

Gero von Aha schaute sich den Vorgang im PC an. »Bislang haben wir noch nichts Schriftliches formuliert.«

»Dann holen Sie dies bitte unverzüglich nach.«

Haase blendete sich ein. »Brauchen wir nicht. Ich erkenne Ermittlungsbedarf im Vermisstenfall Karin Krafft und somit die Notwendigkeit der Ermittlung gegen unbekannt wegen Körperverletzung, Nötigung und Entführung. Das reicht völlig aus.«

Van den Berg war noch nicht fertig. »Die Spurensicherung wird im Haus von Frau Krafft die Telefone überwachen, falls es sich als Entführung mit entsprechenden Forderungen entpuppt. Herr Patalon, Sie organisieren das.«

Haase stellte seinen Kaffeebecher neben ihren. »Ich will mich nicht in Interna einmischen, aber meinen Sie nicht, dass hier Unterstützung aus Düsseldorf angefordert werden sollte?«

Von Aha horchte auf. Hilfe vom LKA? Widerstand regte sich in ihm, er straffte sich. »Meinen Sie wirklich, wir brauchen die Klugscheißer aus der Landeshauptstadt? Das schaffen wir hier selbst, oder Jungs? Wäre doch gelacht, wenn wir unsere Karin nicht finden würden.«

Die Hochrufe und die sichtbare Zustimmung seiner Kollegen blieben aus, irritiert schaute von Aha von einem zum anderen.

Patalon sprach aus, was in ihm vorging. »Ich meine, wir können hier jede Unterstützung brauchen, andere Ansätze, mehr technische Möglichkeiten, ich stimme Ihnen zu, Frau van den Berg.«

Er blickte dem verdutzten Gero von Aha in die Augen. »Schließlich geht es hier um Karin. Da könnte es passieren, dass wir alle an bestimmten Stellen blinde Flecken haben oder befangen sind. Gero, wir brauchen ganz klare Köpfe hier.«

Van den Berg nickte. Sie würde sich von ihrem Büro aus mit der übergeordneten Behörde in Verbindung setzen.

»Bis dahin heißt es Ruhe bewahren und Kaffee trinken. Ihr Kaffee war selbst unter diesen widrigen Umständen ein vorzüglicher Genuss, Herr von Aha, vielen Dank.«

***

Burmeester kannte Karins Mutter schon lange, sie hatte ihn nach gelungener Flucht aus den Fängen seiner esoterischen Mutter in ihrem Haus aufgenommen, ein freundschaftliches Verhältnis hatte sich über die Jahre hinweg entwickelt. Sie rief nicht an, nein, sie stand eine Stunde später gemeinsam mit ihrem Lebensgefährten Henner Jensen vor seinem Schreibtisch.

»Was ist hier los? Ich komme nach Hause und habe Maarten auf dem AB. Ich erreiche ihn beim ersten Klingeln, und er erzählt mir, Karin sei verschwunden, ist ganz durcheinander und faselt von einem Rastplatz und Blut. Und dann finde ich deine Karte, ich soll mich melden. Nikolas, was ist hier passiert? Und wer soll diese Grete oder Greta sein, von der Maarten erzählt hat? Doch nicht etwa dieses unmögliche Kind aus der Nachbarschaft, mit dem sie damals durch die Straße zog?«

Burmeester bot den beiden Stühle an und fragte, ob sie einen Kaffee gebrauchen könnten. Nein, Antworten wollten die beiden, sonst nichts.

Burmeester berichtete so schonend wie möglich die bislang

bekannten Fakten, Henner Jensen stellte Detailfragen, Johanna hörte aufmerksam zu. Man habe keinerlei Anhaltspunkte, jedoch würde die Polizeibehörde das Verschwinden sehr ernst nehmen und ab morgen mit verstärkter Mannschaft die Suche starten. »Wir kriegen Unterstützung vom Landeskriminalamt in Düsseldorf.«

Johanna sackte unmerklich in sich zusammen, sie schien den Ernst der Lage zu begreifen.

»Karin verschwindet nicht einfach so. Sie ist nie vor irgendwas oder irgendwem davongelaufen, sondern hat sich immer der Situation gestellt. Damals, als ihr erster Mann fortlaufend die Nächte bei anderen Frauen verbrachte, hat sie einige von denen ausfindig gemacht, bei der letzten hat sie eine Hausdurchsuchung wegen Gefahr im Verzug organisiert. Du kannst dir den Skandal vorstellen, den es gab. Kommissarin lässt Ehemann, ebenfalls Kommissar, in flagranti aus dem Bett einer anderen Frau zerren, um ihm vor versammelter Mannschaft ihre Trennungsabsicht zu erklären. Nikolas, meine Tochter ist eine Kämpferin, die läuft nicht einfach fort, da muss etwas passiert sein.«

»Das glauben wir hier auch, leider. Deshalb suchen wir eine alte Freundin von ihr, weil sie zuletzt mit ihr zusammen gewesen sein soll. Karin hat Maarten in einem Telefonat gesagt, sie würde den Abend mit Greta verbringen. Greta, sagt dir der Name was? Kannst du uns weiterhelfen, weißt du noch, wie sie mit Nachnamen heißt?«

Johanna verneinte. Sie habe seit dem Gespräch mit Maarten unaufhörlich darüber nachgedacht, jedoch nichts gefunden.

Henner tätschelte ihre Hand. »Sie klagt schon über Kopfweh. Ich habe ihr gesagt, sie muss mal Pause machen. Es geht nicht, sagt sie, es ist doch wichtig.«

Burmeester suchte Johannas Aufmerksamkeit. »Vielleicht gibt es andere Anhaltspunkte. Wie hießen zum Beispiel die Schulen, die Karin besucht hat, und hast du noch irgendwo alte Klassenfotos, Einladungen zu Abschlussfeiern, gibt es Poesiealben oder Fotos von Klassenfahrten?«

Johanna überlegte einen Moment und schaute auf. »Greta, das war ein rotzfreches Nachbarskind, es wird kein Foto von ihr geben, fürchte ich. Karins Ex-Mann hat viele Dinge weggeworfen, als er seine Sachen aus der gemeinsamen Wohnung holte. Ich weiß noch, wie sauer sie war, weil er Briefe und Fotos mutwillig vernichtet hatte. Das habe zwar ihre Erinnerungen an eine wunderbare Kindheit nicht vernichten können, aber alles, was sie ihrem eigenen Kind zeigen wollte, hat sie damals gesagt. Und die restlichen Sachen bewahrt sie in ihrem Haus in Lüttingen auf, da müssen Sie Maarten fragen.«

Henner kannte diese Geschichte offenbar noch nicht. »Darüber redet sie nie, stimmt's?«

Johanna nahm seine Hand und hielt sie fest. »Nein, nicht mehr. Weißt du, sie hat diese Zeit für sich einfach ausgeblendet. Da ist vieles vorgefallen, über das sie eigentlich jahrelang hätte verärgert sein müssen. Aber als sie die Scheidungspapiere in der Hand hielt, war sie wie ausgewechselt. Jetzt beginnt ein neues Leben, Mama, hat sie gesagt, ab jetzt trenne ich mich sogar von seinem Schatten.«

Sie ließ Henners Hand schlagartig los und sackte in sich zusammen, er konnte sie kaum auf dem Stuhl halten. Burmeester schoss hinter dem Schreibtisch hervor, zusammen legten sie Johanna auf den Boden, Burmeester überprüfte ihren Puls, vorhanden, sie war kreidebleich, er legte ihre Beine auf die Sitzfläche eines Stuhles.

Henner tätschelte ihr Gesicht. »Johanna, hörst du mich, Johanna, sag doch was.«

Burmeester hatte schon den Hörer in der Hand, um einen Rettungswagen zu ordern, als sie wieder zu sich kam und sich aufrappeln wollte.

»Bleib liegen, ich hole einen Notarzt.«

Sie richtete sich auf. »So ein Quatsch, lass das. Ein kleiner Schwächeanfall, sonst nichts, es geht wieder. Ein Schluck Wasser wäre gut.«

Burmeester rannte los zum Wasserkasten im Besprechungsraum. Johanna saß an den Schrank gelehnt auf dem Boden, als er zurückkam.

Henner reichte ihr die Flasche, sie trank in langen Zügen, er beugte sich zu ihr hinab. »Ich bringe dich jetzt nach Hause, und du ruhst dich aus.«

Sie sah ihn entsetzt an. »Das geht doch nicht, ich muss erst noch überlegen, wie ich hier helfen kann.«

Burmeester nahm das Telefon wieder zur Hand. »Henner hat recht, du musst mit deinen Kräften vorsichtig umgehen. Du hast die Wahl, entweder du hörst auf diesen Mann, oder ich hole doch einen Rettungswagen her.«

Johanna richtete sich auf und blitzte Burmeester an. »Das ist Erpressung.«

Henner schmunzelte. »Nein, meine Liebe, das hat er von seiner Chefin gelernt. Er ist nur vernünftig und lässt seinen Kopf eingeschaltet. Komm, ich bring dich heim. Du hilfst niemandem, wenn du umkippst und im Krankenhaus landest. Dir wird das Wesentliche schon noch einfallen, glaub mir, und dann stehe ich neben dir und schreibe alles auf.«

»Versprochen?«

Er hakte sie unter und nickte.

Burmeester sah den beiden nach, wie sie langsam über den Flur gingen und im Treppenhaus verschwanden. Klar, eine Mutter ist beunruhigt, wenn ihr Kind verschwunden ist, egal, wie alt das Kind ist, ging es ihm durch den Kopf, er hätte auf diese Reaktion vorbereitet sein müssen. Schließlich kannte er Johanna schon so lange, und sie behandelte ihn fast wie einen Sohn, nicht wie den Mieter des Appartements im Dach. Er würde nach Feierabend nach den beiden schauen.

Tom und Jerry wollten sich die Bereitschaft teilen. Eine Mischung aus Aufregung und Müdigkeit baute sich in ihm auf. Völlig überdreht.

***

Gero von Aha mochte den Klang des Türklopfers.

Tontöpfe mit Sommerblumen standen die Wand entlang aufgereiht und umrahmten eine blau gestrichene Bank. Der Kommissar lächelte, er hatte im letzten Jahr sein Faible für Blumen wiederentdeckt und fühlte sich hier, in Sichtweite des Rheins und in der Nähe der Frau, die hier lebte, wohler als in seiner Wohnung am Großen Markt mitten in Wesel.

Es war schon spät, als sich die Tür des alten Bauernhauses

Auf dem Sand am Deich bei Perrich langsam öffnete. Marlene Schürmann hatte sich eine bunte Schürze umgebunden, ihr Haar provisorisch hochgesteckt und lächelte ihm mit roten Wangen entgegen.

»Da bist du ja, komm rein. Ich mache gerade einen bunten Salat und habe Wiesenchampignons gesucht, die im Wok garen. Du magst einen Rosé dazu?«

Bevor er antworten konnte, drückte sie ihm einen Kuss auf den Mund und zog ihn ins Haus. Gero von Aha ließ es sich gefallen, alles, bekocht und geküsst zu werden, stürmischer Empfang und gekühlter Rosé, alles tat ihm mehr als gut. Nur würde er heute auf den Wein verzichten, kein Alkohol, er musste einsatzfähig bleiben.

»Danke, für mich nur Wasser, vielleicht muss ich noch mal raus.«

Voller Mitgefühl schaute sie ihn an, bevor sie sich wieder den sanft schmorenden Pilzen widmete. »Das tät mir leid für unseren Abend, aber Job ist Job, nicht? Setz dich schon mal, ich bin gleich so weit.«

Von Aha konnte selbst nach drei glücklichen Monaten immer noch nicht fassen, dass es in seinem Leben eine Frau mit Verständnis für seine unkonventionellen Arbeitszeiten gab. Sie schien mit der Zeit, die sie gemeinsam verbrachten, völlig zufrieden zu sein. Kein Aufstöhnen, wenn er mitten in der Nacht losfahren musste, keine beleidigte Miene, wenn er ihr Essen unangerührt stehen ließ oder sie im Restaurant allein zurückblieb. Vielleicht lag es an der Reife des fortgeschrittenen Alters, die Jungen waren immer so besitzergreifend und wollten einen Mann komplett und immer neben sich. Wie er selbst war diese Frau glücklich über jeden Moment der Zweisamkeit. Gero von Aha genoss die neue Erfahrung und setzte sich an den liebevoll gedeckten Tisch, eine Vase mit Frauenmantelblüten und einzelnen Lavendelstielen stand neben getöpfertem cremefarbenen Geschirr mit zartem Blümchenmuster auf der geölten Tischplatte.

Er zog seine Weste aus und hängte sie über die Stuhllehne. »Ich hol schon mal Wasser aus dem Keller, kann ich sonst noch was tun?«

»Nein, ich habe alles hier. Magst du Balsamico über den Salat?«

»Den dunklen, zähflüssigen aus Modena? Gerne.«

Er verschwand über die knarrende Holztreppe in den Keller, der zur natürlichen Kühlung von Vorräten und Getränken diente, und kehrte mit zwei Glasflaschen zurück. Marlene hatte die liebevoll angerichteten Salatschalen bereits aufgetischt und erwartete ihn mit offenem Haar, frischem Lippenstift, ohne Schürze und in einem reizvollen Sommerkleid mit tiefem Dekolleté.

»Es ist angerichtet, komm, wir fangen an, bevor der Feldsalat seine Blätter hängen lässt. Lass es dir schmecken.«

Und wie es ihm schmeckte. Er hatte völlig vergessen, wie es war, bekocht zu werden. Sie war so bodenständig und unkompliziert, diese Frau, die er auf dem Großen Markt im Eiscafé Gondola kennengelernt hatte, als ein plötzlich aufkommender starker Wind ihren Hut fortgeweht hatte, mit dem sie in der ersten Sonne des Frühjahrs an einem der wenigen Tische auf dem Platz gesessen hatte. Er war zufällig vorbeigekommen und dem Hut hinterhergesprintet, wofür sie ihn dankbar zu einem Kaffee eingeladen hatte. Von Aha hatte die Einladung angenommen, obwohl ihm klar war, dass die Qualität seines eigenen selbst gefilterten Kaffees dort nicht getoppt werden konnte. Seitdem hatten sie sich mit großer gegenseitiger Sympathie einander angenähert, zwanglos und ohne ausgesprochene Ansprüche aneinander, außer, sich offen und ehrlich zu begegnen. Er schaute sie über die Teller hinweg mit einem langen Blick an, bis sie verunsichert nachfragte.

»Ist was?«

Er schüttelte den Kopf. »Ich finde dich einfach unglaublich. Und dein Salat ist einfach köstlich.«

Sie lachte auf, er mochte ihre Fröhlichkeit genauso wie die Sommersprossen auf ihrem Dekolleté.

»Hör auf, immer erzählst du mir, wie besonders ich bin. So fühle ich mich gar nicht. Ich sehe eher dich als potenzielles Sahneschnittchen, für das ich gerne meine Kochleidenschaft auslebe. Ich habe auch noch ein kleines Erdbeereis als Nachtisch.« Und wieder strahlte sie ihn an, das Gesicht in Lachfältchen gelegt.

Er entschuldigte sich, zog sein Smartphone aus seiner Weste und schaute darauf. Nur eine Werbung per SMS, die an einen neuen Tarif erinnerte und die er sofort löschte.

Sie bemerkte seinen angespannten Gesichtsausdruck. »Etwas belastet dich, magst du erzählen?«

Eigentlich wollte er die dienstlichen Belange nicht bei einem vorzüglichen Sommersalat erörtern, jedoch sprudelte es nur so aus ihm heraus, die Sorge um die Chefin, die am Nachmittag eingeleitete Suche.

»Jetzt im Augenblick wird gerade die Telefonüberwachung in ihrem Haus installiert, und ab morgen wird uns eine Kollegin aus Düsseldorf unterstützen.«

Sie hatte ihm aufmerksam zugehört, die eine oder andere Verständnisfrage gestellt und schaute ihn ernst an. »Ich glaube fest daran, dass ihr nichts geschehen ist.«

»Woher nimmst du deine Sicht auf die Welt, du bist immer so positiv eingestellt, ich bin stets aufs Neue beeindruckt.«

»Fange bei dir selbst an, die Welt ein wenig besser zu machen, das habe ich aus den Lehren des Dalai Lama übernommen. Mitgefühl und Glück nennt man das hier, er nennt es die Awareness, die bewusste Wahrnehmung, schulen.«

Er bot ihr sein Wasserglas, um anzustoßen. »Ich hoffe so sehr, dass du recht behältst.« Er tupfte sich den Mund mit der Stoffserviette ab. »Wie war denn dein Tag?«

Gemeinsam brachten sie die Teller in die kleine Küche.

»Du weißt, dass sich meine Fraktion im Kreistag mit der Betuwe-Linie auseinandersetzt. Das ist die Strecke, auf der Güterzüge im Minutentakt von den Niederlanden aus durch den Niederrhein und zurück rauschen. Politiker jeglicher Couleur drängen die Bahn zu Lärmschutz und ausreichenden Rettungswegen für die Feuerwehr. Doch die entscheidenden Köpfe dort zeigen sich stur und halten lieber ihre Milliarden fest.«

»Hast du mir schon mal erzählt, ja. Ihr schaut euch die Auswirkungen auf die bebauten Stadtgebiete entlang der Bahnlinie unter Sicherheitsaspekten an.«

»Genau, du glaubst gar nicht, in wie vielen Punkten die bisherigen Gutachten zu zerpflücken sind, die sind zu schnell und oberflächlich erstellt worden, damit der Nutzung nichts im Wege stehen kann.«

Sie nahm zwei Glasteller aus dem Gefrierfach, auf denen bereits Scheiben mit erdbeerfarbenem Eis lagen, garnierte sie mit frischen Früchten und abgezupften Pfefferminzblättern, umrandete alles mit breiten Streifen aus frischer Erdbeersauce.

»Ich werde wohl die nächsten Wochenenden damit verbringen, die Strecke zwischen Emmerich und Duisburg abzufahren und zu dokumentieren, wo wir Lücken im System oder Mängel erkennen. Meine Idee, mein Auftrag.«

Sie setzten sich zurück an den Tisch. Gero von Aha konnte es nicht erwarten, das Eis zu kosten. Bei ihm gab es allenfalls ein Magnum aus der Gefriertruhe, während dies ein kulinarisches Kunstwerk war.

»Köstlich. Klasse. Aber sag, deine Fraktionskollegen lassen dich mit der Begutachtung der ganzen Strecke allein?«

»Ich glaube, die spannende Zeit, in der die meisten Umweltaktivisten sich an Masten gefesselt haben oder auf Tanks geklettert sind, um Transparente zu entrollen, ist vorbei. Man sitzt auch hier mittlerweile gerne im Fraktionszimmer in bequemen Stühlen und schaut sich die Probleme im Internet an. Um meine positive Einstellung da nicht zu verlieren, muss ich manchmal hart arbeiten, glaub mir. Aber wer Dinge bewegen will, darf nicht stillstehen.«

Er nahm ihre Hand und legte sie an seine Wange, küsste kurz ihre Fingerkuppen, ließ sie wieder los und setzte sich zurück. »Weißt du was? Wenn man mich im K1 entbehren kann, werde ich dich begleiten.«

»Echt?«

»Klar. Niemals stillstehen, auch meine Devise. Ich komme mit.«

»Gero, du weißt, dass ich dich nie um Unterstützung gebeten hätte, deine Arbeit ist schwer genug, du brauchst das bisschen Freizeit, das dir bleibt.«

Wieder dachte sie uneigennützig an ihn, er konnte es nicht fassen. »Lass mich dich begleiten, so erledigen wir nicht nur deine Arbeit, sondern können die Zeit gemeinsam verbringen. Ein doppeltes Plus sozusagen.«

Sie legte wieder ihr ganzes Gesicht in Lachfalten. »Du bist ein wunderbarer Mann. Hab ich dir eigentlich schon mal gesagt, dass ich dich von dem Augenblick an mochte, als du mir den Hut zurückbrachtest?«

Von Aha erinnerte sich genau an ihren Blick und die langen Extrasekunden, in denen sich ihre Hände berührten. »Hast du, aber ich kann es nicht oft genug hören.«

Er langte über den Tisch hinweg und beugte sich vor, um sie zu küssen. Sein Smartphone unterbrach sein Vorhaben, sie wies auf sein Telefon.

»Dein Job ruft.«

Während er das Gespräch annahm, räumte sie Glasteller und Löffelchen in die Spülmaschine.

»Was? Nein! Ich komme. Wo? ... Ja, schick mir die Fotos.«

Er wurde lauter, seine Worte klangen hektisch und aufgebracht. »Das Kleeblatt am Oberarm! Ihr Tattoo! ... Ich brauche etwas Zeit, ich bin auf der anderen Rheinseite. Ich beeil mich. ... Ja, habe ich dabei.«

Eilig zog er seine Weste über, sah sich dabei seine Fotodateien an.

Marlene schaute durch die Küchentür, erkannte das Entsetzen, das für einen Moment über seine Gesichtszüge huschte. »Einsatz?«

»Eine Frauenleiche in Rees am Rheinufer.«

»Du meinst, es könnte ...?«

Von Aha nickte beklommen. »Es gibt da ein Tattoo, das sie seit dem Frühjahr hat.«

Sie begleitete ihn zu seinem Dienstwagen, sah zu, wie er das Blaulicht auf sein Dach heftete und den Wagen startete.

»Es stammt bestimmt nicht von deiner Chefin. Sie lebt, ich bin mir sicher.«

»Ich würde dir so gerne glauben.« Gero von Aha warf ihr einen Handkuss zu und verließ ihre Einfahrt rasant.

Du große Macht da oben, lass sie einfach recht haben, dachte er, während sein Herz so wild schlug, dass er es in seinen Halsadern spürte.

Den Schatten, der sich aus dem wilden Holunderbusch löste und sich durch die Weide in Richtung Rheinufer bewegte, sah er nicht. Auch den hauchzarten Klebefilm, der seine Scheibenwischer dauerhaft mit der Windschutzscheibe verband, sollte er erst später bemerken.

***

Maarten tigerte nervös von einem Raum in den anderen. Den Aufwand für die technische Überwachung des Haustelefons hatte er sich anders vorgestellt. Das halbe Esszimmer hatte der Fachmann mit Beschlag belegt, auf dem Tisch standen ein PC, Verstärker, zogen sich Reihen von Kabeln über die Kante.

»Befremdlich« hatte er Burmeester gegenüber den Gedanken genannt, dass von nun an immer eine Person anwesend sein würde, um diese Technik im Ernstfall zu bedienen. Damit die Suche nach einem Anrufer möglichst schnell aufgenommen werden konnte, war es unerlässlich, einen Beamten in der Nähe der Anlage zu postieren, der den eingehenden Anruf bei Bedarf mithörte, aufnahm und gleichzeitig auf die Daten achtete, die das Programm auf dem Bildschirm offenbarte.

War dies geschehen, würde die Leitstelle in Wesel eine Streife in unmittelbarer Nähe des angezeigten Standorts ausfindig machen und benachrichtigen, während sich die Handyortung durch die einzelnen Funkwaben arbeitete, den Sendemast, die exakte Position des Handys und bei angemeldeten Teilnehmern auch Nummer und Namen ermittelte.

Die Voraussetzung dafür war eine angemessene Dauer des Gesprächs und die offizielle Registrierung des Anrufers. Wäre das Gespräch zu kurz und die SIM-Karte des Handys nicht registriert, bliebe ein großflächiges Gebiet zur Überprüfung ohne Aussicht auf Erfolg übrig. Eine Identifizierung würde nicht möglich sein.

Während ein versierter Kollege von der Spurensicherung alles Notwendige einrichtete, sprach Burmeester mit Maarten. Er selbst würde in den nächsten vierundzwanzig Stunden hier vor Ort sein, um die Überwachung zeitnah auszuwerten.

Maarten blickte nervös auf seine Armbanduhr. »Hannah kommt bald. Was soll ich ihr nur sagen?«

Burmeester erinnerte die Situation schlagartig an die zahlreichen Gespräche mit seiner Mutter, bei denen sie ungeschickt herumgedruckst hatte, um ihm, dem kleinen Sohn, blumig und beschönigend zu erklären, dass auch ihr aktueller Mann sie wieder verlassen würde und nicht der ersehnte Papa sei. So sollten Gespräche mit Kindern über ernste Themen auf keinen Fall stattfinden.

»Möglichst direkt, ehrlich. Kinder sind nicht blöd, die merken, dass etwas nicht stimmt. Hannah wird sich heute Morgen schon gewundert haben, dass Karin fehlt, schließlich hat sie eine sehr zuverlässige Mutter.«

Maarten ließ seine Schultern hängen, wirkte hilflos. »Ich denke schon den ganzen Tag darüber nach, was ich ihr mitteilen soll. Aber ich kann ihr doch nicht sagen, ihre Mama sei verschwunden und niemand wisse, wo sie ist.«

Burmeester suchte den Blickkontakt zu ihm. »Doch, glaub mir, bring die Fakten und lass ihr Gelegenheit, ihre Gedanken und Gefühle frei zu äußern. Nimm ihre Sorge ernst und bestärke ihre Hoffnungen. Das wird euch beiden guttun.«

Der Techniker kündigte einen Versuch an, er würde mit seinem Smartphone die Nummer des Anschlusses wählen. Das Haustelefon meldete sich, Maarten sollte zwei Klingeltöne abwarten, das Gespräch dann annehmen und für mindestens eine halbe Minute halten. Gesagt, getan, der hochgereckte Daumen des Fachmanns, der immer noch wie ein Fremdkörper hinter dem Esstisch hockte, signalisierte, alles funktioniere ordnungsgemäß.

Kurz nachdem Maarten sein Telefon wieder neben seinem Handy abgelegt hatte, dessen Eingänge nun per Rufumleitung ebenfalls aufgenommen wurden, meldete sich Burmeesters mobiler Apparat. Seine Gesichtszüge wurden bei den ersten Sätzen, die er hörte, ungewöhnlich ernst. Er wendete sich ab, suchte den Weg in den Garten. Bruchstücke des Gesprächs drangen zu Maarten ins Wohnzimmer.

»Wo genau in Rees? … Ist das die letzte Buhne vor dem Bärenwall? Ja, kenn ich. Wer ist vor Ort? … Streife hat weiträumig abgeriegelt, das ist gut, es sind bestimmt Angler und Wasserratten dort unterwegs. Alles weiträumig abdrängen, ja, und keine Fotos dulden. … Genau, die Kameras und Handys einsacken, damit die Schaulustigen merken, dass es uns ernst ist. … Ohne Kopf? Hatten wir noch nie, hm. … Was? Sag das noch einmal, wie sieht das Tattoo aus? … Schick mir doch einfach ein Foto. … Nein, ich mach hier die Telefonüberwachung. … Gero kommt? Gut.«

Er wartete angespannt auf das Foto, öffnete die Datei und starrte auf sein Smartphone.

Maarten sah ihn bleich werden und schoss aus dem Haus auf die Terrasse. »Was ist? Sag schon, da ist doch was passiert!«

Mit einem Ruck riss er Burmeester unerwartet das Gerät aus der Hand und starrte auf das Bild. Eine Nahaufnahme. Eine Tätowierung. Ein vierblättriges Kleeblatt mit zarten Buchstaben in den Blättern. M, H, M, K. Mit weit aufgerissenen Augen starrte er Burmeester an, nur wenige Sekunden standen sich die beiden Männer unbewegt gegenüber. Maarten ließ das Smartphone fallen und rannte durch das Haus zur Diele.

»In Rees am Rhein liegt sie?«

Er griff sich die Autoschlüssel, und bevor Burmeester einen Ton sagen konnte, hörte er den Motor in der Einfahrt, mit quietschenden Reifen fuhr Maarten davon.

Der Techniker sah ihm nach, als er selbst in der Diele verschwand. »He, ich denke, Sie übernehmen hier. Es kann sich immer jemand melden.«

Nikolas Burmeester kam schlurfend zurück und setzte zu einer Erklärung an, als er Hannah mit ihrem Rad durch die Gartenpforte kommen sah. »Jaja, ich bleibe hier. Wenn alles so weit funktioniert, können Sie hier Schluss machen.«

Mit dem Kurzwahlprogramm rief er Gero von Aha an. »Bist du schon vor Ort?«

»Ja, ich parke gerade, ziemlicher Auflauf hier.«

»Maarten ist auf dem Weg nach Rees. Frag jetzt nicht, wie das geschehen konnte. Kümmer dich, ja?«

»Okay, ich verstehe.«

»Ich leg jetzt auf, Hannah kommt gerade.«

»Oh.«

Sie nutzte die offene Terrassentür und ließ mit lautem Gepolter ihren Schultornister auf den Boden plumpsen. Erstaunt blickte sie Burmeester an. »Wo ist Papa? Der soll mir bei Mathe helfen, weil ich das nicht in meinem Kopf behalten kann.«

»Der musste schnell weg. Vielleicht kann ich dir helfen, ich bin gut in Mathe.«

Neugierig umrundete sie den Esstisch, staunte über den Kabelwust, der notwendig war, um die Geräte in Betrieb zu nehmen. »Was ist das alles?«

Burmeester funkelte den Techniker an, der sein Werkzeug ordentlich in einem kleinen Koffer verstaute und sich nicht beirren ließ.

»Euer Telefon muss in den nächsten Tagen kontrolliert werden.«

Hannah gab sich verständig. »Ach, wieder Ärger mit Herrn Telekom, sagt Papa immer.« Sie schaute zu Burmeester, während sein Kollege sich verabschiedete. »Nikolas, wo ist Papa hin?«

Jetzt, in dieser Sekunde, stolperte er über seine eigene These zur Offenheit gegenüber Kindern. »Der muss sich was anschauen.«

»Dauert das lange?«

Burmeester wand sich wie ein Aal auf dem Trockenen um eine Antwort. War es seine Aufgabe, ihr vom ungewissen Schicksal ihrer Mutter zu erzählen? Spontan entschied er sich dagegen. Solange sie nicht konkret fragte, würde er sich nicht dazu äußern. Er brauchte hier dringend Unterstützung für den Fall der Fälle.

»Ich weiß nicht, wie lange er fort sein wird. Ich habe aber eine Idee. Wir rufen deine Oma an, die kann herkommen und so lange bleiben, bis er zurück ist. Gut?«

Begeistert stimmte Hannah zu. »Au prima, vielleicht backt sie mit mir zusammen Pfannkuchen. Und wenn Mama endlich kommt, dann überraschen wir sie. Pfannkuchen mit Marmelade mag sie besonders gerne.«

Burmeester nickte und starrte auf sein Smartphone. Nichts Neues aus Rees. Er wählte die Nummer von Johanna Krafft. Selbstverständlich machte sie sich gemeinsam mit Henner Jensen auf den Weg.

***

Gero von Aha näherte sich mit zögernden Schritten dem abgedeckten Körper, der auf dem grünen Weideland lag, unweit der Grauwacke, die an dieser Stelle das Ufer befestigte. Der diensthabende Arzt kam ihm entgegen, stellte seinen Koffer ab und blieb bei dem Kommissar stehen. Von Aha wies auf den Leichnam.

»Und?«

»Frauenleiche, vermutlich zwischen dreißig und vierzig Jahre alt.«

»Zeitpunkt?«

»Schlecht zu bestimmen, aber ich tippe mal zwischen Mitternacht und zwei Uhr früh.«

»Todesursache?«

»Ungeklärt. Keine äußeren Ursachen erkennbar. Der Kopf wurde ihr mit starken Hieben von einem schweren Werkzeug vom Rumpf getrennt. Findet ihn, und wir schauen, ob es einen Schuss oder Schlag gab. So kann ich nichts sagen.«

Er packte seinen Koffer und wollte weitergehen, hielt inne und rief nach von Aha, der bereits die weiße Plane am Fußende lupfte. »Da ist noch was.«

»Ja?«

»Die hat eine falsche Tätowierung.«

»Wie, falsch?«

»Das Bild auf dem Oberarm der Toten ist nicht in die Haut gestochen. Jemand hat ihr ein Hautstück mit einem Kleeblatt aufgeklebt. Ganz sauber und sorgfältig. Gar nicht so einfach, aber Sekundenkleber leimt selbst organische Stoffe aneinander. Das Flusswasser hat angefangen, den Hautlappen abzulösen. Ein paar Stromkilometer weiter, und das Gewebestück wäre für immer fort gewesen. So was ist mir noch nicht begegnet. Ripper vom Rhein, oder was?«

Kopfschüttelnd stakste er durch das hohe Gras. »Immer bekloppter wird diese Welt. Macht euch selbst einen Reim drauf. Mehr wird der Pathologe herausfinden. Mich zieht es wieder zu den Lebenden.«

Gero von Aha zog mit einem Ruck die weiße Plane fort und blickte auf einen üppigen, kopflosen Körper. Umgehend suchten seine Augen den linken Oberarm. Da war sie, die kleine

Tätowierung, die im K1 für Diskussionen gesorgt hatte. Permanente Körperbemalung spaltete die Kollegenschaft in Befürworter und Gegner. Karin hatte sich im Frühjahr unbeirrt dafür entschieden, fand, ein Glückskleeblatt sei das passende Symbol für ihr Leben. Hier pappte dieses Symbol nun am Oberarm eines fremden Frauenkörpers.

Tumult am rot-weißen Trassierband, das die Neugierigen auf Abstand hielt, erweckte sein Interesse.

»Lasst mich durch! Ich muss sie sehen, ich bin doch ihr Mann!«

Gero von Aha erkannte Maartens Stimme und deckte den Körper der Frau notdürftig wieder ab, ließ den Oberarm jedoch sichtbar. Er winkte dem diensthabenden Beamten, Maarten zu ihm zu lassen. Er rannte auf das Ufer zu.

Gero von Aha rief, so deutlich er konnte. »Sie ist es nicht. Maarten, es ist nicht Karin.«

Maarten erreichte ihn atemlos. »Aber das Tattoo?«

Von Aha wies auf den Oberarm. »Schau es dir an. Es ist nicht eingestochen, es ist aufgeklebt.«

Maarten bückte sich, erkannte, was von Aha ihm sagen wollte, blickte zu ihm hoch, schaute sich das Tattoo noch einmal an, blickte dann auf die Hand der Frau. »Es ist wirklich nicht Karin, die hier hat viel kleinere Hände.«

»Deine Frau lebt, glaub mir.«

Karin Kraffts Ehemann richtete sich auf, blickte auf den Rhein und drehte sich schlagartig wieder zu von Aha um.

»Und was ist dann mit Karin? Man hat ihr das Tattoo herausgeschnitten. Wer sagt mir, dass nicht irgendein Verrückter sie stückchenweise …« Er stockte.

Gero von Aha wusste nichts zu sagen. Was war, wenn die Theorie stimmte und jemand zwei Frauen auf dem Gewissen hatte? Langsam ging er auf Maarten zu und legte ihm seine Hand auf die Schulter. Wortlos und machtlos.

***

Hannah durfte ausnahmsweise am Esstisch ihre Hausaufgaben erledigen, so konnte Burmeester sich um sie kümmern und gleichzeitig in der Nähe der Überwachungsanlage sitzen. Sie schrieb gerade die letzten Zahlen in ihr Aufgabenbuch, als Henner Jensens Wagen in die Einfahrt glitt, umsichtig wie immer. Hannah wollte nachschauen, Burmeester nickte ihr zu, das Mädchen legte den Bleistift in sein Etui und lief los.

»Oma, Oma …«

Johanna Krafft sah blass aus, dieser Tag hatte auch bei ihr Spuren hinterlassen. Trotzdem nahm sie ihre Enkeltochter mit gewohnter Herzlichkeit in die Arme. »Na? Hast du schon etwas Anständiges gesessen?«

Typische Oma-Frage, dachte Burmeester, zuerst ans leibliche Wohlergehen denken.

»In der Betreuung gab es heute Fischstäbchen, Pommes und Salat, aber wir können Pfannkuchen machen, hilfst du mir?«

Henner hockte sich zu Burmeester an den Tisch und schaute staunend auf die technischen Geräte, während Hannah ihre Oma an die Hand nahm und in Richtung Küche zog. »Junge, du musst mir ausführlich erzählen, wie das hier funktioniert, die Frauen werden mit dem Kochen beschäftigt sein.«

Burmeester nickte und deutete mit dem Kopf in Richtung des röhrenden Mixers.

Henner senkte seine Stimme. »Johanna geht es so lala. Sie wird nicht schlafen und nicht ordentlich essen, bis wir Klarheit haben, glaub mir, Karins Verschwinden geht ihr verdammt nahe.«

»Nicht nur ihr, hier rotieren alle.«

Das Geräusch der brutzelnden Pfanne drang zu ihnen. Henner sprach mit gedämpfter Lautstärke weiter. »Diese Technik hier dient der Telefonüberwachung, richtig?«

Burmeester bestätigte seine Vermutung.

Henner Jensen nickte. »Sie ist entführt worden?«, fragte er leise.

»Das steht noch nicht fest, aber wir müssen auf alles vorbereitet sein. Und damit meine ich alles.«

Henner sah ihn von der Seite an. »Junge, du weißt doch was.«

»Ich kann nichts sagen, es ist nichts konkret.«

»Und wo ist Maarten hin? Der lässt seine Tochter genauso wenig im Stich wie ihre Mutter.«

Aus der Küche hörten sie Hannah, die aufzählte, womit sie die Pfannkuchen belegen könnten.

»Marmelade haben wir da, Erdbeere und Kirsche, und Papa streuselt sich immer ganz dick Zucker drauf. Das findet Mama überhaupt nicht gut. Und sie selbst mag Pfannkuchen mit Schinken, in der Wurstdose ist noch welcher. Wir stellen ihn in den Backofen, dann ist er noch warm, wenn sie kommt.«

Johanna nutzte diese Gelegenheit. »Hannah, komm, setz dich zu mir, ich muss dir etwas erzählen.«

»Aber Oma, die Pfannkuchen, wir müssen doch –«

»Wir nehmen die Pfanne für einen Moment von der Platte und machen gleich weiter.«

Die Männer hörten sie hantieren.

»Hannah. Deine Mama wird vielleicht heute Abend nicht nach Hause kommen.«

»Hat sie so viel Arbeit?«

»Nein, meine Liebe, sie ist nicht bei der Arbeit.«

»Aber wo ist sie dann? Hier jedenfalls auch nicht.«

»Sie wurde gestern zuletzt mit einer Freundin zusammen gesehen, und dann blieb euer Hund allein auf dem Parkplatz zurück. Ihre Freundin ist weggefahren, und Woodstock und Mamas Auto blieben dort. Hannah, niemand weiß im Moment, wo deine Mama ist.«

Es wurde still in der Küche, Hannah schien über die Worte ihrer Oma nachzudenken.

»Ich kann sie doch anrufen, dann sagt sie uns, wo sie ist.«

»Das haben viele Leute im Laufe des Tages immer wieder versucht. Ihr Handy ist ausgeschaltet, sie ist nicht zu erreichen.«

»Mama lässt uns doch nicht einfach allein.«

Burmeester und Henner hörten Hannah schluchzen, unerträglich für den jungen Kommissar. Er wollte aufspringen. Henner hielt ihn zurück. »Überlass das Johanna, sie macht das schon.«

Mit weinerlicher Stimme fand Hannah zu ihrer Sprache zurück. »Und wenn Woodstock sie sucht?«

»Der hat es in der Nacht schon versucht. Leider konnte er nicht helfen, weil Karin wahrscheinlich im Auto der Freundin saß. Ich glaube, er ist selbst ganz durcheinander, liegt nur vor der Tür und wartet.«

»Deshalb ist Nikolas hier. Der hilft uns, sie zu finden.«

»Genau. Jeder tut, was er kann.«

»Aber Oma, was kann ich denn machen?«

Johanna schien zu überlegen.

»Ich weiß, was wir machen können. Wir zwei fahren gleich in die Stadt, und dann zünden wir im Dom eine Kerze für sie an. Damit schicken wir unseren Wunsch, dass sie bald wieder da ist, zu den Helfern im Himmel.«

»Au ja, das machen wir auch immer, wenn wir uns was wünschen, was man nicht kaufen kann. Genauso machen wir das.«

»Und am Abend stellen wir noch ein Licht auf die Fensterbank, das ihr den Weg zurück leuchtet.«

»Meinst du? Sie kann das bestimmt nicht sehen, sie ist doch nicht bei den Nachbarn.«

»Hannah, es kommt darauf an, dass wir ganz fest daran glauben. Sie wird spüren, dass wir an sie denken. Alles hilft.«

Die Stimme des Mädchens klang wieder fest und klar. »Los, komm, Oma, wir fahren. Die Pfannkuchen können wir später noch fertig machen.«

Henner blickte Burmeester siegessicher an und stand auf. »Ich bin der Chauffeur der Ladys, pass gut auf den ganzen technischen Kram auf.«

Hannah wandte sich an Burmeester, während sie sich die letzte Träne von der Wange wischte. »Nikolas, wir gehen eine Kerze für Mama anzünden, damit sie weiß, dass wir sie lieb haben.«

»Die Idee ist gut. Auch wenn sie das sowieso weiß. Zünde stellvertretend für mich auch eine an, ja?«

»Ich denke dran. Und sag Papa, dass wir schnell zurück sind. Der soll sich nicht auch noch wegen uns Sorgen machen, ja?«

»Versprochen.«

Was für ein Kind, dachte Burmeester, während er Henners Wagen nachschaute, der langsam die Straße hinunterrollte. Genau so sollte ein Gespräch mit Kindern laufen, einfühlsam, mit einer tragfähigen Lösung am Ende.

Hauptsache, Maarten war bald wieder da.

***

Der Pathologe arbeitete schnell und routiniert, mit professionellem Abstand zum Fall und zu dem Körper auf seinem Edelstahltisch. Er und sein um zwei Köpfe größerer Assistent wirkten auf Gero von Aha wie ein eingespieltes Team, der große Mann wusste genau, bei welchen Handgriffen er seinen Chef unterstützen musste.

Der Kommissar und Staatsanwalt Haase verfolgten die Arbeit durch die Sichtscheibe der Schiebetür. Beide waren sie mit aufgeregten Fragen und flattrigem Nervenkostüm zur Obduktion erschienen und hatten den Pathologen ständig bei seiner Tätigkeit unterbrochen, bis er sie mit strenger Stimme hinter die Tür verwiesen hatte, sich absolute Ruhe vor jeglichem kriminalistisch denkendem Volk ausbat, um so zügig wie möglich diesen außergewöhnlich zugerichteten Leichnam zu begutachten. Ihm reichte sein Assistent, der wortlos seinen kargen Anweisungen folgte, ein riesiger Schatten mit schaufelartigen Händen, gehüllt in Einweghandschuhe der Größe XXXL.

Während der Mediziner die äußere Begutachtung vornahm, teilweise mit der Lupe über einzelne Hautpartien fuhr, dunkel unterblutete Stellen und den Zustand des Halses betrachtete, gab er knappe, präzise Sätze in ein Diktiergerät, das in dünnes Zellophan gehüllt war.

»Weiblicher Körper, zwischen fünfunddreißig und vierzig Jahre alt. Guter Allgemeinzustand, alle Körperhaare entfernt. Keine erkennbaren Partikel unter den Fingernägeln, die völlig intakt sind. Auch sonst keinerlei Abwehr- oder Kampfspuren. Der Kopf wurde, ich möchte fast sagen sachgemäß, zwischen dem zweiten und dritten Wirbel vom Körper getrennt.«

Seine Lupe fuhr um den Hals herum, er betrachtete die Trennspuren an der Haut.

»Es muss unterschiedliches Werkzeug benutzt worden sein. Hier hat jemand gearbeitet, der Fachwissen besitzt, was das Zerteilen von Körpern angeht. Der Schnitt ist sauber angesetzt und ohne Zögern durchgeführt worden, die Trennung der Wirbel erfolgte durch ein, zwei kräftige Hiebe mit einer Art Beil.«

Er blickte für einen Moment zur Scheibe, durch die ihn zwei Augenpaare beobachteten, und fuhr mit lauter Stimme fort:

»Suchen Sie als Tatwaffe für das Enthaupten ein scharfes Messer ohne Wellenschliff und ein gut geschliffenes Beil.«

Sein Assistent half gekonnt, den Körper auf die Seite zu drehen, um ihn auf dem Bauch zu lagern. Sie habe die Zeit im Wasser gut überstanden und keinen Kontakt mit einer Schiffsschraube gehabt.

»Eine Narbe im Bereich der Lendenwirbelsäule, wohl eine OP aufgrund eines Bandscheibenvorfalls. Nicht sehr kunstgerecht genäht.« Verächtlich schnaubte er auf. »Dilettant. Solche Kollegen lässt man an lebendige Körper.«

Von Aha hampelte neben dem Staatsanwalt von einem Bein auf das andere und zupfte schließlich am Ärmel von dessen teurem Anzug. »Wann kommt er zu der Tätowierung? Ob er sie erst noch öffnet, bevor er einen Blick auf den Oberarm wirft?«

Haase schüttelte ihn ab wie ein lästiges Insekt. »Ich kenne den Mann, der arbeitet sich gewissenhaft von außen nach innen, glauben Sie mir. Er ist gründlich.«

Sie sahen, wie der Körper erneut auf den Rücken gewendet wurde und der Fachmann sich nun den Füßen widmete.

»Und verfolgt seine eigene Ordnung. Schon pedantisch. Manchmal glaube ich, die kommen nicht unbeschadet durch ihre Berufsjahre.«

Der Pathologe blickte schlagartig in Richtung Tür, die Falten zwischen den Augenbrauen zusammengezogen. »Ich kann Sie hier hören, meine Herren. Entweder Sie verhalten sich gesittet und still, oder Sie warten oben im Besucherraum.«

Das ging offenbar zu weit, Haase schob mit einem Ruck die Tür auf, ein Schwall Formalin, Leichengeruch und Desinfektionsmittel drang zu den Männern.

»Darf ich Sie daran erinnern, dass es sich um eine von mir angeordnete Leichenschau handelt und ich sogar das Recht habe, neben Ihnen zu stehen? Und jetzt widmen Sie Ihre Aufmerksamkeit gefälligst dem Oberarm mit der offenbar post mortem aufgebrachten Tätowierung. Uns interessiert besonders Ihre geschätzte Meinung dazu, und vergleichen Sie bitte die Daten des Hautstücks mit den vorliegenden Daten der Hauptkommissarin Karin Krafft. Sie sind Ihnen im Intranet übermittelt worden.«

Deutlich hörbar schob er die Tür wieder zu, bevor der Mediziner antworten konnte. Zunächst gab er anatomische Einzelheiten zu den Füßen in sein Diktiergerät, nichts von Belang für den Fall, bevor er sich dem Oberarm der Leiche widmete. Er blickte lange durch seine Lupe, nahm diverse Proben, die der riesige Assistent mit seinen großen Händen in unglaublich kleine Röhrchen füllte, bevor er sein Diktiergerät erneut betätigte.

»Aus der gewohnten Ordnung geworfen, hier nun die Begutachtung des linken Oberarms. Aufgebracht mit einem leistungsstarken Klebemittel, genaue Analyse erfolgt, befindet sich in Höhe der Narben einer alten Pockenimpfung ein Hautstück von der Größe einer Zwei-Euro-Münze, das offenbar nicht zu dieser Frau gehört.«

Er beschrieb das Kleeblatt mit den vier Buchstaben.

»Dieses Hautstück wurde einer anderen Person entfernt, ebenfalls mit präzisen Schnitten, wohl so dünn wie möglich. Keine Schnibbelei, kein Zögern beim Schnitt, eingestochen und rundum ausgeschnitten, die Schneide angesetzt und dünn gehäutet.«

Von Aha konnte nicht anders, er rief in den Raum. »Lebte die Person noch, der man das Hautstück entfernte?«

Wieder blickte der Pathologe auf die Tür. Er antwortete jedoch nicht, sondern zuckte nur kurz mit den Schultern. »Fragen Sie mich mal, ob die Person unter Fußpilz leidet oder vegan isst. Kann ich Ihnen genauso wenig sagen. Die Proben werden zeigen, ob es von Ihrer Kollegin stammt. Mehr kann ich nicht sagen, und wenn Sie mich meine Arbeit machen lassen, komme ich auch schnell zum Mikroskop.«

»Wann kann ich Ihren Bericht erwarten?«

»Erwarten können Sie ihn ab jetzt, bekommen werden Sie ihn morgen früh um neun Uhr. Komm, Attila, jetzt schauen wir sie uns von innen an.«

Von Aha und Haase verließen den Flur, der Kommissar verspürte einen lange vergessenen Drang.

»Haben Sie eine Zigarette für mich?«

»Nein, Herr von Aha, ich rauche nicht. Und Sie sollten auch nicht damit anfangen, es steht Ihnen nicht.«

Sie stiegen in Haases Lexus, schweigend fuhren sie von Duisburg zurück nach Wesel, Haase konzentriert am Steuer, von Aha mit permanentem Blick aus dem Seitenfenster. Erst als sie auf den Parkplatz hinter dem Gerichtsgebäude am Herzogenring in Wesel einbogen, schaute er den Staatsanwalt an.

»Attila.«

»Ja, und der Vorname des Pathologen ist Benjamin. Die besten Sketche schreibt der Alltag live, selbst wenn wir mit dem Tod konfrontiert sind. Ich kenne das Team, die sind zuverlässig, der Bericht wird um neun vorliegen.«

»Wir haben zumindest die Bestätigung, dass das Kleeblatt wirklich aufgeklebt wurde. Ich konnte es nicht glauben, draußen in Rees.«

»Ja, das heißt, die Wahrscheinlichkeit ist groß, dass Karin noch lebt.«

»Aber warum präsentiert uns jemand diesen absolut widerwärtigen Fake?«

Haase stellte den Motor ab.

»Und wer ist die Tote?«

ZWEI

Ein wildes Tier hatte sich im Schutz der Dunkelheit mit spitzen Zähnen in ihrem Oberarm verbissen. Es ließ nicht locker, dieses blutrünstige Viech, blieb in ihrem Fleisch stecken wie eine Kette unliebsamer Zecken und verursachte einen höllisch stechenden Schmerz. Giftig gelbe Augen, umgeben von einem Kranz aus stinkendem, verfilztem Fell, starrten sie an, wenn sie es schaffte, den Kopf zur linken Seite zu neigen – nicht, ohne eine migräneartige Welle unter ihrer Schädeldecke auszulösen. Es schmatzte und ließ nicht eine Sekunde von ihr ab, bohrte sich immer tiefer in ihren Arm, während sie nahezu regungslos dalag, unfähig zu klaren Gedankengängen oder planvollem Handeln. Das Tier musste weg.

Karin Krafft wusste nicht, ob ihre Augen beeinträchtigt waren, ob sie sich in einer Art Koma befand oder welchen Grund es sonst für diese absolute Dunkelheit geben konnte, die sie umgab. Ihre Hände, Füße, alles an ihr fühlte sich fremd und schwer an, dazu kam dieser ungewöhnliche Schmerz, der ihren gesamten linken Arm besetzte. Wie war das mit dem gelbäugigen Tier? Hatte sie phantasiert?

Sobald das Kribbeln ihre rechte Hand verließ und sie zumindest das Gefühl hatte, diese Extremität wieder bewegen zu können, langte sie vorsichtig über ihren Rumpf hinweg zu dem schmerzdurchfluteten Oberarm, strich zunächst in luftigem Abstand an ihm entlang. Da war kein Tier. Zögerlich berührte sie den Arm, ein Schrei entfuhr ihrer Kehle, durchzuckte den malträtierten Kopf. Was war das? Unter einer Schicht Verbandsmaterial schien sie verwundet zu sein. Eine Schießerei im Dienst? Ein Verkehrsunfall? War sie im Krankenhaus? Nein. Es roch anders hier, undefinierbar. Dort wäre Licht, es gäbe Menschen in ihrer Nähe. Vielleicht befand sich jemand in Hörweite, sie räusperte sich.

»Hallo?«

Sie erschrak über den gebrochenen Klang ihrer eigenen Stimme.

»Ist hier jemand?«

Keine Reaktion, nicht das kleinste Geräusch. Sie war allein. Was, wenn ihre Augen den Dienst quittiert hatten und ihr Geruchssinn sie täuschte? Karin betastete ihre Stirn. Auch dort eine Schmerzquelle, eine weitere Verletzung, mit einem breiten Pflaster abgeklebt. Von Minute zu Minute wurde ihr Geist wacher, während ihr Körper in Regungslosigkeit verharrte. Angestrengt dachte sie über die mögliche Ursache für ihren desolaten Zustand nach, fand jedoch keinen plausiblen Grund. Keine Erinnerung. Tilt. Error.

Ein ratterndes Geräusch außerhalb des Raumes ließ ihren Körper in winzigen Erschütterungen beben, ohne dass sie deuten konnte, worum es sich handelte. Ihre Lippen fühlten sich spröde an, der Mund staubtrocken. Erschöpft dämmerte Karin Krafft zurück in die innere Dunkelheit.

Ein metallisches Klappern, Klirren wie von einem Schlüsselbund, drang an ihr Ohr, näher und direkter als das Rattern zuvor, weckte ihre Sinne schlagartig wieder. Da kam etwas auf sie zu. Das gelbäugige Tier? Quatsch. Schalte dein Hirn ein, denk logisch, schalt sie sich.

Als Nächstes traf sie dieser Blitz, der sich in ihre Augen bohrte, sich rot hinter reflexartig geschlossenen Lidern abzeichnete. Licht, klein, beweglich, bevor es direkt neben ihr an der Wand haften blieb. Eine Frauenstimme tauchte aus dem Raum auf.

»Bist du wach? Das ist ein LED-Licht. Wenn du drauftippst, geht es aus. Hier sind Batterien zum Wechseln. In der Kühlbox findest du was zum Essen. Was machen Kopf und Arm? Brauchst du Schmerzmittel?«

Wer war das, und in welchem Alptraum fand diese Szene gerade statt? Sie öffnete blinzelnd die Augen, das Gesicht zu der Stimme erschien im kalten Lichtkegel. Irgendwo in Karins Kopf machte es klick.

»Greta, bist du das?«

»Neben der Kühlbox ist eine Plastikdose mit Verbandsmaterial und Desinfektionsmittel. Ich denke, du kannst dich selbst versorgen. Und ich lasse dir einen Streifen Paracetamol da. Jeden Tag einen, damit du dich nicht wegschießt.«

»Greta, was soll das? Wo bin ich hier?«

»Keine Fragen. Hör zu, ich bringe gleich noch ein paar Flaschen Wasser. Am besten drehe ich die Verschlüsse auf, du wirst das sonst nicht schaffen. Am anderen Ende des Raumes findest du ein Campingklo. Deine Beine sind ja fit, oder?«

Karin wagte es nicht, sich aufzurichten, jede Bewegung des Oberkörpers schien ihren Arm zu zerreißen.

Die Frau strebte zur Tür des schmalen Raumes.

»Halt, warte. Greta – du bist das doch, oder? Wo bin ich hier, und wieso bin ich verletzt?«

Die Frau zögerte und drehte sich um. »Du bist verletzt, um zu leben, glaub mir. Frag nicht nach den Gründen, die willst du gar nicht wissen. Je weniger du weißt, umso besser. Ich werde dich versorgen, bis alles vorbei ist.«

»Was soll das heißen? Erklär es mir.«

Die Frau hielt in ihrem Bewegungsablauf inne, einen kleinen Moment nur, und Karins schlagartig aufgewecktes Hirn erkannte scharfsinnig eine winzige Chance.

»Komm, um der alten Zeiten willen. Wir haben uns doch immer alles erzählt. Bitte, was ist hier los?«

»Ich … kann nicht.«

Sie verriegelte die Tür hinter sich, schloss eine zweite zunächst auf, um sie sorgfältig von außen wieder zu verschließen.

Karin schaute sich um. Sie lag auf einem Campingbett, es wirkte nicht neu und benutzt und füllte die Stirnseite des Raumes gegenüber der Tür aus, die ein kleines Sichtfenster in Kopfhöhe hatte, ebenfalls verriegelt.

Bekleidet war sie mit ihren Sachen, die Schuhe standen am Fußende auf dem Boden. Blut hatte überall auf ihrer Kleidung dunkle Flecken hinterlassen und diesen metallischen Geruch, der sich mit ihrem Schweiß vermischte, getrocknetes Blut ließ sich von der Haut abreiben, klebte in ihrem Haar. Lädiert und schmuddelig fühlte sie sich, verwirrt und gelähmt von aufflackernder Angst. Die Ruhe bewahren.

Der Raum war schmal, die Wände mit Rigipsplatten verkleidet, kein Verputz, kein Anstrich. Der Boden war ebenfalls isoliert, es gab ferner die von Greta beschriebenen Gegenstände, kein Fenster, kein Lichtschalter, keine Steckdose, nur am anderen Ende die verriegelte Tür. Von ihrem Rucksack keine Spur.

Karin Krafft resümierte. Ich bin verletzt. Ich befinde mich in einem simplen, spärlich eingerichteten Raum ohne Tageslicht. Ein Ausweg führt durch zwei Türen, eine ist verriegelt, die andere verschlossen. Ich werde mit dem Notwendigsten versorgt. Für all das verantwortlich ist anscheinend meine alte Freundin Greta.

Ihre rechte Hand suchte das Licht. Ein leichter Druck auf das runde Gehäuse ließ es erlöschen. Aus.

Eingeschlossen und allein gelassen.

An.

Ich weiß nicht, was sich unter den Verbänden auftut, ich kann meinen Kopf ja nicht einmal betrachten. Und den Arm nicht bewegen. Es ist Blut geflossen, mein Blut.

Aus.

Wie lange bin ich schon hier? Das Handy, meine Jacke, nichts kann ich entdecken.

An.

Ich bin gefangen.

Aus.

***

Maarten kam spät. Er wirkte verstört. Tiefe Ränder unter den Augen zeugten von der seelischen Belastung, die er gerade durchlief. Sein langes Haar fiel in Strähnen über die Schultern. Johanna hatte ihrer Enkelin erlaubt, aufzubleiben, um ihrem Vater noch Gute Nacht zu sagen, nachdem sie gemeinsam eine dicke Kerze in einer Laterne in das große Wohnzimmerfenster gestellt hatten. Hannah lief ihm in die Arme.

»Für dich stehen zwei supergute Pfannkuchen im Backofen. Wir haben extra nachgeschaut, ob noch genug Zucker im Haus ist, damit es dir schmeckt.«

»Das ist lieb, meine Große, aber du musst jetzt ins Bett. Mach dich fertig, ich komme gleich nach.«

Erst als sich die Tür zum Badezimmer in der oberen Etage hinter ihr schloss, berichtete er Burmeester von seiner Angst vor der Konfrontation mit Karins Tod, davon, zum ersten Mal eine Wasserleiche gesehen zu haben, und der Erleichterung, als feststand, dass dieser leblose Körper nicht der seiner Frau war.

Henner hielt Johanna im Arm, die flach atmend angefangen hatte zu zittern.

Burmeester fand sich schlecht im Trostspenden, speziell bei Männern. Er legte seine Hand auf Maartens Schulter, klopfte mehrmals, ließ seine Finger dort ruhen. »Mann, das ist aber auch ein Ding. Zunächst steht fest, dass sie lebt.«

Maarten kramte in seiner Hosentasche, brachte ein Haargummi zum Vorschein, umfasste mit einer hastigen Bewegung seinen dunklen Schopf und band ihn zu einem Zopf.

»Ja? Meinst du? Vielleicht gibt es ja eine zweite Frau mit einer identischen Tätowierung. Entschuldige meinen Sarkasmus, ich stehe echt neben mir. Meinst du wirklich, Karin hat sich freiwillig das Tattoo herausschneiden lassen?«

Johanna meldete sich mit klarer Stimme zu Wort. »Hör bitte auf, wir müssen positiv denken, für Hannah, für Karin, und damit wir alle hier genügend Kraft für die nächste Zeit haben.«

Die Badezimmertür öffnete sich, Hannah rief die Treppe hinab. »Gewaschen, Pyjama an, Zähne geputzt. Ich bin so weit, Papa. Und gute Nacht alle da unten und gute Nacht, Mama.«

Die Erwachsenen im Erdgeschoss schauten einander an, bevor Maarten aufstand und nach oben ging.

Johanna richtete sich neben Henner auf. »Da hast du's. Sie bringt uns bei, was Hoffnung bedeutet.«

Henner nickte anerkennend. »Ein tolles Kind, deine Enkelin, aber deine Vorgabe war ja auch genau richtig. Sie hofft, weil du es ihr gezeigt hast.«

»Ich zermartere mir die ganze Zeit schon das Hirn auf der Suche nach dieser Greta in ihrer Kindheit. Es taucht einfach kein Nachname auf. Dabei war Karin doch erst vorgestern noch mein kleines Mädchen. Henner, das ist furchtbar, wenn sich im Oberstübchen zu ganz bestimmten Themen einfach nichts mehr regt.«

»Ich finde es nicht verwunderlich, meine Liebe, alles Unwesentliche verblasst mit der Zeit. Wenn wir uns an die eigenen Freunde erinnern, dann ist das schon viel.«

Burmeester nahm sein Smartphone und horchte bei Gero von Aha nach, ob es Neuigkeiten aus der Pathologie gab. Er verneinte, man würde gerade das tätowierte Hautstück untersuchen und mit Karins Daten abgleichen. Ergebnisse gebe es am Morgen.

Plötzlich reagierte von Aha ungewöhnlich emotional. »Ich wünsche ihr und uns, dass sie noch lebt. Ich will nicht derjenige sein, der sie an einem Tatort auffindet. Das pack ich nicht, Mann!«

Sie schwiegen eine Weile, Burmeester fehlten wieder die Worte. Es schien gut zu sein, sich einfach nur atmen zu hören.

»Soll ich dich um dreiundzwanzig Uhr bei der Überwachung ablösen?«

»Nicht nötig. Wenn du um sechs Uhr da bist, kann ich mich noch zwei Stunden aufs Ohr hauen bis zum Dienstbeginn.«

»Um zehn ist große Lage, du solltest pünktlich sein. Volles Aufgebot mit Unterstützung aus Düsseldorf.«

»Schlaf gut, Alter.«

»Bleib wach, Sponti.«

Maarten kam die Treppe hinunter und hielt ein Buch von Hannah in der Hand. Sie wollte es in ihrer Schulklasse herumgehen lassen, jeder konnte sich mit einem kleinen Foto und ganz persönlichen Informationen dort verewigen.

»Sie sagt, Mama und Papa müssen als Erste was hineinschreiben. Ich soll es zu dem Licht am Fenster stellen, damit Karin Bescheid weiß. Johanna, sie ist voller Zuversicht. Ich danke dir. Besser hätte ich es nicht machen können.«

Johanna schien nicht bei der Sache, starrte auf das Buch mit dem pinkfarbenen Einband, das Maarten an die Scheibe lehnte. »Hast du oben in Karins Sachen nach einem Poesiealbum gesucht?«

»Ich habe versucht, alles mit Fotos und handschriftlichen Einträgen zu finden. Ein, wie hast du das genannt?, war nicht dabei.«

»Kennst du das nicht mehr aus deiner Schulzeit? Ach, stimmt ja, es waren mehr Mädchen als Jungen damit beschäftigt, weise Sprüche in Alben zu schreiben. ›Sei wie das Veilchen im Moose, sittsam, bescheiden und rein, und nicht wie die stolze Rose, die immer bewundert will sein.‹ Das war so ein typischer Spruch.«

Die Aufregung über ihre Idee ließ Johannas Wangen erröten. Sie tätschelte Henners Oberschenkel.

»Siehst du, es sind nicht alle Details weg, nur ins hinterste Eck geräumt. Ich erinnere mich an ein Buch, fast quadratisch und mit bunt bedrucktem Webstoff gebunden. Es hat auf der Vorderseite ein eckiges, flaches Schloss. Karin bekam es von ihrer Patentante geschenkt, als sie acht Jahre alt wurde, und trug das winzige Schlüsselchen lange an einer silbernen Halskette. Karins Freundinnen, die es in die Hand bekamen, mussten ihr hoch und heilig versprechen, auf Buch und Schlüssel aufzupassen. Es kann sehr gut sein, dass auch Greta als frühe Freundin sich dort eingetragen hat.«

Maarten war sich sicher, solch ein Buch nicht entdeckt zu haben. »Aber kommt doch mit nach oben, wenn ihr leise seid. Schauen wir uns noch einmal gemeinsam um.«

Henner winkte ab. »Es ist zu eng für drei Leute in dem Zimmer. Ich bleibe hier und koche für Nikolas einen starken Kaffee. Und dann lass ich mir von ihm die Technik erklären.«

Burmeester war dankbar, Kaffee war eine gute Idee. Die Technik kannte er selbst nur oberflächlich. Wenigstens sollte er nicht schon wieder einen Mann trösten. Auch gut.

***

Ein Kollege der Spurensicherung war im Haus der Hauptkommissarin in Lüttingen zur Telefonüberwachung abgestellt worden, so konnten alle Männer des K1 bei der großen Lagebesprechung anwesend sein. Als Verstärkung rief die Behördenchefin van den Berg eine Kollegin aus dem LKA Düsseldorf auf den Plan, Hauptkommissarin Anka Fresenius, erfahren in der Aufklärung von Vermisstenfällen mit vielfältigen Hintergründen.

Eine farblose, grauhaarige Frau stellte sich mit wenigen wohlgewählten Worten vor. Hellwache Augen suchten der Reihe nach Blickkontakt zu allen Anwesenden, ihrem Gesicht schien selten ein Lächeln zu gelingen, das silbrige Haar war unliebsam und straff zu einem Zopf zusammengezogen, Jeans und T-Shirt, beides verwaschen und in die Jahre gekommen, wirkten an ihrem üppigen Körper zu knapp. Ihre tiefe Stimme und männlich wirkenden Gesten wie das Reiben des Zeigefingers unter den Nasenlöchern erregten sofort die Aufmerksamkeit der

Anwesenden. Mit sachlicher Kompetenz schien sie innerlich die Ärmel hochgekrempelt zu haben, bereit für ihren Einsatz am unteren Niederrhein.

»Wer von Ihnen übernimmt Aktenführung und Präsentation?«

Von Aha meldete sich, balancierte ein Tablett mit allen Kaffeebechern, die er auftreiben konnte, und verteilte sie.

»Danke, für mich ausschließlich Darjeeling«, sagte Fresenius.

Staatsanwalt Haase horchte auf. »Vermutlich der erste Tee der Ernte?«

Sie blickte in seine Richtung, ihr linker Mundwinkel zog sich einen Millimeter nach oben. »First Flush, die frühe Ernte, richtig. Ansonsten Wasser mit Kohlensäure. Herr von Aha, den aktuellen Sachstand bitte.«

Er hatte sich vorbereitet. Fakten in Stichworten, Fotos der Toten, des Rastplatzes, des Tattoos und die Ergebnisse der pathologischen Untersuchungen erschienen wohlsortiert auf der gläsernen Präsentationswand.

»Es gibt noch keinerlei Hinweise darauf, wer die Tote ist. Sie ist zwischen fünfunddreißig und vierzig Jahre alt, hat kein Kind geboren, an ihrem rechten Arm lässt sich auf dem Röntgenbild ein kürzlich verheilter Bruch von Elle und Speiche erkennen. Vor Jahren ist sie offenbar an einem Bandscheibenvorfall operiert worden.«

»Gibt es Hinweise auf sexuelle Gewalt?«

»Nein, nichts. Auch scheint niemand sie zu vermissen, alle Polizeidienststellen sind informiert, falls es zu einer Vermisstenanzeige kommt. Tja, und die Enthauptung durch einen versierten Täter mit gutem Werkzeug macht sie so tragisch gesichtslos. Solange ihr Kopf nicht gefunden wird, können wir auch keinen Zahnstatus zur Identifizierung nutzen.«

»Sind ihre Fingerabdrücke durch das Programm gelaufen?«

Von Aha nickte. »Weder in nationalen Dateien noch bei Interpol sind die Prints zu finden, ebenso wenig wie ihr DNA-Profil. Eine unbekannte Tote ohne auffällige äußere Merkmale, die man für eine gezielte Suche beschreiben könnte. Gebrochene Unterarme wird es in den letzten Monaten zu Tausenden gegeben haben.«

»Beschränken Sie den Radius der Überprüfung auf die Region, da wird die Anzahl überschaubar sein.«

»Okay. Eines steht mit hundertprozentiger Sicherheit fest: Das Hautstück mit dem Kleeblatt stammt von Hauptkommissarin Karin Krafft. Die Tote muss in der gleichen Nacht in den Fluss geworfen worden sein, in der Karin verschwand. Karin hatte den Abend mit einer alten Freundin verbracht, die sie lange nicht getroffen hatte, war mit ihr zusammen zum Parkplatz gegangen und wurde seitdem nicht mehr gesehen. Wir können ausschließen, dass diese alte Freundin und die Tote im Rhein dieselbe Person sind.« Er beschrieb die Situation auf dem Rastplatz und präsentierte das Phantombild.

»Die bislang einzige Verbindung zwischen Karin und der Toten bildet dieses Stück Oberhautgewebe.«

Mit angestrengtem, konzentriertem Gesichtsausdruck war Anka Fresenius den Ausführungen gefolgt. »Meine Methode ist das gute alte Brainstorming, ich bitte um lebhafte Beteiligung des Teams, alle Gedanken sind wichtig. Herr von Aha wird dokumentieren.«

In ungewohntem Stakkato folgten nun ihre Anmerkungen und Fragen.

»Also, was wollen die Täter, will der Täter uns mitteilen? Wer will entweder uns oder einem Unbekannten etwas sagen? Ist das die wahnsinnige Tat eines Menschen in psychischer Ausnahmesituation oder mit seelischer Erkrankung? War eine Jugendgang gezwungen, den Nachweis einer Tat zu erbringen? Ist die Fließgeschwindigkeit des Flusses errechnet worden, um vom ungefähren Todeszeitpunkt ausgehend den Ort der Wasserung zu bestimmen? Wie und wo entsorgt man hier in der Gegend einen Kopf, möglichst ohne Spuren zu hinterlassen?«

Von Aha tippte sich die Finger kraus, niemand außer der Frau aus Düsseldorf kam zu Wort.

»Natürlich verwischen Spuren bei stundenlanger Umspülung mit Flusswasser. Eines, meine Herren, steht jedoch fest. Die Tote und Ihre Hauptkommissarin stehen in einem unmittelbaren Zusammenhang. Den Beschreibungen nach ist die Tote nicht die ominöse Freundin Greta, zu groß, zu schwer. Ergo ist die Hauptfrage, wem dieses Hautstück etwas mitteilen soll. Ist die

Botschaft für uns, oder geht sie an eine unbekannte Adresse? Gibt es einen beruflichen Zusammenhang zwischen der Unbekannten und der Hauptkommissarin? Ich meine, gab es Fälle von Konflikten oder Kontroversen, in die eine Frau ihres Alters involviert war?«

Gero von Aha bat um einen kurzen Stopp im Hirnsturm, Fresenius lehnte ab.

»Es läuft gerade so gut, und Ihre Kollegen sind noch nicht zu Wort gekommen. Halten Sie alles stichwortartig fest.«

Sie suchte wieder den Blickkontakt in der Runde. »Nun, meine Herren? Und Frau van den Berg, Sie dürfen sich ebenfalls beteiligen. Jeder konstruktive Gedanke zählt.«

Diese direkte Einladung zur Beteiligung kam der Behördenchefin ganz gelegen.

»Selbstverständlich. Es geht um das Schicksal einer geschätzten Mitarbeiterin, da wird niemand hier im Raum sich ausschließen. Meinen Segen haben Sie, egal, wie ungewöhnlich Ihre Fahndung sich gestalten wird. Mir fiel gerade ein, dass wir in anderen Kommissariaten nach vergleichbaren Fällen von Tötung und Verstümmelung suchen sollten.«

Tom Weber schaffte es gerade noch, vor Fresenius zu Wort zu kommen. »Wir haben gestern bereits eine bundesweite Anfrage ausgegeben. Nichts. Ich denke, es war eine personenbezogene Entscheidung. Nicht jedes potenzielle Opfer verfügt über ein so individuelles Merkmal wie Karin Krafft. Meiner Meinung nach ist der Täter die einzige Verbindung zwischen den Frauen. Oder diese Greta.«

Fresenius schaffte es kaum, sich zurückzuhalten, Burmeester kam ihr zuvor.

»Ich bin mir nicht sicher, ob nicht beide Fälle hier vermischt werden und eigentlich getrennt voneinander gesehen werden müssen. Immer suchen wir einen Zusammenhang zwischen Karin und der Unbekannten. Vielleicht gibt es keinen? Vielleicht war die Tote nur zum falschen Zeitpunkt am falschen Ort und kam dem Täter sehr gelegen, weil er …«

Er geriet ins Stocken, Fresenius spornte ihn an. »Ja, ja, weiter, Herr Burmeester, weil er was? Weil er einen toten Arm brauchte, auf dem er das Tattoo fotografieren konnte. Ein Dritter sollte nicht erkennen können, dass die Tote nicht Frau Krafft war. Ein perfider Plan.«

Jerry Patalon schaffte es ohne Hektik, seinen Gedanken zu äußern, jeder hing noch an den letzten Ausführungen der Neuen. »Es soll also jemand glauben, Karin sei tot.«

Van den Berg schüttelte den Kopf. »Das ist doch ein Irrsinn. Wer soll denn auf ein präpariertes Tattoo hereinfallen? Das merkt doch ein Laie, dass es sich um eine Täuschung handelt. Wer auch immer kann sich denken, dass wir sofort die Fakten sortiert kriegen.«

Haase setzte seinen Kaffeebecher ab und antwortete bedächtig. »Natürlich kennen alle Fachleute den Unterschied. Aber ein Laie, dem man ein Foto mit dem blutverschmierten Kleeblatt am Arm vor die Augen hält, denkt sich, die lebt nicht mehr. Vielleicht hat der Täter ja sogar damit gerechnet, dass sich der Hautlappen im Fluss vom Körper löst. Wenn ich den Bericht des Pathologen richtig gelesen habe, wäre dies ja auch fast der Fall gewesen.«

Burmeester blickte zur Infowand. »Jemand wollte einen Nachweis darüber, dass Karin Krafft nicht mehr lebt. Hat dieser Jemand ihren Tod in Auftrag gegeben, oder wozu dient dieser Ablauf?«

Tom Weber brachte es in die direkte Rede. »Töte die Frau und bring mir einen Beweis!«

Fresenius drängte sich nach vorn. »Und weil die Hauptkommissarin noch lebt, musste sie sich, freiwillig oder unfreiwillig, von diesem Hautstück trennen, damit es einer anderen Leiche angehaftet werden konnte.«

Burmeester sprang auf. »Genau. Und damit der Schwindel nicht aufflog, musste die andere kopflos sein, damit der Fake auf Fotos oder Videos nicht erkannt wurde.«

Stille erfüllte den Raum, nachdenklich und mit einem Aufatmen. Es wurde denkbar, sogar wahrscheinlich, dass die Hauptkommissarin noch lebte.

Von Ahas Finger lagen über der Tastatur, er selbst gab sich den Text der nächsten Eintragung vor. »Also zwei Täter auf jeden Fall. Ein Auftraggeber und ein Ausführender.«

Wieder war es die Stimme aus Düsseldorf, die blitzschnell

reagierte. »Genau. Ich glaube an einen Mann im Hintergrund. Ausführend war eine Frau.«

Von Aha blickte auf. »Wie untermauern Sie diese These? Einen Menschen zu enthaupten zählt nicht gerade zu den typisch weiblichen Tötungsarten.«

»Sie wird nach ihrem Tod enthauptet worden sein, damit geht es um das gezielte Entsorgen einer Leiche, nicht die Tötung. Frauen, die ihre Opfer zersägten oder anderweitig zerlegten, gibt es genug in der Kriminalgeschichte. Und diese Idee mit dem aufgeklebten Tattoo, meine Herren, mal ehrlich, ist das ein männlicher Gedanke?«

Burmeester lehnte sich zurück. »Also suchen wir vermutlich die unbekannte Greta. Sie ist zuletzt mit Karin gesehen worden.«

Er erntete Zustimmung. Nur van den Berg meldete sich skeptisch.

»Jetzt werden Sie nicht auf dem anderen Auge blind, wertes Team K1. Und selbst wenn diese These beweisbar wird, dann haben wir die ausführende Kraft. Wer jedoch ist der mächtige Mann im Hintergrund, für den Greta tötet und planvoll verstümmelt? Wer oder was kann eine Frau so unter Druck setzen?«

Fresenius drehte Runden vor der Glaswand und betrachtete den Lageplan, auf dem der Ort des Verschwindens der Kollegin und der Fundort der Leiche eingezeichnet waren.

»In einer Nacht verschwindet die Kommissarin, und eine andere Frau stirbt, um den Nachweis des Todes von Frau Krafft zu erbringen. Der Rhein hätte den Zusammenhang fast verwaschen. Wenn Sie mich fragen, dann fand und findet alles in unmittelbarer Umgebung statt. Nichts geschah weit voneinander entfernt. Anhand der Fließgeschwindigkeit des Rheins werden wir bestimmen, wo die Frau ins Wasser geworfen wurde, und dann finden wir vielleicht auch den Kopf.«

Sie wandte sich an die anderen. »Und Ihre Hauptkommissarin befindet sich ebenfalls ganz in der Nähe, die wird niemand quer durch die Republik fahren, um ihren Tod zu vertuschen. Sollte unsere Theorie stimmen, ist diese Täuschung für die Täterin lebenswichtig gewesen. Daraus ergibt sich für mich nur eine Schlussfolgerung.«

Fresenius nutzte diesen Moment der völligen Aufmerksamkeit, die sich auf sie lenkte: »Wir werden Frau Krafft offiziell für tot erklären.«

Aufruhr erfasste alle Anwesenden, Stimmengewirr, entsetzte Blicke. Fresenius verschaffte sich erneut Gehör.

»Meine Herrschaften, bitte denken Sie darüber nach. Wenn jemand unbedingt ihren Tod wollte, dann mit eiskaltem Kalkül und Plan im Hintergrund. Karin Krafft muss beerdigt werden, damit sie überleben kann. Ihr Einverständnis vorausgesetzt, wird es dazu morgen früh um zehn Uhr eine groß angelegte Pressekonferenz geben, seien Sie präsent und pünktlich.«

Sie wandte sich an Nikolas Burmeester. »Herr Burmeester, im Vorfeld informieren Sie Frau Kraffts Familie, und nehmen Sie sich psychologischen Beistand mit. Sie müssen, wir alle hier müssen uns darüber im Klaren sein, dass es gilt, einige Tage überzeugend den Trauerzustand zu mimen. Also auch intern heißt es, angemessen zu reagieren, schwarze Trauerschleifen an den Fahrzeugen, eine Kerze auf ihrem Schreibtisch. Mit den informierten Kollegen der Spurensicherung und auch denen der Rechtsmedizin spreche ich, damit es dort kein Leck gibt. Wichtig ist es, in der gesamten Behörde ein einheitliches Bild abzugeben, nicht übertrieben, aber betroffen, falls es an irgendeiner Stelle, im Reinigungsdienst oder bei einem Zulieferer oder wo auch immer, eine undichte Stelle geben sollte. Ich gehe nicht davon aus, aber Vorsicht ist geboten. Zu beiden Fällen werden wir intensiv ermitteln.«

Im Vordergrund stand unausgesprochen das Auffinden der Hauptkommissarin.

***

Das K1 arbeitete den Rest des Tages in erwartungsvoller Hektik, jeder gab, was er konnte.

Die zur Verfügung stehenden Daten aus der Pathologie wurden in sämtliche nationalen und internationalen Datenbanken eingegeben. Den ganzen Tag über trudelten Ergebnisse ein, allesamt negativ. Die tote Frau vom Reeser Rheinufer blieb anonym.

Anka Fresenius bereitete gemeinsam mit dem Pressesprecher

die offizielle Verlautbarung über den Tod von Hauptkommissarin Karin Krafft vor. Ein schwerer Schritt, der an keinem der beteiligten Kollegen unbemerkt vorbeiging, die Aufgewühltheit angesichts dieser Entwicklung hing in den Diensträumen des K1 wie ein niederrheinischer Nebelschwaden.

Die technische Überwachung in Lüttingen kam nicht zum Einsatz, Maarten erhielt nur einen einzigen Anruf aus dem Ausland, Karins erwachsener Sohn rief aus Myanmar an, wo er sich in diesem Sommer um Opfer einer Flutkatastrophe kümmerte. Maarten verschwieg ihm die aktuelle Lage, um Sorgen am anderen Ende der Welt zu verhindern.

Bis auf eine Stallwache begann für die anderen ein nachdenklicher, sorgenvoller Feierabend. Die Geschehnisse der letzten vierundzwanzig Stunden perlten an niemandem ab.

Gero von Aha konnte sich nur schlecht mit der Tatsache abfinden, dass eine andere Frau die Leitung des Kommissariats übernommen hatte. Bei aller Brisanz, die diese ungeklärte Sachlage mit sich brachte, hatte er sich nach einem Zehn-Stunden-Tag verabschiedet. Er schwankte zwischen der wachsenden Sorge um seine wahre Vorgesetzte und hartgesottenem Widerstand gegen die Frau aus Düsseldorf, eine Teetrinkerin, die ungebeten die Zügel in die Hand genommen hatte. Sie brauchten hier niemanden mit neuen Methoden und Strukturen, hier waren Ergebnisse und Vorwärtskommen vonnöten. Die berühmte Stecknadel lag dieses Mal unter Tonnen von Heu versteckt.

Was er jetzt brauchte, war Ablenkung. Er hatte sich mit Marlene verabredet, um sich mit ihr zusammen dem Thema zu widmen, für das sie politisch wie persönlich brannte, die Betuwe-Linie, den wirtschaftlich orientierten Ausbau der bestehenden Bahntrasse, die längs durch die Region führte. Bevor Marlene sein Herz erobert hatte, waren ihm vereinzelte Artikel in der lokalen Presse aufgefallen, die auf Kontroversen deuteten und auf Entscheidungen zur neuen Gleisnutzung hinwiesen, die an den Interessen der gebeutelten Anwohner vorbeigingen.

Von Aha konnte sich jedoch nicht daran erinnern, dass die Kreispolizeibehörde jemals mit Großdemonstrationen gegen das Projekt beschäftigt gewesen wäre. Bislang liefen die Proteste friedlich und auf der Ebene von Gutachten und Rechtsentscheidungen sowie politischen Forderungen in Berlin und Düsseldorf ab. Bürgeranhörungen kanalisierten die Verärgerung der Anwohner. Noch.

Marlene hatte sich mit großem Interesse die Entwicklungen im K1 angehört, holte Gero von Aha jedoch schnell wieder aus dem Rosenpavillon, in dem sie einen erfrischenden grünen Tee kredenzt hatte.

»Wir müssen los, ich will dir den Bahnübergang am Schwarzen Wasser zwischen Wesel und Hamminkeln zeigen. Komm, ich fahre, und du lehnst dich zurück.«

»Ja, aber …«

»Kein Aber, du schaust wegen der Ermittlungen andauernd auf dein Handy, ich fahre. Unterwegs erzähl ich dir, worum es mir genau geht.«

In der Einfahrt blickte er skeptisch auf ihren Ford Ka, an dessen Karosserie einige Kontakte mit fest installierten Hindernissen allesamt Spuren hinterlassen hatten.

»Nehmen wir nicht doch lieber mein Auto?«

Schon öffnete sie ihm einladend die Beifahrertür. »Nein, keine Widerrede, und glaub bitte nicht, dass ich für all die Macken verantwortlich bin. Die wenigsten habe ich verursacht, ein paar, mehrere, aber nicht alle.«

Gero von Aha stieg ein, der Innenraum war freundlich und sauber, auf dem Armaturenbrett wiegte sich eine Kunststoffblume, die durch eine Mini-Solarzelle gespeist wurde, unaufhörlich von links nach rechts. Wie hypnotisiert saß von Aha neben seiner Liebsten und hörte, wie sie den Rückwärtsgang traktierte. Er sank tief in den Sitz, während sie auf die B 58n einbog, nachdem die Ampel auf der von Xanten kommenden und an Ginderich vorbeiführenden Landstraße auf Grün gesprungen war. Zügig beschleunigte sie auf der Fahrt Richtung Weseler Rheinbrücke, offensichtlich hatte sie Spaß am Tempo, drängte den Vorausfahrenden, auf die rechte Spur zu wechseln.

Gero von Aha hielt sich krampfhaft an der rechten Armlehne fest, links knüllte seine Hand das Flugblatt zusammen, das Marlene Gegnern des Bahnausbaus zuschrieb. Seine buschigen Augenbrauen stellten sich angesichts der flotten Fahrt schreckhaft hoch, was sein eulenhaftes Aussehen noch steigerte, dieses Mal das einer furchtsamen Eule.

»Langsam, langsam, Marlene, bei deinem Schleuderkurs kann ich unmöglich den Text des Flyers lesen, ich brauche eher einen Kotzbeutel«, rief er mit schrillem Unterton.

Marlene linste kurz zu ihrem Beifahrer, und das Zucken in ihren Augenwinkeln wirkte leicht belustigt. Er ahnte, was sie dachte: Dieser selbstbewusste Mann, der im letzten Sommer am Rande von Ermittlungen um einen Fall von Drogenhandel einen Maserati in Rekordzeit nach München und zurück gescheucht hatte, sich wer weiß was auf sein kriminalistisches Können und seine Stilsicherheit einbildete, konnte in einem Kleinwagen auf der Bundesstraße blitzschnell zum Weichei mutieren, wenn etwas gegen seine Vorstellung lief. Merkwürdigerweise fand sie das wohl durchaus charmant und herzerwärmend. Entweder musste sie in der Tat verliebt sein oder froh, dass sie bei ihm ihre kleinen Freiheiten ausleben konnte. Oder beides.

Vor ihnen zeigte die Ampel Rot, die zivilere Fahrweise, mit der seine Freundin auf die Kreuzung zusteuerte, beruhigte ihn so weit, dass er das verknitterte Papier auf seinem Schoß glättete und die Kernsätze von Betuwe-Gegnern überfliegen konnte.

»Gegen die Profitgier der Bahn! Verhindert den Ausbau der Betuwe, boykottiert den Konzern, dem Lärmschutz und Sicherheit für die Menschen weniger wert sind als der Gewinn. Rennt gegen die Bosse an!«, referierte er mit der leicht erhobenen Stimme eines Demonstranten, der mit der Flüstertüte in der Hand auf eine Schar Protestierer einpolemisiert. Erstaunt wandte er sich an Marlene.

»Bis jetzt dachte ich, es gibt hier am Niederrhein Bürgerinitiativen, die sich zwar beharrlich, aber ziemlich gesittet an Politiker, Bürgermeister und Bahn wenden. Die wollen gehört und respektiert werden. Das hier klingt eher nach Klassenkampf und Antikapitalismus-Parolen.«

»Du hast recht, aber die Bahn ist hartleibig, und ihre Verwaltung ist ein Moloch. Hinter den Ansprechpartnern und Entscheidern stehen immer noch andere Ansprechpartner und Entscheider. Irgendwie werden die Betuwe-Kritiker nie einer Person habhaft, die den Knoten durchschlägt. Das ist schon kafkaesk, in der Bahnverwaltung ist immer noch eine Tür hinter der Tür, wo sich eine neue Instanz auftut und einen weiterschickt. Wenn man meint, man hat einen Verhandlungspartner, dann steht schon ein anderer in den Startlöchern, das ist wie ein Irrgarten. Daran hat auch die Umwandlung der Bahn in eine Aktiengesellschaft nichts Entscheidendes geändert.«

Marlene ließ den Wagen langsam anziehen, sie hatte sich entschieden, lieber ein konzentriertes Gespräch mit Gero zu führen, statt das Wettrennen bis zur ersten Ampelkreuzung an der Zitadelle in Wesel zu gewinnen. Es würde nicht mehr lange dauern, bis sie die Stadt durchquert hätten, um bei den Kanonenbergen an den Übungsruinen des Technischen Hilfswerks vorbei Richtung Schwarzes Wasser zu fahren. Dort würden sie auf den kleinen beschrankten Bahnübergang stoßen, den sie ihm beispielhaft zeigen wollte. Bis dahin sollte er wissen, was es mit der von Oberhausen bis nach Rotterdam führenden Bahnlinie genau auf sich hatte.

»Marlene, das Thema Bahn ist vielschichtig und nicht neu. Neu ist die Heftigkeit, mit der die radikale Protestgruppe meint, eingreifen zu müssen. Was ist denn los mit der Betuwe-Linie? Das mag ja rechtsrheinisch bekannt sein, aber auf deiner Rheinseite kümmert sich kein Mensch um das Thema, sonst hätten Karin Krafft und ihr Mann schon einmal darüber gesprochen. Ich kenne mich nicht aus, nach weniger als drei Generationen ist man noch unwissender Neubürger am Niederrhein.«

Marlene fühlte sich in ihrer Oberlehrerinnenrolle geschmeichelt und lieferte ihm so knapp es ging die Informationen.

»1992 beschloss ein gewisser Verkehrsminister Krause aus dem Osten, den die Wiedervereinigung ins Amt gebracht hatte, tief im Westen zusammen mit den Niederländern den Ausbau der Eisenbahnstrecke von zwei auf drei Gleise an den meisten Streckenabschnitten. Das fanden unsere Nachbarn toll, schließlich wollten sie in den Zeiten der Globalisierung ihren wichtigsten Hafen Rotterdam optimal an die Schiene anbinden. Dann kamen europäische Interessen dazu, die Bahnstrecke Elten–Oberhausen hier bei uns war plötzlich Teil der sogenannten Magistrale Rotterdam–Genua. Man wollte die Logistikindustrie europaweit ausbauen. Es klingt ja auch vernünftig, Güter von der Straße auf die Schiene zu bringen. Nur haben das die Niederländer ernst genommen, die Deutschen haben sich wieder schlafen gelegt.«

»Was soll das heißen? Wir haben jetzt 2016, nicht mehr 1992.«

Marlene war in voller Fahrt, glitt durch die grüne Welle auf der Reeser Landstraße.

»Das heißt, die Niederländer haben ihre Hausaufgaben erledigt. Die Betuwe-Route ist bereits eine fertige Bahnstrecke in den Niederlanden, ausschließlich für den Güterverkehr vom Hafen Rotterdam nach Zevenaar in der Nähe der deutsch-niederländischen Grenze. Auf deutscher Seite ist nicht einmal die komplette Planfeststellung beendet, die braucht man ja, um loslegen zu können. Einige Ausbauarbeiten sind erledigt, die elektronische Streckenführung oder zum Beispiel die neuen Überführungen bei Mutter Busch in Hamminkeln oder an der Förderschule in Voerde-Möllen. Die Elektronik ist keine Wohltat, sie dient dazu, die Zugfolge zu verdichten. Immer mehr Waggons rollen jetzt schon ohne neuen Lärmschutz. Die Deutschen haben nicht einmal eine eigene Bezeichnung für die Strecke, sie sprechen hier von Betuwe-Linie, sprechen es falsch aus. Das sagt schon viel aus. Ein paar Jahrzehnte vertrödelt, was soll's.«

Marlene glitt an der Klinik in der Aue neben dem RWE-Gebäude vorbei in Richtung Norden, schwamm ohne Hektik im gemäßigten Tempo mit. Gero von Aha begann zu verstehen, gleichzeitig schrillte sein Smartphone, er blickte auf eine kurze Nachricht, die Tom Weber rundschickte.

»Achtung, Karins Handy ist aktiv, die Kollegen in Dinslaken sind in wenigen Minuten vor Ort. Drückt die Daumen.«

***

Das Smartphone war eindeutig identifiziert, die Funkzelle, von der aus das Telefonat geführt wurde, war ebenfalls erkennbar, Dinslaken-Hiesfeld, es fehlte nur noch der exakte Punkt auf dem Stadtplan, um den Standort zu erkennen. Der Techniker der Spurensicherung am Esstisch von Karins Familie in Lüttingen hatte die Neuigkeit bereits an die Leitstelle und das K1 weitergeleitet. Mit deutlichen Gesten wies er Maarten immer wieder an, das Telefonat weiterzuführen, egal, wie sinnlos sich der Dialog mit der Person am anderen Ende anhörte. Es war nicht Karin, so viel stand fest.

Eine, vielleicht sogar mehrere Personen schienen am anderen Ende der Leitung zu sein. Zunächst ohne Worte, Maarten war es zuwider, sich ins Ohr stöhnen zu lassen, sich dabei nicht aufzuregen und auch noch interessiert und motivierend zu wirken. Der Techniker hielt einen Zettel hoch: Nur noch fünfzehn Sekunden, dann haben wir's.

»Mein Goldschatz, isch lieb disch so.«

»Du kennst mich gar nicht, wie kommst du dazu? Hast du auch einen Namen? Wie soll ich dich nennen?«

Wo diese impertinente Person das Handy herhatte, wollte er am liebsten hineinbrüllen. Wie sie es ohne Karin eingeschaltet hatte, war ihm klar. Sie hatte die PIN-Nummer auf einen kleinen Zettel zwischen Gerät und Schutzhülle geklemmt, weil sie manchmal die Zahlenfolge vergaß. Das Telefon war in Dauerbetrieb, die PIN wurde zu selten gebraucht.

»Nenn misch doch Goldhamster, du Goldschatzi.«

»Ich weiß, warum du mich so nennst. Meine Nummer ist in den Kontakten unter Goldschätze gespeichert, nicht wahr?«

Der Techniker hob den Daumen, der Standort war ermittelt und ging schon per E-Mail nach Wesel und an die Kollegen in Dinslaken, die bereits mit mehreren Streifenwagen im Radius der Funkzelle warteten. Lautlos sollten sie sich auf den Weg zur Holtener Straße machen. Dort, in der verwilderten Anlage eines ehemaligen Kinderheims, wurde das Gerät geortet.

»Das ist das Smartphone meiner Frau, wo hast du es her?«

»Schatzi, du hast eine Frau, is ja krass.«

»Jugendliche«, flüsterte der Techniker. Maarten sollte weiterreden, damit man die Nutzer in flagranti erwischen konnte.

»Du hörst dich jung an. Kleiner Goldhamster.«

»Ey, jetzt werd nich frech, ja? Isch bin schon fast dreizehn.«

»Und was willst du jetzt machen? Mich anzeigen, weil ich auf dein Gestöhne in ein geklautes Smartphone reagiere? Geh am besten zur Polizei und zeig mich an, meine Nummer hast du ja auf dem Display.«

Im Hintergrund war Gekicher zu hören, dann schien das Smartphone zu Boden zu fallen, alles war nur noch verwischt zu hören, Männerstimmen, Mädchenstimmen. Die Kopfhörer des Kriminaltechnikers rutschten von den Ohren und glitten gekonnt auf seinen Nacken.

»Sie sind angekommen. Ich tippe auf drei bis vier Mädels. Bin gespannt, wie die zu dem Gerät gekommen sind. Hoffentlich hilft uns das ein Stück weiter. Sie waren klasse.«

Maarten rieb sich das Gesicht. »Wenn Sie wüssten, wie viel Kraft es mich gekostet hat, diese Teenager nicht anzuschreien. Mein Herz schlägt noch immer bis zum Hals. Um unsere Namen zu verbergen, hat Karin die Nummer unter ›Goldschätze‹ gespeichert. Ganz effektiv, aber auch missverständlich, wie sich gerade herausgestellt hat. Scheiße! Ich hatte mich so gefreut, ihre Nummer im Display zu sehen.«

***

Gero von Aha telefonierte mit Tom Weber, der auf der anderen Leitung mit Dinslaken verbunden war. Zwei Ohren, zwei Hörer.

»Ich kriege gerade Nachricht. Drei weibliche Teenager, die sich auf dem Gelände des ehemaligen Kinderheims befanden. Sie behaupten, das Smartphone habe an den Gleisen der Betuwe gelegen. Sie halten sich manchmal in der Nähe der Bahn auf, zur Mutprobe. Eine von ihnen habe die Hülle mitnehmen wollen, da sei ein Zettel mit der PIN-Nummer zum Vorschein gekommen. So haben sie ein wenig telefoniert. Die werden gerade auf die Wache an der Wilhelm-Lantermann-Straße gebracht.«

»Da können wir nur hoffen, dass es an dem Gerät noch Spuren gibt.«

Resigniert legte von Aha auf, er hatte natürlich mit einer Botschaft von Karin gerechnet, schüttelte den Kopf, raufte sich das Haar. »Nichts Neues, nur ihr Telefon. In Dinslaken wurde es angeblich gefunden.«

»Willst du hinfahren? Ich dreh um und bring dich hin.«

Er winkte ab. Die Kollegen waren dran.

»Das Gerät lag an den Gleisen der Betuwe-Linie«, berichtete er Marlene. »Da machen Teenager Mutproben, unbegreiflich.

Überall nur Ärger. Kein Wunder, dass die Leute hier richtig sauer sind.«

»Nicht nur hier in Wesel sind die Menschen sauer. Von Oberhausen bis Elten hinter Emmerich sind die Anwohner der Bahnstrecke entsetzt, das sind grob geschätzt an die vierhundertsiebzigtausend Menschen. In Dinslaken führt die Strecke durch die Stadt, in Voerde durchquert sie ebenfalls Wohngebiete, wie in Wesel. In Mehrhoog wird das Dorf zerteilt, ebenso in kleinen Orten wie Praest und Millingen oder Städten wie Emmerich. Grund ist, dass die Streckenführung Kaisers Zeiten entstammt. Damals war man stolz auf den Anschluss an moderne Zeiten. Heute sind die Städte um die Bahnstrecken herum- oder darüber hinausgewachsen. Die Niederlande sind schlauer, die haben ihre Betuwe-Linie neu gebaut, teils direkt an der Autobahn entlang. Dort ist die Belastung ja ohnehin vorhanden. Die haben Milliarden investiert, übrigens auch auf Proteste hin. Die sind mit ihrem Projekt bis zur Grenze fertig. Dort beginnt das deutsche Niemandsland.«

Gero wechselte in Richtung Empörung, seine Stimme bekam eine tiefe Klangfarbe. Da war er wieder, der hartgesottene Kriminaler. »Das heißt also, die Bahn plant und investiert im Schneckentempo und lässt die Bevölkerung auf ihren Problemen sitzen. Man müsste mehr Geld, wahrscheinlich Milliarden ausgeben, um Lärmschutz, Tunnel oder sonst was zu bauen. Ich erinnere mich an den Ärger wegen der Sicherheit. Was ist, wenn Waggons mit Chemikalien auf der Strecke explodieren wie vor einigen Jahren bei der großen Katastrophe in Italien?«

»Stimmt, die Feuerwehren verlangen in Lärmschutzanlagen alle fünfhundert Meter einen Zugang wie in den Niederlanden. Nur so weit reichen ihre Schläuche, wenn's hart auf hart kommt. Die Bahn bei uns blieb jahrelang hart, Notfalltüren alle eintausend Meter seien genug. Das ist hanebüchen, zumal seit April 2015 im Nachbarland Gefahrengut vollständig auf die Schiene gehört.« Marlene redete sich in Rage.

»Aktuell spricht man jetzt vom Hytrans Fire System, einer beweglichen Wasserversorgung durch spezielle Fahrzeuge, die mit viertausend Meter langen Schläuchen, hochleistungsfähigen Pumpen und Motoren ausgerüstet sind. Und statt tausend

Metern sollen nun sechshundert Meter zwischen den Zuwegen zu den Gleisen liegen. Die Feuerwehren sagen, das reicht nicht aus. Mal abgesehen davon ist der Lärmpegel durch mehr Güterverkehr bereits erheblich gestiegen. Ohne Schutz.«

»Da kann ich verstehen, wenn die Leute sich veralbert fühlen. Aber von radikaler Gegenwehr habe ich bisher noch nichts gehört.«

»Das ist ja gerade der Ansatz der Protestgruppe mit diesem Flyer. Die wollen die Leute aufstacheln, die wollen denen vorführen, dass man sich erheben kann gegen die Strategie der Bahn, die Anwohner vor die Wände des Zuständigkeitsirrgartens laufen zu lassen. Sie versuchen, das Ende der Leisetreterei einzuläuten.«

Gero von Aha gab sich skeptisch. »Glaubst du, dass sich die braven Leute vom platten Land zum Aufstand verführen lassen? Menschen, die immer satt und zufrieden hier gelebt haben? Nee, nee, es steckt mehr hinter dieser Protestaktion, das sind politische Verführer, die sich das Thema Betuwe ausgesucht haben und die Anwohner der Strecke instrumentalisieren wollen.«

Gero betrachtete den Flyer von allen Seiten. »Das wirkt wie so eine Art Betuwe-RAF. Ich prophezeie dir, die Gangart wird bald radikaler.«

Marlenes Augenbrauen hüpften hoch und wieder herunter, was sich als missbilligendes Zucken interpretieren ließ. »Der Niederrhein als revolutionäres Versuchsfeld einer umstürzlerischen Gruppierung? Emmerich, Hamminkeln, Wesel, Voerde, Dinslaken, Oberhausen-Sterkrade und dann ganz Deutschland?«

Sie bog nach rechts auf die B 473 in Richtung Hamminkeln. »Wir sind bald da, gleich geht's über die Kanonenberge zum Schwarzen Wasser.«

»Marlene, wenn ich den Flyer richtig interpretiere, dann ist diese Gruppierung härter als legal erlaubt.«

»Schon gut, ich habe ja nichts mit denen zu schaffen und weiß nicht einmal, wie der Flyer verteilt wurde. Und da vorn ist der Bahnübergang, jetzt gibt es Anschauungsunterricht darin, was der Ausbau der Linie für die Gegend bedeutet.«

Gero von Aha wirkte für einen Moment abwesend, kontrollierte sein Smartphone, Marlene hakte nach.

»Nichts Neues, die Kids bleiben bei ihrer Version, das Gerät ist auf dem Weg zur Spurensicherung.«

»Dann konzentrieren wir uns jetzt auf das Geschehen hier. Mit dir wollte ich schon große Politik machen, seit ich dich kenne.«

»Ehrlich?«

Sie lächelte. »Siehste, schon gockelst du herum und fühlst dich gebauchpinselt. Schau lieber raus, was siehst du?«

»Das ist die Strauchheide, dahinten stand das Schild. Die Straße führt rechts hinter die Schillkaserne. Ist das da links ein Parkplatz? Dann kann das Schwarze Wasser nicht weit sein.«

Marlene nickte, hielt sich rechts und ließ den Wagen vor der dauergeschlossenen Halbschranke auslaufen. »Idyllisch hier, oder?«

Hinter ihnen war ein Wagen links abgebogen, fuhr nun ein Stück in Richtung des Weihers, war bald außer Sicht. Marlene war angetan von zwei Spaziergängern, die durch einen Zaun hindurch Damwild fütterten.

Ohne Vorwarnung durchschnitt ein Zittern die Luft. Ein elendig langer metallener Wurm mit zwei Lokomotiven vornweg, bestehend aus Dutzenden von Waggons mit Containern aus China, dröhnte hinter der Schranke an ihnen vorbei. Marlene hielt sich die Ohren zu, selbst in einem geschlossenen Auto war der Fahrtlärm enorm. Eine kleine Gruppe von Menschen tauchte jenseits der Strecke aus dem Dickicht auf, Waldarbeiter, die an der Böschung gearbeitet hatten, ebenso wie sie wohl vom Donnern der Eisenbahn überrascht.

Plötzlich ging alles sehr schnell. Kaum war der letzte Waggon vorbeigerauscht, ließ ein gewaltiger Ruck von hinten das stehende Fahrzeug, in dem sie saßen, anrollen, die Halbschranke kam bedrohlich auf die Windschutzscheibe zu. Geistesgegenwärtig drehte Marlene den Zündschlüssel und rangierte den Wagen mit heulendem Motor gekonnt um die halbe Schranke, geriet dabei ins Gleisbett und blieb stecken, kam weder vor noch zurück.

Der Wagen, der sie in diese Notlage gebracht hatte, wendete mit quietschenden Reifen und fuhr über die Kanonenberge davon. Gero von Aha war aus dem Auto gesprungen, rannte dem

Fahrzeug hinterher, einem großen dunklen Pick-up, nicht in der Lage, das Nummernschild zu erkennen, nur wenige Meter, denn sein wacher Geist sah in der Ferne eine Lok aus Richtung Wesel anrauschen.

»Marlene! Raus aus dem Wagen!«

»Nein, ich kann wieder rangieren, ich überlasse meinen Ka nicht der Bahn.«

Rückwärts, vorwärts, sie kurbelte sich in Fahrt. Gero sah den sich unerbittlich nähernden Zug, stand hilflos auf den Gleisen, wollte gleichzeitig Marlene aus dem Auto zerren, die Spaziergänger aufhalten, die sich vielleicht das Kennzeichen des Verursachers gemerkt hatten, sich dem Zug entgegenwerfen, damit seiner Liebsten nichts geschehen konnte. Die Arbeiter auf der anderen Seite duckten sich linkisch ins Gesträuch. Scheiße, dachte Gero noch, die machen sich vom Acker, ohne zu helfen.

Er sah bereits die Lichter der Lok, hörte sie pfeifen, warnend, schrill, eindringlich. Während Marlene anscheinend in letzter Sekunde das Auto in Richtung Kaserne bewegte, spurtete von Aha zur anderen Seite hinter die Schranke. Der Zug brauste ungebremst durch den Übergang, der Luftsog, den er verursachte, warf ihn fast um.

War Marlene in Sicherheit? Er konnte nichts erkennen, es war kein Blick zwischen den Waggons hindurch möglich, denn zur gleichen Zeit zischte von Norden her ein ICE vorbei. Gero von Ahas Adrenalinspiegel reichte für sieben Männer, sein Herz überschlug sich. Seine Stimme versagte, erst im zweiten Versuch schrie er gegen den Lärm an.

»Marlene!«

DREI

Die Schmerztabletten hatten ihre Wirkung entfaltet, trotzdem hatte es Karin ein hohes Maß an körperlichen Energien gekostet, den Verband an ihrem Arm zu wechseln. Nun spielten ihre Nerven verrückt, sie schwankte zwischen aufkeimender Angst, pragmatischer Betrachtung der Lage und anwachsender Panik. Ihre Herzfrequenz erhöhte sich urplötzlich, sie konnte das Zittern ihrer Hände nicht kontrollieren, und Schweißschübe durchnässten ihre miefige Kleidung. Sie befand sich in einer unübersichtlichen Lage.

Die Verletzung an ihrem Kopf wollte sie nicht ohne Spiegel versorgen, sie konnte sich nicht vorstellen, was sie unter dem Pflaster erwartete. An ihrem Oberarm klaffte anstelle ihres vertrauten kleinen Tattoos ein Loch in der Haut. Wo war sie nur hingeraten, ahnungslos, ohne Arg und Absicht? Sie baute abenteuerliche Thesen auf, an denen sich ihre Gedanken festklammern wollten, und verwarf sie wieder. Nichts ergab einen Sinn.

Karin hatte keinen blassen Schimmer, wo sie sich befand, konnte die Form des Raumes nicht deuten. Das kleine Schiebefenster der Tür hatte sie bereits inspiziert, es war unbeweglich. Mit Hilfe der transportablen LED-Lampe untersuchte sie mühselig ihr Domizil, fand keinen Hinweis. Die Wasserflaschen waren handelsüblich, auf den wenigen abgepackten Lebensmitteln gab es keine Preisschilder, die Kühltasche, in der die Akkus langsam tauten, und das Campingklo ließen ebenso wenig Aufschluss über die Herkunft zu wie die Utensilien zur Wundversorgung.

»Ich brauche zeitliche Orientierung. Sie muss mir eine Uhr bringen, ich brauche einen Rhythmus, sonst werde ich verrückt.« Ihre Stimme klang fremd in dieser Umgebung, sie erschrak. Wie lange war sie schon hier? Es konnte nicht allzu lange sein, dem Zustand ihrer Wunde nach zu urteilen. Hoffentlich entzündete sich das Loch nicht.

»Hier liegt was in der Luft. Mistig, fast animalisch. Ich komm nicht drauf.«

Ihr Hirn lief auf Hochtouren, während sich ihre Herzfrequenz wieder beruhigte. Hellwache Sinne ließen sie die verschmutzte Kleidung riechen und fühlen. Dreckig, verklebt, da half auch nicht die Miniwäsche mit dem Mineralwasser. Außerdem musste sie das kostbare Nass sparsam verwenden. Konnte sie Gretas Ankündigung, sie regelmäßig zu versorgen, wirklich trauen? Wie sollte sie jemandem vertrauen, der sie in so einer Lage gefangen hielt? Sie würde Greta mit Forderungen überschütten.

Innerlich begann sie, eine Liste zusammenzustellen. Sie endete mit Fernseher oder Radio, Musik. Frischer Luft. Tageslicht. Freiheit.

»Eine Erklärung. Greta soll mir sagen, was hier vor sich geht. Greta! Hörst du mich? Was soll das hier? Antworte mir gefälligst!«

Erschöpft ließ sie sich auf die Liege sinken, kramte in ihrer Erinnerung nach Greta. Sie war das Enfant terrible des Stadtviertels ihrer Kindheit gewesen. Niemand durfte mit ihr spielen, die Mütter der Mädchen wollten nicht, dass ihre Töchter fluchen lernten und wie man ein Pferd auf der Weide zu wilden Sprüngen und spontanem Galopp bringen konnte. Außer bei den Jungs, die nachmittags am Jugendzentrum der Gemeinde lungerten, hatte sie keine Chance auf Anschluss, da sie bei vielen Eltern auf der schwarzen Liste stand. Ihre Mutter hatte das einige Zeit lang nicht so eng gesehen, gab sich tolerant, aber einiges war ihr auch verborgen geblieben.

Damals waren die beiden Mädchen einander ebenbürtig gewesen, nur kam Karin aus einem geordneten Haus, gefestigt, Greta beneidete sie um die Mutter-Vater-Kind-Idylle. »Ein guter Stall«, sagte ihre Mutter immer, sie solle sich dessen bewusst werden, dass sie nicht zu diesen Leuten gehöre.

Trotzdem hatte die kleine Karin zusammen mit Greta heimliche Ausflüge in verbotene Welten unternommen. Kinderwelten. Ein Nachmittag mit ihr bedeutete stets ein Kribbeln auf der Haut, ein neues kleines, meist kindliches Geheimnis mit nach Hause zu nehmen. Täglich übte Karin, ihre Unschuldsmiene aufzusetzen, jedoch kannte Johanna ihre Tochter so gut, dass es regelmäßig zu mütterlichen Verhören kam, meist in der Küche. Das schlechte Gewissen funktionierte bei Karin vorzüglich, manchmal reichte der strenge Blick ihrer Mutter, und statt der bereitgelegten Geschichte präsentierte sie gerötete Wangen. Karin fiel ein, wie sehr sie diese aufsteigende Wärme in ihrem Gesicht gehasst hatte.

Einmal, als sie mit Schnittwunden an den Händen heimkam, nachdem sie mit Greta in eine verlassene Gartenlaube geklettert war, war für Johanna das Maß voll gewesen.

»Ich verbiete dir den weiteren Kontakt zu diesem Mädchen. Die hat nur Blödsinn im Kopf, gefährlichen Unfug. Heute ist es gerade noch einmal gut gegangen, es hätte wesentlich schlimmer ausfallen können. Was habt ihr euch nur dabei gedacht?«

»Nichts«, hatte sie darauf geantwortet, erinnerte sich an das aufregende Gefühl, Greta bei solchen Unternehmungen zu folgen. Sie brauchte nur eine ihrer wunderbaren Ideen zu äußern, komm, wir machen dies oder das, schon trottete Karin hinter ihrer mutigen, großartigen Freundin her, mit der sich ein langweiliger Nachmittag schlagartig in ein Abenteuer verwandelte, was in letzter Konsequenz wieder Ärger auf der häuslichen Ebene nach sich zog.

Gerade als Karin die Geschichte mit dem Tennismatch auf dem Schulhof einfiel, bei dem um Geld gespielt wurde, das Greta, wie sich später herausstellte, ihrer Tante gestohlen hatte, tat sich etwas an ihrer Bleibe. Sie horchte auf.

Mehrmals – Karin schätzte den Abstand auf jeweils acht bis zehn Minuten – wurden schwere Dinge in den Vorraum gebracht, die äußere Tür währenddessen immer wieder sorgfältig verschlossen. Nachschub. Mein Gott! Ob es etwa noch mehr dieser Räume gab mit anderen Personen, die hier festgehalten wurden? Nach dem dritten Gerumpel wurde die äußere Tür geschlossen, das Sichtfenster von außen entriegelt, im schwachen Licht kam Gretas Gesicht zum Vorschein.

»Du bleibst, wo du bist, sonst wird es sehr ernst zwischen uns beiden, verstanden?«

Karin saß auf der Liege und bejahte. Die Tür öffnete sich, Greta schob mehrere Sechserpacks Mineralwasser in den Raum, eine weitere Kühlbox und eine Plastiktüte von Real. Sie verriegelte die Tür und trat auf Karin zu, zog aus der hinteren Hosentasche ein Paar Handschellen hervor, griff zielstrebig nach

Karins verletztem Arm, ließ eine Schelle um das Handgelenk zuschnappen und befestigte die andere am Bettgestell. Karin jaulte auf vor Schmerz.

»Was soll das? Bist du irre? Das tut sauweh!«

Greta gab sich ungerührt. »Ich werfe dir nachher von der Tür aus den Schlüssel zu. Du wirst dich bei meinem nächsten Besuch selbst anketten, und ich betrete den Raum erst, wenn du mir den Schlüssel zugeworfen hast. Verstanden?«

Karin war damit beschäftigt, den Schmerz in den Griff zu bekommen, atmete tief ein und aus.

Greta rüttelte an ihrem Fuß. »Ob du kapiert hast, wie das hier laufen wird?«

Karin nickte.

Greta ließ ihrer schlechten Laune freien Lauf. »Reiz mich nicht, ich bin im Megastress. Es wird schneller gehen als geplant. Alle Vorbereitungen laufen auf Hochtouren. Plötzlich ist alles so nah.«

Karin richtete sich mühsam auf. »Wie? Was wird ernst? Du steckst doch in irgendeinem Mist. Das alles hier hast du dir nicht allein ausgedacht, stimmt's? Wer steht dahinter, und was ist das für ein merkwürdiger Raum?«

Greta schien die Flut an Fragen zu sortieren, antwortete zögerlich.

»Ich habe mir immer vorgestellt, wie es wäre, auf politischer Ebene Dinge zu verändern. Jetzt kann ich was bewegen, was richtig Großes, Spektakuläres. Und es wird wesentlich besser werden als der Driss, den die sauberen Herren an weiß gedeckten Tischen in die Mikrofone lügen.«

Aus einer der Plastiktüten holte sie drei Gaskartuschen, fingerte ein Feuerzeug aus ihrer Hosentasche, öffnete eine Dose Ravioli mit einem Öffner, an dem das Preisschild noch baumelte, und stellte die Dose auf die Kartusche, während die anderen beiden neben dem Campingklo ihren Platz fanden.

»Weißt du noch? Haben wir früher hinter den Büschen neben dem Spielplatz gemacht. Cowboy und Indianer gespielt, damals mit einem Topf Bohnen über dem Lagerfeuer.«

Der Exkurs in die Vergangenheit irritierte Karin. Sollte sie darauf eingehen? Nein, die aktuellen Informationen schienen ihr bedeutungsvoller. Greta hielt sie schließlich im Hier und Jetzt fest, und im Hintergrund lauerte ein tieferer Sinn.

»Warmes Essen hört sich prima an. Werd mal konkret. Unter ›spektakulär‹ stelle ich mir jedenfalls etwas anderes vor, als an einer Straßenecke Flyer zu verteilen. Das passt nicht zu dir.«

Greta zuckte zusammen, wackelte kaum merklich mit dem Kopf. Karin bedankte sich stumm bei ihrem Gedächtnis für das Aufflammen kleiner Erinnerungen. Auch als Kind hatte Greta schon unsicher reagiert, wenn sie zwischen der Wahrheit und einer kunstvoll konstruierten Ausrede stand. Karin fühlte Oberwasser.

»Ich habe ins Schwarze getroffen! Du bist an die falschen Leute geraten, wetten? Ihr wollt Aufsehen erregen, stimmt's? Bist du in einer rechtsradikalen oder einer linken Gruppe gelandet, und was plant ihr?«

Greta blieb stumm.

Karin richtete sich auf, schnell, schmerzhaft. »Jetzt rasselt es in meinem Kopf. Natürlich! Unser Zusammentreffen auf dem Rastplatz passte nicht in deinen Plan. Eine kleine, spontane Sentimentalität von dir, mehr nicht. Eine alte Freundin läuft dir über den Weg, und dann stellt sich heraus, dass sie bei der Kripo ist. Was für ein Pech, für beide. Bist du vielleicht schon auf einem der Fahndungsplakate? Oder sollte ich nichts über das Fahrzeug herausfinden? Ein alter weißer Ducato, oder?«

Unwirsch trat Greta gegen ein Pack Mineralwasser, die Kunststoffflaschen kippten zur Seite. Karin fürchtete einen unbeherrschten Ausbruch, aussichtsloser konnte ihre Situation nicht werden.

Greta wütete durch den schmalen Raum. »Nichts verstehst du, rein gar nichts! Und hör verdammt noch mal auf, rumzuspinnen. Wenn alles glatt läuft, bist du in drei oder vier Tagen hier raus. Aber so lange musst du eben –«

»Was? Tot sein?«

»Genau, und ich muss mir noch überlegen, wo ich dich wieder aussetze, ohne gleich verhaftet zu werden. Die kleine Karin, ein Bulle. Ich habe keinen Bock auf Knast. Ich halte dich am Leben, ich, nur ich. Wenn ich da rausgehe und nach zehn Minuten einen Verkehrsunfall habe, wird niemand dich finden.«

Karin suchte im gedämpften Licht den Blickkontakt zu ihr. »Greta, es ist ganz einfach. Handschellen hast du schon, verbinde mir die Augen und bring mich irgendwo mitten in den Wald. Bis ich gefunden werde, bist du über alle Berge, und ich habe eine reelle Chance. Erinnerst du dich an unseren Plan, gemeinsam abzuhauen, nachdem ich dich nicht mehr sehen durfte?«

Greta ließ die Flamme über der Kartusche erlöschen und stellte die Dose neben Karin auf den Boden, nahm einen Kunststofflöffel aus einer Verpackung und ließ ihn zwischen die Ravioli gleiten. Feuerzeug und Dosenöffner schob sie zurück in die geräumige hintere Tasche ihrer Jeans.

»Lass mich, frag nicht weiter.« Nachdenklich ging sie in Richtung Ausgang. »Ich will das nicht hören.«

»Dann hör dir das an: Ich will mich waschen, ich brauche Klamotten zum Wechseln, ich will frisches Obst oder wenigstens Vitaminpillen. Und einen Spiegel, sonst kann ich den Kopfverband nicht wechseln.«

Greta schloss die Tür auf, Karin ließ nicht locker.

»Greta, ich muss wissen, wie spät es ist, man wird gaga ohne Zeitgefühl. Eine Zeitung wäre nicht schlecht, und ich will mit meiner Familie telefonieren. Hörst du? Ich habe einen Mann und zwei Kinder, die sich schreckliche Sorgen machen werden. Lass mich telefonieren.«

Wortlos warf Greta einen winzigen Schlüssel in Karins Richtung und schloss die Tür hinter sich.

»Greta, hörst du? Ich will telefonieren!«

***

Burmeester hatte vergeblich versucht, sich in sein Appartement im Dachgeschoss von Johanna Kraffts Haus zu schleichen. Eigentlich war es ihm in all den Jahren noch nie gelungen, nur heute, in seiner eigenen Betroffenheit und mit dem Gedanken an die folgenreiche Nachricht, die er der Familie morgen zu überbringen hatte und die ebenso schnell in den Medien verbreitet werden würde, war ihm unwohl und flau im Magen. Morgen früh würde er Maarten in den Plan einweihen, schließlich mussten Karins Sohn und ihre gemeinsame Tochter, Freunde und Verwandte Bescheid wissen.

Man hatte sich darauf geeinigt, es nicht auf die Spitze zu treiben, es würde keine Todesanzeigen in den Zeitungen geben, dafür setzte man auf die Wirkung eines sachlich gehaltenen Polizeiberichts in der »Aktuellen Stunde« im WDR. Der Sprecher der Kreispolizeibehörde und Anka Fresenius, die Unterstützung aus Düsseldorf, sollten die Tatsachen ohne jede Spekulation, aber nicht ganz wahrheitsgemäß, und die Brisanz der Lage darstellen.

Nun nahm Johanna ihn mütterlich bei der Schulter und führte ihn zu sich in die Wohnung. Wie so oft fand er sich am Esstisch mit der gehäkelten Decke wieder. Als hätten sie auf ihn gewartet, stand auch schon der Pott Tee vor ihm. Johanna und Henner setzten sich mit erwartungsvollen Gesichtern ihm gegenüber.

»Und?«

»Wie, und?«

»Gibt es was Neues?«

»Nein. Ermittlungstechnisch sind wir auf dem gleichen Stand wie gestern. Ist dir inzwischen eingefallen, wo sich das Poesiealbum befinden könnte?«

Johanna fasste sich an die Schläfen. »Ich zermartere mir seit gestern das Hirn, es sind noch ein paar Erinnerungsstübchen übrig da oben, die ich durchstöbern muss.«

Burmeester nahm einen langen Schluck Tee, warm, süß, und wenn seine Geschmacksnerven ihn nicht täuschten, hatte ihm einer der beiden einen Schuss Rum hineingegossen. Das tat gut. Versonnen starrte er in den tönernen Pott.

Johanna beobachtete ihn aufmerksam. »Sag mal, du verschweigst uns doch nichts, oder?«

»Ich? Nicht direkt.«

»Also doch, los, erzähl. Es geht doch um Karin, richtig?«

»Wenn du mich so fragst, dann greife ich wohl besser meinem Einsatz morgen vorweg. Also, es gibt da eine Entscheidung, die das K1 in Zusammenarbeit mit dem LKA Düsseldorf, der Staatsanwaltschaft und der Leitung der Kreispolizeibehörde getroffen hat.«

Johanna richtete sich aufmerksam auf. »So ein Vorspann, nun sag schon.«

Burmeester räusperte sich, musste sich sammeln, trank noch einen Schluck Tee. Er wusste, warum er morgen nicht allein zu Maarten fahren wollte, er musste es dort besser machen als hier.

»Also, äh, ich, em, Folgendes. In einer Pressekonferenz, zu der überregional eingeladen wurde, mit WDR-Kamerateam, Radio KW und so, wird der Sprecher der Polizei bekannt geben, dass die in Rees aufgefundene Wasserleiche ohne jeden Zweifel … also, dass es Karin Krafft ist. Und jetzt regt euch bitte nicht auf. Ihr beide wisst genau, dass dies nicht stimmt. Alle Vergleichsdaten der Rechtsmedizin sind negativ. Eben positiv für uns, für Karin. Aber nach Möglichkeit muss die Familie mitmachen.«

Johanna starrte ihn entsetzt an. »Du bist ja wohl völlig von der Rolle. Wie stellst du dir das vor? Wir alle stehen verheult an Karins Grab, Rosen in den Händen, und das Polizeikorps spielt ›Ich hatt einen Kameraden‹, und das vor laufenden Kameras und aufflammenden Blitzlichtern? Wie soll die arme Hannah das verkraften? Nein, nein, nicht mit mir, das ist eine völlig hirnrissige Idee, Nikolas, das kann und darf so nicht geschehen.«

Henner griff nach ihrer Hand, sie wehrte ihn zunächst ab, er ließ sich nicht abschütteln, blieb beharrlich, hielt sie fest.

Mit zunehmender Selbstsicherheit fuhr Burmeester fort. »Ich werde morgen früh gemeinsam mit unserer Psychologin zu Maarten fahren, der ja als Erster eingeweiht werden sollte. Hannah wird wohl ein paar Tage vor öffentlichen Kontakten abgeschirmt werden. Vielleicht kann jemand mit ihr zu den Verwandten nach Texel fahren. Und Moritz kann über Skype in Myanmar erreicht werden. Bei ihm rechne ich mit Verständnis für diese ungewöhnliche Aktion. Johanna, versteh doch, jemand hat es so aussehen lassen, als sei Karin die Tote. Das bedeutet, dass ein Dritter unbedingt glauben soll, es gäbe sie nicht mehr. Nenn mir eine andere Möglichkeit, darauf zu reagieren, und ich fahre sofort nach Wesel und hole alle zu einer Sondersitzung zusammen.«

Eine Weile lag angespanntes Schweigen in der Luft.

»Sie lebt, davon sind alle Kollegen überzeugt. Und bei

genauer Betrachtung gibt es nur eine Möglichkeit, sie zu retten. Wir müssen diese unbekannte dritte Person taktisch überzeugen. Die Idee stammt übrigens von der Kollegin aus Düsseldorf. Die kennt sich mit den ganz harten Fällen aus, das könnt ihr mir glauben.«

Schließlich schloss Johanna einen erzwungenen Frieden mit dem Vorhaben, und Burmeester begab sich, nachdem die beiden ihm versprochen hatten, nicht umgehend Maarten zu informieren, sondern ihrem Schwiegersohn am kommenden Vormittag zur Seite zu stehen, in seine Dachwohnung.

Abgestandene, aufgeheizte Luft empfing ihn, ach ja, es war schließlich irgendwo da draußen Sommer, und die neuen Pflanzen, die seine Freundin Yasmin zur Verschönerung seiner Bleibe spendiert hatte, wiesen mit welken Blättern auf akuten Wassermangel hin. Blumen gehörten in versierte Hände, nicht in seine. Er goss reichlich, das Wasser stand bis zum Rand in den Übertöpfen, die Fenster riss er auf, duschte und fiel anschließend ins Bett.

Aus einem Traum, in dem ihn jemand davon überzeugen wollte, sich kopfüber durch eine Luke in die Tiefe fallen zu lassen, um in ungewissem Abstand die obere Sprosse einer Leiter zu fassen, schreckte er hoch. Da war Lärm, der Tiger kommt ins Dorf, schoss ihm eine kindliche Erinnerung aus einem Bhagwan-Aschram in Indien durch den Kopf. Lärm, Schreie, Unruhe, spürbare Angst, er richtete sich auf.

Kein Raubtier, sondern Johanna stand vor der Tür, klopfte und rief immerzu seinen Namen. Er rappelte sich auf, kurz vor der Tür wurde er sich seiner nächtlichen Nacktheit bewusst, rupfte eine Jacke von der Garderobe, bedeckte seine Blöße und öffnete. Mit geröteten Wangen und derangierter Frisur stand sie auf dem Treppenabsatz und hielt ihm etwas Orangefarbenes entgegen.

»Ich hab's, Nikolas, ich habe es tatsächlich gefunden. Mir fiel ein, dass eine von Karins Schatzkisten noch im Keller bei den alten Einweckgläsern steht. Ich habe Henner geweckt, damit er das Schloss vorsichtig öffnet, zum Vorschein kamen lauter Gegenstände aus der Kindheit, rührend, sage ich dir, und das hier.«

Von dem Wortschwall zu nachtschlafender Zeit überfordert, starrte Burmeester auf das eckige Büchlein, wusste zunächst nichts damit anzufangen.

»Nikolas! Das Poesiealbum! Du erinnerst dich?«

Er erinnerte sich, griff mit beiden Händen danach, was zur Folge hatte, dass die Jacke fiel und er seiner Vermieterin, der Mutter seiner Chefin, unfreiwillig nackt gegenüberstand. Er errötete. »Oh, 'tschuldigung. Ja, prima, ich werde es zur Spurensicherung bringen.«

Gleichzeitig griff er nach Buch und Jacke, Johanna musste unwillkürlich lachen.

»Ganz schön gelenkig. Und im Übrigen habe ich schon mal einen nackten Mann gesehen und werde keinen bleibenden Schaden davontragen. Sag deinen Kollegen, sie sollen das Schloss vorsichtig öffnen und nichts kaputt machen, Karin wird es ihnen nicht verzeihen.«

Als er wieder allein war, das Album in der einen, die Jacke in der anderen Hand hielt und auf seine Wanduhr schaute, war es zwanzig nach zwei. Um halb acht zu Maarten, um zehn Uhr zur Pressekonferenz, er sollte schleunigst wieder ins Bett.

Das Büchlein starrte ihn an. Er konnte es unmöglich den Rest der Nacht unberührt neben sich liegen wissen. Welches Werkzeug stand ihm zur Verfügung, um dieses Minischloss problem- und spurenlos zu öffnen?

Die Schublade in seiner Küchenecke förderte Gerätschaften für grobe Arbeiten zutage, nichts für winzige Schlösser auf kleinen Büchern.

Er lag schon wieder im Halbschlaf, als ihm das Nonplusultra einfiel. Wo war sein Schweizer Taschenmesser?

***

Der große Meister hatte am späten Abend des Vortages taktischen Verzug angeordnet. Die Sache mit der Polizistin in Wesel sei zu heiß geworden, man könnte anfangen, Fremde zu beäugen. Die Miete für die Bleibe in der Weseler Innenstadt lief weiter, dafür war gesorgt. Mit den notwendigsten Habseligkeiten waren sie über die Rheinbrücke gefahren, schweigend, niemand fragte, warum und wohin. Sie hatten gelernt, ohne Erklärungen zu agieren.

Wie sich herausstellte, befanden sie sich nun in einem aufgegebenen Gehöft zwischen Sonsbeck und Kervenheim, unscheinbar, in den letzten Jahren immer wieder an junge Leute vermietet, die das einfache Leben ausprobieren wollten, ansonsten leer stehend. Außerhalb des Orts und von der Straße zurückgesetzt, bot es ausreichend Abstand zu Nachbarn. Aktion, fremde Autokennzeichen und junge Menschen waren die Nachbarn im weiteren Umkreis gewohnt, alles schien zu passen.

Greta war mehrmals in der Nacht aufgewacht. Atemnot, der Drang nach Frischluft trieb sie vor die Tür. In dieser Bauernkate stank es.

Zunächst dachte sie an die Exkremente Tausender Holzwürmer, die offensichtlich und in der Stille der Nacht auch hörbar, jedes Stückchen Holz, selbst Zargen und Türblätter, besetzt hatten. Schließlich war sie davon überzeugt, dass nur der Tod so riechen konnte, notdürftig eingemauert unter rissigem Putz, verborgen durch Schichten von Tapeten mehrerer Generationen oder hinter einer nachträglich gesetzten Wand im Keller.

Außer Greta schien sich niemand daran zu stören. Nur sie litt unter Atembeschwerden und riss ständig die Fenster in ihrer Nähe auf, die ein anderes Mitglied der Gruppe alsbald wieder schloss. Hier sollte es ernst werden, alle Vorbereitungen für das Unternehmen wurden getroffen, ihr Anführer hatte entschieden, dass die Aktion auf der linken Seite des Rheins vorbereitet werden sollte. Hier gab es genügend Lagerfläche für die Kanister mit den Zutaten für den großen Bums, ihren ultimativen Auftritt in der Region, der das Umdenken auf politischer Ebene bewirken sollte.

Zum x-ten Mal an diesem Morgen schmiss der Anführer das alte Fenster der provisorischen Küche zu und funkelte Greta wütend an. »Kannst du deinen Kopf mal für einen Moment wieder einschalten? Dahinten verläuft eine Landstraße mit Radweg, die Leute hier sind neugierig und redselig. Wir können lüften, wenn's dunkel ist.«

»Versteh doch, hier ist was. Ich kann hier nicht atmen, stell die Fenster wenigstens auf Kipp. Oder lass mich Außendienst machen. Wer kümmert sich eigentlich um das Wasserstoffperoxid? Ich könnte die Baumärkte der Umgebung abfahren, immer in anderem Aufzug, und nur kleine, unverdächtige Mengen besorgen, damit niemand sich erinnert.«

Sie hatte aufgepasst, wollte mit ihrem Wissen punkten.

»Das machen schon die anderen beiden Frauen. Du bist mir viel zu viel unterwegs in den letzten Tagen. Du kannst dich mit den Karten der Gegend auseinandersetzen. Wir brauchen eine realistische Generalprobe. Der Bahnübergang am Schwarzen Wasser in Wesel sollte den Wahnsinn veranschaulichen, der da abgeht, den können wir aber nicht für die Probe nutzen, wenn wir die gleiche Strecke an brisanterer Stelle treffen wollen. Die Bedingungen müssen so realistisch wie möglich sein.«

Ein weiterer Mann aus der Gruppe schaltete sich ein, nestelte am oberen Knopf seines ordentlichen Polohemds.

»Wie wäre es mit der Bahnstrecke Duisburg–Xanten? Es gibt einige Stellen, an denen die Gleise durch unverbaute Landschaft führen, mir fällt auf Anhieb diese Überführung bei Birten ein. Erst ein unbeschrankter Übergang, dann einer mit Schranken, und dann frisst sich die Anlage in die Anhöhe. Auf den Fürstenberg hinauf führt die sogenannte Bollerbrücke, freigegeben nur für die Landwirtschaft. Davor steht ein vergammeltes Haus, in dem sich oft tagelang niemand aufhält, und auf dem Berg sagen sich Fuchs und Hase Gute Nacht. Optimal für den Testfall, glaub mir, da können wir den Abwurf von der Brücke üben oder die Installation in schwierigem Gelände.«

Mit stolzgeschwellter Brust schenkte sich der Mann Kaffee ein und wartete auf Resonanz.

Der Anführer dachte nach, schüttelte den Kopf. »Nein. Du magst recht haben mit den vielseitigen Möglichkeiten, andererseits gibt es dort garantiert eine Menge Spaziergänger und diese bekloppten Sportler, die mit Carbonstangen an den Händen durch das Gelände watscheln. Was wir brauchen, ist eine Strecke, die stillgelegt ist und weitab von jeglichen Wegen, versteht ihr? Ich dachte an die Bahnstrecke, die früher bis nach Kleve ging. Die Verbindung gibt es seit Jahren nicht mehr. Zwischen Xanten und Marienbaum hat man die Gleise entfernt und einen Radweg draus gemacht. Aber was ist mit dem Teilstück weiter

Richtung Kleve? Unsere schlaue Greta wird dies für uns herausfinden. Heute noch.«

Er schaute Greta an, die unter einem neuen Hustenanfall litt, aber dennoch heftig nickte. Er ging weiter und breitete mit einem siegesgewissen Lächeln die Arme aus.

»Hier können wir alles anfertigen und lagern, wissen dann Bescheid über Umfang und Gewicht. Unter realen Bedingungen müssen wir den Ablauf bis zum Letzten durchgehen, abgesehen von der Explosion. Die Aktion muss wie am Schnürchen laufen, der Transport, die Installation, präzise und exakt, der Abgang ruhig und geordnet. Ihr ähnelt mir noch zu sehr einem Hühnerhaufen, ich mache buh, und alles strebt auseinander. Den geordneten Rückzug haben wir zu wenig geübt, Chaos wie an dem Bahnübergang in Wesel will ich nicht mehr erleben! In keiner Feldübung und schon gar nicht im Einsatz. Das gilt für die Frauen wie für die Männer in der Gruppe, habt ihr gehört?«

Der Mann mit Kaffeebecher und Polohemd protestierte. »Das war zu krass, da schiebt so ein riesiger Pick-up einen Kleinwagen auf die Gleise, so ein Bekloppter, und dann der Kerl, der sich wie ein Waldschrat aufführt und bei dem man nicht einschätzen kann, ob der auf uns zukommt oder nicht. Wir mussten uns so schnell wie möglich in Deckung bringen, das Szenario hätte schon für die große Katastrophe sorgen können, und wir hätten völlig unbeteiligt danebengestanden. Die Vorstellung ist paradox. Wir planen den Gau, und jemand anders sorgt mal eben in unserer Nähe dafür, dass er passiert.«

»Egal, auf Unvorhersehbarkeiten müssen wir vorbereitet sein, eine entlaufene Kuh, ein Baum, der im Sturm auf die Gleise kippt, nichts darf uns aus der Fassung bringen. Ich will Ordnung und Erfolg, das gehört zu unseren Grundprinzipien. Manchmal macht ihr den Eindruck, als seien die Inhalte der maßgeblichen Lehrgänge an euch vorbeigerauscht. Ich werde das mit der oberen Führungsriege besprechen. Zu sorglos, unbedacht.«

Er blickte auf Greta, ging auf sie zu, baute sich keine zwanzig Zentimeter vor ihr auf. »Und deshalb reißt hier niemand mehr die Fenster am hellen Vormittag auf. Verstanden?«

Greta nickte resigniert.

»Wieso höre ich nichts?«

»Weil ich gedacht habe, du könntest auch Körpersprache. War wohl ein Irrtum. Ja, ich habe dich verstanden. Ich setze mich mit den Karten in den verwilderten Bauerngarten hinter dem Haus. Wir könnten uns in diesem Fall aber auch besser über das Internet mit punktgenauem Material versorgen.«

Der Anführer schien sich gerade noch beherrschen zu können, hielt eine Hand in bedrohlicher Höhe über Greta, zog sie zurück. »Wieder mal denkt die gute Greta, sie sei schlauer als der Rest der Gruppe. Warum das nicht geht, ist übrigens auch Inhalt des ersten Lehrgangs. Also, wer kann darauf antworten? Du, erkläre es ihr.«

Der worteifrige Mann im Polohemd lehnte an einem morschen Türrahmen, in der einen Hand den Becher Kaffee, den Daumen der anderen Hand lässig in die Jeanstasche eingehakt.

»Greta saß neben mir, die müsste das auch wissen. Ist doch logisch. Alle Kartenprogramme ermitteln durch Ortung den aktuellen Standort, um arbeiten zu können. Damit haben sie uns früher oder später am Arsch. Deshalb arbeiten wir mit Kartenwerken, aus unterschiedlichen Geschäften, immer bar bezahlt und niemals über Amazon, Ebay oder sonst wen bestellt.«

Greta starrte ihn an. »Schlauer Junge. Da ist Vati aber zufrieden.«

Der Anführer forderte sie lautstark auf, ihr unverzüglich zu einem Gespräch unter vier Augen auf die Tenne zu folgen. Mit energischen Schritten ging er voraus.

Im Vorübergehen fauchte Greta den grinsenden Mann am Türrahmen an. »Fick dich, wegen dir muss ich mir jetzt eine Predigt anhören, du elender Klugscheißer.«

Gepolter auf der alten Holztreppe, eine aufgeregte Männerstimme sorgte dafür, dass der Anführer wieder in die Küche kam. Der dritte anwesende Mann, der Stille mit dem Kurzhaarschnitt, riss sich die Kopfhörer von den Ohren, die er an sein Smartphone angeschlossen hatte, und stellte das Gerät auf Lautsprecherfunktion.

»Ey, das müsst ihr hören, Radio KW hat einen Sonderbericht eingeschoben.«

Drei Männer und eine Frau lauschten angestrengt.

»Wie uns der Pressesprecher der Kreispolizeibehörde soeben mitteilte, herrscht seit dem frühen Morgen endgültige Gewissheit über das Schicksal der seit Dienstagnacht vermissten vierundvierzigjährigen Hauptkommissarin Karin K. aus Wesel. Bei der am Mittwoch aufgefundenen Wasserleiche im Bereich der Uferpromenade in Rees handelt es sich zweifelsfrei um die vermisste Kriminalbeamtin des Kommissariats 1. Mit tiefer Bestürzung gab der Sprecher diese Nachricht an die Presse weiter, aufgrund der laufenden Ermittlungen wurde auf die Bekanntgabe von Einzelheiten verzichtet. Zur Aufklärung der Straftat arbeitet die Mordkommission mit Verstärkung vom Landeskriminalamt aus Düsseldorf zusammen. Hauptkommissarin Fresenius sprach von ritualartiger Gewalt und wird alles daransetzen, den oder die Täter zu ermitteln. Sie sprach der Familie der Toten ihr Mitgefühl aus. Die Kommissarin hinterlässt Ehemann und zwei Kinder. Wir halten die Hörer von Radio KW auf dem Laufenden und werden den aktuellen Stand, Zeugenaufrufe, alles, was zur Aufklärung des Falles wichtig sein könnte, sofort an euch da draußen weiterleiten.«

Es folgte getragene Musik, der Mann schaltete den Lautsprecher aus, der Anführer stieß Greta an.

»Hast du das gehört, Greta? Von wegen, die treibt bis nach Holland, in Rees hat man sie gefunden.«

Der dritte Mann setzte seinen Kopfhörer wieder auf. »Ist doch egal. Sie hat ganze Arbeit geleistet, das zählt.«

Er wandte sich direkt an Greta. »Ich habe dich für ein Weichei mit großer Klappe gehalten. Meinen Respekt hast du. Ist schon was anderes, jemanden umzulegen, den man kennt, als mit unbekannten Opfern zu rechnen. Respekt, Alte, haste hingekriegt.«

***

Rein gefühlsmäßig erschien es Karin, als höre sie das neuerliche Geräusch an der Außentür zu ihrem Verlies nicht lange nach Gretas letztem Besuch. Sie konnte auch völlig danebenliegen, ihr Zeitgefühl war nicht mehr intakt. Sie schrak förmlich hoch, als das Schiebefenster zur Seite glitt.

»Karin, mach hin! Ich will die Handschellen klicken hören,

und dann wirf den Schlüssel her, los. Dieses Mal gibt's gute Nachrichten.«

Karin befolgte die Anweisungen, und kurz nachdem das Schlüsselchen mit leisem Klirren neben der Tür gelandet war, stürmte Greta in den kleinen Raum.

»Es funktioniert, Karin, alles nimmt seinen Lauf, heute haben sie es im Radio gesendet. Jetzt ist der Weg geebnet, und alles wird gut.«

In Windeseile öffnete sie erneut eine Dose, dieses Mal mit Bohnensuppe, und entzündete das Gas, das mit leisem Zischeln aus der Kartusche strömte.

Karin richtete sich auf, verstand nicht, was die Frau meinte, die sich nun im Schneidersitz vor ihr auf dem Boden niederließ. »Du sprichst davon, dass irgendetwas gut ist? Mein Arm pocht, die Kopfwunde nässt. Ich bin eingesperrt. Greta, was soll an dieser Situation gut sein?«

Greta wirkte fast euphorisch. »Sie haben die Täuschung geschluckt, und die anderen spielen mit, Karin. Du bist tot! Offiziell. Die Gruppe war beeindruckt, als sie es im Radio durchgaben. Selbst der Stille, der sich nur selten äußert, hat mir auf die Schulter geklopft. Jetzt sind sie davon überzeugt, dass man sich auf mich verlassen kann. Es war fast so wie damals, weißt du noch, wie ich als einziges Mädchen des ganzen Viertels in die Bande von Kai aufgenommen wurde? Ich war so stolz. Ich war dabei. Und hier und heute bin ich jetzt wer in meiner Aktionsgruppe. Niemand hegt mehr Misstrauen. Ich kann dort arbeiten.«

Karin traute ihren Ohren nicht. »Lass mich das bitte verstehen. Man verbreitet in den Medien, ich sei tot? Ganz offiziell im Radio?« Sie erstarrte. Ein Wust von Gedanken bewegte sich durch ihren Kopf, kreiste um diese Sätze.

»Alle denken nun, ich sei umgekommen? Mein Gott, hoffentlich haben die Maarten und Hannah gut vorbereitet. Und meine Mutter. Die Nachbarn in Lüttingen und Bislich werden zu Kondolenzbesuchen kommen, Karten schreiben und in die Postkästen werfen. Die Kollegen werden mitmachen.«

Sie schüttelte den Kopf, wollte die Bilder von trauernden Bekannten und Freunden auslöschen, von großformatig gerahmten

Fotos mit Trauerflor und brennenden Kerzen davor. In ihren Gedanken entwickelten sich Abgründe. Sie lebte doch.

»Du könntest mich hier verhungern lassen, was soll's? Ich bin ab sofort im Jenseits.«

Greta veränderte ihre Sitzhaltung, schlang kindlich die Arme um die Knie, holte sie gedanklich wieder in diesen muffigen Raum, in dem sich neben der Tür ein Berg aus leeren Flaschen und Müll entwickelte.

»Du musst wissen, dass der Anführer mich nicht mag. Der musste nach der Meldung bei aller Anerkennung gleich wieder Zweifel anmelden. Ob ich stabil genug wäre, alles zu verkraften, es mangele mir an Disziplin und Zugehörigkeitsgefühl, ich wäre zu viel unterwegs, und jetzt muss ich viel im Haus arbeiten. Heute ist ihm fast die Hand ausgerutscht, weil ich mal ironisch wurde.«

»Erwartest du Mitgefühl von mir? Bedauern? Du hast erfolgreich meinen Abgang inszeniert, lass uns überlegen, welchen Nutzen jede von uns beiden daraus ziehen kann. Es heißt auf keinen Fall, dass du mich gleich aus der Tür marschieren lässt, richtig? Sonst hättest du nicht so überaus fürsorglich wieder eine Dose auf die Flammen gestellt.«

Karins Stimme wurde traurig. »Greta, ich war noch nie so entsetzt über dein Handeln, wie ich es heute bin. Du warst niemals eine gute Schauspielerin. Immer kamen deine Schandtaten ans Licht, und das nicht nur, weil meine Mutter nachbohrte, bis ich darüber sprach. Bei dir folgte der Ärger nur etwas später als bei mir, aber er traf dich jedes Mal, mit deiner Oma, mit der Lehrerin, mit aufgebrachten Eltern deiner Opfer oder Komplizen, mit den Schrebergärtnern und sogar dem Pastor, als du die Blumen von den Beerdigungskränzen als kleine Sträuße vor dem Friedhofstor verkaufen wolltest.«

Karin beugte sich, so weit es ging, zu ihr herab. »Was meinst du, wie lange du dieses Spiel durchhältst? Bis ihr euren bekloppten Anschlag durchgeführt habt? Bis ich wieder in Freiheit bin? Wie stellst du dir das vor? Ich wandere nicht mit neuer Identität aus nach Kanada, ich lebe am Niederrhein, das hier ist mein Zuhause und das meiner Familie. Was wird die Gruppe mit dir machen, wenn ich plötzlich wie aus dem Nichts wieder auf der Bildfläche stehe?«

»Was glaubst du denn? Meinst du, es hätte sich niemand Gedanken über das Danach gemacht? Wir gehen weg, wenn alles vorbei ist. Wir ändern ständig unsere Standorte, und wenn eine Aktion vorbei ist, geht es so weit wie möglich fort vom Einsatzort. Der Anführer hat schon alles vorbereitet, es gibt Kontakte bis nach Schweden, überall gibt es angemietete Anwesen, einer von ganz oben sorgt dafür. Niemand wird misstrauisch werden, glaub –«

Karins Puls überschlug sich, sie brüllte Greta ins Gesicht. »Wie naiv bist du eigentlich! Du weißt doch genau, dass es keine Geheimhaltung mehr gibt. Selbst wenn die Presse einen Maulkorb kriegt, verbreitet sich alles über die sozialen Netzwerke, und irgendwann können auch die Journalisten nicht anders als reagieren. Und da kannst du in Husum, Mittenwald oder in Göteborg sitzen, einer von deinen Leuten kriegt es mit. Und dann? Wer wird zuerst dran sein? Du oder ich?«

Stumm blickten sich die Frauen an, Karin bebte, Greta krümmte sich zusammen, wurde kleiner. Sie wird zum Kind, mit dem man schimpft, ging es Karin durch den Kopf. Ich muss weitermachen, sie innerlich packen.

»Greta, du musst mich auf der Stelle hier rauslassen. Meine Wunden müssen versorgt werden, das gelingt nicht unter diesen Umständen. So hör doch. Ich bleibe im Verborgenen.«

»Jaja, und du hältst still und sagst nichts! Genau wie damals. Du konntest die Dinge nie für dich behalten.«

Karin dachte angestrengt nach, Offensive, hier halfen nur der Blick nach vorn und ein offenes Wort. »Und wenn du uns hilfst?«

Greta blickte zu ihr auf, verkrampfte die Arme um die Knie, die Knöchel ihrer Finger wurden weiß. »Wie meinst du das? Wer ist ›wir‹? Die Bullen?«

Sie sprang auf und gebärdete sich wie ein wildes Tier, trommelte mit Fäusten an die Wände, schrie, trat auf die leeren Wasserflaschen ein. »Du meinst, ich soll meine Leute verraten und das, woran ich glaube?«

Karin beobachtete sie, blieb ruhig. Als Greta sich kopfschüttelnd wieder zu ihr drehte, suchte sie den Blickkontakt.

»Ich wiege mich nicht in Sicherheit, weil ich angeblich tot bin. Greta, auch wenn sie dir heute auf die Schulter klopfen, werden sie dich ohne zu zögern umbringen, wenn herauskommt, dass du sie überlistet hast. Ich suche krampfhaft nach einem Ausweg für uns beide. Ich will, dass wir beide überleben. Denk drüber nach, versprochen?«

Greta ließ die Schultern sinken, nickte.

»Und wenn du wiederkommst, dann bringst du mir die Sachen, ja? Den Spiegel, und ich brauche Salbe gegen Entzündungen. Wenn du noch mal drüber nachdenkst, dann wirst du mir ein Handy mit einer Prepaidkarte mitbringen, damit ich mit meiner Familie telefonieren kann. Anschließend vernichtest du die Karte, und niemand kann herausfinden, von wo das Gespräch kam, okay?«

Wäre nicht ihr verletzter Arm am Gestell der Liege fixiert gewesen, Karin wäre dem Impuls gefolgt, Greta in den Arm zu nehmen. Die »rote Zora« ihrer Kindheit saß wie ein Häufchen Elend vor ihr auf dem Boden. Hoffentlich geht das gut, schoss es ihr durch den schmerzenden Kopf.

Greta ließ die Flamme der Kartusche erlöschen und warf Karin den Schlüssel, ihren eigenen Schlüssel ihrer eigenen Handschellen, zu, den sie in der Handtasche aufbewahrt hatte. Sie verließ den Raum, Karin bewegte sich langsam zu der angewärmten Dose. Neben der Kartusche lag die Verpackung der Plastiklöffel. Und der Dosenöffner.

»Sie wird fahrig. Genau wie früher. Wenn es brenzlig wurde, unterliefen ihr grobe Fehler.«

Unschlüssigkeit. Sollte sie sich darüber freuen? Wenn Greta sich hier unkonzentriert zeigte, so würde sie es bei ihrer Gruppe ebenfalls sein.

***

Alles Notwendige war schnell organisiert. Hannah wunderte sich über die Ferien außer der Reihe, packte jedoch ohne Umschweife ihren kleinen Koffer und freute sich darauf, dass Oma und Opa von der Insel Texel sie abholen kamen. Maarten hatte es nicht über das Herz gebracht, ihr den wahren Grund für diese Regelung zu erklären. Sie vertraute ihrem Papa und dessen einfacher Begründung, alles habe so seine Ordnung.

Nach einem Abschied mit herzlichen Umarmungen und dem Versprechen, jederzeit erreichbar zu sein und sich umgehend zu melden, sobald es Neues von Karin gäbe, saß er am PC und suchte in seinen Dateien nach einem Foto mit Karin und Woodstock, speicherte mehrere Bilder auf einem USB-Stick. Danach telefonierte er mit der Xantener Obstplantage Treffler.

Der Techniker, der an der Telefonüberwachung saß, schien sich über den Inhalt des Gesprächs, das er über seine Kopfhörer mithörte, zu wundern, jedoch unterlagen die persönlichen Angelegenheiten der absoluten Schweigepflicht.

Maarten wusste, dass die Besitzerin der Plantage gebürtig aus Polen stammte, und bat sie um Hilfe bei einer Übersetzung. Sie kannten sich vom Sehen, weil im Sommer kein Tag verging, an dem er nicht nach der Arbeit in Trefflers Hofladen Erdbeeren kaufte.

Man einigte sich darauf, dass er ihr den Text in den kleinen Obst- und Gemüsehandel gegenüber der Einfahrt zum Archäologischen Park bringen würde. Ob sie noch jemanden kenne, der ins Bulgarische und Russische übersetzen könnte? Sie verneinte.

Maarten packte einen ausgedruckten Bogen sowie den Stick mit Fotos in seine Jacke, leinte den Hund an und vereinbarte mit dem Techniker, dass seine Telefonate weiter überwacht und per Rufumleitung an sein Handy weitergeleitet würden. Er würde es dreimal klingeln lassen und das Gespräch dann, wie vereinbart, so lange wie möglich halten.

»Komm, Woodstock, wir müssen in die Stadt, Bewegung wird dir guttun. Und mir auch.«

Gosia Treffler, die hinter unzähligen Schalen riesiger Erdbeeren stand, nahm das Blatt von Maarten entgegen und starrte entsetzt auf den Text.

»Ich habe gar nicht gewusst … Sie sind der Mann von der Kommissarin, die … Oh, das tut mir so leid.«

Maarten musste sich erst daran gewöhnen, dass sich die Nachricht vom Tod der Polizistin bereits verbreitet hatte. In seiner Post hatten schon am Vormittag die ersten Beileidsbekundungen der Nachbarn gelegen.

»Und jetzt suchen Sie nach dem Täter …« Sie schaute sich um, niemand sonst war im Geschäft, und las den Text.

»In der Nacht vom siebten auf den achten Juni verschwand auf diesem Parkplatz meine Frau. An ihrer Seite befand sich der abgebildete Hund, der in der Nacht hier aufgefunden wurde. Meine Frau war zeitweise in Begleitung einer anderen Frau. Wer hat zwischen zweiundzwanzig Uhr und Mitternacht die beiden Frauen mit dem Hund gesehen? Wer hat beobachtet, in welches Auto sie gestiegen ist? Jeder Hinweis kann von großer Bedeutung sein. Alles ist wichtig.«

Sie nickte und schaute Maarten an. »Das ist gut. Warten Sie, ich übersetze es sofort. Ich habe eine gute Handschrift.«

Sie wies auf ein Schild in ihrem Rücken, auf dem in feiner Schrift »Ein Leben ohne Erdbeeren ist möglich, aber sinnlos« stand, und begann zu schreiben. Sichtlich gerührt reichte sie ihm den Bogen und packte in Windeseile eine Schale Erdbeeren ein.

»Die helfen nicht gegen Seelenkummer, aber sie schmecken und haben viele Vitamine. Alles Gute wünsche ich.«

Im Fotogeschäft am Markt verhandelte Maarten mit der Angestellten und erreichte, dass er drei Exemplare seiner Fotos, im DIN-A1-Format auf Alu-Verbundplatten aufgezogen, bereits am frühen Abend abholen konnte. Er würde jeden Preis für eine schnelle Fertigstellung bezahlen, die Frau lehnte ab. Nein, den regulären Tarif würde sie berechnen, und einen Stapel Handzettel bekäme er umsonst dazu. Man müsse sich doch an der Suche nach dem Täter beteiligen.

Daheim erklärte Maarten dem fragend blickenden Beamten von der Spurensicherung, was er vorhatte. Nach dem Gespräch tippte der diensteifrige Mann eilig auf sein Smartphone ein, Schweigepflicht hin oder her.

***

»Das kann doch nicht wahr sein!«

Während Gero von Aha versuchte, die Aufmerksamkeit seiner Kollegen auf die dramatische Attacke am Schwarzen Wasser in Wesel zu richten, die seine »Bekannte« und er nur knapp überlebt hatten, sprang Nikolas Burmeester mit seinem Smartphone auf.

»Hört mal, was Maarten de Kleurtje ab heute plant. Er will sein Auto Nacht für Nacht auf den Rastplatz bei Hünxe unter eine Laterne stellen, sich danebensetzen, großformatige Bilder von Karin mit Woodstock an das Fahrzeug montieren und einen mehrsprachigen Aufruf nach Zeugen präsentieren. Er wird Handzettel an die Lkw-Fahrer verteilen, mit der Aufforderung, Beobachtungen und Hinweise an uns weiterzuleiten. Er hat den Text ins Niederländische übersetzt, in polnischer Sprache liegt er ebenfalls vor, und nun sucht er Übersetzer für Bulgarisch und Russisch. Ist das zu fassen? Nicht dass er uns in die Ermittlung pfuscht.«

Jeremias Patalon sah das anders. »Es kann uns eher helfen. Die Fahrer werden wahrscheinlich die Nachricht vom Tod der Kommissarin nicht erhalten, die hören ihre Musik oder Sender in ihrer Sprache. Vielleicht macht jemand regelmäßig dort halt, das ist doch möglich. Ich halte das für eine gute Idee. Der Mann versinkt nicht in Verzweiflung, sondern geht über in durchdachten Aktionismus. Respekt.«

Von Aha stand mit verschränkten Armen vor seiner Schautafel. Er hatte begonnen, den Anschlag auf ihn und Marlene zu visualisieren, und setzte an, fortzufahren. Tom Weber kam ihm zuvor.

»Jerry hat recht. Alles kann weiterhelfen. Wir stochern doch immer noch im Dunkeln. Wir sollten ihn darauf hinweisen, dass es um die Ergreifung der Täter und nicht um das Auffinden seiner Frau gehen muss. Er darf sich auf keinen Fall verplappern.«

Von Aha setzte erneut an, kam jedoch nicht zu Wort, Fresenius bot sich an, Maarten zu coachen, damit er bestens vorbereitet sei.

»Außerdem soll der Rastplatz regelmäßig von einer Streife angefahren werden. Damit unterstützen wir sein Anliegen und zeigen Präsenz, vielleicht auch zu seinem Schutz. Noch wissen wir nicht, was oder wer dahintersteht. Und nun, Herr von Aha, fahren Sie fort. Das ist ja eine merkwürdige Geschichte. Sie vermuten also einen Anschlag auf die Bahn?«

»Ich bin mir nicht sicher. Fakt ist, dass meine Bekannte den Flyer, den ich Ihnen kopiert habe, im Kreishaus bei den allgemeinen Informationsbroschüren gefunden hat, und wenn Sie den mal ganz objektiv betrachten, dann kann man eine radikale Tendenz herauslesen. Merkwürdig ist auch, dass nirgendwo ein Hinweis auf einen Verfasser oder eine Gruppe zu finden ist. Der Versuch, uns auf den Bahnkörper zu schieben, hätte, wäre er geglückt, einen Unfall mit zwei Toten und nicht absehbaren, unter Umständen katastrophalen Ausmaßen verursacht. Das wäre den Gegnern doch zum jetzigen Zeitpunkt ganz gelegen gekommen.«

Er blickte in nachdenkliche Gesichter. »Korrigiert mich, wenn ich total falschliegen sollte.«

Burmeester erinnerte sich an die letzten Artikel über eine öffentliche Anhörung der Deutschen Bahn AG, die in der regionalen Presse über das Thema »Betuwe-Linie« zu lesen waren.

»Wird das wirklich alles so hochgekocht, dass es eine, ich fasse mal deine Thesen zusammen, anonyme und radikale Gegnergruppe gibt, die ein gigantisches Fiasko inszenieren will, wie es alle Schwarzseher und politischen Gegner befürchten? Die Bahn will doch einlenken, das habe ich gelesen. Es gibt mittlerweile Veranstaltungen, in denen man die Pläne für Lärmschutzmaßnahmen erläutert. Überleg mal, Gero, galt der Anschlag exemplarisch der Bahn, oder kann es sein, dass deine Freundin oder du selbst Zielobjekt seid?«

Von Aha schüttelte vehement den Kopf. »Marlene ist meine Bekannte, gute Bekannte, bitte schön. Nein, das kann ich mir gar nicht vorstellen. Mich kennt doch hier kaum jemand, und momentan ist kein Krimineller auf freiem Fuß, der ausreichend sauer auf mich sein könnte, um für meinen Abgang gleichzeitig ein nicht kalkulierbares Ausmaß an Zerstörung zu bewirken.«

Jerry Patalon hatte aufgehorcht. »Das ist ja nicht der einzige Ansatz. Denk an deine Zeit in Göttingen zurück, vielleicht gibt es da Altlasten. Oder ist deine Freundin auf politischer Ebene jemandem so empfindlich auf die Füße gestiegen, bewusst oder unbewusst, dass sie aus dem Weg geräumt werden muss? Ist sie nicht Mitglied im Kreistag, in der aufmüpfigen Opposition, die mit ihren Gegenmeinungen ständig um Akzeptanz und Anerkennung buhlt? Das schafft nicht gerade Freunde auf breiter Ebene.«

»Bekannte, meine Bekannte, bitte. Ich kann es mir nicht

vorstellen, die ist so ein offener, herzlicher Mensch. Marlene würde sich sofort um Klärung bemühen, wenn es Unstimmigkeiten gibt. Und Rache aus der Zeit in Göttingen? Da würde ich eher mit einem gezielten Schuss oder einem Messer im Rücken rechnen, aber nicht mit einem Anschlag an einer wirtschaftlich genutzten Bahnstrecke.«

Von Aha dachte kurz nach. »Wisst ihr was? Ich werde meine Bekannte bitten, herzukommen und euch etwas über diese umstrittene Linie zu erzählen. Ihr werdet verstehen, dass einem als Anwohner und Betroffener das Wasser bis zum Halse steht. Diese beschwichtigenden Veranstaltungen sind nur lächerliche Versuche, die Gemüter zu beruhigen. Lärm, Unruhe, mangelhafter Schutz und die Perspektive, dass der eigene Grund und Boden massiv an Wert verliert, das ist die Realität. Das kann schon für so perverse Anschlagspläne reichen, die für Aufmerksamkeit sorgen. Ich rufe sie eben an, es kann sein, dass sie im Kreishaus ist und ein paar Minuten erübrigen kann.«

Schon nahm er sein Smartphone in die Hand. Nach kurzen, sachlich formulierten Sätzen nickte er in die Runde. Marlene Schürmann hatte Zeit, würde in zehn Minuten im Kommissariat sein und war gerne bereit zu referieren.

»Meine Bekannte ist voll drin im Thema, ihr werdet sehen.«

***

Der Kollege Heierbeck von der Spurensicherung ließ es sich nicht nehmen, das Poesiealbum selbst wieder ins K1 zu bringen. Er platzte mitten in ein flammendes Referat herein, das eine ihm unbekannte, attraktive Frau im Besprechungsraum des K1 hielt. Die Kommissare und die Verstärkung aus Düsseldorf hingen gebannt an ihren Lippen.

Burmeester ging mit ihm in ein Nebenbüro. Was ihm nicht geglückt war, erwies sich als problemlos für die Fachleute von der Spurensicherung. Eine verbogene Büroklammer hätte gereicht, um dieses Kinderschloss zu öffnen, das hätte jeder Erstklässler geschafft, teilte Heierbeck ihm lapidar mit.

Burmeester fühlte sich sichtlich gekränkt. »Schon gut, bitte nicht näher ausführen, sonst wuchern in mir lange verdrängte

Minderwertigkeitskomplexe. Vielen Dank, ich mache mich gleich an die Auswertung.«

»Müssen Sie nicht zurück zu dem Vortrag? Beeindruckende Frau, habe ich noch nie hier gesehen. Wer ist das?«

»Das ist Gero von Ahas Freundin, die er überall als Bekannte vorstellt.«

Heierbeck schmunzelte. »Kenn ich, das Wort Freundin scheint ab einem bestimmten Alter ein verpönter Begriff zu sein. So stellt man seine Bekannte vor, die zur guten Bekannten und in der letzten Steigerung zur sehr guten Bekannten wird. Aber was hat es mit dem Kinderalbum auf sich?«

»Wir vermuten dort Hinweise auf die Frau, die zuletzt mit Karin an der Raststätte zusammen gewesen ist. Eine Freundin aus der Kindheit.«

»Ich habe einen Blick hineingeworfen«, meinte Heierbeck. »Ich konnte keine Parallelen zu den vorliegenden Informationen finden.«

»Falls wir nicht vorwärtskommen, werde ich es ihrer Mutter vorlegen. Ich denke, die kann sich an Einzelheiten, Kleinigkeiten erinnern. Das hoffe ich zumindest. Vielen Dank.«

»Dafür nicht. Und jetzt ab zu dem Vortrag der recht guten Bekannten Ihres Kollegen.«

»Ich glaube, dass ich Wesentliches schon mitbekommen habe. Es ist bedrohlicher, als es zunächst aussah. Das Team überlegt noch, ob eine Gefahrenlage für die Betuwe-Linie besteht und die Bürgermeister der Städte informiert werden müssen, durch die sich der Wahnsinn täglich schiebt.«

»Was ist passiert?«

Burmeester zögerte einen Augenblick, antwortete jedoch den Tatsachen entsprechend. »Terrorgefahr.«

»Was? Hier am Niederrhein?«

»Alles deutet darauf hin.«

Heierbeck schien zu überlegen, wie er mit seiner zur Verfügung stehenden Manpower aufgestellt war, um effektiv arbeiten zu können. »Ich nehme mal an, dass in dem Fall das LKA übernehmen wird?«

»Ist bereits an Bord. Anka Fresenius überlegt aber, ob sie noch zusätzliche Unterstützung anfordern soll.«

»Sagen Sie mir rechtzeitig Bescheid, wenn ich aufrüsten muss. Ich habe zwei Leute im Urlaub, da entstehen Lücken.« Heierbeck zog die Stirn kraus und verließ das K1 sehr nachdenklich.

Burmeester wechselte nicht sofort in den Besprechungsraum, er blätterte in dem kleinen Album, die Seiten mit kindlicher Handschrift und Zeichnungen gefüllt. Darstellungen von Pferden waren bevorzugt vorhanden, eingeklebte Fotos oder Glanzbilder, bei deren Anblick er an einen Schuhkarton denken musste, den seine Mutter mit Engelbildern gefüllt neben ihrem Bett stehen hatte. Himmlische Beschützer könne man nicht genug haben, begründete sie die Sammlung.

Die meisten Seiten waren in sehr gutem Zustand, ordentlich, man erkannte dünne Bleistiftlinien, die nach dem Eintrag vorsichtig ausradiert worden waren. Eine Doppelseite stach hervor, dort schien der Radiergummi außer Kontrolle geraten zu sein, das Papier wirkte dilettantisch geglättet, die Linien waren teils verschmiert, teils verschwunden, die Schrift unordentlich und der Spruch selbst gereimt statt übernommen. Nichts auf diesen beiden Seiten schien sich an eine vorgegebene Norm zu halten.

Als rote Zora kennst du mich,
Angsthase nenn ich dich.
Ich kann alles, was ich will,
ich bin laut, und du bist still.
Nenn mich niemals Margarete,
sonst krickel ich auf deine Tapete.
Und dann schimpft deine Mama,
tri, tra, trullala.

Wie frech, dachte Burmeester, das könnte, das muss sie sein. Margarete, Greta, klar.

Wie es sich für ein unkonventionelles Kind gehörte, entsprachen auch die hinterlassenen Kontaktdaten nicht dem, was erwartet wurde. Es gab, statt Namen und Adresse wie auf den anderen Seiten, einen Wust an Buchstaben, den er zunächst nicht deuten konnte. Ihm versagte der verborgene Rest seines kindlichen Verstandes, der diese vermutlich einfachste Form der Verschlüsselung knacken könnte, völlig seinen Dienst. Jetzt fehlte sie, die Chefin, die einzige Person im Kommissariat 1 mit eigenen Kindern, mit Verständnis für deren Kreativität und Handlungsweisen.

In Ermangelung ernst zu nehmender Alternativen würde er Johanna Krafft aufsuchen. Es würde ihr bestimmt gefallen, der Kripo zu helfen. Das hatte sie in den letzten Jahren mit Unschuldsmiene aus eigener Initiative heraus bei diversen Fällen bereits getan.

***

Hauptkommissarin Anka Fresenius hielt nicht viel von einer technikgestützten Darstellung der aktuellen Vorgehensweise, sie hatte sich die alte Flipchart bringen lassen und war dabei, in unterschiedlichen Farben mehrere Handlungsstränge mit flotten Strichen aufeinander zulaufen zu lassen. Sie sprach hoch konzentriert, mit ihren geröteten Wangen wirkte sie fast schon hyperaktiv, und schien völlig in ihrem Element.

»Das ist kein Zufall, da stimme ich Ihnen uneingeschränkt zu, Frau Schürmann. Es gibt die unendlichen Schwierigkeiten, Unstimmigkeiten und Konflikte mit der Bahn AG, die nur äußerliche Ruhe und Besonnenheit bei den betroffenen Bürgern, und jetzt scheint es eine Gruppierung zu geben, die sich eine innere Zustimmung zu militantem Widerstand erlaubt. Wir müssen herausfinden, ob diese Flugblätter auch in den anderen Rathäusern und Kreishäusern ausliegen und ob es offizielle Reaktionen gibt. Das ist Aufgabe A.«

Sie wies auf einen anderen Pfeil auf der Flipchart. »B wird sein, die Verantwortlichen der betroffenen Städte über die Bedrohungslage zu informieren. Dazu soll Ihr Pressesprecher ein Statement verfassen, das höchst offiziell die Kreispolizeibehörde verlässt, und der Notdienst der Städte soll die Bürgermeister aus ihren beginnenden Wochenendträumen holen. C beschäftigt sich mit dem Kern der Sache, der Fahndung nach dem Verfasser des Papiers und dem Zusammenhang mit dem Anschlagsversuch am Schwarzen Wasser. Die Spurensicherung soll sich vor Ort umschauen, Frau Schürmann. Ihr Wagen muss unter die Lupe genommen werden, ein Zeugenaufruf in die Medien.«

Wie gebannt lauschten alle den Ausführungen, niemand rührte sich.

»Nichts geht unter dem Begriff Terroranschlag raus aus diesem Raum, wir reden von Gefahrenlage durch Unbekannte und der Ermittlung zu einem Tötungsversuch. Wer auch immer dahintersteckt, soll sich in Sicherheit wiegen, leichtsinnig werden und Fehler machen. Sie teilen sich selbst ein, ich werde hier das Hauptquartier aufbauen. Herr von Aha, Sie bleiben verantwortlich für die Aktenführung und behalten die Übersicht über die beiden anderen Fälle.«

Sie wandte sich mit völlig ernster Miene zu von Ahas bester Bekannter um. »Und Sie, Frau Schürmann, verpflichte ich hiermit zu absolutem Stillschweigen über alles, was Sie hier mitbekommen haben. Logo?«

Marlene nickte eifrig und wirkte plötzlich sehr blass.

Anka Fresenius blickte auf Burmeester mit dem Poesiealbum in der Hand. »Was sammeln Sie da, dumme Sprüche?«

Burmeester erläuterte seinen Teilerfolg und den Plan, die Mutter der Hauptkommissarin nach Dienstschluss zu befragen.

Fresenius kämpfte sichtlich um Beherrschung, bevor sie reagierte. »Sie warten nicht den Feierabend ab. Fahren Sie los und stellen Sie die wichtigsten Fragen, die Ihnen Ihr kriminalistisches Gespür aufgibt. Alles klar, meine Herren?«

***

Maarten hatte darüber nachgedacht, wie er auf dem Rastplatz möglichst viel Aufmerksamkeit auf sich ziehen konnte. Die Bilder allein würden nicht reichen, und seine Landsleute sorgten mit Campingstühlen neben den Autos immer wieder für bequeme Picknicksituationen. Auch der Anblick von Woodstock würde nicht reichen, um professionelle Kraftfahrer aus ihren Kabinen zu locken, genauso wenig wie ein kleines Familienauto von Renault.

Er erinnerte sich an einen Kollegen, der aus einem Nachlass ein seltenes Auto ersteigert hatte, einen Wiesmann aus der gleichnamigen kleinen Autoschmiede im westfälischen Dülmen, die es seit 2014 nicht mehr gab. Er besaß ihn noch, den Wiesmann Roadster MF5, dreihundertdreiundsiebzig PS schnell und mit einem Saisonnummernschild ausgestattet. Maarten erläuterte ihm seinen Plan, und der Besitzer dieses seltenen Vehikels erklärte sich spontan bereit, ihm das Geschoss zu leihen.

»Du musst nur gut drauf aufpassen, so etwas wird in manchen Ländern mit Gold aufgewogen.«

»Ich habe einen Wachhund dabei, keine Sorge.«

Ein Telefonat mit der neuen Frau im K1 sorgte zwischenzeitlich für Unmut bei ihm. Anka Fresenius wollte ihn vorbereiten, damit ihm in den bevorstehenden Gesprächen kein Fehler unterlief.

Maarten reagierte ungehalten. »Was für einen Fehler meinen Sie? Dass ich meine Frau nicht schon längst davon überzeugt habe, aus Ihrem Verein auszutreten? Ich mache den trauernden Gatten, bislang hegt niemand den kleinsten Zweifel. Also, was wollen Sie?«

»Ich will sichergehen, dass Sie die Täter suchen, die für den Tod der Hauptkommissarin verantwortlich sind. Sie dürfen sich nicht auf die Suche nach ihr begeben, verstehen Sie? Was ist, wenn Täter Ihr Wissen überprüfen wollen? Sie müssen ganz sicher auftreten.«

»Keine Sorge. Mach ich.«

»Wollen Sie nicht vorbeikommen und wir proben das Gespräch?«

»Nee, ich pack das.«

Barsch legte er auf und kontrollierte, ob er an alles gedacht hatte. Selbst den Trinknapf für Woodstock hatte er eingepackt und zwei große Wasserflaschen, alles schien perfekt.

Den Wagen in Kalkar abzuholen und das Umpacken kosteten ihn gut eineinhalb Stunden, er würde gegen zwanzig Uhr an seinem Zielort ankommen.

Mit besorgtem Gesicht saß er hinter dem Steuer, neben ihm auf einer ordentlich verspannten Decke der aufrecht sitzende Bouvier, im Kofferraum die großformatigen, wetterfest aufgezogenen Fotos und die Handzettel. Auf der Haube blinkte das Symbol der Schmiede, ein Gecko aus Metall. Ohne jegliche Ambitionen, die Außergewöhnlichkeit des weißen Chassis mit den auffällig roten Felgen oder die Fähigkeiten des Motors zu würdigen, bewegte Maarten sich in Richtung Hünxe, suchte erneut die rückwärtige Zufahrt zum Motel über den Gansenbergweg und ignorierte ebenso beharrlich wie in der verhängnisvollen Nacht von Karins Verschwinden das Zufahrtsverbot zum Parkplatz der Raststätte.

Es war Freitagabend, die langen Parkflächen füllten sich mit Lkws, deren Kennzeichen größtenteils aus Osteuropa stammten. Einige Spanier waren ebenfalls vertreten sowie Niederländer.

Maarten fand zielsicher die Stelle, an der Woodstock befehlsergeben gewartet hatte. Der Ort versetzte ihm einen Stich ins Herz. Neben der Parkbucht auf der Bankette hatten Mitmenschen rote Dauerbrenner aufgestellt, einzelne Blumen waren in der Wärme des vergehenden Tages gewelkt. Ihn überkam ein Gefühl der Rührung. Nicht nur Johanna und seine Tochter glaubten an die symbolische Macht der Lichter.

Noch bevor er die Bilder postiert hatte, standen bereits die ersten Männer bewundernd vor seinem Auto, streiften rundherum, nickten anerkennend und nutzten ihre Smartphones, um Fotos zu schießen. Niemandem war bewusst, dass es an diesem Ort einen tragischen Vorfall gegeben hatte, keiner der Autonarren war in besagter Nacht in Hünxe Ost gewesen.

Einige Berufskraftfahrer waren an ihrer Kleidung zu erkennen, weit und eingesessen, nicht sehr modisch, manchmal sogar abgetragen und schmuddelig. Maarten nahm hoffnungsvoll zu jedem Kontakt auf, der sich in die Nähe des Roadsters begab, verteilte Handzettel, erntete stumme Schulterklopfer und Betroffenheit.

In der Abenddämmerung erschien aus der Raststätte eine Serviererin mit einem Tablett, darauf ein Becher mit dampfendem Kaffee und ein Teller mit Pommes frites, einem Schnitzel und ein Schälchen Salat. Sie kam zielstrebig auf ihn zu.

»Es ist so traurig. Wir haben Sie die ganze Zeit von oben aus beobachtet und mit der Leitung besprochen, dass Sie von uns versorgt werden, solange Sie hier stehen.«

»Das ist sehr nett von Ihnen, aber ich kann das nicht annehmen. Was ist, wenn ich Wochen oder Monate brauche?«

Die junge Frau drängte ihm das Tablett auf. »Dann versorgen wir Sie Wochen und Monate. Finden Sie das Schwein. Uns tut so leid, was hier geschehen ist. Und wissen Sie, was für Konsequenzen es für uns hat? Die Frauen hier haben Angst, nachts allein zu ihren Autos zu gehen. Wir alle wünschen Ihnen Erfolg. Und lassen Sie es sich schmecken.«

Woodstock freute sich über ein halbes Schnitzel, und Maarten aß sich durch die Mahlzeit, ohne recht zu merken, wie es schmeckte. Nett, dachte er, während die nächsten beiden Männer mit verklärtem Blick um das Auto herumscharwenzelten.

»Boah, wat für 'ne Karre. Guck ma, die Felgen, ey, sind die affengeil!«

»Wer is die Olle auf den Bildern, kenns du die?«

***

Yasmin Ögülsan wartete seit einer halben Stunde in der Einfahrt des kleinen Siedlungshauses in Bislich-Büschken, in dessen Dachgeschoss ihr Liebster Nikolas Burmeester lebte. Ihr Fahrrad stand blank geputzt und mit gefüllten Satteltaschen neben ihr, bereit für die Tour, die beide schon lange für dieses Wochenende geplant hatten. Burmeester, in gewohnt kritikwürdiger, bunt zusammengewürfelter Radlerkleidung, hatte nur »kurz« zu Johanna gewollt, um mit ihr über Karins Poesiealbum zu sprechen. Ganz kurz, ehrlich, hatte er gesagt, um zu fragen, ob es neue Erkenntnisse gab, die dringend an das Kommissariat weitergeleitet werden mussten.

Yasmin überprüfte in der Zeit den Inhalt ihrer Ausflugstaschen, sie hatte für das leibliche Wohl gesorgt, eine Picknickdecke, Geschirr und Getränke in kühlenden Neoprenhüllen eingepackt. Burmeester wollte sich den Kopf freiradeln, noch nie war er Yasmin so verstört vorgekommen, der Tod der Hauptkommissarin schien ihn persönlich tief zu treffen.

Yasmin hatte seine Chefin gekannt, war Karin Krafft oft genug im Haus begegnet, wenn die ihre Mutter besuchte, ihre kleine Tochter abholte oder kurz mit Nikolas einen Sachstand erörtern wollte. Eine sympathische Frau in mittlerem Alter, ein offener, herzlicher Blick, ganz viel Energie ging von ihr aus, sie schien ihr Leben im Griff zu haben. Yasmin konnte noch nicht glauben, dass sie nie mehr das quirlige Lachen von der Diele aus die Treppe hochschallen hören sollte.

Die Art und Weise der Trauer im Hause der Mutter konnte sie allerdings nicht nachvollziehen, in ihrer kurdischen Familie wurden die Toten anders verabschiedet, tränenreich, klagend, hier schienen alle sehr gefasst. Der Schock ist zu groß, dachte sie sich, das kommt noch.

Endlich erschien Burmeester, das Smartphone noch am Ohr, festgeklemmt mit der Schulter, während er sich die neuen Radlerhandschuhe vom Discounter überzog.

»Ja, Johanna Krafft ist sich sehr sicher. Schließlich war sie darin geübt, Papierschnipsel mit verschlüsselten Botschaften der Mädchen zu entziffern, um herauszufinden, was die beiden wieder planten und ob die Kavallerie kommen musste, um sie zu retten. Sie erinnert sich an den Namen Margarete Kwiatkowski, von Karin scherzhaft ›Greta Quietschkopf‹ genannt. Die beiden waren wie Pech und Schwefel, bis die Kraffts mit einem dreizehnjährigen, aufmüpfigen Teenager an den reizarmen Niederrhein zogen.«

Burmeester nestelte hektisch an den Klettverschlüssen auf den Handrücken, während er telefonierte.

»Ja? Stimmt, wir haben uns nie mit ihr über ihre Herkunft unterhalten, die gehört einfach hierher, eh, gehörte hierher, meine ich, zwischen wiederkäuende Kühe, die träge auf Wiesen liegen, auf denen die Gänse landen, und den alten Kopfweiden am Rheinufer. … Nein, sie stammt gebürtig aus dem Ruhrgebiet, die hat ihre Kindheit in Bottrop verlebt. … Ja, ich habe dir die entzifferte Adresse schon geschickt. Gladbecker Straße, Johanna erinnerte sich mit einem Mal an Häuser, die ehemals der Ruhrkohle AG gehörten und an die Bergleute vermietet oder verkauft waren, Doppelhäuser mit riesigen Gärten, in denen für den Eigenbedarf Gemüse angebaut und Kaninchen gezüchtet wurden. Mit Tauben auf den Dächern für den Wettkampf oder den Suppentopf, und es fuhr eine Straßenbahn vor der Tür. Da muss diese Greta gelebt haben, während die Kraffts im Haus der Großeltern väterlicherseits auf der Richard-Wagner-Straße wohnten.«

Burmeester warf Yasmin, die ein wenig ungeduldig wurde, einen Luftkuss zu.

»Die Kinder lernten sich auf dem einzigen Spielplatz in der

Nähe der Kirchhellener Straße kennen und verunsicherten jahrelang die angrenzenden Stadtviertel, den Eigen, die Innenstadt bis hin nach Fuhlenbrock. … Ja, das ist gut, Gero, du kannst Fresenius fragen, ob ihr selbst fahrt oder offiziell um Amtshilfe anfragt. Du hast die Aktenführung, die anderen sind beschäftigt, vielleicht kannst du selbst …? … Nein, werter Kollege, ich habe frei. Meine beste aller Bekannten steht vor mir und hat einen Radausflug zwecks Regeneration, gemeinsamer Aktivität und Herzensfreude organisiert. Wenn ich jetzt absage und mich umziehe, um ins Kommissariat zu fahren, wird sie mir ihre Brüder auf den Hals hetzen. Ich bin nicht erreichbar heute, es sei denn … Ja, dann darfst du mich orten, aber nur, wenn es gute Nachrichten gibt. Tschö, Alter, mach's gut.«

Hastig fummelte er sich das aus Kunstleder und elastischem Material bestehende Accessoire wieder von den Händen und warf es auf die Treppe. »Die fühlen sich einfach eklig an. Nee, das war ein Fehlkauf.«

Yasmin schaute ihm unverwandt in die Augen. »Hm, da kannst du recht haben. Zu deinem verknautschten Neonhemd in Grün und der roten, knallengen Hose passen lilafarbene Handschoner rein optisch nur bedingt. Es reicht, dass deine Schuhe in zartem Orange mit den Söckchen in verwaschenem Blau korrespondieren.«

Burmeester entging nicht ihr süffisanter Tonfall, er schaute selbstzufrieden an sich herab. Was sie nur wieder hatte? Er fand sich gut gekleidet wie immer. »Komm, lass uns starten. Wo geht es lang?«

»Zur Fähre runter und dann über den Fürstenberg in die Sonsbecker Schweiz. Ein wenig Steigung, ein paar sommerliche Hügel und viel Blick auf die sattgrüne Landschaft. Du willst dich doch auspowern, oder habe ich das falsch verstanden?«

»Nein, nein, alles ist gut.«

Schon sattelte er auf, trat in die Pedale und schoss um die nächste Kurve in Richtung Fähranleger, schaute sich nicht einmal um, ob Yasmin ihm folgte.

Erbost fuhr sie hinter ihm her, holte ihn an der Wasserkante des Anlegers ein.

»Ich dachte, wir fahren zusammen! Jetzt sehen wir aus wie

die Hälfte aller Paare auf niederrheinischen Radwegen, er fährt vor, und sie folgt ihm mit unwilligem Gesichtsausdruck.«

»Oh, entschuldige. Aber du musst gestehen, dass bei der anderen Hälfte der Kleinstradlergruppen die Frau vorne fährt und der Mann wie ein lästiges Anhängsel wirkt.«

Ein weiterer wartender Radfahrer blendete sich schmunzelnd ein. »Sie müssen noch weiter differenzieren. Es gibt Sofahocker, die sonntags zum gesunden Sport gezwungen werden, jene, die davon überzeugt sind, dass der Partner niemals den richtigen Weg wählen wird und deshalb immer vorn sein wollen, und die, die ihrer besseren Hälfte ungefragt und gerne überallhin folgen. Auf die Freude auf zwei Rädern kommt es an, dann ist egal, auf welcher Position man durchs Ziel fährt.«

Burmeester gab sich beeindruckt von so viel Weisheit, während sie ihre Räder auf die Fähre mit dem Namen »Keer tröch« schoben und mittschiffs in den Ständer stellten. »Der Mann hat recht, sieh es doch sportlich. Quatschen können wir später in der Pause.«

Mehrere Schubschiffe mit beladenen Leichtern passierten flussaufwärts, die Fähre schaukelte in den Bugwellen.

»Hast du eigentlich den Rosenhof auf dem Fürstenberg schon mal gesehen? Da haben wir im letzten Jahr diesen spektakulären Fall mit dem vergrabenen alten VW Käfer aufgeklärt. Ein idyllischer Ort, lass uns den Schlenker über die Kuppe der Anhöhe machen, die Aussicht dort ist wirklich toll.«

Yasmin war es gewohnt, dass er spontan umsetzte, was sie plante. »Okay. Schau mal da drüben, lauter Kormorane auf der Buhne.«

Wie niedrig der Rhein schon wieder war, die Kiesbänke wurden immer größer.

***

Das offizielle Papier, mit dem die Bürgermeister der Anliegerstädte der Betuwe-Linie auf eine mögliche Bedrohung aufmerksam gemacht werden sollten, war heiß diskutiert und mehrmals umformuliert worden, bis die Behördenchefin, in enger Abstimmung mit dem LKA Düsseldorf, ihre Unterschrift daruntersetzte.

Für den Fall einer akuten Bedrohung durch Terroristen oder einer Katastrophenwarnung waren vorgegebene Schritte einzuhalten, Wortwahl, Inhalte und Wege der Mitteilung waren einheitlich festgelegt. Klar war: Es handelte sich hier um einen vagen Verdacht, das Schreiben der Kreispolizeibehörde sollte die Aufmerksamkeit schärfen und das eine oder andere Aktionspapier für den Ernstfall aus verstaubten Ordnern auf die Schreibtische flattern lassen.

Kommissar Tom Weber, der mit der Erstellung des Schreibens im K1 beauftragt war, hatte mitbekommen, dass die Behördenchefin ungehalten mit dem Pressesprecher telefoniert hatte. Sorge war ihr anzumerken, sie wollte nicht für mangelhafte Information verantwortlich sein, gleichzeitig aber jeglichen Anlass für überzogene Maßnahmen und Panik vermeiden. Gegen kurz nach zwölf kam er mit energischen Schritten in den Besprechungsraum und reichte Gero von Aha einen Ausdruck.

»Dein Job, du sollst das hier an die entsprechenden Stellen in den Rathäusern weiterleiten. Mensch, das hat gebraucht. Ich bin mir nicht sicher, ob die van den Berg den Pressesprecher nicht zum bestmöglichen Termin ins Archiv versetzen wird. Die haben sich gefetzt. Das Schreiben enthält nun alle relevanten Informationen, ist aber vom Aufbau und Stil her nicht nach seinen Regeln entstanden. Der hat getobt.«

Von Aha gab sich gelassen. »Ist doch egal, wir informieren die richtigen Leute, entweder geschieht wirklich etwas, dann sind sie vorbereitet, und wenn alles ruhig bleibt, bitte, dann ist es doch gut. Ich habe in Erfahrung gebracht, welche Rathäuser über angegliederte Bürgerbüros verfügen, die auch samstags geöffnet haben. Die Kollegen der Wachen haben dort schon mal in die ausliegenden Flyer und Papiere geschaut, dieser Aufruf zum Widerstand lag in Voerde, Dinslaken und in Emmerich aus und wurde eingesammelt. Nirgendwo konnte nachvollzogen werden, wer die Faltbotschaften ausgelegt hatte. Hast du mir das Schreiben per E-Mail geschickt?«

»Klar, ist längst bei dir auf dem Schirm.«

Von Aha öffnete den abgespeicherten Entwurf einer E-Mail und fügte die Datei ein, überprüfte noch einmal seine Formulierungen: Er machte in seinem Anschreiben auf den Anhang aufmerksam, der mit hoher Priorität zeitnah zu öffnen sei, und nannte in seiner Signatur alle Möglichkeiten zur Kontaktaufnahme für etwaige Rückfragen. Zufrieden mit sich und seinen Worten tippte er auf die Tastatur, und die Nachricht nahm ihren Lauf.

»So, nun kann ich hier nur abwarten, ob und wer sich meldet. Ich habe dir einen Ausdruck gemacht mit allen Informationen zu Greta beziehungsweise Margarete Kwiatkowski, wie sie wohl heißt, und ihrer Herkunftsadresse in Bottrop.«

Weber blickte skeptisch auf das Papier. »Wieso Bottrop? Ist sie dort gemeldet?«

»Bottrop, weil sich Klein Karin und Greta dort kennenlernten. Und sie ist dort noch bei einem Verwandten gemeldet. Du guckst genauso wie ich. Ja, Karin stammt aus dem Pott, wie ihr hier sagt, die ist erst mit dreizehn nach Bislich gezogen.«

Weber überflog die Informationen. »Ich dachte immer, die ist ein Urgestein aus der Region. Die ist mit so viel Herz hier, ich kann mir nicht vorstellen, dass sie mal woanders gelebt hat.«

Von Aha musste schmunzeln. »Ich denke gerade an meine erste Zeit in Wesel, ich war der Zugezogene aus Göttingen. Ich hatte den Eindruck, ich werde nie ankommen. Karin ist eine Niederrheinerin, daran gibt es nichts zu rütteln. Und nun mach dich auf die Socken und bring in Erfahrung, ob Greta dort zu finden ist. Wenn du sie gefunden hast, bring sie auf dem schnellsten Weg her, zumindest Fotos, Haare aus einer Bürste, was auch immer.«

Er nahm seine Hornbrille ab, rieb sich heftig die Augen, schüttelte den Kopf. »Das gibt's doch alles gar nicht, was hier abläuft.«

»Mit voller Besatzung?«, fragte Weber. »Ich werde mich von unterwegs aus mit der Wache in Bottrop in Verbindung setzen und Verstärkung vor Ort anfordern.«

***

Karin Krafft lag erschöpft auf der Liege, die Luft in ihrer Unterkunft war schal und abgestanden. Ihr war unglaublich warm. Vielleicht war es Tag, ein sehr heißer Tag, dessen Sonnenstrahlen den Raum aufheizten. Draußen rauschte erneut das immer wiederkehrende Geräusch vorbei, das sie noch nicht ganz identifizieren konnte. Ihr war so unerträglich heiß, sie zog sich das T-Shirt aus, streifte dabei mit den Händen ihre Stirn und stöhnte auf vor Schmerz. Ihre Finger waren feucht. Schweiß und Wundsekret. Die Wundabdeckung war völlig durchnässt.

»Scheiße, es hat sich entzündet.« Hatte sie Fieber?

Im fahlen Licht der kleinen Lampe suchte sie hastig den Vorrat an Verbandsmaterial. Egal, auch wenn sie nicht betrachten konnte, was sich an ihrem Kopf abspielte, musste die Wunde doch versorgt werden.

Mit einem Ruck entfernte sie die mit Pflasterstreifen befestigte Mullkompresse, die sich nur widerwillig löste. Das Mullstück, mit dem sie die Stirn abtupfte, verfärbte sich. Sie bereitete alles vor, riss Pflasterstreifen ab, legte vorsichtig ein neues Paket Kompressen zurecht, lehnte sich zurück und verarztete sich mit zittrigen Fingern, während sie Geräusche an den Türen ihrer Unterkunft wahrnahm.

Gretas Kopf erschien in dem Fenster an der Tür, barsch befahl sie, Karin solle sich anketten und den Schlüssel rüberwerfen.

»Gleich, ich versorge gerade meine Kopfwunde, das geht nicht so schnell, weil ich nichts sehe. Ich habe außerdem Fieber, du musst mir Medizin besorgen, irgendwas Entzündungshemmendes.«

»Mach schon! Ich hab's eilig. Meine Leute sind zur Übung. Ich kann nicht lange fortbleiben, schließlich bin ich Teil des Plans, das fällt sonst auf. Ich kann auch gleich wieder gehen, aber du wolltest doch mit deiner Familie telefonieren, also mach hin.«

Karin verpflasterte die Wunde eine Spur zu heftig, egal, die Chance auf ein Telefonat brachte sie aus der Fassung. Erhöhter Blutdruck, Herzrasen. Das durfte sie nicht verbaseln. Sie fingerte nach den Handschellen, fesselte sich an die Liege und warf den Schlüssel zur Tür.

Mein Gott, was sage ich denen? Sie dachte angestrengt nach, welchen Hinweis sie unbemerkt durchgeben konnte. Tausendmal war ihr diese Möglichkeit durch den Sinn gegangen, jetzt wurde sie real, und alle vorbereiteten Strategien waren zum Teufel. Leere im Kopf.

Greta stürmte in den Raum, eine Spur zu viel Licht hinter ihr kündete davon, dass die äußere Tür offen stand. Die zweite Tür führte direkt nach draußen, und mit einem Mal wurde Karin klar, welches Geräusch sie ständig erreichte. Da draußen fuhr ein Zug, ein langer Zug, an ihrer Unterkunft vorbei. Ich bin in der Nähe von Bahngleisen, dachte sie, wie kann ich das meiner Familie erzählen? Bestimmt würden die Kollegen mitlauschen, irgendeiner würde ihren geheimen Tipp verstehen und auswerten. Welchen Hinweis?

Greta stand vor ihr und fingerte ein veraltetes Handy aus der Brusttasche ihres Overalls, sie wirkte unsicher und hektisch. »Schnell, mach, du legst einfach los. Du hast eine Minute, mehr nicht.«

Karin brauchte noch einen Moment, um sich zu sammeln.

»Greta, denkst du an die Medikamente? Fühl meine Stirn, ich habe Fieber. Und bring mir einen Spiegel, wenn auch nur einen ganz kleinen, Hauptsache, ich kann erkennen, was an meinem Schädel vor sich geht. Ich bin dir wirklich dankbar, dass du mich telefonieren lässt, ich freu mich so auf die Stimme meines Mannes.«

Ein Hinweis auf ein Bahngelände. Irgendeine Umschreibung, die Greta nicht erkennen würde. In ihrem schmerzenden Kopf arbeiteten alle Erinnerungsbereiche auf Hochtouren. Mit zittrigen Fingern nahm sie das kleine Telefon zur Hand.

Greta starrte sie an. »Beeil dich.«

»Jaja, ich habe mich vertippt, gleich noch einmal.«

Da war eine winzige Idee. Sie hörte, wie es klingelte. Ihr Herz überschlug sich. Es schellte dreimal, Maarten nahm ab. Beim dritten Mal reagiert, die Kollegen zeichneten also auf, er wäre sonst beim ersten Ton am Apparat gewesen.

»Maarten? Ich bin's. … Ja, ja mir geht es gut. Bitte … Nein, ja, Maarten, bitte hör jetzt einfach nur zu und antworte knapp, ich kann nicht lange sprechen. … Ja. Wie geht es Hannah? … Fein. Liest du ihr weiter aus meinem Buch vor? … Och. Sie will hören, wie es weitergeht. Es ist ein altes Buch von mir. Von Irmgard Keun. Oben im Regal, mittig und links. … Ja, du musst da anknüpfen, wo die Familie in Urlaub fährt, die Art der Reise wird ihr gefallen. Und du musst ihr noch einmal die Geschichte vom Fringsen vorlesen. Da geht es um Mundraub in Notzeiten. Du wirst das Buch finden. Und die richtige Stelle. So viele Schinken aus meiner Kindheit stehen nicht im Regal. Sonst frag Hannah, sie liebt es wie meine Mutter und ich.«

Greta hielt ihr auffordernd die Hand hin.

»Du, ich muss aufhören. Ich liebe dich und die Kinder. Sag es ihnen, ja?«

Greta riss ihr das Telefon aus der Hand, schob die Abdeckung vom Gerät, entnahm die SIM-Karte, schob sie zwischen ihre Backenzähne und biss knirschend darauf herum, schüttelte anschließend den Kopf und tippte sich an die Stirn.

»Du bist echt bekloppt, da telefonierst du mit deinem Mann, dein sehnlichster Wunsch, und was erzählst du ihm? Er soll deinem Kind aus einem alten Buch vorlesen. Tickst du noch richtig?«

Sie hielt die verformte Karte zwischen den Fingern. »Das war der letzte Extrawunsch, ich kann mich nicht so bewegen, wie ich will, und meine Ausgaben werden auch kontrolliert. Du wirst durchhalten müssen. Nicht mehr lange.«

»Greta, denk doch mal nach. In der Realität wird es kein Ende geben, jedenfalls kein gutes. Wenn du mich laufen lässt und mir eure Pläne gibst, dann kannst du bestimmt mit einem geringen Strafmaß davonkommen. Wechsel die Seiten, bitte, ich kann bestimmt was für dich tun. Schließlich verdanke ich dir mein Leben. Sagt dir das Stichwort Schutzprogramm für Kronzeugen etwas?«

Wortlos ging Greta zur Tür und warf Karin den Schlüssel mit nachdenklicher Miene zu. Sie verschwand, hinterließ eine Spur frischer Luft und den scharfen Geschmack von erhöhter Gefahr.

Etwas war anders als sonst. Die Hoffnung auf ein Ende dieser würdelosen Situation konnte Karin noch nicht fühlen, alles drehte sich in ihrem Kopf.

Sie war in der Nähe eines Bahngeländes, an dem viel los war, ihre Unterkunft schien direkt von außen begehbar zu sein. Und hoffentlich fand Maarten das richtige Buch. Den Titel mochte sie am Telefon nicht erwähnen, er hätte Greta wahrscheinlich nicht gefallen. »Das Mädchen, mit dem die Kinder nicht verkehren durften«. Sie hätte Verrat gewittert.

***

Burmeesters Selbstbeherrschung als vorbildlicher Fahrradpartner hielt exakt bis zum Augustusring in Richtung Sonsbeck, er nahm die Steigung bis zum Abzweig auf den Fürstenberg mit heftigen Tritten in die Pedale, stehend, sportlich zu den Seiten schwingend. Zum Überqueren der Straße musste er notgedrungen anhalten, Yasmin holte atemlos auf.

»So viel zum Sozialverhalten von radelnden Kommissaren in mittlerem Alter.«

»Lass mir Vorsprung bis oben, ja? Beim Rosenhof bin ich garantiert ausgepowert und kann mich erst mal nicht mehr rühren. Dann hau ich dir nicht mehr ab, versprochen.«

Eine Lücke im Verkehr tat sich auf, er stratzte los, Yasmin schaltete noch einen Gang herunter und fuhr ihm lässig nach. Sie waren nicht allein unterwegs, jedoch schien der diesjährige Veranstaltungsmarathon am Niederrhein viele Menschen vom Rad zu holen. Es gab Ausstellungen, Weinfeste, Büchermärkte, den Stoffmarkt zum Stadtfest in Xanten und gleichzeitig ein Römerfest im Archäologischen Park. Da blieb für die Frequentierung der Radwege nicht viel Publikum übrig.

Die dichten alten Linden beschatteten den Alleenweg, der auf das Hotel Fürstenberger Hof zuführte, dessen weiße Fassade im Sonnenlicht blendete. Sie sah Burmeester, der links am Hotel vorbeiraste, sie folgte ihm mit Abstand. Als sie die Anhöhe erreichte, sah sie ihn schwer atmend neben zwei älteren Männern stehen, einer hielt ihn an der Schulter.

Hoffentlich bricht er mir nicht zusammen, dachte sie, er ist nicht in Bestform, mein geliebter Spinner.

Er konnte halbwegs durchatmen, als sie ihn erreichte.

Er strahlte ihr entgegen. »Herr Mackedei, Herr Trüttgen, das ist meine Bekannte, nein, meine Freundin Yasmin Ögülsan. Yasmin, das sind zwei der eifrigen Männer, die im letzten Jahr den alten VW Käfer ausgebuddelt haben. Du erinnerst dich an den Fall?«

Yasmin nickte eifrig. »Das war bestimmt spannend. Sind Sie hier die Gärtner?«

»Nein, wir sind von der O.P.A.-Initiative und helfen nur aus. Der Louis Kreidler ist hier noch tätig, obwohl der Rosenhof mittlerweile verkauft ist. Er ist gerade mit Moped und Anhänger zum dritten Mal unterwegs zum Großen Heeshof, um Pferdemist für die Rosenbeete zu holen. Das macht er regelmäßig, sein Geheimtipp für gesunde Pflanzen. Wir warten hier auf ihn, er braucht für diese Fuhre länger als für die anderen, und wir wollten, ehrlich gesagt, den Mist nicht in unserem alten Bulli transportieren.«

Burmeester und er tauschten sich wie alte Freunde über die gemeinsamen vergangenen Zeiten aus, denn schon zwei Mal waren sie sich im Rahmen unterschiedlicher Fälle begegnet. In der Ferne knatterte ein Moped, von weiter oben sah Yasmin ein altes Kraftrad auf sie zukommen, das offenbar schwer zu asten hatte und eine Abgaswolke hinter sich herzog.

Mackedei schaute auf. »Ah, wenn man vom Teufel spricht … da ist er ja.«

Kreidler brachte sein Gefährt knapp vor ihnen zum Stehen, stieg umständlich ab, entfernte seine Brille und den ledernen Schutzhelm. Ungläubig schaute er Burmeester an, in seinem Blick flackerte das Erkennen auf.

Er wies mit den Fingern auf ihn. »Wenn man an den Deibel denkt … Sie sind ein Mann von der Kripo aus Wesel, richtig? Ich hab gerade noch an Sie denken müssen. Und an Ihren Kollegen, der hier mit einem protzigen Auto ein und aus fuhr.«

Burmeester sah sich Yasmin gegenüber zu einer Erläuterung verpflichtet. »Von Aha hat hier den Rosenkavalier gemimt und sich dafür ein standesgemäßes Auto ausgeliehen, einen Maserati. Auf den Leihgebühren blieb der ziemlich beste Fahnder sitzen, das Geld für einen einfachen Mittelklassewagen bekam er erstattet.«

Er wandte sich wieder dem Gärtner zu, der sich mit einem Stofftaschentuch durch das hochrote Gesicht rieb, während Trüttgen den Anhänger abkoppelte und durch die Einfahrt auf das Gelände zog. »Was hat Ihre Erinnerung an mich angeregt?«

»Ein komisches Gefühl. Ich habe vom Veener Weg aus die

Bahnüberführung genommen, die Bollerbrücke wird nur für Nutzfahrzeuge geöffnet und hat einen Poller in der Mitte der Fahrbahn, dadurch werden größere Fahrzeuge gestoppt. Ich musste also langsam drauf zurollen und hab dabei auf die Schienen unter mir geschaut. Da hab ich's gesehen.« Er holte tief Luft und unterbrach seine Ausführungen.

Burmeester wurde ungeduldig, wollte eigentlich weiterradeln, sah sich aber nun genötigt zuzuhören. »Was haben Sie gesehen, Herr Kreidler?«

»Na, da turnt ein Bekloppter in Tarnkleidung mit einem Rucksack die Böschung hinab und legt den Rucksack auf den Schienen ab. Ich dachte, ich spinne, ich rief noch, aber den hat das nicht interessiert, der ist sofort wieder hoch. Ich habe doch kein Telefon oder so, da dachte ich, ich treibe meine alte Puch den Berg hoch, und mein Kollege hier sagt bei der Bahn Bescheid, dass da was auf den Gleisen liegt.«

Burmeester war mit einem Mal höchst aufmerksam und ließ sich die Geschichte ein weiteres Mal erzählen, während er mit dem rechten Fuß bereits wieder auf dem Pedal stand. »Wie weit ist die Überführung von hier entfernt?«

»Von hier aus den Berg runter und die zweite rechts, dann geradeaus. Vielleicht eineinhalb Kilometer. Da stand ein Fahrrad auf dem Weg neben der Böschung, so ein modernes Flitzrad mit Felgen statt Speichen.«

Schon sauste Burmeester ohne weitere Worte los, ließ Yasmin verdutzt bei den älteren Herren stehen.

Den Berg hinab kam er auf knappe dreißig km/h, an der beschriebenen Abzweigung ging es wieder ein Stück bergauf, dann kam hinter einem kleinen Wald die Überführung in Sicht. Er bremste auf der gepflasterten Oberfläche der Bollerbrücke abrupt ab, schaute nach links, die Schienen verliefen schnurgerade in Richtung Birten, sonst nichts zu sehen, blickte nach rechts und erkannte auf den Gleisen, wovon Kreidler gesprochen hatte. Da lag ein schwarzgrauer Rucksack, kaum erkennbar, farblich perfekt an seine Umgebung angepasst.

Gänsehaut breitete sich über seinen Körper aus. Ein Hindernis auf Gleisen, von dem er nicht wissen konnte, was es enthielt. Er fingerte sein Smartphone aus der Tasche seiner

Weste, schaltete es ein und wählte das Kommissariat an. Von Aha meldete sich sofort, wollte über ihn frotzeln, den Kollegen, der eigentlich freihatte, und wurde strikt unterbrochen. In knappen, exakt formulierten Worten beschrieb Burmeester die Situation, während Yasmin ihn pustend erreichte.

»Ja, ein Rucksack, platziert von einer Person, die im Anschluss über die Böschung verschwand. … Ja, liegt dort. Hol die Spurensicherung, halt den Bahnverkehr auf. Wir müssen sichergehen, dass es sich nicht um eine bedrohliche Situation handelt. Die sollen den Sprengstoffexperten mitbringen. … Ja. Das ganze Programm. Ich bleibe hier und pass auf.«

Yasmin tippte ihm auf die Schulter, vehement und energisch. Burmeester beendete das Gespräch und drehte sich zu ihr um. Sie hatte die Situation erfasst und deutete aufgeregt in Richtung Birten. In der Ferne kündigte sich der Regionalexpress durch ein doppeltes Hupsignal an.

»Dahinten ist der unbeschrankte Bahnübergang, der als Aufnahmeort für eine Szene im WM-Film ›Wunder von Bern‹ diente. In spätestens einer Minute ist der Zug hier.«

Zwei Blicke, rechts, links, Burmeester traf eine Entscheidung.

»Ich muss da runter und den Rucksack von den Gleisen holen. Bleib hier oben stehen und gib dem Lokführer ein Warnsignal mit deiner Jacke.«

Er zwängte sich zwischen einem gemauerten Pfeiler und dem Geländer durch, rutschte die Böschung hinab, hörte den Zug unaufhaltsam näher kommen. Burmeester verhakte sich im Brombeergestrüpp, kämpfte sich los, die Dornen zerrissen seine Hose, zerkratzten die Beine. Er erreichte das Schotterbett, der Lokführer erkannte offensichtlich eine Person bei den Gleisen, betätigte die ohrenbetäubende Hupe, bremste gleichzeitig den Zug, zeitgleich mit dem Signalhorn füllte sirrendes Knirschen und grelles Quietschen die Schlucht, Burmeester bekam den Rucksack mit der linken Hand zu fassen, in seinem tiefsten Inneren wartete er auf den großen Knall. Der blieb aus. Er musste Distanz zwischen das Ding und den Zug bringen, noch war die Gefahr nicht gebannt.

Yasmin auf der Überführung sah die bremsende Regionalbahn unter sich hinwegrollen, erblickte Burmeester, der sich wieder auf dem Anstieg befand, die Böschung hinauf, den Rucksack wie eine Tasche mit rohen Eiern vor sich herbalancierend, darauf bedacht, nirgendwo anzuecken.

Der Zug kam fünfzig Meter hinter der Fundstelle zum Stillstand.

»Bring dich in Sicherheit, Yasmin, renn weg!«

Burmeester erreichte wieder das Niveau des Weges oberhalb der Schlucht. Yasmin rannte in Richtung Großer Heeshof, schaute sich immer wieder um. An der Hauswand der verfallenden Kate rechts des Weges stand »Boom in ya face«. Pure Angst stieg in ihr auf. Ein Einsatzwagen kam von Xanten her den Berg hoch. Sie rannte dem Wagen entgegen.

Burmeester schleuderte seine Last mit aller Kraft weit in das Kornfeld, sprang gleichzeitig wieder in die Böschung, kullerte einige Meter durch niedrige Sträucher, Brombeerranken, bis der Stamm einer Akazie ihn aufhielt.

Der Rucksack schlug mitten in dem gleichmäßig und dicht bewachsenen Weizenfeld auf dem Boden auf.

VIER

Maarten de Kleurtje hatte mit Karin telefoniert.

Sie lebte.

Sie hatte eine bisher noch kryptische Botschaft durchgegeben.

Diese Nachrichten verbreiteten sich in Windeseile im inneren Kreis der Ermittler und sorgten für ein Aufatmen und vorsichtig aufkeimende Hoffnung.

In ihrem Haus suchte Maarten bei den alten Kinderbüchern nach dem von ihr beschriebenen Exemplar. Sein Herz klopfte wild, er hatte hier und jetzt die Gelegenheit, seiner Frau zu helfen.

Gleich nach dem Telefonat hatte er mit Hannah gesprochen, die vor Freude außer sich war. Mama ging es gut. Sie hatte viele Fragen, die sie, zunächst vor Freude schluchzend, loswerden musste, wusste aber nichts von dem beschriebenen Buch. Gemeinsam hätten sie schon lange kein altes Buch mehr gelesen, immer die neuen aus der Stadtbücherei. Hannah liebte Bücher wie ihre Mutter, er konnte sich auf das verlassen, was sie sagte.

Mit zunehmender Ungeduld glitt er mit dem Finger über jeden einzelnen Buchrücken und suchte die Autorin, von der er noch nie gehört hatte. Der Kriminaltechniker, der im Erdgeschoss an der Telefonanlage saß, fragte alle paar Minuten nach, schien in direkter Verbindung mit dem Kommissariat zu stehen.

»Und? Gibt's was Neues?«

»Nein, es ist wie verhext, hier steht einfach kein Buch von einer Irmgard Keun oder Kuhn.«

»Ich habe gegoogelt, Keun mit e und u ist richtig. Hat sie es auf dem Nachtschränkchen liegen? Oder gibt es irgendwo einen besonderen Stapel?«

»Wie meinen Sie das?«

»Meine Frau hat immer einige ihrer persönlichen Favoriten auf der Kommode liegen. Ich dachte, vielleicht macht Frau Krafft etwas Ähnliches.«

Maarten dachte angestrengt nach, nein, für Karin hatten

alle Bücher ihren festen Platz. Ihr aktuelles, »Alles ist gut« von Helmut Krausser, lag neben dem Bett, mehr nicht. Maarten war derjenige, dem regelmäßig ein Bücherturm vom Nachttisch stürzte, wenn er schlaftrunken nach dem Wecker tastete.

Resigniert raufte er sich die Haare. Es war kein Kinderbuch von der genannten Autorin zu finden. Er wollte schon aufgeben, da fiel sein Blick auf mehrere Bücher, die als Stütze gestapelt am Ende einer Reihe lagen. Drei von ihnen waren zum Schutz in altes Papier eingeschlagen, kunstvoll, nahezu perfekt. Er schlug den ersten Buchdeckel auf, vergilbendes Papier tat sich auf, eine frühe Ausgabe von Erich Kästners fliegendem Klassenzimmer. Das nächste war nicht ganz so alt, »Die Wolke« von Gudrun Pausewang, das dritte Buch offenbarte ihm, was er fieberhaft suchte. »Das Mädchen, mit dem die Kinder nicht verkehren durften«.

»Dat is et, ik heb et!«

Er rannte die Treppen hinab, unten gab der Beamte eifrig den Erfolg an von Aha durch und reichte wortlos seine Kopfhörer an Maarten weiter, als er bei ihm eintraf.

Von Aha am anderen Ende der Leitung wirkte aufgeregt. Er musste bei der Erwähnung des Titels laut lachen.

»Einen besseren Hinweis auf ein renitentes Kind gibt es nicht. Das hat Karin gut eingefädelt. Die wilde Greta, mit der niemand spielen durfte. Das bestätigt unsere Annahme. Jetzt brauchen wir noch Karins Standort. Und? Kommen wir da über den Inhalt zu Erkenntnissen?«

»Ich werde gleich querlesen, ich kann das seit meinem Studium ganz flott. Warte, ich geb dir die ISBN-Nummer durch. Vielleicht ist es als E-Book erhältlich. Dann besorg es. Mehrere Leute sollen an unterschiedlichen Stellen mit dem Lesen beginnen, das geht am schnellsten. Es geht darum, wie eine Familie in Urlaub fährt, um die Art des Reisens, das hat Karin erwähnt. Ich fange jetzt an.«

Er gab die Nummer durch, reichte umgehend den Kopfhörer zurück, setzte sich an den Esstisch und begann zu lesen.

***

Von Aha kam gar nicht dazu, nach dem E-Book zu suchen, er musste sich um den Sachstand am Fürstenberg bei der kleinen Ortschaft Birten kümmern.

Burmeester war nicht zu erreichen. Gero von Aha selbst hatte nach dessen Anruf umgehend Fresenius informiert, die ihrerseits ein Spezialkommando anforderte, das fünf Minuten nach ihrem Anruf bereits in der Luft war. Nun erwartete sie den weiteren Lagebericht.

»Was sagt der Kollege vor Ort, ist alles gut gegangen?«

»Burmeester geht nicht ans Telefon.«

Das konnte alles bedeuten, von Aha mochte nicht an den Ernstfall denken, der vielleicht eingetreten war. An anderer Stelle als vermutet, aber ebenso heftig. Vielleicht sollte nicht speziell die Betuwe, sondern die Bahn AG getroffen werden, egal, wo.

Die Stimme von Anka Fresenius holte ihn aus seinen Gedanken zurück. »Der Kampfmittelbeseitigungsdienst aus Düsseldorf ist angefordert, die bringen Gerätschaft mit, um verdächtige Objekte zunächst zu röntgen und im zweiten Schritt unschädlich zu machen.«

Sie behielt die Übersicht, kühl, überlegt und konzentriert.

»Von Aha, hören Sie mich?«

»Ja? Ja, ich bin da.«

»Setzen Sie sich mit dem Einsatzwagen aus Xanten in Verbindung! Der müsste vor Ort sein und kann eine erste Einschätzung der Lage durchgeben, Ausmaß an Personenschäden, Rettungswagen und Notärzte anfordern. Ich mache mich selbst auf den Weg.«

Gero von Aha ließ sich über die Leitstelle an der Reeser Landstraße mit dem Einsatzleiter am Fuße des Fürstenbergs verbinden.

»Beschreiben Sie die Situation.«

»Der Zug steht auf den Gleisen in Richtung Xanten.«

»Hat es eine Explosion gegeben?«

»Nicht an der Bahnstrecke, auch sonst habe ich nichts von einer Detonation gehört.«

»Ein Kollege müsste vor Ort sein, in Begleitung einer Frau. Sind beide wohlauf?«

»Die Frau steht neben mir, sie sagt, ihr Freund habe versucht, die Böschung mit einem gefundenen Gegenstand zu erklimmen. Meine Kollegin ist gerade unterwegs, um nachzuschauen.«

Die nächste Entscheidung traf von Aha bedacht und mit Bauchschmerzen.

»Holen Sie sie umgehend zurück. Wenn Sie keine Anhaltspunkte für eine Explosion sehen, dann bedeutet das nicht zwangsläufig, dass die Gefahr gebannt ist. Warten Sie unbedingt auf das Spezialkommando. Die Kollegen sind per Helikopter unterwegs. Ich wiederhole, weisen Sie Ihre Kollegin an, umzukehren, und halten Sie Frau Ögülsan ebenfalls davon ab, zu suchen.«

»Verstanden. Maike, komm zurück, Befehl aus Wesel. Sicherheitsabstand wahren!«

Ein alter Bulli näherte sich von der Anhöhe aus der Szenerie, der Fahrer wurde unwirsch von dem Beamten aufgefordert, anzuhalten. Er drehte die Scheibe herunter, der ältere Mann neben ihm hielt sich vor Entsetzen die Hände an die Wangen.

»Mein Name ist Mackedei, ich wollte nur nachschauen, was aus der Meldung geworden ist. Mein Kollege hier hatte einen Radfahrer beobachtet, der einen Rucksack auf die Schienen legte. Gibt es Verletzte? Können wir helfen?«

»Sie fahren rückwärts und verlassen diesen Weg. Mehr kann ich Ihnen nicht sagen.«

Der Beifahrer gestikulierte wild und wies auf die dicht bewachsene Böschung, die hinab zu den Gleisen führte. Bewegung zwischen den Ästen zog die Aufmerksamkeit auf sich, aus der Tiefe krabbelte eine Person aus dem dichten Bewuchs.

Auf wackeligen Beinen hielt sich der Mann an einem Baumstamm fest, das Blut auf seiner Brust – offenbar tropfte es aus einer Kopfwunde – stand im starken Kontrast zu dem neongrünen Hemd, Arme und Beine wiesen mehr Wunden als heile Haut auf. Yasmin schrie auf, wurde von der Beamtin daran gehindert, loszurennen.

Mackedei wurde unwirsch. »So helfen Sie ihm doch, das ist der Kommissar aus Wesel, der nachschauen wollte, was hier vor sich geht.«

»Ich habe strikte Anweisung, den Bereich zu meiden, bis die Leute vom SEK da sind.«

Alfons Mackedei stellte den hustenden Motor des alten Autos ab und stieg aus. »So ein Quatsch, lassen Sie mich durch.«

Er stapfte entschlossen an dem Polizeibeamten vorbei, der ratlos neben seiner Kollegin stand. »Anweisungen hin oder her. Dem Jungen muss doch einer helfen.«

Nie zuvor hatte Yasmin so sehr um das Leben ihres Freundes gebangt.

Boom in ya face.

***

Alles schien an diesem Tag aus dem Ruder zu laufen. An der Überführung, wo der Testlauf stattfinden sollte, bleckte Blaulicht, Greta hatte gar nicht erst in Erwägung gezogen, dort anzuhalten, sondern war gleich weitergefahren, über den Grenzdyk und durch Sonsbeck zu dem abgelegenen Gehöft. Sie parkte den weißen Transporter umsichtig auf dem Hof hinter dem Haus, verborgen vor Blicken von der Straße aus. Mit zittrigen Beinen und kalten Fingern stieg sie aus. Ihr war bewusst, dass sie ihren Einsatz versäumt hatte. Ein Unfall auf der Rheinbrücke hatte wertvolle Zeit gekostet, auf der Landstraße in Richtung Xanten waren viele Tagestouristen unterwegs gewesen, nirgendwo hatte sich die Chance ergeben, die verlorene Zeit aufzuholen.

Sie hörte den Führer der Gruppe durch die Haustür, anscheinend gab es wieder eine Versammlung in der Küche. Er schien bedenklich schlecht gelaunt zu sein. Zögerlich betrat sie die alte Diele.

»So ein Mist! Ihr unfähigen Blödköppe, ich hätte es mir denken können! Und ihr wollt die Welt verändern? Bevor das geschieht, seid ihr selbst tot oder im Knast. Eine Horde Anfänger seid ihr, bin ich denn hier nur von Amateuren und Idioten umgeben?«

Unschlüssig stand Greta vor der Tür zur geräumigen Küche, blickte auf das verschlungene Muster der alten Bodenfliesen. Angstschweiß. Offensichtlich war der Probelauf zum Desaster mutiert. War sie dafür verantwortlich?

»Greta? Komm ruhig näher. Wo ich gerade dabei bin, die Anwesenden an die Richtlinien der Organisation und das große Ziel zu erinnern, kann ich gleich bei dir weitermachen. Los, stell dich in die Mitte.«

Greta begab sich zwischen die Anwesenden. Wenigstens war sie nicht mit ihm allein.

»Der Test hat nicht funktioniert. Ein Teil des Programms zur Tarnung konnte nicht durchgeführt werden, weil du mit dem Transporter nicht pünktlich am Treffpunkt gewesen bist. Alle Beteiligten sollten zu ganz unterschiedlichen Zeiten hier vom Gelände fahren, mit dem Rad, einem Motorrad und dem kleinen Fiat Panda, du mit dem Transporter. So war der Plan. So weit hat es funktioniert. Der Radler nahm den Rucksack aus dem Fahrzeug entgegen, der Motorradfahrer sicherte den Fluchtweg. Es war abgemacht, dass du in der Nähe auf dem Veener Weg bist, um das Fahrrad nebst Fahrer aufzunehmen, damit der wichtigste Akteur von der Bildfläche verschwindet. Selbst das war ein Flop. Zum Glück hat er sich intensiv mit den Karten beschäftigt und konnte durch die Hees, den Philosophenweg und über Wirtschaftswege herkommen. Erklär uns dein Versagen. Bühne frei.«

Was sollte sie sagen? Ich habe eine Tote mit ihrem Mann telefonieren lassen? Greta schwieg. Er stand unangenehm nah vor ihr, sie spürte seinen Atem im Gesicht, roch seinen Schweiß, Unberechenbarkeit ging von ihm aus.

»Wo bist du gewesen?«

Es half nur die Flucht nach vorn.

»Mein Auftrag lautete, ich solle einkaufen, immer woanders, niemals im gleichen Laden. Deshalb bin ich weit vor dem Zeitpunkt X losgefahren. Schau auf die Ladefläche, ich war bei Real in Wesel, und auf dem Rückweg gab es einen Unfall auf der Rheinbrücke. Ich konnte die verlorene Zeit nicht aufholen.«

Sie spürte Gänsehaut hochsteigen, von den Beinen aus kroch sie unangenehm am Körper hinauf, stand ihr auf den Armen, erreichte Hals und Kopf. Ihr schauderte.

Sie musste unbedingt etwas unternehmen, nur, würde sie sich rühren, wäre das, wie Öl ins Feuer zu gießen. Erneute

Befehlsverweigerung. Sie stand starr vor ihm, ballte ihre Hände zu Fäusten, bis die Fingerknöchel weiß hervortraten. Ab in die Offensive.

»Warum hängst du das Scheitern des Versuchs an mir auf? Ich war für den Fluchtweg eingeplant, aber dein Plan scheint gleich an den Schienen aus dem Ruder gelaufen zu sein. Ich habe von Weitem die Bullen dort stehen sehen, als ich vorhin vorbeigefahren bin. An der Bahntrasse stehen sie und nicht auf dem Veener Weg, um dort auf einen Transporter zu warten. Wieso regst du dich so maßlos über mich auf und machst vorher mal eben pauschal eine Ansage für alle gemeinsam? Bin ich hier das schwarze Schaf vom Dienst oder was?«

Ihre Hände entspannten sich, die Haut wurde wieder glatt, Greta atmete ihm ins Gesicht.

Was hatte sie getan? Schlimmer als Unfähigkeit war offene Kritik an einem führenden Mitglied. Das war Grund für eine direkte Verbindung zur Zentrale nach Dortmund. Egal. So ging es nicht weiter.

***

Die gesamte Kuppe des Fürstenbergs wurde zum Sperrgebiet erklärt. Der Hubschrauber landete auf dem Areal, das vor zweitausend Jahren als römisches Militärlager besiedelt worden war. Einsatzfahrzeuge sperrten die Zufahrtsstraßen, in Birten sollten die Anwohner in den Häusern bleiben.

Burmeester wurde bereits unweit des Geschehens in der Ambulanz des Josef-Hospitals am Waldrand versorgt. Die beiden älteren Männer von der O.P.A.-Initiative standen im Wohngebäude vom Großen Heeshof hinter den Gardinen. Sie hatten bei dem Pferdewirt Unterschlupf gesucht und beäugten gemeinsam das Geschehen.

Wertvolle Pferde des Hofes standen auf der Weide in Nähe der Böschung, niemand durfte sich ihnen nähern. Die Fahrgäste und das Personal des ausgebremsten Zuges wurden aufwendig evakuiert. Beamte in dicken Schutzanzügen hatten mittels Filmaufnahmen einer Drohne die Position des Rucksacks ermittelt, der Roboter zur weiteren Klärung der Lage rollte, das junge

Getreide unter sich platt walzend, über die unebene Strecke auf das vermeintlich gefährliche Objekt zu.

Der Einsatzleiter stand neben Anka Fresenius, die ebenfalls Schutzweste und Helm angelegt hatte. Fresenius war mit einem Headset ausgestattet und koordinierte Informationen und Anweisungen an ihr Team, während der Einsatzleiter auf erste Ergebnisse wartete, die der Roboter an einen Laptop im Bauch des Hubschraubers lieferte.

»Das dauert heute. Steht die Verbindung einwandfrei?«

Der Beamte am Gerät bestätigte. »Er sucht. Bislang hat er keine Anhaltspunkte für bedrohliches Material gefunden, weder auf den Röntgenbildern noch bei den Messungen. Er kann kein Metall orten, weder Kabel noch andere Verbindungen, das ist ungewöhnlich. Andererseits, für den Fall, dass das Überrollen des Gegenstandes eine Explosion auslösen sollte, braucht es keine Mechanik, sondern nur das richtige Material. Bei Nitroglyzerin wäre Ihr Kollege aber keineswegs lebendig die Böschung hinaufgekommen, und wenn doch, hätte der Aufprall auf den Boden die Zündung aktiviert.«

»Kann das Getreide den Aufprall gedämpft haben?«

»Geben Sie mir noch fünf Minuten, die Greifarme sind damit beauftragt, das Behältnis zu öffnen. Sie werden das Ergebnis hören. Von ihm oder von mir.«

Fresenius wählte Burmeesters Handynummer, seine Freundin hatte zugesagt, erreichbar zu bleiben.

»Ja, bitte?«

»Fresenius hier. Wie geht es ihm?«

»Nikolas hat drei gebrochene Rippen und lange Risse in der Haut am rechten Bein, die gerade genäht werden. Er muss beim Fall an irgendwas extrem Scharfkantigem entlanggeschrappt sein. Der Kopf ist halbwegs heile, also keine Fraktur, aber er hat eine ernste Gehirnerschütterung mit Sehstörungen und so weiter.«

Sie schluckte und schien in großer Sorge. »Die Platzwunde an der Stirn stammt vom Zusammenprall mit einem Baumstamm. Und wie Arme und Beine nach dem ausgiebigen Kontakt mit Brombeersträuchern aussehen, brauche ich Ihnen nicht zu beschreiben. Ob innere Organe betroffen sind, kann man jetzt noch nicht beurteilen.«

Noch einer aus diesem Kommissariat, der ausfällt, dachte Fresenius, während Yasmin Ögülsan nach Worten rang.

»Der Arme, er ist in einem fürchterlichen Zustand. Sie werden ihn hierbehalten.«

»Richten Sie ihm einen Gruß und gute Besserung aus.«

Der Beamte aus dem Hubschrauber meldete sich. »Frau Fresenius? Entwarnung.«

»Das heißt im Klartext?«

»Es handelt sich um eine Attrappe.«

»Keine akute Gefährdung, kein Zünder, kein explosives Material?«

»Nichts vorhanden. Wenn Sie mich fragen, dann ist das hier allerdings kein fahrlässiger Streich. Es sieht so aus, als habe jemand den Rucksack in Ausmaß und Gewicht bewusst bestückt. Vielleicht um zu erproben, wie das Paket im Ernstfall zu handhaben sei. Die Bilder zeigen das dicht bepackte Innere, einzelne Industrieverpackungen, die das gesamte Volumen ausfüllen. Worum es sich genau handelt, werden wir erst erkennen, wenn wir den Rucksack ausschütten.«

Er machte eine bedeutungsvolle Pause, Fresenius wurde ungeduldig. »Keine Spielchen jetzt, was haben Sie identifiziert?«

»Zwei leere Schuhkartons und acht handelsübliche Pakete Schneckenkorn.«

»Was?« Verwunderung lag in ihrer Stimme.

»Altmodische Kartons von Herrenschuhen in Größe vierundvierzig, verstaubt und vergilbt, und Bioschneckenkorn, für alle anderen Insekten unschädlich. Der Inhalt des verdächtigen Rucksacks ist ausschließlich für Gastropoden gefährlich. Da wäre nichts passiert, wenn der Zug den Rucksack überrollt hätte. Außer dass in den nächsten Tagen tote Schnecken längs der Gleise gelegen hätten.«

***

Die Frauenstimme im Besprechungsraum klang streng und bestimmend. »Nein, ich bleibe dabei. Es handelt sich nicht um einen Anschlag auf die Bahn AG, das war ganz klar ein Probelauf für eine Attacke auf die Betuwe.«

Hauptkommissarin Anka Fresenius brauchte Bewegung, lief im Besprechungsraum auf und ab. »Die Frage ist doch, wer war dieser Radfahrer? Wo wurde er gesehen? Das Rad ist eher ungewöhnlich, und irgendwohin muss die Person verschwunden sein. Warum haben wir dazu keinen einzigen Hinweis gefunden?«

Von Aha äußerte einen Gedanken. Die Reaktion darauf konnte er erahnen. »Wir müssen die Öffentlichkeit einschalten und einen Aufruf starten. Es waren viele Leute unterwegs an diesem Samstag, da muss einer richtig hingeschaut haben.«

Fresenius schüttelte energisch den Kopf. »Auf keinen Fall. Es bleibt bei Einzelbefragungen im Umkreis. Wenn wir jetzt an die Öffentlichkeit gehen, sind die Aktivisten gewarnt. Die ganze Taktik würde auffliegen. Und wir dürfen keine Panikstimmung bei Bahnnutzern erzeugen.«

Von Aha ließ nicht locker. »Es saßen mindestens zwanzig Leute in dem Zug, jeder von denen wird eine Version des Geschehens zu Hause erzählen, der halbe Niederrhein wird mit Halbwahrheiten versorgt, und jeder reimt sich den Rest dazu.«

»Besser schlecht gereimt als aufgeflogen. Nein. Wir sollten uns vorrangig Gedanken darüber machen, ob sich eine Splittergruppe der Betuwe-Gegner radikalisiert. Mehrere Bürgerinitiativen arbeiten seit Jahren gegen das Projekt. Gibt es in ihren Reihen bekannte gewaltbereite Aktivisten, die der linken oder rechten Szene zuzuordnen sind? Das muss dringend überprüft werden. Gibt es einen Ansprechpartner, eine Stimme für die gesamte Protestbewegung? Finden Sie den Mann oder die Frau und stellen Sie den Kontakt her.«

Hinter Jerry Patalon erschien ein stattlicher Mann im Türrahmen und ließ sich nur schwer davon abhalten, gleich in den Besprechungsraum zu stürmen. Fresenius erkannte die Situation, und bevor Patalon den Mann und sein Anliegen vorstellen konnte, verließ sie den Raum und schloss die Tür hinter sich und den beiden Männern. Niemand hatte hier Zutritt, selbst die Reinigungsfirma durfte hier nicht wirbeln, keiner außer dem erweiterten K1-Team sollte die aufgelisteten Informationen mit Geheimstatus einsehen können.

»Was gibt es?«

»Mein Name ist Kurt Wälbers, Landtagsabgeordneter. Vielleicht stellen Sie sich erst einmal anständig vor.«

»Hauptkommissarin Fresenius, Landeskriminalamt Düsseldorf. Was führt Sie zu uns?«

Wälbers blickte aus zwei Meter Höhe auf die Beamtin herab und schien sich zusätzlich aufzuplustern, wippte auf die Fußspitzen und zurück. »Zunächst moniere ich Ihre Informationspolitik, quasi in Nebensätzen Fakten zu verniedlichen, die sich ganz schnell zu einer Katastrophe entwickeln können.«

Fresenius setzte sich mit einer Frage gegen den anscheinend wortgewandten Mann durch. »Was meinen Sie konkret? Ich habe weder Zeit noch Personal, um mich hier mit destruktiver Kritik zu befassen. Kommen Sie zum Punkt.«

»Das ist ja unerhört, wie Sie mit mir umgehen. Ich werde mich bei Ihrem Vorgesetzten beschweren.«

Fresenius drehte sich um und hatte die Hand wieder auf der Türklinke des Besprechungsraums. »Tun Sie, was Sie nicht lassen können.«

»Moment …«

»Ich gebe Ihnen zwei Minuten. Was wollen Sie?«

»Sie haben die Bürgermeister aller Anliegerstädte der Betuwe-Linie auf eine mögliche Gefährdung hingewiesen. Es ist ungewöhnlich, in so lapidarer Weise auf eine Gefahrenlage aufmerksam zu machen. Und die Einhaltung der Dienstwege erfordert eine Weiterleitung an den Landtagsabgeordneten. Darauf warte ich immer noch. Vielleicht mögen Sie mich persönlich über den Sachstand unterrichten. Ich kann meine Crew mit einbringen und stehe selbstverständlich für Interventionen zur Verfügung.«

Fresenius verharrte an der Tür. »Vielen Dank. Erstens ist es keine erhöhte Gefahrenlage, es ist eine Anregung zu verstärkter Aufmerksamkeit. Zweitens bedarf dies nicht der Weiterleitung an die Landesregierung, drittens sind Sie ja anscheinend umfassend informiert worden, und viertens haben wir genügend ausgebildetes Personal, um effektiv zu ermitteln. Mehr als in der Verlautbarung habe ich nicht zu sagen. Und nun, Herr Wälbers, entschuldigen Sie mich, ich habe zu tun. Herr Patalon wird Sie hinausbegleiten.«

Damit ließ sie die beiden Männer verblüfft auf dem schmalen Flur stehen.

Patalon wies mit einem Arm zum Treppenhaus. »Bitte, dort entlang.«

Wälbers schnaufte und verschwand höchst verärgert aus dem Dienstgebäude.

***

Auf dem Parkstreifen vor dem Gebäude am Herzogenring saß Wälbers in seinem Volvo und nahm sein Smartphone zur Hand. Er setzte seine Hoffnungen auf Theo Krämer, einen alteingesessenen Redakteur einer regionalen Zeitung, der vor einem halben Jahr einen Artikel über seine Arbeit im Landtag geschrieben hatte. Er wollte erfahren, ob und wie die Bahn auf diese Warnung reagierte.

Eine Gelegenheit dazu bot sich in knapp zwei Stunden in Hamminkeln bei einer Veranstaltung zum Ausbau der Betuwe-Linie. Er selbst konnte nicht teilnehmen, er verfügte nicht über eine Zugangsberechtigung. Außerdem wollte er bei einer öffentlich zugänglichen Veranstaltung der Initiative gegen die Betuwe, die ebenfalls an diesem Abend im Café Fehr stattfand, Stellung beziehen und Bürgernähe präsentieren.

»Krämer.«

»Ja, Kurt Wälbers hier, ich brauche Ihre Hilfe.«

»Herr Wälbers, lange nichts von Ihnen gehört. Was kann ich für Sie tun? Ist es interessant für mein Blatt?«

»Garantiert.« Er berichtete von seinem Plan, jemanden in die Versammlung der Bahn einzuschleusen, um auf dem neuesten Informationsstand zu sein.

»Ich kann dort nicht hin, die kennen mich, und außerdem gewähren sie Journalisten keinen Einlass.«

Wälbers fand das ärgerlich. »Da habe ich nicht mehr dran gedacht.«

Theo Krämer konnte nicht anders, er musste dieses Anliegen ernst nehmen. »Lassen Sie mich nur machen, ich kenne jemanden, der eine Zugangsberechtigung hat.«

»Gut. Ich verlasse mich auf Sie. Ich will wissen, wie die Stimmung ist. Es regt sich breiter Widerstand gegen das Projekt. Passiert da was, und wenn ja, was konkret?«

»Geht klar.«

»Herr Mackedei, Krämer hier, Sie erinnern sich?«

»Natürlich. Das war ein toller Bericht über unsere Arbeit in der O.P.A.-Initiative im letzten Jahr, selbst meine Frau war begeistert. Optimale, präzise Arbeit, Sie haben gut rübergebracht, wie wir in unserer Gruppe gemeinsam anpacken.«

»Heute komme ich mit einem Anliegen zu Ihnen.«

»Schießen Sie los.«

Er berichtete in kurzen Sätzen über Wälbers Ansinnen. »Die Versammlung findet ausnahmsweise an einem Samstagabend statt, um der arbeitenden Bevölkerung die Gelegenheit zur Teilnahme zu bieten.«

»Stimmt, man hat mich persönlich eingeladen, da ich eine Immobilie in Bahnnähe besitze.«

»Haben Sie vor, in eineinhalb Stunden in der Gaststube Bölting in Hamminkeln, bekannt als Bürgerhaus, zu sein?«

»Nein, bedaure, ich habe meiner Frau zugesagt, sie zu einer Benefiz-Veranstaltung für den Kinderschutzbund ins Landhotel Tannenhäuschen zu begleiten.«

»Können Sie jemanden bevollmächtigen?«

Mackedei überlegte. Es blieb nicht mehr viel Zeit, seine Bekannten und Freunde würden sich zu der Veranstaltung versammeln, die seine Frau organisiert hatte, sie wäre nicht begeistert, wenn sich jemand drückte.

»Ich werde jemanden delegieren. Ich kümmere mich darum«, sagte er und legte auf. Einer plötzlichen Eingebung folgend setzte er sich in sein gediegenes Auto mit dem Stern. »Pünktlich zur Gala bin ich wieder da«, rief er seiner Gattin noch zu, die mit fragendem Ausdruck in der Tür stand.

***

Schon als er den sonoren Motor des Wagens vor seinem Schrebergarten hörte und Alfons Mackedei ihm freundlich entgegenlächelte, wusste Gesthuysen, dass es Ärger geben würde.

Mackedei suchte einen Ausführenden, nach wenigen einführenden Worten war ihm das klar. Beschwichtigungen kamen über Mackedeis Lippen, er sprach von einer kleinen Gefälligkeit, in Erinnerung an alte O.P.A.-Zeiten könne er ihm ein letztes Mal helfen. Dabei hatte sich Gesthuysen geschworen, bis zu seinem Lebensende im Voerder Hinterland in seinem Holzhäuschen zu verweilen und sich vom Rest der Welt fernzuhalten.

Internetarbeit, okay, mehr nicht. Ein sanftes Nicken, mit dem er eigentlich eine Fliege von seinem Kinn verscheuchen wollte, interpretierte Mackedei als Zustimmung, und schon hielt Gesthuysen ein offiziell aussehendes Schreiben in der Hand.

Mackedei hatte es ihm mit der Bemerkung zugesteckt, der Betuwe-Erörterungstermin für den Ausbau der Bahnstrecke sei ein entscheidendes Treffen, bei dem sich vielleicht auch Widerstand unter den Anwohnern formieren könnte. Er, Gesthuysen, habe nun eine Vollmacht in Händen, die ihm als Vertreter eines Bahnanwohners den Zugang sichere. Ohne namentliche Einladung käme niemand in die geschlossene, vor allem entscheidende Veranstaltung, bei der jede Kritik und Beschwerde gegen die Bahn-Pläne notiert und bewertet werden würde.

»Beeil dich, du musst in fünfundvierzig Minuten in Hamminkeln sein und dich beim Einlass registrieren lassen. Du musst mir helfen, zu all den Themen Hinweise zu sammeln. Es gibt auch einen Imbiss. Also mach Tempo.«

Gesthuysen stand wie paralysiert vor seiner Laube, Mackedei stieg eilig in seine C-Klasse und gab beschwingt Gas. Er hatte das Problem gelöst und den bislang in Sachen Betuwe-Konflikt völlig unbekannten Gesthuysen in die Veranstaltung delegiert. O.P.A. würde auf höchster Ebene was guthaben, bei Landespolitik, Presse, Polizei.

Der unfreiwillige Delegierte schaute ihm ungläubig nach. Überrumpelt, ausgetrickst, fremdgesteuert, missachtet, verfluchte er seine durchsetzungsschwache Art, gepaart mit Luschigkeit. Eine gewisse Neugierde konnte er nicht leugnen. Vielleicht würde bei der Aktion doch etwas für ihn persönlich rausspringen.

Er schaute auf das weiße Papier, das übersät mit dunklen Flecken in seinen ölverschmierten Händen bereits nicht mehr jungfräulich wirkte. Seriosität würde man ihm in Hamminkeln nicht abnehmen, brav gekleidete Anwohner und Herrschaften der Bahn und der Behörden in Business-Grau stellte er sich vor.

Ein Blick auf sein Handy ließ ihm weder Zeit zum Händewaschen noch zum Umziehen, er startete sein altes Mofa und fuhr auf dem unbefestigten Weg durchs Hinterland in Richtung Zivilisation.

Die dichte blaugraue Abgasfahne, die er hinter sich herzog, zeigte unzweideutig an, dass ein besonderes Kommando auf die Stadt an der Issel zurollte.

***

Maarten hatte mittlerweile das halbe Buch kopiert und weitergereicht, saß, in das Kinderbuch vertieft, mit dem Beamten der Telefonüberwachung gemeinsam lesend am Tisch. Das Telefon klingelte.

Johanna Krafft wollte wissen, ob es etwas Neues gäbe. Maarten berichtete, dass er Karins versteckte Hinweise zu deuten versuche, das Buch böte allerdings bislang nichts, was er mit ihren Worten in Einklang bringen könne.

»Wie heißt das Buch eigentlich? Du hast mir nur den Namen der Autorin gesagt.«

Er nannte ihr den Titel. Johanna schien kurz nachzudenken, dann stöhnte sie plötzlich laut auf.

»Natürlich! Ich kenne es, es ist eines der ersten Bücher, die ich selbst in jungen Jahren gelesen habe. Die Familie des unmöglichen Kindes lebt in Köln zur Zeit des Ersten Weltkrieges. Sie fahren öfter gemeinsam mit der Bahn raus aufs Land, um Eier oder Honig zu besorgen. Und die Menschen klettern in offene Waggons und werfen Rüben, Kohlebrocken heraus, um sie zu verwerten.«

»Bist du dir da sicher? Karin sprach vom ›Fringsen‹. Der Begriff wurde von einem gleichnamigen Kardinal zur Rechtfertigung von Mundraub geprägt, aber erst zum Ende des Zweiten

Weltkriegs. Die Leute hatten Hunger und froren, Kartoffeln und Kohlen wurden zur eigenen Nutzung geklaut, darum ging es.«

»Ich bin mir ganz sicher. Fringsen ist ein fester Begriff, der das, was du beschrieben hast, zusammenfasst, und jeder weiß, was damit gemeint ist. Und wenn es in dem Buch um Ausflüge oder Fahrten geht, dann immer mit der Bahn.«

Maarten wollte bereits auflegen und sich mit dem anwesenden Kriminalbeamten beratschlagen, als Johanna ein weiteres Mal laut wurde.

»Maarten, und jetzt weiß ich, wo ich ein relativ neues Foto von Greta finden kann. Die beiden haben sich vor vielen Jahren, da war Moritz gerade aus den Windeln raus, in Moers getroffen. Es muss ein Bild davon geben. Karin erzählte von einer zufälligen Begegnung auf dem Moerser Weihnachtsmarkt, und weil Moritz mit seiner Weihnachtsmannmütze so süß aussah, hat ein Fotograf die drei für eine Reportage über den Markt abgelichtet. Das Foto hat Karin mir dann geschenkt, Maarten, ich finde es bestimmt. Ich mache mich auf die Suche.«

Schon legte sie auf.

Maarten nickte dem Beamten zu, der über seine Kopfhörer das Gespräch mitverfolgt hatte. Dieser wählte die Direktverbindung zu Gero von Aha und übergab Maarten das Headset.

Vor Aufregung verfiel Karins Ehemann in die Sprache seiner Kindheit. »Gero? Het geeft een foto van het Greta.«

»Maarten? Ganz ruhig, noch einmal auf Deutsch für unbegabte Sprachmuffel bitte.«

»Eine Fotografie von Greta und Karin, ungefähr fünfzehn, zwanzig Jahre alt, befindet sich bei Johanna in Bislich-Büschken. Vielleicht kann es Burmeester abholen, ich glaube, Johanna ist viel zu aufgeregt, um mit dem Auto nach Wesel zu fahren.«

»Burmeester wird in nächster Zeit gar nichts können.«

»Wie? Was ist passiert?«

»Der ist eine Böschung hinabgestürzt und liegt mit diversen Verletzungen im Xantener Krankenhaus.«

»Schafft ihr das alles, wenn euch noch einer fehlt? Dat is een schlechter Lauf für het K1.«

»Du, ich muss. Ich werde Johanna Krafft anrufen und schauen, wer hinfahren kann.«

»Ach ja, und et geht bei Karins Hinweisen um die Bahn und ein Bahngelände.«

»Geht es vielleicht konkreter?«

»Nee, aber ich sende die Seiten aus dem Buch als Fotos über das Smartphone, wenn ich an entsprechender Stelle angekommen bin. Und dann hoffe ich, dass euch etwas dazu einfällt. Ich muss jetzt los zur Raststätte, da werde ich weiterlesen.« Maarten war nicht zu bremsen.

***

»Leise und unauffällig im Hintergrund zuhören und Bericht erstatten«, hatte Mackedei ihm gesagt. So war er nicht gestrickt, impulsiv, wie er war. Außerdem waren weder Outfit noch Fahrzeug für eine Undercover-Aktion geeignet.

Das bekam Gesthuysen zu spüren, sobald er in Hamminkeln in der letzten Sekunde den zurückliegenden Bau der Gaststube Bölting an der Marktstraße und das mit dem Zusatz »Friedenshalle« versehene Bürgerhaus entdeckte, seine Lenkstange herumriss und auf dem Zuweg vor einer Frau in mittlerem Alter mit Pagenschnitt und grauem Kostüm zum Stehen kam. Sie wandte sich hüstelnd ab, um dem bläulichen Dunst des altertümlichen Gefährts zu entkommen. Gesthuysen besann sich seines Auftrags.

»Ist hier die Anhörung für die Betuwe-Linie? Wo kann ich mich anmelden? Ich muss pünktlich sein.«

Anhand ihres Namensschilds identifizierte er die Befragte als »Frau Dr. Christin Schwan«, die mit gesäuselter Freundlichkeit auf den Raum hinter ihr wies.

»Meine Mitarbeiter haben dort Tische aufgebaut, Sie weisen sich bitte aus und erhalten eine Zugangsberechtigung. Sie haben ein Schreiben zur Hand, das Sie als Anwohner mit berechtigtem Anspruch oder Bevollmächtigten ausweist? Dann werden Sie zugelassen.«

Er parkte sein Mofa neben großen gepflegten Autos mit Kennzeichen aus Düsseldorf, Duisburg und Dortmund, denen eine Schar dunkel gewandeter Herren entstieg, die extra für diese Veranstaltung an den Niederrhein gereist waren.

Der Mann im Blaumann mit dem rattenschwanzdünnen Zopf suchte die helfende Nähe von Frau Dr. Schwan, die sich beim genaueren Blick auf ihr Namensschild als Planungsdezernentin und Verhandlungsführerin entpuppte. Ihm wurde blümerant, sein verdreckter Overall, die verschmierten Finger, die den Motor seines Rasenmähers repariert hatten, passten nicht zu grauen Kostümen und weißen Hemden mit Krawatten. Er suchte die Toilette auf, um zu ordnen, was sich ändern ließ. Das war nicht viel.

Wenig später durchstreifte er den Saal auf der Suche nach einem optimalen Platz für einen Beobachter. Die Anhörung hatte bereits begonnen. Rechts auf der Bühne saß verbarrikadiert hinter einem Tisch mit Mikrofonen die Riege von Fachmännern von der »Vorhabenträgerin Bahn«. So wies es ein Schild in Tischbreite aus. Links davon sprach Frau Dr. Schwan beschwichtigend und basisdemokratisch auf die verunsicherten Anwohner ein. Sie sicherte ihnen Rederecht zu.

»Stellen Sie alle Fragen, die Sie haben. Zur Beantwortung sind die Experten hier. Wir stehen auf Ihrer Seite«, sagte sie unaufgeregt.

Murmeln und erstes Hohngelächter quittierte die gut gemeinten Sätze.

»Ihre schriftlich eingereichten Einwendungen werden genutzt, um die Planungen in Ihrem Sinne zu verbessern. Nur wer nichts tut, akzeptiert die Folgen des Ausbaus und hat keine Chance, nachzubessern.«

Gesthuysen schwirrte der Kopf, er würde sich das alles nicht merken können.

Neben dem Imbiss-Büfett entdeckte er Informationsmaterial der Bahn, und neben bunten Hochglanzprospekten, die allesamt die hochwertigen Verbesserungen nach dem Ausbau der Strecke anpriesen, lagen Kugelschreiber aus. Gesthuysen griff zu und setzte sich an den Rand einer Stuhlreihe, fischte seine inzwischen völlig mit Ölflecken beschmierte Zutrittserlaubnis aus dem Blaumann. Er wollte mitschreiben, das Wichtigste auf der Rückseite des Blatts notieren. Nur hatte er lange nichts mehr handschriftlich verfasst, benutzte Tastaturen statt Stiften. Jetzt musste er ran.

***

Nach einem ungewöhnlich ernsten, kurz gehaltenen Gespräch mit der Leitstelle legte Fresenius um kurz nach zwanzig Uhr den Hörer wieder zur Seite. Ohne den Inhalt der Meldung zu kennen, die sie gerade erhalten hatte, wusste jeder der Anwesenden, dass etwas Entscheidendes geschehen war. Etwas Schlimmes.

Jerry Patalon sprach aus, was jeder dachte. »Es geht um Karin, richtig?«

Fresenius setzte sich, wirkte für einen Moment durchscheinend und zerbrechlich, fing sich wieder. »Indirekt. Man hat in Moers eine weibliche Leiche gefunden.«

Die wenigen Sekunden zwischen diesem Satz und dem darauffolgenden erschienen den Anwesenden unendlich lang.

»Es ist nicht Karin. Aber es gibt eine Übereinstimmung mit dem Phantombild.«

»Greta Kwiatkowski?«

Fresenius nickte matt.

Gero von Aha sprang auf. »In wessen Händen ist Karin? Sie wurde zuletzt mit Greta gesehen. Karin hat verschlüsselt auf sie hingewiesen, das Mädchen, mit dem keiner spielen durfte. Wenn die Kwiatkowski nicht mehr lebt, wer hält Karin gefangen?«

Niemand kannte eine Antwort.

Fresenius blieb sachlich. »Warten wir auf erste Bilder und vergleichen sie nicht nur mit dem Phantombild, sondern auch mit dem Foto aus dem Fundus von Frau Kraffts Mutter.«

Gero von Aha schien es innerlich zu zerrreißen. »Ja, wenn sie es findet.«

Außer sich fegte er mit einer unwirschen Armbewegung einen Stapel Akten vom Tisch, das Aufklatschen der Pappdeckel auf dem Boden ließ die Anwesenden hochschrecken.

»Verdammt, wo ist Karin?«

***

Drei Flaschen Mineralwasser waren nicht viel, Karin verspürte einen unnatürlichen Durst, die Kleidung klebte ihr am Körper, die chemische Toilette würde bald überquellen, wenn sie nicht geleert würde.

Drei Flaschen Mineralwasser. In den beiden Kühltaschen, deren Funktion nicht mehr als kühlend eingestuft werden konnte, da Greta die Akkus nicht ausgetauscht hatte, nahmen Kabanossi-Würstchen, Käsesandwiches und Trinkjoghurtflaschen unaufhaltsam Raumtemperatur an. Das wird bald gären, dachte Karin. Appetitlosigkeit begleitete ihre Fieberschübe, ihr Vorrat würde verderben. Ah, da waren noch zwei Dosen Ravioli. Zum Glück hatte sie den Dosenöffner und konnte sie notfalls kalt löffeln.

»Ich muss mir als Erstes die Sandwiches reinzwingen. Wer weiß, wann Greta wiederauftaucht. Mit Medizin, ohne Medizin. Bring bloß Medizin mit, hörst du? Schließlich hast du mich auch telefonieren lassen. Ich habe dich erreicht, das weiß ich. Du wirst eine kluge Entscheidung treffen. Alles wird gut.«

Und wenn nicht? Sie rollte sich zur Seite, griff nach einer Packung der belegten Weißbrote, riss sie so vorsichtig es ging auf, brauchte dazu ungewöhnlich viel Energie. Karin erschrak über ihre Schlappheit.

Verdammt, ohne Medizin kam sie nur schlecht auf die Beine. Die feste Folie einer Packung Brote haute sie um, das war ja nicht möglich.

Der Geruch der Brote, der Blick auf die Salatblätter, die im fahlen, kalten Licht alles andere als frisch wirkten, nahmen ihr das letzte bisschen Entschlossenheit, tatsächlich hineinzubeißen. Sie verschloss die Verpackung notdürftig und ließ sie zurück in die Kühltasche gleiten, kämpfte mit aufkommender Übelkeit.

»Nicht das auch noch. Keine Nahrungsaufnahme mehr. Wasser, ich trinke Wasser, das ist die Hauptsache. Nicht verdursten.«

Sie nahm viele einzelne Schlucke, klein, schnell hintereinander, wollte ihren Magen nicht unnötig in Aufruhr versetzen. Wie ein Kind hielt Karin die Kunststoffflasche mit beiden Händen und setzte den Flaschenhals nach jedem Schluck ab. Ihr Magen meldete sich nicht.

Greta würde sie bald freilassen. Das bedeutete allerdings gleichzeitig, dass es irgendwo eine Katastrophe geben würde. Plötzlich war es Karin unmöglich, an das Wunder zu glauben, das sie so dringend brauchte.

»Meine Freiheit wird für andere den Tod bedeuten.«

Dieser Satz hing in dem engen Raum, spannte sich zwischen den Wänden.

»Scheiße, so etwas darf ich nicht denken. Ich bin für nichts verantwortlich, was hier oder anderswo geschieht.«

Und wenn Greta den Ernstfall durch ihren Verrat verhinderte?

Karin ließ sich das letzte Nass aus der Flasche in den geöffneten Mund tröpfeln, warf sie mit letzter Kraft in die Ecke neben der Tür. Die Flasche polterte und purzelte über die anderen und kam ihr wieder ein ganzes Stück entgegengerollt.

»Ich werde hier im Plastikmüll ersticken. Und der Geruch vom Campingklo … bei der Wärme …«

Fieber.

Eine ungewisse Ahnung.

Karin hatte bei Gretas letztem Besuch etwas wahrgenommen, ein Erinnerungsmarker in ihrem Kopf hatte in Großbuchstaben WICHTIG danebengekritzelt. Sie kam nicht darauf, was es war, durchsuchte ihr Gedächtnis nach winzigsten Details. Nichts.

Zwei Flaschen Mineralwasser.

Zwei Dosen Ravioli.

»Greeetaaaaa!«

Und ansonsten verrottende Lebensmittel.

***

Gesthuysen war sich nicht sicher, ob er auch das sich steigernde Gestänker aus den Reihen hinter ihm notieren sollte. Drei Männer stießen dort permanent Parolen aus, die den Ärger der Anwohner aufnahmen und weiter anstachelten.

»Handlanger, die nur die Interessen des Kapitals durchsetzen«, notierte er, »alles Lüge, wehrt euch, leistet Widerstand«.

Frau Dr. Schwan gab ihr Bestes, das merkte er, blieb dabei jedoch die formal korrekte Juristin. Auch ihre Zusage, die achthundertsechsundachtzig Einwendungen von Mehrhooger Bahnanwohnern würden berücksichtigt und einzeln geprüft, kommentierten die Männer zynisch.

Der Bürgermeister sah sich gefordert, sprang auf und reckte den Kopf. »Wir müssen die Lage realistisch betrachten. Ich danke Ihnen, dass Sie zahlreich gekommen sind. Das zeigt den Behörden, wie machtvoll wir gegen die Planungen halten. Wir haben gute Argumente, lasst uns sachlich sein. Ich trage gleich vor«, sagte er selbstbewusst.

Beifall brandete auf, und Frau Dr. Schwan nickte ihm wohlwollend zu. Zur Beruhigung der Lage kündigte sie eine Attraktion an.

Der Werbefilm, in dem eine Lokomotive von einem uniformierten Führer über die neue Strecke gesteuert wurde, folgte. Mehrgleisig ging die Fahrt über eine Brücke in Mehrhoog, entlang an vier Meter hohen Schallschutzwänden. Das konnte Gesthuysen nicht beschreiben. Er notierte: »Lapidar gedrehter Streifen, der Lokführer bestätigt grinsend, wie leise die Züge nach der technischen Umrüstung geworden sind.«

Der Film heizte die Stimmung erst recht an. Immer wieder tönte nicht nur der Unmut der Anwohner dazwischen, sondern pöbelten auch die aufwiegelnden Kommentatoren aus dem Hintergrund in den Saal. »Beruhigungspille« und »Lasst euch nicht kleinkriegen«.

Gesthuysen geriet ins Staunen, es gab hier Berufsbezeichnungen bei den Fachleuten, die er niemals zuvor gehört hatte. Auf die Frage, ob ein altes Haus den Erschütterungen durch Züge im Minutentakt standhalten könnte, wurde ein Erschütterungsexperte um Antwort gebeten. Der bestätigte, dass keine Mauer umfallen oder Wände rissig würden, er habe sich aber das Haus, um das es ging, nicht angeschaut.

Die Stimmung schaukelte sich endgültig hoch, als der Experte sich »zu einer anderen Verpflichtung« verabschiedete und darauf verwies, dass alle Anwesenden der Fachabteilung der Bahn die Fragen beantworten könnten. Immer wieder hörte Gesthuysen die Parolen aus dem Hintergrund, mit denen die unscheinbaren Männer, einer hatte einen Vollbart, der andere eine tief ins Gesicht gezogene Kappe, der dritte eine moderne

Häkelmütze, genau ins Gemüt der aufgebrachten Menge trafen. Eine Tasche mit ziemlich viel Papier fiel Gesthuysen zwischen den Schuhen des Käppiträgers auf, er konnte sich keinen Reim darauf machen.

Da der vorzeitige Abschied des Erschütterungsexperten für Tumult in den vorderen Besucherreihen sorgte, entschied Frau Dr. Schwan, eine Pause anzukündigen, und lud, unter Vorweisung der Zugangsberechtigung, zum Büfett ein.

Die aufgebrachte Menge verlief sich diskutierend im Nebenraum. Gesthuysen wollte sich reichlich bei den Frikadellen bedienen, da zerschellte ein Glas hinter den Mikrofonen auf der Bühne, bestialischer Gestank verbreitete sich blitzschnell im gesamten Raum. Buttersäure, ging es Gesthuysen durch den Kopf, die Ausdünstung von faulen Eiern, schlimmer als jede Stinkbombe und schlecht zu entfernen.

Die Menschen drängten ins Freie. Gesthuysen packte schnell noch drei Fleischklöpse in seine Taschen, während vor ihm die Männer aus der hinteren Reihe Flugblätter in die Menge warfen. Eins fing er im Hinauslaufen auf, darauf bedacht, sein Protokoll und die Frikadellen nicht miteinander in Berührung zu bringen, und stopfte beide Papiere fahrig in die Gesäßtasche des Blaumanns. Diese Versammlung war gelaufen, und er hatte nicht einmal ordentlich gegessen.

Vor der Tür fächelte sich Frau Dr. Schwan mit einem Hochglanzprospekt der Bahn Luft zu, ihre Augen tränten. Fast hätte er Mitleid mit ihr bekommen, fingerte ein nur minimal gebrauchtes Tempo aus seiner Brusttasche und reichte es ihr. Sie tupfte sich die Wangen ab, gab es ihm zurück. Erst jetzt fiel ihm auf, dass er zuvor versucht hatte, seine Finger an dem Taschentuch zu säubern, denn bei der ordentlichen, streng frisierten, intellektuellen Frau in Grau prangten nun schmierige Tupfer im Gesicht. Er verabschiedete sich schnell und sah im Rückspiegel, dass sie sich angewidert aus der dichten Abgaswolke des Benzin- und Zweitaktöl-Gemischs herausdrehte, die seine Knatterkiste hinterließ.

Kurz hinter der Stadtgrenze von Hamminkeln, in Höhe des Starenkastens, dessen Blende blindgesprüht war, flatterte das im Schweiße seines Angesichts handgeschriebene Protokoll aus der

Gesäßtasche, wirbelte noch einmal kurz durch die Abgasfahne und landete im Getreidefeld.

In seiner Laube angekommen, suchte Gesthuysen seine Hosentaschen mehrmals durch und prostete sich nach der Erkenntnis, dass seine Aufzeichnungen fort waren, mit mehreren Flaschen Bier stundenlang zu, bis er ins Säuferkoma glitt.

Alles für die Katz.

FÜNF

Das war eindeutig dasselbe Gesicht. Das Foto aus Bislich-Büschken zeigte eine Greta mit wehenden Haaren, ein Erkennungsprogramm verglich es mit dem Phantombild und den Gesichtszügen der weiblichen Leiche, die am Abend kopfunter im Schlossgraben in Moers von entsetzten Spaziergängern gefunden worden war. Alle waren sich einig.

»Sie ist es.«

Tom Weber hatte an ihrem Geburtsort keine nennenswerten Neuigkeiten erfahren. Gretas alte Großmutter lebte in dem Haus an der Hauptstraße, wollte deren Namen weder hören noch aussprechen, nannte sie nur »das Blag« und wusste angeblich nicht, dass sie noch unter dieser Adresse gemeldet war.

»Damals verband eine Straßenbahn die Städte Bottrop und Gladbeck und führte in der Mitte der Fahrbahn an den sogenannten Zechenhäusern vorbei. Greta sei immer kurz vor den heranbrausenden Wagen auf die andere Straßenseite gewechselt, die Fahrer hätten zur Warnung wie wild geklingelt, sie manchmal aus lauter Wut nicht mitgenommen. Sie habe sich oft insgeheim gewünscht, ›diese Missgeburt‹ wäre unter die Räder gekommen. Die alte Frau ist verbittert und erinnert sich ausschließlich an Ärger mit Greta.«

Ihre Eltern hatten sich scheiden lassen, berichtete Weber weiter, waren beide ihrer Wege gegangen, die Oma hatte das Mädchen allein aufgezogen und konsequent vor die Tür gesetzt, als sie achtzehn Jahre alt wurde. Immer wieder war sie gesucht worden, von stadtbekannten Dealern, von Leuten, denen sie Geld schuldete, von Nachbarn, denen sie angeblich Werkzeug aus dem Schuppen oder Autoteile aus der Garage geklaut hätte. Immer wieder waren alte Zahlungsaufforderungen und Mahnungen ins Haus geflattert, seit Jahren zerriss die Großmutter die wenige Post sofort und warf sie in die Tonne.

»Tja, und jetzt ist ihre Enkelin tot.«

Jerry Patalon rief sich in der elektronischen Fahndungsakte die Fotos der Auffindesituation in Moers auf. Der Schlossgraben war ein idyllisches Gewässer, das von verschiedenen Seiten aus auch mit einem Fahrzeug gut erreichbar war. Gero von Aha hatte mögliche Wege bereits auf einer Karte markiert.

»Ist sie dort umgebracht worden, oder wurde sie nur abgeladen?«

Fresenius betrachtete die digitale Schautafel. »Man kann es nicht nachvollziehen, sie hat auf jeden Fall nicht lange im Wasser gelegen, der Park ist eigentlich gerade im Sommer stark frequentiert. Es wäre aufgefallen, wenn sie dort erschossen und in den Graben geworfen worden wäre.«

Tom Weber blieb pragmatisch. »Waffe mit Schalldämpfer, eine Frau im Uferbereich sackt zwischen den Tätern oder neben dem Täter zusammen, wird so am Ufer drapiert, dass sie entweder dort gefunden wird oder ins Wasser gleiten kann. Ruhiger Abgang. Keiner hat etwas Besonderes bemerkt.«

»Was sagt die Spurensicherung aus Moers? Gibt es Reifen- oder Schleifspuren? Ein Projektil, irgendwas?«

»Der Täter hat ihr die Waffe an die Schläfe gesetzt und abgedrückt. Die Austrittswunde ist entsprechend groß, und die Uferstelle, an der sie ins Wasser gelangte, muss noch gefunden werden. Mit viel Glück findet sich das Projektil in einem Baumstamm. Sie sind dran.«

Patalon fand seine Idee abwegig, äußerte sie aber dennoch: »Kann Selbsttötung ganz sicher ausgeschlossen werden? Ich meine, wer sich so postiert, dass er nach einem Schuss ins Wasser kippt, der verliert dabei auch die Waffe.«

Fresenius studierte die ersten Fakten erneut. »Da es keine Schmauchspuren an ihren Händen gibt, wird dies nicht in Betracht gezogen.«

Gero von Aha stand auf und tigerte durch den Raum. »Verdammt, verdammt. Wenn sie nun tatsächlich diejenige war, die Karin versteckt hielt, und damit die Einzige, die ihren Aufenthaltsort kannte, wie sollen wir Karin jemals finden? Am Nachmittag spricht sie mit ihrem Mann, am Abend ist die aufmüpfige Freundin tot. Ab jetzt arbeitet die Zeit gegen uns. Auf allen Ebenen. Wir wissen nicht, wo Karin ist, wir haben keine Ahnung, ob und wann ein Anschlag auf die Bahnlinie in Angriff genommen wird. Und dass es einen Zusammenhang mit den

Vorkommnissen an der Regionallinie Duisburg–Xanten gibt, das können wir nur vermuten. Nicht beweisen.«

Tom Weber hielt ihn auf. »Komm, mach uns mal allen einen exquisiten Kaffee. Das hilft beim Denken und hält dich von der Rennerei ab. Dann lasst uns alle Fakten noch einmal haarklein durchgehen. Ich werde das Gefühl nicht los, dass wir irgendwas übersehen haben.«

***

Die Stimmung in der Küche des alten Bauernhauses hinter Sonsbeck schien zum Zerreißen gespannt. Während die Männer der Gruppe augenscheinliche Einigkeit bewiesen, wirkten die Frauen eher betroffen und hielten ihre Reaktionen nur mit enormer Mühe zurück. Weder den Druck, unter dem sie standen, noch die aufgestaute Wut durften sie zeigen, sie wollten dem Sprecher der Gruppe auf keinen Fall Anlass zu Kritik bieten oder in Ungnade fallen.

Keine wollte die Nächste sein, die per Eilverfahren, sprich kurzer telefonischer Rücksprache mit dem Hauptquartier, drakonisch bestraft wurde. Wie Greta. Was hatte er gerade berichtet? Sie sei tot? Für die Männer eine logische Konsequenz, hervorgegangen aus mangelnder Zuverlässigkeit und vermuteter Abtrünnigkeit dem großen Ganzen gegenüber.

Eine der Frauen, die mit blonder Zopffrisur, wollte es genau wissen. Sie gab sich selbstsicher und forderte den Sprecher heraus. »Sag uns ganz konkret, was passiert ist. Wie ist Greta umgekommen?«

Der Mann im gebügelten Polohemd, nah beim Sprecher stehend, immer auf seiner Seite und bar jeglicher Kritik an Vorgehensweise und Plänen, funkte dazwischen.

»Ist doch egal. Sie lebt nicht mehr. Denkt mal nach, seit Tagen hat sie uns immer wieder in Gefahr gebracht. Kommt zum Test zu spät. Fährt seelenruhig an den Bullen vorbei und ohne zusätzlichen Schlenker zielstrebig hierher. Die hatte doch einen gewaltigen Schatten. Und immer wieder dieses Gutmenschgeschwafel. Greta gehörte nicht mehr zu uns.«

Die Frau mit den Zöpfen, immer schnell beim Wort, ließ sich

nicht beirren und deutete auf den Sprecher. »Die Begründung ist mir klar, ich möchte dennoch von dir erfahren, was genau geschehen ist.«

Der Mann löste sich von der Wand, an der er mit der linken Schulter gelehnt hatte, und ging langsam auf sie zu. Jegliche Farbe wich aus dem Gesicht der Frau, sie schluckte heftig, atmete flach, er blieb eine Schuhlänge vor ihr stehen, ihre Nasen berührten sich fast. Ohne Eile, mit völlig ruhiger Stimme begann er zu sprechen.

»Ich habe im Hauptquartier angerufen und die Sachlage erklärt. Wir waren in einer Art Telefonkonferenz, zu viert und somit beschlussfähig. Das einstimmige Urteil zu Gretas Verfehlungen lautete Tod durch Erschießen. Hinten auf der Tenne hatte ich eine Plane ausgelegt und eine zweite mannshoch an die Wand genagelt. Schaut es euch an, ich habe vorsorglich nichts abgebaut, man weiß ja nie, wozu es gut ist.«

Fast schwärmerisch fuhr er fort. »Greta wusste, worum es ging, hat mir in die Augen geschaut, während ich den Schalldämpfer an den Lauf schraubte. ›Nicht hier‹, hat sie gesagt, ›lass mich ein letztes Mal in die Landschaft schauen. Wenigstens das.‹ Den Gefallen hab ich ihr getan, sie stieg mit gefesselten Händen in den Transporter, und wir fuhren los. Ihr wisst, dass es keinen wirklich guten Ort für ein perfektes Verbrechen gibt. Ich habe die Halböffentlichkeit gewählt. Ein Paar sitzt einträchtig an einem Teich und ist nach einem kurzen, dumpfen Geräusch vom einen auf den anderen Moment verschwunden. Er hinter den Sträuchern und sie im Wasser.«

Er hielt der blonden Frau den Zeigefinger der rechten, zur Pistole geformten Hand an die Schläfe. Der Geruch von Angstschweiß hing zwischen ihnen. »Genau so habe ich sie getötet. Und glaub nicht, dass ich es bereue. Sobald ich merke, dass jemand unseren Plan gefährdet, mutwillig oder fahrlässig, werde ich wieder so handeln.«

Spielerisch drückte er ab: »Paff.« Er drehte sich und schaute jedem Gruppenmitglied in die Augen.

»Und jetzt planen wir den Ernstfall bis ins kleinste Detail. Aus Dortmund heißt es, der Anschlag muss innerhalb der nächsten achtundvierzig Stunden über die Bühne gehen. Der Knall hier im Westen soll den Beginn einer Reihe bundesweit stattfindender Ereignisse einleiten, ein Stakkato der Vernichtung und des Widerstands. Ein Fanal, eine Kettenreaktion soll sich ergeben, schnell und im Takt, bevor die Staatsmacht die Möglichkeit zu sichernden und aufklärenden Maßnahmen bekommt. Die Betuwe-Linie hier, der eiserne Rhein im Süden, überall wird es innerhalb weniger Stunden lodern und knallen. Wer wo agiert, ist unerheblich, keine Zelle weiß von der anderen, um das Ganze nicht zu gefährden. Ich will den vollen Erfolg, hört ihr?«

Er legte eine rhetorische Pause ein, war sich der Wirkung bewusst, während er in Zeitlupe an den Mitgliedern seiner Gruppe vorbeischritt. »Ich will Präzision und Zuverlässigkeit, Gehorsam. Nervenstärke. Gesinnungstreue. Einsatz bis zum Tod. Verstanden?«

Gemeinschaftliche Zustimmung erfüllte den Raum.

»Gut. Der ausgespähte Ort beim Schwarzen Wasser in Wesel ist verbrannt. Ihr habt mitgekriegt, dass irgendein Idiot uns in die Quere kam und meinte, einen Kleinwagen auf die Schienen schieben zu müssen. Da läuft nichts mehr, da blickt die halbe Stadt drauf. Ich habe einen neuen Ort ausgekundschaftet. Das Kaff heißt Mehrhoog, ist vom Widerstand beseelt, da die Bahnlinie über die Hauptstraße und an vielen privaten Grundstücken entlangführt. Neben dem kleinen Bahnhof liegen ein Parkplatz und ein Stellplatz für Wohnmobile, dann folgt eine Brachfläche. Dort werden wir unsere Botschaft auf die Schienen legen.«

Der Getreue im ordentlichen Polohemd, der stets die Nähe des Anführers suchte, ergriff erneut das Wort. »Nicht am Schwarzen Wasser, das ist gut, sehr gut. Genialer Plan, ganz nah an bebautem Gebiet und direkt an einem viel genutzten Bahnübergang, hast du gut ausgesucht.«

Dieses Mal nahm der Anführer Kurs auf den Mann, der immer noch anerkennend nickte. So grenzüberschreitend nah wie zuvor bei der blonden Frau blieb er vor ihm stehen, Auge in Auge.

»Du brauchst dich gar nicht bei mir einzuschleimen. Der Bringer war dein Einsatz auch nicht, du bist garantiert aufgefallen. Es war nicht die beste Idee, das superschnelle Rad mit aerodynamischen Felgen zu nehmen. Es gibt zu wenige davon. Ich hätte mich nicht auf dein pseudofachmännisches Geschwafel einlassen sollen. Immer schön normal wirken, glatter Durchschnitt, keine Extravaganzen. Dich habe ich auch im Blick, glaub mir.«

Blässe überzog plötzlich das vorher noch rosig durchblutete Gesicht des Mannes. Niemand wagte auch nur laut zu atmen.

»Und ich sage euch, die Wucht der Detonation in Mehrhoog und die Entgleisung eines dieser ellenlangen Ungetüme wird nicht nur den Ort selbst treffen. Auch die Bahn, das ganze System wird lange Zeit durcheinandergeraten, und hoffentlich wirkt diese Katastrophe in den Köpfen nach.« Noch einmal fixierte der Sprecher jeden Einzelnen.

»Eine Stunde Pause. Danach ist Planung bis ins Detail. Und wir werden so lange daran sitzen, bis jeder einzelne Schritt in jedem Kopf an der richtigen Stelle festbetoniert ist und nicht eine kleine Unsicherheit übrig bleibt. Habt ihr das kapiert?«

»Ja.«

»Das war mir zu zögerlich. Habt ihr verstanden, was ich von euch erwarte?«

»Ja!«

»Schon besser.«

Dass sie keine Schweißpfützen auf dem alten Boden der Küche hinterließen, verwunderte den Anführer, der von jedem Gruppenmitglied, das nun zügig den Raum verließ, den ganz individuellen, strengen Körpergeruch einsog. Er hatte ein Exempel statuiert, ihnen seine Macht bewiesen. Dass seine Ansprache Spuren hinterlassen hatte, konnte er in ihren Gesichtern deutlich lesen. Die Angst saß ihnen im Nacken. Sie würden in einer Stunde hellwach und eifrig mit der Arbeit beginnen.

Wie hatte der große Chef so passend gesagt? Man müsse der Peitsche den Vorrang geben, ohne Rücksicht auf Verluste. Formbare Seelen mit willigem Geist gebe es genug. »Sie sind austauschbar, entbehrlich und müssen immer Schiss vor dir haben. Erst wenn du sie riechen kannst, haben sie dich verstanden.«

Er kippte das Küchenfenster und öffnete die Tür. Der Mief musste raus.

***

Wer an diesem Abend das Café Fehr am Marienhospital in Wesel betrat, dem schlug eine ungewöhnliche Lautstärke entgegen. Nicht nur die Doppelkopfrunde rechts neben dem Eingangsbereich war bester Laune, auch die Mitglieder des Frauenchores am langen Tisch hinter der Treppe wirkten ausgelassen und übertönten einander. In der Nische saß der Spar-Club und debattierte über die Ausrichtung seiner letzten Feier, dem endgültigen Abschied von dieser Lokalität. Nach achtunddreißig Jahren würde Konditor Ulli Fehr sein Café aufgeben.

Vor dem großen Fenster im hinteren Teil des Raumes redeten sich die Mitglieder der Initiative gegen die Betuwe-Linie in Rage. Einer von ihnen berichtete, dass gerade in Hamminkeln eine der Anhörungen beendet wurde. Die Bahn AG hatte in den vergangenen Wochen große Veranstaltungen organisiert, bei denen das neue Lärmschutzkonzept vorgestellt wurde. Jeder Anwohner der Linie konnte überprüfen, auf welche Art sein Haus, sein Anwesen vor den Auswirkungen der erweiterten Streckennutzung geschützt werden sollte.

Die Verantwortlichen hatten für die Präsentation keine Kosten und Mühen gescheut, auf Hochglanzprospekten und holografisch gestalteten Karten Maßnahmen und ihre Ergebnisse dargestellt. Selbst das kleinformatige Klappwerk, in dem die Verringerung des Lärms durch den Einbau neuartiger Flüsterbremsen in die Waggons vorgestellt wurde, wirkte in den Augen der besorgten Bürger wie zynisches Spielzeug für Erwachsene. Zusätzlich hatten mittlerweile in allen betroffenen Städten die Feuerwehren massive Zweifel an der Sinnhaftigkeit der geplanten Rettungswege in den Schallschutzanlagen angemeldet, die doppelt so weit auseinanderlagen und schmaler waren als in den benachbarten Niederlanden. Die Volksseele kochte.

Die beiden Bedienungen im Café hatten alle Hände voll zu tun. Während Annette noch die Mettbrötchen für den Frauenchor schmierte, zapfte Ernst die nächste Runde für den Spar-Club. Ein stattlicher Mann, offensichtlich ein Gastredner bei der Initiative, ergriff mit sonorer Stimme das Wort. Die beiden Angestellten schauten kurz auf, unterhielten sich unbeirrt. Sie hatten am heutigen Abend nicht mit so großem Andrang gerechnet.

»Sollen wir Christel noch zur Verstärkung anrufen?«

Annette verneinte. »Das schaffen wir, gleich wird es ruhiger, wenn die Damen ihre Brötchen haben. Sag mal, wer redet bei der Initiative? Den Mann habe ich noch nie bei deren Treffen gesehen.«

Das vierte Glas Pils wurde mit einer kleinen Menge vorgefüllt. Ernst blickte auf. »Kennst du den wirklich nicht? Das ist ein Landtagsabgeordneter der CDU, Kurt Wälbers. Ich bin nicht überrascht, dass der hier auftritt. Der sucht sich immer brisante Themen, bei denen er Volksnähe, Initiative und Verständnis zeigen kann. Der ist öfter in der Zeitung als die Landesmutter Hannelore.«

Annette drapierte die Brötchenhälften auf einer Platte und belegte sie zum Schluss mit frischen Zwiebelscheiben. »Ich hab mich schon gefragt, wieso der so gut Reden halten kann. Die sind aber auch laut heute, richtig aufgedreht.«

»Ja, und viele neue Gesichter sind dabei. Ich habe die Fensterbank freigeräumt, damit sie dort sitzen können.«

Annette ging mit der Platte nach vorn und stellte sie auf dem Tisch der hungrigen Sängerinnen ab, die ihren Imbiss johlend begrüßten. Wieder hinter der Theke, begann sie die Liste der bestellten Heißgetränke abzuarbeiten, während Ernst die Gläser auffüllte.

Die rhetorisch gut aufgebaute Rede erweckte Annettes Neugierde. »Sag mal, hast du mitgekriegt, worum es bei denen geht?«

»Eigentlich um die bekannten Themen wie Lärmschutz und Rettungswege, nur hat die Bahn AG anscheinend wieder nicht genügend Verständnis und Entgegenkommen gezeigt. Weißt du, ich kann die Initiative voll verstehen. Statt einer Streckenplanung auf Brachfläche oder neben den Autobahnen wie im Nachbarland hat die Bahn das Konzept in voller

Kenntnis dessen übernommen, dass es Wohngebiete tangiert oder sogar durchschneidet. Also auf der Linie, die aus Kaisers Zeiten stammt. Das ist glatt an den Bürgern vorbei entschieden worden, und die Konsequenzen werden langsam sichtbar und spürbar.«

Wälbers Rede wurde mit lautem Applaus und Zurufen bedacht. Während Ernst die Pilsgläser verteilte und Annette den dritten Latte macchiato zum Tisch trug, setzte er zu einem Nachwort an.

»Ein Konglomerat an Verschwörungen und unterlassener Berichterstattung tut sich in der Region auf. Wie ich aus gut unterrichteten Kreisen erfuhr, besteht die Gefahr eines Anschlages auf die Linie.«

Ein Raunen ging durch die dicht besetzte Tischreihe.

»Ja, von der Kreispolizeibehörde ist ein Papier an die Bürgermeister der Anlieger rausgegangen, in dem vor der Möglichkeit einer extremen Gefahrenlage gewarnt wird.«

Vereinzelte Stimmen wurden im allgemeinen Gewirr hörbar.

»… die kleinen Leute erfahren nichts davon …«

»… die verschweigen doch was …«

»… unsereins erfährt es zuletzt …«

»… unerhört …«

»… Terroranschlag …«

Hinter der Theke tauschten sich die Bedienungen über das Gehörte aus. Aus der Doppelkopfrunde stand ein Redakteur der regionalen Zeitung auf und schenkte dem Abgeordneten seine Aufmerksamkeit. Sie kannten sich von früheren Berichterstattungen, der grauhaarige Schreiber und der ebenfalls in die Jahre gekommene Politiker, der genau zu wissen schien, mit welchen Reizworten er das Interesse eines Journalisten auf sich zu ziehen vermochte.

Er fuhr geradezu beschwörend fort: »Ja, im zuständigen Kommissariat 1 hier in Wesel wird mit Hochdruck ermittelt, ich habe selbst dort vorgesprochen.«

Den Redakteur hielt es nicht mehr an seinem Platz, er ging auf die Mitglieder der Initiative zu und rief dazwischen. »Das eine ist, wenn es denn so stimmt, die Warnung, die einer erhöhten Aufmerksamkeit dienen soll. Das andere ist das K1. Die ermitteln nicht bei irgendwelchen geplanten Aktionen, das ist eine Mordkommission. Die werden sich mit dem Tod der Hauptkommissarin aus ihren Reihen befassen.«

Selbst die Damen mit den Mettbrötchen in den Händen verharrten still und gespannt.

Der Abgeordnete ließ nicht locker. »Und was ist, wenn das eine mit dem anderen zusammenhängt?«

Er schaute in die Gesichter der Mitglieder. »Was ist, wenn hier schon eine ganz große Sache läuft und keiner wird ordentlich informiert? Ich als gewählter Volksvertreter im Landtag stehe für Transparenz und ungeschönte Fakten. Und genau die müssen an die Öffentlichkeit. Sorgen Sie dafür, dass die Initiative ernst genommen wird. Meine Damen und Herren, es wird Zeit für Proteste, unübersehbar und unüberhörbar, so kann man mit Ihnen nicht umgehen. Marschieren Sie mit Pauken und Trompeten an die Schienen, zeigen Sie Präsenz und untermalen Sie die Ernsthaftigkeit Ihrer Anliegen öffentlich und laut. Und von den Verantwortlichen erwarte ich Offenheit und Information auf ganzer Linie.«

Tosender Applaus brandete auf und füllte das kleine Café. Der Redakteur begab sich zurück zu seinen Doppelkopffreunden, und während die Mitglieder der Initiative laut über Prostete und Aktionen längs der Strecke und an bestimmten Bahnübergängen nachdachten, nahm er, ungeachtet dessen, dass die neu ausgegebenen Karten vor seinem leeren Bierglas lagen, sein Telefon und begab sich vor die Tür. Vereinzelte Raucher saßen auf den Gartenstühlen vor den Schaufenstern, während er die Nummer eines Kriminalbeamten eintippte, den er gut kannte, und weiter in Richtung Kiosk schlenderte.

Von Aha meldete sich umgehend.

»Theo Krämer hier, sag mal, was ist los bei euch? Hier im Café redet gerade ein Landtagsabgeordneter über eine Terrorwarnung, die an diverse Städte rausging. Weißt du was davon?«

Von Aha stockte für einen Moment, zu lange für die erfahrene Reporterseele.

»Ich habe ins Schwarze getroffen, stimmt's?«

»Ja. Nein. Ich kann dir nichts sagen. Hier herrscht Nachrichtensperre.«

»Vielleicht kurz nach zehn auf dem Kornmarkt? Im Dunkeln redet es sich leichter.«

»Nein. Geht nicht. Echt. Überhaupt nicht.«

»Komm schon, wo ich euch so einen guten Nachruf auf eure Hauptkommissarin geschrieben habe.«

»Echt nicht. Ich werde es dir später mal erklären, du kriegst die Details exklusiv, und du wirst die jetzige Informationspolitik verstehen.«

»Sag gleich nichts, wenn ich richtig getippt habe. Du kannst nichts sagen, aber du kommst nachher?«

Wortlos kappte sein Gesprächspartner die Verbindung.

Wälbers redete sich weiter in Form und hatte die Mitglieder der Initiative restlos auf seiner Seite, während der Redakteur sein Blatt wieder aufnahm. Sein Blick traf den von Ernst, der eine neue Runde an die vier Männer verteilte.

Ernst kannte Theo seit langer Zeit, er wusste diesen Gesichtsausdruck mit dem leicht angehobenen linken Mundwinkel einzuordnen. »Du hast Lunte gerochen, stimmt's?«

Theo Krämer lächelte in sein Blatt.

Während er um den Tisch ging, erkannte Ernst, was in dieser Runde geschehen würde. Eine stille Hochzeit mit allen Trümpfen auf der Hand, die von oben nach unten auf den Tisch knallen würden.

***

Maarten stellte den Wiesmann Roadster an derselben Stelle auf dem Rastplatz ab wie an den vorherigen Abenden. Trotz der drangvollen Enge aufgrund des Wochenendstopps der Berufskraftfahrer wirkte diese Fläche wie mit einem Tabu belegt. Die Reisenden schienen diesen Parkplatz zu meiden.

Zu den Dauerbrennern und vereinzelten Blumen hatte man Teelichter gestellt, Wiesenblumensträuße und einen Papierbogen gelegt, auf dem ein Kreuz prangte, darunter in linkischen Buchstaben: »Karin Krafft, ruhe in Frieden«. Maarten hatte ihre Stimme noch im Ohr, er wusste, dass sie lebte, klappte mit Bedacht seinen Campingstuhl auf, stellte die Näpfe für Woodstock daneben, setzte sich und nahm das Buch zur Hand.

An diesem Abend wurde er wieder mit einer warmen Mahlzeit versorgt, eine Angestellte des Restaurants brachte ihm ein Tablett mit Hackbraten, Püree und Spinat. »Mit bestem Gruß aus der Küche. Gibt es etwas Neues?« Sie beäugte das Kinderbuch in seiner Hand.

»Vielen Dank, das müssen Sie wirklich nicht machen. Und nein, es gibt bislang nichts Erwähnenswertes.«

»Was lesen Sie da? Meine Mutter schlägt alte Bücher auch immer in ausgewähltes Geschenkpapier ein, ähnlich wie bei Ihrem.«

Maarten blickte versonnen auf das Werk in seiner Hand. »Es ist ein älteres Buch, das stimmt. Es gehört zu den Lieblingsbüchern meiner Frau, sie hat es als Kind gerne gelesen.«

Die Bedienung schien beeindruckt. »Sie lesen ein Lieblingsbuch von ihr? Das würde mein Mann niemals machen. Der liest nichts außer dem Sportteil in der Zeitung.«

Schon einige Meter von ihm entfernt drehte sie sich noch einmal um. »Sie sind echt ein Netter, wissen Sie das?«

Woodstock stand schwanzwedelnd auf und holte sich von der Frau einige Streicheleinheiten ab, bevor sie zwischen den parkenden Autos auf die Treppe zum Eingang zulief.

Einige der Fahrer grüßten ihn, mittlerweile war klar, dass hier neben einem ausnehmend extravaganten Sportwagen ein Mann saß, der Informationen zum Verbrechen an seiner Frau sammelte.

Es wurde bereits dunkel, zum Lesen hatte sich Maarten eine Stirnlampe aufgesetzt, als ein stämmiger Mann sich breitbeinig vor ihm aufbaute.

»Deine Frau?«

Maarten blickte auf und nickte.

»Was ist passiert?«

»Sie ist hier an dieser Stelle in ein Fahrzeug gestiegen, war verschwunden und ist mittlerweile tot aufgefunden worden. Nun suche ich nach Zeugen, die mir etwas zu dem Fahrzeug und zu den Umständen erzählen können.«

Der Mann nickte, stocherte mit einem Zeigefinger zwischen den Zähnen und setzte sich in Bewegung. »Ich werde sehen, was ich tun kann.«

Ein merkwürdiger Zeitgenosse, dachte Maarten und las weiter.

Keine zehn Minuten später stand der große Mann wieder vor ihm, neben ihm ein kleinerer, eher ungepflegter Kerl mit strähnigem Haar. Der Große deutete auf den Kleinen.

»Der kann Ihnen was erzählen.«

Der Kleine schüttelte Maartens Hand und begann in einer ihm nicht verständlichen Sprache mit ausladenden Gesten zu erzählen.

Maarten unterbrach ihn höflich, aber bestimmt und wandte sich an den Riesen. »Ich kann nichts verstehen. Wo kommt er her? Was sagt er?«

»Karel ist aus der Slowakei. Er sagt, hier hat ein weißer Fiat Ducato gestanden, ein älteres Modell. Die Frau mit dem Hund, diesem Hund hier, sei mit einer anderen aus dem Restaurant gekommen und zu der Ladefläche gegangen. Die zweite Frau öffnete die Tür, da sackte die da in sich zusammen.«

Er deutete auf das Foto, machte eine Pause, ließ den Slowaken weiter berichten, nickte mehrmals und übersetzte.

»Die zweite Frau und eine Person aus dem Wagen hievten die Bewusstlose in den Laderaum und fuhren überstürzt los. Der Hund rannte erst hinter ihnen her, kam aber zurück und setzte sich genau an diese Stelle.«

»Fragen Sie ihn, ob er sich erklären kann, wieso meine Frau bei diesem Fahrzeug zusammenbrach.«

Der Große übersetzte und hörte erneut aufmerksam zu.

»Es kann sein, dass sie sich den Kopf gestoßen hat. Oder dass sie etwas aus dem Wagen heraus traf. Genau weiß er das nicht. Weil sich die beiden um die offensichtlich verletzte Frau kümmerten, hat er nichts weiter unternommen.«

Maarten nahm sein Handy zur Hand und tippte eine Rufnummer ein.

»Sagen Sie ihm, er muss eine Aussage machen. Ich hole einen Kriminalbeamten, der einen offiziellen Übersetzer mitbringen soll. Kann er sich an das Kennzeichen erinnern?«

Der große Fahrer wies den Slowaken mit einer Geste an zu warten.

»Gero? Ich habe auf dem Rastplatz einen Zeugen gefunden. … Ja. Ein Kraftfahrer. Und wir brauchen einen Übersetzer für Slowakisch. … Ja? Gut. Warte einen Augenblick …«

Der kleine Mann hielt ihm einen zerknitterten Zettel entgegen. Der Große ergriff wieder das Wort.

»Etwas an der Situation gefiel ihm nicht. Er hat sich die Nummer notiert. Für alle Fälle. Man weiß nie, wofür es gut ist. Hat er in seinem Handschuhfach gefunden. Ich glaube, er ist glücklich, weil er endlich mal mit seinen Notizen jemandem helfen kann.«

Mit zittrigen Fingern nahm Maarten den Zettel entgegen. Ein Borkener Kennzeichen. »Gero? Ich habe das Kennzeichen von dem weißen Fiat Ducato.« Mit bebender Stimme gab er es durch.

Die beiden Männer schauten ihn erwartungsvoll an.

»Die Kripo ist in ein paar Minuten hier, um die Aussage aufzunehmen. Ich bin so froh, dass Sie beide mir helfen. Sollen wir reingehen? Ich würde Sie gerne zum Essen einladen.«

Drei Männer und ein Hund gingen die Stufen zum Restaurant hinauf.

***

Das Zeitgefühl hatte sie völlig verlassen. Kein Wunder, Karin überlegte in die Dunkelheit ihrer Behausung hinein, was sie momentan überhaupt noch fühlte. Der Schmerz an den Wunden erschien zweitrangig, verschwand fast hinter dem Zweifel, der nahe bei der Angst lag. Wann würde Greta wiederauftauchen? Und waren ihre Hinweise für Maarten eindeutig genug gewesen, würden er und Johanna ein großes Bahngelände herauslesen?

Karin war sich völlig sicher, sie musste sich in der Nähe eines Bahnhofs befinden, es gab nicht nur die durchrauschenden Züge, nein, wenn sie sich konzentrierte, konnte sie auch in regelmäßiger Taktung das sirrende Geräusch bremsender Waggons oder Lokomotiven hören. Jedoch nicht so unmittelbar wie diese lang anhaltenden Geräusche von über Weichen oder andere Unebenheiten der Schienen dahinratternden, endlosen Waggonreihen.

Plötzlich war ihr bewusst, worum es sich dabei handeln

musste. »Klar, da draußen verläuft die Betuwe-Linie, ich befinde mich in Hörweite der Strecke und gleichzeitig in der Nähe eines Bahnhofs.«

Hellwach setzte sie sich auf, klickte das Licht an und schaute sich erneut um, dieses Mal mit verändertem Blickwinkel, mit Kalkül, dem Gedanken, einen Ausweg zu finden.

»Ich muss auf die Beine. Laufen, hin und her laufen, vielleicht mobilisiert das auch die Heilungskräfte.«

Mit wackeligen Knien stand sie auf, stützte sich bei den ersten Schritten an einer Wand ab, atmete tief durch. Bewegung fördert die Durchblutung, möge ihr Hirn das ebenfalls erkennen und wichtigen, lebensnotwendigen Erinnerungen den Weg ins Bewusstsein freigeben. Und ermöglichen, Pläne zu schmieden. Auf Greta konnte sie sich nicht verlassen. Sie war eine Kriminelle.

Wieso, zum Teufel, habe ich eine Sekunde ihren Beteuerungen geglaubt?, dachte Karin. Wenn alles stimmt, was sie mir erzählt hat, dann musste eine andere Frau an meiner Stelle sterben. Sie ist eine Mörderin. War ich so naiv, daran zu glauben, als alte Freundin ihr Herz erreicht zu haben? Leide ich unter dem Stockholm-Syndrom, dieser emotionalen Zuwendung zum Peiniger, um zu überleben? Quatsch.

Sieben Schritte waren es vom Müllberg neben der Tür zur Liege.

Wenn Maarten den Hinweis auf ein Gelände an Bahnschienen richtig deutete, dann hieß das noch lange nicht, dass die Kollegen sie an der richtigen Stelle suchten.

Hin, sieben Schritte, schlurfend, den Plastikmüll zur Seite schiebend, längs durch den Raum und zurück, ohne Hindernis von Wand zu Liege acht Schritte.

Das hier war ein Überlebenskurs der Extraklasse, die Horrorvariante für sentimental handelnde Hauptkommissarinnen, die an einer Raststätte spontan alte Freundschaften aufwärmen wollten. Man konnte nicht problemlos aufflammen lassen, was Jahrzehnte lang erloschen war. Verdammt, Hirn, spuck die wesentlichen Fakten aus. Ich habe etwas bemerkt, als Greta ging. Sie war forsch, angespannt, sie musste sich beeilen. Erinnere dich endlich!

Durst. Eine angebrochene Flasche Wasser und eine ganze. Verdorbene Lebensmittel, Ravioli, ein Dosenöffner und nutzlose Gaskartuschen.

Wenige Minuten nur, vielleicht insgesamt zwanzig Mal, hatte sie den Weg durch die muffige Luft geschafft, hockte sich auf die Liege. Pause. Nicht hinlegen, Karin, sitzen bleiben. Knappe zwei Liter Wasser im Vorrat. Karins Nackenhaare richteten sich auf. Zwei Flaschen Wasser und kein Nachschub.

Greta würde bald kommen.

Und wenn sie fortblieb? Was geschieht, wenn man sie verhaftet hat und sie jegliche Aussage standhaft verweigert?

Maarten hatte garantiert das Buch gefunden und las sich bereits eifrig durch bis zu der Stelle, in der es um den Rübenklau auf dem Güterbahnhof ging.

Bestimmt wurden schon alle Güterstrecken in der Region abgesucht. Aber wo befand sie sich? Was für ein Raum war das hier? Güterbahnhof, schön und gut, aber wie sollte die Suche gerechtfertigt werden, wenn es darum ging, angrenzende Gebäude zu durchsuchen? Vielleicht bildete sie sich auch alles nur ein. Seit sie sich hier befand, hatte sie keine anderen Menschen gehört, nie waren Kinderstimmen in der Nähe gewesen, hatten Jugendliche sich herumgedrückt oder Erwachsene, irgendwer auch nur einen Ton verloren, nicht einmal ein Hund wurde zurückgerufen, weil er neugierig schnupperte. Ob doch nicht, wie vermutet, hinter der zweiten Tür die Freiheit wartete?

Zwei Flaschen Wasser, eine angebrochen.

Man kann mit wenig Wasser eine ganze Weile überleben. Das hatte sie damals in diesem Camp in der Eifel gelernt. Nettersheim.

Plötzlich stellten sich Erinnerungen ein, die Karin lange nicht in den Sinn gekommen waren. Mit der Schulklasse hatten sie das Überleben im Wald geübt. Nix Dschungelcamp mit Prominenten – Survivaltraining mit verwöhnten Gymnasiasten in der Eifel war wesentlich lustiger.

Allein auf eine Toilette mit Wasserspülung zu verzichten hatte für manche ein schier unüberwindliches Hindernis dargestellt. Mit dem wenigen überleben, das einem der Zufall schenkte, das man erkannte, wenn man wusste, wonach man schauen musste. Und wie machte man Feuer, um sich die Finger nachts zu wärmen, Feuer für warmes Essen? Kleine erzeugte Funken, die auf leicht entflammbares Material trafen, waren die Lösung. Steine hatten sie aneinandergeschlagen, die Funken auf trockenes Moos und Heu fallen lassen, gepustet, immer größeres Material hinzugefügt, und siehe da, es funktionierte. Zu dritt war es ins Gelände gegangen, wenn einer Person etwas zustieß, sollte die zweite vor Ort bleiben und die dritte Hilfe holen. Logischer Gedanke, hilfreich, wenn man allein in so einem Container saß.

Karin stockte. »Ein Container?«

Ein weiteres Mal leuchtete sie auf der Suche nach Lösungen ihre Behausung aus. Von der Größe her war es durchaus möglich, dass dies ein Container war. Nur die Tür passte nicht ins Konzept, eine alte Holztür, mit Metallstäben verstärkt, verschlossen in einer Zarge, die ebenfalls aus Holz gebaut war. Sie klopfte die Wände ab, nirgends erklang ein anderer Ton, offensichtlich gab es keine zugebauten Fenster, überall waren die Wände aus dem gleichen Material, die Platten der Verkleidung fest verschraubt, Fugen und Schraubköpfe ordentlich verspachtelt. Ein solides Ständerwerk mit ordentlicher Dämmung würde ebenfalls verhindern, dass sie an der Akustik erkennen konnte, wie die Originalwände beschaffen waren.

Sie brauchte Energie. Sie musste essen, trinken. Die Dose Ravioli fiel ihr ins Auge. Kalte Nudeltaschen mit undefinierbarer Füllung. Besser als nichts. Wasser, nicht zu hastig, ein wenig nur, gerade so viel, um zu überleben.

Was hatte sie damals in Nettersheim noch gelernt?

***

Tom Weber kam zur Raststätte und nahm die Aussage des Lkw-Fahrers mit Hilfe eines Übersetzers auf.

Die Halterabfrage erbrachte ein erwartetes Ergebnis, das Kennzeichen war vor mehreren Wochen auf dem Gelände eines Industriebetriebs in Bocholt gestohlen worden, der Verlust zeitnah angezeigt. Die Herkunft eines alten Ducato Transporters ließ sich auf die Schnelle nicht ermitteln. Wenn er auf der langen

Liste gestohlener Fahrzeuge stand, dann würde es eine Zeit lang dauern, bis man ihn zuordnen konnte.

Nachdem sich alle Männer entweder in die Kojen der Fahrzeuge oder ins Kommissariat verabschiedet hatten, setzte sich Maarten wieder neben den Roadster und las.

Wo war der konkrete Hinweis, den Karin meinte? Die Familie des Mädchens fuhr an Wochenenden manchmal ins Umland von Köln, um durch Tauschgeschäfte Lebensmittel von den Bauernhöfen zu holen. Das war nicht das sogenannte »Fringsen«, für das es heute die weitläufig bekannte Bezeichnung »Mundraub« gab.

Einige Seiten später wurde es interessant. Da kletterte das besagte Kind auf einen offenen Waggon mit Rüben, um einige für die Mutter mitzunehmen. Diese würde zwar schimpfen, aber anschließend Rübenkraut daraus kochen. War dies die entscheidende Stelle?

Sein Telefon unterbrach ihn, schnell hatte er das Gerät zur Hand, vielleicht ja eine weitergeleitete Verbindung. Maarten erkannte im Display die Nummer von Johanna Krafft.

»Johanna, du hast geahnt, dass es vorwärtsgeht!«

Johanna gab sich konsterniert, verstand nicht, was er meinte.

»Wir haben eine Beschreibung des Wagens, in dem Karin verschwunden ist, und das Kennzeichen hatte sich einer der Berufskraftfahrer ebenfalls gemerkt. Leider geklaut, aber von jetzt an wird die gesamte Bereitschaftspolizei darauf achten.«

»Maarten, das ist eine gute Nachricht. Ich bin so froh über deine Bemühungen. Ich muss dir auch etwas erzählen. Henner kennt doch den Besitzer des Antiquariats in Xanten und hat mir dort ein Exemplar des Keun-Buches besorgt. Ich glaube, ich weiß jetzt, was gemeint ist. Sag mir noch einmal, was Karin dir gesagt hat.«

Maarten wiederholte den Inhalt des kurzen Gesprächs so wortgetreu wie möglich und berichtete von seinem eigenen Fund einer interessanten Stelle. »Ich bin auf Seite vierundneunzig und stolpere dort über Rüben, die das Kind in einer halsbrecherischen Aktion am Güterbahnhof klaut.«

Johanna ließ Maarten umgehend an ihrer Aufregung teilhaben. »Genau. Dort bin ich auch. Und glaub mir, das ist es, was sie dir sagen wollte. Maarten, du musst das K1 informieren, sie wird irgendwo auf dem Gelände eines Güterbahnhofs festgehalten. Das ist die einzige Stelle, bei der alles stimmt.« Ihre Stimme überschlug sich fast. »Ich erinnere mich, wie meine Mutter immer erzählte, sie sei aufs Land gefahren und habe frühmorgens eilig Kartoffeln aus der Erde geklaubt, wäre nie allein auf die Idee gekommen, etwas zu nehmen, das ihr nicht gehört, immer hätte man auf der Hut vor den Bauern sein müssen, denn viele hungrige Menschen seien unterwegs gewesen. Die öffentliche Meinung und die rechtliche Situation drifteten in der Nachkriegszeit wohl auseinander, der Kardinal Frings von Köln sprach von Taten aus der Not heraus und bat um Milde. In dem Buch klaut das Kind Steckrüben, damit die Mutter daraus Kraut kochen kann, das ist es doch. Wirklich, ich kann es gar nicht anders deuten.«

Maarten hatte sein Tablet zur Hand genommen und in Outlook die E-Mail-Adresse von Gero von Aha aufgerufen. Während er das Handy zwischen Ohr und Schulter einklemmte und Johanna unablässig weiter auf ihn einredete, schrieb er dem Kommissar:

»Die einhellige, unabhängige Meinung zweier Leser des von Karin benannten Buches besagt: »Karin befindet sich irgendwo auf oder in unmittelbarer Nähe eines Güterbahnhofs. Schickt Suchmannschaften aus! Sie ist auf einem GÜTERBAHNHOF.«

Johanna wurde ungehalten, weil er nicht mehr auf sie reagierte. »Maarten, hörst du mir überhaupt zu? Oder soll ich selbst in Wesel anrufen?«

»Was? Nein. Alles ist gut, du brauchst nicht zu telefonieren, ich habe Gero gerade per E-Mail informiert. Entschuldige, aber ich wollte die Nachricht so schnell es geht weiterleiten. Ganz schön schlau, deine Tochter, in zwei getarnten Sätzen hat sie eine Menge versteckter Hinweise weitergeleitet. Ich muss sie einfach lieben, diese Frau.«

***

Noch am späten Abend überlegte die Bereitschaft im K1, welche Bahnhöfe in Frage kämen.

Anka Fresenius stand mit einem dampfenden Kaffeebecher vor einer Karte der Region. »Von Duisburg bis Emmerich haben wir da einige Flächen abzusuchen.«

Sie tippte mit dem Finger auf Moers, die sich verzweigenden Schienen im Bereich mehrerer Industrieanlagen. »Wir sollten dort beginnen, schließlich wurde die Leiche der Kwiatkowski unweit der Strecke gefunden.«

Von Aha widersprach vehement. »Denken Sie daran, dass man die Frauenleiche, die immer noch nicht identifiziert ist, und Karins Smartphone hier auf der rechten Rheinseite, dazu noch in der Nähe der Betuwe-Linie, gefunden hat. Nein, sie ist nicht in Moers, dazu findet viel zu viel am rechten Rheinufer statt. Die Gegner der Linie formieren sich, erhalten Unterstützung aus der Politik, wie mir meine gute Bekannte von der letzten Sitzung berichtete. Gleichzeitig wird militanter Widerstand öffentlich. Ein offensichtlicher Probelauf in Xanten scheitert. Die Verantwortlichen haben dafür ganz bewusst die linke Rheinseite gewählt, glauben Sie mir, die wollten nicht in dem Gebiet auffallen, in dem sie den Ernstfall planen. Das ist ein perfides Versteckspiel.«

Gero von Aha holte Luft. Er musste sich auf den eigentlichen Punkt konzentrieren. »Ich bin davon überzeugt, dass Karin auf der rechten Rheinseite ist. Wenn sie in dem Ducato abtransportiert wurde, dann brauchte der so nicht weit zu fahren. Andernfalls wäre das Risiko zu groß gewesen. Sie wäre zu Bewusstsein gekommen und hätte sich garantiert gewehrt. Karin hätte Möglichkeiten gefunden, zu fliehen oder sich bemerkbar zu machen. Denkt an den Hinweis in einem alten Kinderbuch, an das sich heute kaum jemand erinnert. Wir sollten uns mit der Frage befassen, welche Güterbahnhöfe vom Rastplatz Hünxe aus gut und schnell zu erreichen sind.«

Mitten in seine lebhaften Ausführungen hinein klingelte das Telefon im Besprechungsraum, Tom Weber bat per Handzeichen um Ruhe, Anrufe zu später Stunde im Kommissariat waren stets von erhöhter Wichtigkeit. Alle Augen ruhten auf ihm, der aufmerksam zuhörte und sich Notizen zu dem Gespräch machte. Schließlich sprang er förmlich auf und wedelte mit dem Notizzettel in seiner Hand.

»Da haben sich Hobbyfischer am hiesigen Rheinufer über eine Stelle im Kies gewundert, an der ihr Hund immer wieder anschlug, sich wie wild gebärdete und versuchte, in den groben Steinen zu buddeln. Wisst ihr, was das Tier unter Mithilfe dreier angetrunkener Nachtangler gerade zum Vorschein gebracht hat?«

Gero von Aha ging mit energischen Schritten auf ihn zu. »Mann, spann uns hier nicht auf die Folter. Was haben die gefunden?«

Tom Weber hielt den Zettel in die Höhe und nahm seine Jacke vom Haken. »Grausiger Fund, geschockte Männer am Ufer. Einen Frauenkopf haben sie in gemeinschaftlicher Arbeit zutage gefördert. Ich fahre hin, Heierbeck ist schon informiert. Wenn der zu dem Körper der unbekannten Toten passt, kommen wir vielleicht ein Stück weiter.«

Von Aha sprang auf. »Ich komme mit.«

Fresenius hielt ihn zurück. »Nein, Sie sind lange genug im Dienst, Sie gönnen sich jetzt mal ein paar Stunden Schlaf. Der Kollege Weber macht das. Und der kleine Rest hier wird Entscheidungen über den flächendeckenden, möglichst zeitnahen und zeitgleichen Einsatz an der Güterstrecke treffen. Wir sollten so schnell es geht mit den Überprüfungen starten.«

Von Aha gab den Entrüsteten, den man nicht einfach nach Hause in die Heia schicken konnte. Er sei topfit, noch ein, zwei Kaffee …

Fresenius unterbrach ihn. »Nur noch ein einziger Kaffee, und in Ihren Adern steigt der Koffeingehalt in den roten Bereich, bei objektiver Betrachtung erkennen Sie das selbst. Uns nützt hier niemand, der Raubbau an sich betreibt und im entscheidenden Moment umkippt. Sie gehen, und zwar nicht zum Fundort, sondern nach Hause. Das ist eine dienstliche Anweisung. Um acht Uhr sind Sie wieder hier.«

Matt gab er sich geschlagen, gönnte der Frau aus Düsseldorf die Oberhand in diesem verbalen Scharmützel und verließ wortlos den Raum.

***

Gero von Aha beschloss, den kurzen Weg zum Großen Markt in Wesel zu Fuß zu gehen. Er streckte im Licht der Pforte seine Hände aus und musste Anka Fresenius ansatzweise Recht zusprechen, sie zitterten. Zu viel Koffein bewirkte bei Spinnen, dass deren Netzbau völlig die Struktur verlor, das hatten Experten von der NASA letztens festgestellt. Welche Auswirkungen dies bei Eulen hatte, wäre noch zu ermitteln, dachte er, während er über die Fluthgrafstraße in Richtung Rathaus ging.

Auf dem Kornmarkt, der eingegrenzten Vergnügungsmeile der Stadt, war noch einiges los, es lockte ihn nicht. Er lief zügig weiter in Richtung Marktplatz, bog unter den Arkaden ab zu seiner Wohnung, und während er durch die dunklen Fenster der Weinzeit auf seinen Lieblingsplatz schaute, den er in dem Ecklokal manchmal für einen kleinen Mittagssnack nutzte, nahm er aus dem Augenwinkel eine Bewegung wahr. Hinter der nächsten Säule trat ein Mann aus dem Schatten und kam auf ihn zu.

»Ich habe auf dich gewartet.«

Von Aha stutzte, wusste den Kopf mit dem grauen Haarkranz im Gegenlicht der Laterne zunächst nicht einzuordnen. Beim Näherkommen erkannte er Theo Krämer, den Journalisten, der ihn am Abend angerufen hatte. Er arbeitete in dem Gebäude, das seiner Behausung gegenüberlag. Der Mann stand öfter mit seinen Kollegen zur Zigarettenpause vor der Tür oder eilte mit einer Tüte aus der Bäckerei zurück zum Eingang, das hatte von Aha als Erstes von seinem Dachfenster mit Blick auf den Markt aus wahrgenommen. Später waren sie sich bei diversen Fällen begegnet, hatten schon das eine oder andere Herrengedeck gemeinsam gezwitschert, und manchmal versorgte von Aha ihn mit Informationsfetzen, die in den Dossiers des Pressesprechers fehlten.

»Ach, der Herr Schreiberling.«

»Wir haben telefoniert, du erinnerst dich?«

»Stimmt. Und ich hatte dir bereits eine Antwort gegeben. Brauchst du so dringend eine Schlagzeile, dass du mir auflauern musst? Ich kann dir nichts sagen, echt, dieses Mal nicht.«

Der Signalton, der die Stille des Marktplatzes durchschnitt, kam aus der Jackentasche des Kommissars. Er wandte sich ab.

Wenn Tom Weber ihn persönlich anrief, obwohl er freihatte, dann schien etwas Wichtiges geschehen zu sein, nichts für die Ohren von neugierigen Pressefuzzis.

Weber kam schnell zum Punkt, tatsächlich sei der Kopf zur Leiche gefunden worden. Die DNA-Bestimmung sei reine Formsache, dann könne man mit Fotos und Zahnstatus zumindest in dem Fall weiterkommen.

»Und wo genau?«

»Fast an der Ausfahrt des Weseler Hafens lag er, nicht gerade tief im Kies verbuddelt. Dilettantisch, spätestens das nächste Hochwasser hätte ihn ins Rollen gebracht.«

»Und? Wie soll die Suche auf den Bahngeländen ablaufen, gibt es einen Einsatzplan, soll ich nicht doch eben zurückkommen?«

»Bleib bloß, wo du bist, es reicht, wenn du morgen mit dabei bist. Die Fresenius führt sich zwar auf wie ein Oberfeldwebel, aber sie hatte schon recht mit der Grenze deiner Belastbarkeit, oder? Ich finde trotzdem, du solltest das wissen, es geht vorwärts, Gero, und jetzt hau dich aufs Ohr.«

Weber hatte bereits aufgelegt, während Gero von Aha, für lauschende Köpfe gut wahrnehmbar, weiter in sein Handy sprach.

»Was? Ihr habt ein Kennzeichen? … Ach, der Mann von Karin recherchiert auf eigene Faust auf dem Rastplatz in Hünxe und hat tatsächlich jemanden gefunden, der sich erinnert? Das ist ja mal eine gute Nachricht.«

Theo Krämer wirkte völlig gelassen, als habe er der Stille des leeren Platzes gelauscht. Von Aha setzte seinen Weg in Richtung Hauseingang fort, Krämer folgte ihm. Während der Kommissar nach seinem Schlüssel kramte, nahm er, völlig beiläufig, das Gespräch mit dem Journalisten wieder auf. Marlene hatte ihn zwar bereits über den Abend im Café Fehr informiert, doch eine zweite Sichtweise war nie verkehrt.

»Sag mal, diese Versammlung war doch nicht ganz koscher, oder?«

Krämer schaute sich um. Er wollte sichergehen, dass niemand in der Nähe war.

»Du fragst mich? Stimmt, ich darf ja reden, im Gegensatz zu

anderen Anwesenden. Ich sage nur so viel, ihr müsst euch auf einiges gefasst machen. Zwar verlassen die Planungen der Initiative wie gewohnt nicht die legalen Wege, jedoch war deutlich zu bemerken, dass sie plötzlich von einem nahezu militanten Fieber infiltriert ist. Werden die neuen Ideen auch nur ansatzweise in die Tat umgesetzt, dann droht an mehreren Stellen gleichzeitig Gefahr, eine Art Flächenbrand wird sich längs der Strecke ausbreiten. Für die Bahn wird es ungemütlich. So eine Hochspannung habe ich selten erlebt. Aber, wie sage ich immer, quid pro quo, deine Info gegen meine. Was ist das für eine Geschichte mit dem Kennzeichen? Das habt ihr doch schon längst überprüft.«

Gero stand bereits mit einem Fuß im Hausflur. »Ja, klar, gestohlene Nummernschilder sind schnell ermittelt. Es gibt dazu noch eine Fahrzeugbeschreibung. Ein alter weißer Ducato fährt hier mit einem geklauten Kennzeichen durch die Gegend. Hat Karins Mann auf dem Rastplatz herausgefunden. Der steht da bestimmt noch. Ist nicht zu verfehlen, große Fotos vor einem Luxusauto. Und was hast du noch mitgekriegt?«

»Ich glaube, dass sich autonome Ärgermacher der Initiative angeschlossen haben. Da waren Köpfe dabei, die ich noch nie hier gesehen habe, Marke Kapuzenträger.«

»Warst du eigentlich dienstlich vor Ort?«

»Nein, völlig privat. Du kennst das. Wenn es nach beruflichem Einsatz schreit, schaltest du auch nicht auf Freizeit, sondern fährst deine Aufmerksamkeit hoch. Die Atmosphäre war hitzig, man merkte den alten Mitgliedern ein gewisses Unverständnis an, eine Verunsicherung. Es gibt einen Politiker, der alles auch noch angeheizt hat, da fielen die neuen Parolenschreier, die sich im Hintergrund aufhielten, zunächst nicht weiter auf. Sie applaudierten nur eine Spur zu laut, zu lange.«

Dieses Mal schaute sich Gero von Aha um, niemand in der Nähe.

Sein sichernder Blick blieb Krämer nicht verborgen. »Hausflure sind schlechte Orte für verdeckte Botschaften. Wir benehmen uns hier, als ginge es um den Austausch brisanter Staatsgeheimnisse. Ihr haltet Infos zurück. Wenn ich jetzt mal alles logisch aneinanderreihe, dann entdecke ich hinter dem warnenden Papier, das an die Bürgermeister ging, eine große, fast spürbare Gefahrenlage. Und ihr verschweigt uns das wahre Ausmaß.« Krämer schüttelte langsam mehrmals hintereinander den Kopf. »Das klingt nicht gut.«

»Ich bin zuständig für Protokolle und Fallführung. Du glaubst doch wohl, dass ich jede Regung dokumentiert habe. Ich kann jederzeit die entsprechende Datei an die höchste Stelle weiterleiten. Aber es geht ja nicht nur darum.«

Krämer rückte ihm auf die Pelle. »Noch mehr Geheimnisse im K1? Lass mich dein Beichtvater sein.«

Von Aha hechtete die ersten Stufen hoch. »Nein, abgelehnt, ich bin überzeugt nicht gläubig. Eines kann ich dir noch sagen. Egal, von welcher Seite aus man die Lage momentan betrachtet, es geht immer um Leben und Tod.«

»Ach! Da wäre ich nicht draufgekommen.«

***

Burmeester fiel es nicht leicht, an sein Handy heranzukommen. Trotz des Medikamentencocktails, der über einen Zugang in seinen Körper geleitet wurde, schmerzte jede Bewegung. Ohne auf das Display zu schauen, meldete er sich mit belegter Stimme, um geringe Lautstärke bemüht.

Am anderen Ende war zunächst nichts zu hören. Das Krankenhaus lag am Waldrand, war die Verbindung in der Hees so schlecht? Er kontrollierte das Empfangssignal, alles okay.

»Hallo? Burmeester hier.«

Gero von Aha erwiderte mit ebenso leiser Stimme: »Nikolas? Was ist los? Du sprichst so merkwürdig, und was sind das für Geräusche bei dir im Zimmer? Bist du auf der Intensivstation? Ist es so schlimm?«

Von Stille im Hintergrund konnte man bei dem Kranken nicht reden.

»Nein. Das ist Goswin Harvix, mein Bettnachbar. Er schnarcht. Ein alter, ans Bett geketteter Landwirt. Sammle alle Vorurteile, die du über eigensinnige Bauern kennst, und jeder Satz wird passen. Das ist ein kauziger Kerl, den es kaum im Bett hält, der bestimmt die ganze Nacht hindurch wühlt, mit den

Zähnen knirscht und schnarcht und am Morgen klagt, er habe kein Auge zugemacht. Der hat ein neues Knie bekommen, liegt fest auf dem Rücken. Ohne Pillen habe ich keine Chance auf eine Tüte Schlaf, ich warte nur noch auf die Nachtschwester, die mich wegbeamt. Und Yasmin wollte auch noch reinschauen und mich notfalls ans Bett fesseln, falls ich plane, aus dem Zimmer zu flüchten, um den Kerl nicht umzubringen. Kissen auf dem Kopf, solche Gedanken kriegst du hier, ich leide wie ein Hund.«

»So kenn ich dich ja gar nicht, unkontrollierbare Aggressionsphantasien, ein Fall für die Psychologin im Haus, Herr Kollege?«

»Quatsch. Warum rufst du an? Alter, sag schon, gute Nachrichten? Ist ja echt nett, deine Stimme zu hören.«

Von Aha berichtete von den letzten Erkenntnissen und der Hoffnung, ihre Chefin bald zu finden. »Ich dachte mir, ich horche mal nach, ob dein Hirn mittlerweile noch andere Informationen zu den Vorkommnissen an der Bahnanlage freigibt. Hast du inzwischen eine Ahnung, wohin der Radler verschwunden sein kann? Ich kenn mich in der Gegend nicht aus.«

»Ich habe doch schon alles zu Protokoll gegeben. Mehr kann ich auch heute nicht sagen, ich war intensiv, unter Einsatz meines Lebens, damit beschäftigt, die Welt zu retten.«

Yasmin öffnete vorsichtig die Tür und bugsierte eine riesige Reisetasche in das Zimmer. »Was machst du da, mein Schatz? Telefonierst du etwa mit einem Kollegen? So viel Unvernunft, das ist ja nicht zu glauben. Weißt du eigentlich, wie viel Unbehagen dir eine Gehirnerschütterung bereiten kann, wenn du sie nicht ordentlich auskurierst?«

Burmeester wusste nicht, was er als Nächstes machen sollte. »Ich, äh, das ist nur Gero, der mir Genesungswünsche übermittelt. Gero? Vielen Dank auch.«

Von Aha schien zu schmunzeln. »Jaja, die lieben Frauen, meine Bekannte Marlene würde wahrscheinlich das Telefon konfiszieren. Eine Frage noch, bevor du auflegen musst. Hast du irgendwo in der ganzen Szene einen weißen Ducato in Erinnerung?«

»Du meinst das Fahrzeug, mit dem Karin verschwunden ist?«

Der schnarchende Nachbar gab beim Lufteinziehen röchelnde

Geräusche von sich, begleitet von mühevollem, befreiendem Husten, gefolgt von einem deutlich vernehmbaren Fluch. »Gottverdammich, kann man denn hier nich mal ungestört schlafen?«

Er blickte zu Burmeester hinüber, der das Telefon am Ohr hatte, während Yasmin die Schrankfächer ordentlich bestückte und gleichzeitig mit Burmeester haderte.

»Nichts da, du telefonierst dienstlich. Du bist unverbesserlich. Ich habe dir deine Lieblingshose mitgebracht, obwohl es mir schwerfiel, ein neongrünes Kleidungsstück einzupacken.«

»Du bist ein Schatz.«

Gero am anderen Ende der Leitung wirkte irritiert. »Nun übertreib nicht gleich, ich suche hier nach Infos, mehr nicht.«

Burmeester sah sich zwei genervt dreinblickenden Augenpaaren gegenüber, wollte nicht aufgeben. »Ein weißer Ducato, sagst du, nein, habe ich nicht gesehen, aber ich war auch ziemlich schnell ausgeschaltet. Yasmin, kannst du dich an einen Transporter erinnern?«

»Bist du jetzt ganz übergeschnappt! Ich hatte Angst um dich und wurde gezwungen, auf Distanz zu bleiben, da hat mich nicht interessiert, was rundherum geschah.«

Goswin Harvix ließ das Rückenteil seines Bettes hochfahren, ungelenke Finger oder Unfähigkeit bei der Bedienung sorgten für eine unbequeme Sitzhaltung, eine Spur zu weit aufgerichtet saß er kerzengerade, ächzte und stöhnte. »Is ja schlimmer hier als beim Frühschoppen.«

Er raufte sich das fettige Haupthaar. »Wa? Ihr sucht en weißes Auto?«

Yasmin klappte die leere Reisetasche ins unterste Fach. »Und ich habe dir die neuen Birkenstocks mitgebracht, deine alten musste ich entsorgen, die Sohle bröselte bereits.«

»Was hast du gemacht? Das sind meine Lieblingsschuhe!«

Von Aha lachte herzhaft. »Hallo, Erde an Raumschiff, deine Schuhe sind mir scheißegal. Ich brauche deinen Rat, und eine Frage liegt mir noch auf der Zunge. In welchem Güterbahnhof, nicht allzu fern vom Rastplatz Hünxe, könnte deiner Meinung nach ein Versteck liegen? Unbemerkt von der Allgemeinheit, abseits? Ist er noch in Betrieb? Stehen ungenutzte Gebäude auf dem Gelände?«

Der Bauer betätigte den Rufknopf für die Nachtschwester. »Kann unsereiner hier überhaupt keine Ruhe kriegen?«

Burmeester hielt sich das freie Ohr zu. »Wie kommt ihr auf Güterbahnhof?«

In wenigen Worten berichtete Gero von der Auswertung von Hinweisen aus dem Kinderbuch.

Yasmin kam mit einem dünnen Lederband, an das sie einen Schlüssel knotete, auf sein Bett zu. »Deinen Schrankschlüssel legst du dir am besten um den Hals.«

Burmeester hob seinen Kopf mit schmerzverzerrtem Gesicht knapp vom Kopfkissen. »Genial.«

»Das raten wir in meinem Krankenhaus immer den Patienten, man weiß ja nie.«

»Äh, ja …«, meinte von Aha verstört.

Der Bettnachbar gab sich entrüstet. »Ich habbet genau gehört. Wat soll dat denn heißen? Man weiß ja nie! Unsereins kann sich nich enmal bewegen. Und keiner hört einem zu. Schwester! Wo bleibt die Schwester?«

»Gero? Du hörst, was hier los ist. Ich mach mir Gedanken zu deinen Fragen, und vielleicht können wir morgen zu einer zivileren Tageszeit telefonieren. Mach's gut, Alter.«

»Pass auf dich auf, ja? Der Mann hört sich aufgebracht an. Der kann wirklich nicht aufstehen?«

»Nein, nicht allein, nur mit pflegerischer Unterstützung und Rollator. Und ich darf auch nicht raus. Ich fühle mich ausgeliefert.«

Der alte Mann wurde eine Spur lauter. »Hört mir denn keiner zu? Ich hätt eigenzlich wat ze sagen, aber wenn du mir so komms, dann eben nich. Warte mal, wenn ich wieder op de Beine bin, dann bisse dran, du unverschämter Schnösel.«

Als die Nachtschwester eintrat, krakeelte er noch immer, während Burmeester still in seinen Kissen lag und Yasmin stumm neben ihm auf der Bettkante hockte.

»Was ist denn hier los?«

»Nie hat man seine Ruh neben dem da, immer dat Gerüssel, ich kann überhaupt nich schlafen.«

Nachdem sich Yasmin liebevoll verabschiedet hatte, wies Burmeester auf seinen derangierten Nachbarn. »Ich bin derjenige, dem seine Gesellschaft den Schlaf raubt. Der schnarcht wie ein Sägewerk, nur nicht so rhythmisch.«

Die Nachtschwester brachte den aufgeregten Landwirt wieder in die Horizontale. »Jetzt beruhigen wir uns mal schön, alle anderen sind schon leise. Soll ich Ihnen was zum Schlafen geben?«

Burmeester schrie auf. »Nein, bitte, der wird liegen bleiben wie ein Stein und ohne Unterbrechung schnarchen. Ich, ich brauche eine Pille für blaue Träume, die dickste, die Sie im Vorrat haben.«

Der alte Sonsbecker versuchte ungelenk, seine Arme über seinem mächtigen Bauch zu kreuzen, ließ sie resigniert neben den Körper gleiten.

»Dann schläfern Sie den mal ein, hab ich nix gegen, dann stört der mich nicht wieder die ganze Nacht. Und ich sag nix mehr, dat hasse jetzt davon.«

***

In Karins wirren Traumsequenzen, aus denen sie schweißgebadet aufwachte, durchschritt sie stiebenden Funkenflug, ohne zu erkennen, was sie auf der anderen Seite erwartete. Sie tastete im Dunkeln nach der Wasserflasche, erschrak über deren Leichtigkeit. Die letzte Flasche, die letzten Batterien in der kleinen Lampe, nichts Genießbares mehr im Vorrat, der Geruch verderbender Lebensmittel mischte sich in den Mief des Raumes.

Kleine Schlucke abgestandenen Wassers rannen durch ihre trockene Kehle. Sie musste hier raus. Egal, wie. Ihr Entschluss stand fest, sie würde nicht länger warten, es musste einen Weg geben. Auf der durchgelegenen Campingliege richtete sie sich auf, bereit für einen weiteren Trainingslauf durch den Raum, während draußen wieder ein langer Zug vorbeirauschte.

Nach den ersten Schritten hielt sie inne und lauschte. Etwas hatte sich verändert, die Geräusche, die von draußen zu ihr drangen, waren lauter, klarer.

»Das ist es!« Sie presste ihr Ohr an das Türblatt und war sich plötzlich sehr sicher. Die zweite Tür musste aufgesprungen sein. Das war das kurze Klappern, das sie vorhin geweckt hatte.

»Greta, bist du da? Hört mich jemand! Hallo! Ich bin hier!« Mit letzter Kraft schlug sie auf die Tür ein. Nichts geschah. Es wirkte nur, als sei ihre Außenwelt in spürbare Nähe gerückt.

Greta hatte die Außentür nicht abgeschlossen, sie war rausgestürmt, hatte diese Tür zugeknallt, verriegelt, das Geräusch des Abschließens war ausgeblieben. Sie war einfach davongerannt.

Karins Erinnerung belebte ihren Geist, Greta war unkonzentriert abgerauscht und hatte vergessen, die zweite Tür zu sichern. Mit einem Mal keimte eine berechtigte Hoffnung auf. Zwischen ihr und der Freiheit lag nur diese eine alte hölzerne Tür.

Sie hielt sich den Kopf mit dem lädierten Arm, presste den Ellenbogen mit der freien Hand an den Körper, atmete tief durch, trat mit voller Energie gegen das Türblatt. Eine Schmerzwelle durchzuckte ihren Körper, während das Holz sich von diesem Versuch ungerührt gab.

»Es muss eine Möglichkeit geben, diese Scheißtür zu öffnen. Verdammt!«

Hin und her lief sie. Atmete schwer, den Mief ignorierend, das Gehirn auf Hochtouren geschaltet. Durstig. Hungrig.

Sie nahm den Dosenöffner zur Hand. Konnte sie ihn nutzen, um den Rahmen in der Wand zu lockern? Sich auszugraben aus dem Dilemma? Karin suchte einen Punkt zum Kratzen, Schaben, Hebeln. Nichts. Da hatte jemand gut gearbeitet. Ebenso wenig ließ sich der Beschlag des Schlosses abschrauben. Ihr Werkzeug war zu grob an den Kanten.

Aber vielleicht war im Müll etwas zu finden, das sie umfunktionieren konnte. Der Deckel der Dose? Oder eine Verpackungsklammer, die sich zu einem Dietrich zurechtbiegen ließ, um das Schloss zu knacken? Karin leuchtete auf den Berg in der Ecke des Raumes. Nicht aufgeben, es gibt immer eine Möglichkeit. Nutze, was dir zur Verfügung steht.

In dem Natur-Camp in der Eifel hatte sie abends über ungeschickte Hände gelacht, die sich beim Anschlagen der Feuersteine Blessuren an den Fingern holten. Sie hatte den Dreh schnell rausgehabt, ihr war es auch im heimischen Garten immer wieder gelungen, ohne besonders ausgesuchtes oder vorbereitetes Material ein Feuer in der eisernen Schale zu entfachen.

Durstig war sie, schraubte den Verschluss von der Kunststoffflasche, hielt nach einem Schluck inne, setzte den Flaschenhals ab, während sich eine neue, eine ungeheuerliche, eine gefährliche Idee in ihrem Kopf zusammensetzte. Wenn es eine Chance gab, dann diese.

Ich habe Gaskartuschen. Einen Dosenöffner aus Metall, Dosenblech, Papier von diversen Verpackungen. Und ist Desinfektionsmittel nicht brennbar? »Da muss ein Zeichen auf der Packung sein.«

Karin Krafft suchte alles zusammen, von dem sie meinte, dass es sich nutzen ließe. Sie stellte die Wasserflasche dazu, sie würde nur noch im äußersten Notfall einen Schluck trinken. Die zu drei Vierteln gefüllte Flasche war unermesslich wertvoll.

»Ich muss es wagen, es bleibt mir nichts anderes.« Wenn es ihr gelang, mit dem Metall winzige Funken zu erzeugen, die wiederum ausströmendes Gas entzündeten, dann konnte sie diese Tür anzünden, auf der sie vorher das Desinfektionsmittel verreiben würde.

Sie wandte sich ab, nahm die Lampe zur Hand, schob den winzigen Schalter hin und her. An. Aus.

»Ja, das ist gefährlich.«

An. Aus.

Sie würde ihre Decke mit dem Wasser tränken, sich darin einhüllen und auf den Boden kauern.

An. Aus.

Sie würde die Liege auf die Seite stellen, um sich dahinter zu verbergen.

An. Aus.

Funken würden das Gas entzünden, das wiederum Papierreste und ihr T-Shirt an der Unterkante entzündete, beides mit dem Desinfektionsmittel getränkt. Und wenn die Tür richtig knisterte, würde sie sie mit Hilfe der Liege aufstoßen.

An. Aus. An. Aus.

»Und dann nichts wie weg von hier.«

An.

***

Der Sonntag brachte organisatorische Geschäftigkeit, alles sollte am nächsten Morgen stabsmäßig ablaufen.

Hauptkommissarin Fresenius wirkte in ihrer Sachlichkeit unnahbar. Während sie routiniert und konzentriert mit den einzelnen Sondereinheiten konferierte, wagte sich niemand in ihre Nähe. Nur Gero von Aha braute seinen Luxuskaffee wie immer, stellte ihr in alter Gewohnheit eine Tasse auf den Schreibtisch, den Platz von Karin Krafft. Den abschätzigen Blick, den sie ihm zuwarf, würde er so schnell nicht vergessen. Dann fiel ihm ein, dass sie nur Tee trank.

»Oh, sorry, das ist der Platz von der Chefin, die freut sich immer über meinen Kaffee. Ich sorge gleich für Teewasser.«

»Das kann ich auch selbst machen, ich mag nur diese gemahlenen, aufgebrühten Bohnen nicht riechen.«

Niemand konnte so recht mit ihr, sie bot wenig Gelegenheit für freundliche Annäherung auf kollegialer Basis, es gab keine privaten Gespräche, und außer ihrem Faible für Darjeeling-Tee hatte sie bislang nichts von sich preisgegeben. Von Aha beäugte sie, während sie die Bahnhöfe Voerde und Oberhausen auf der digitalen Karte kennzeichnete.

»So, die Trupps für die beiden Bahnhöfe stehen auch. Die sind jetzt teilweise noch bei Bundesligaspielen eingesetzt.«

Weber blickte vom PC auf. »Und morgen früh sollen sie wieder hellwach und konzentriert eine neue Aufgabe übernehmen. Ich möchte heute nicht mehr Teil einer solchen Einheit sein. Das hat sich massiv verändert in den letzten Jahren. Besonders diese Einsätze bei den Fußballspielen oder großen Demonstrationen.«

Fresenius blickte weiter auf die Telefonliste auf ihrem Bildschirm, ignorierte Webers Worte. Der schaute von Aha an, sie tauschten mit hochgezogenen Augenbrauen einen Blick aus, der Fresenius nicht entging.

»Meine Herren, ich bin nicht zum Small Talk hier. Wir alle kennen die Einsatzbedingungen der Sondereinheiten und Hundertschaften, ich brauche das nicht zu kommentieren. Und ich habe mich nicht darum gerissen, den Platz Ihrer Chefin kommissarisch zu besetzen. Ich will bis zum Abend eine Mannschaft für jeden Bahnhof stehen haben, die Ihre Vorgesetzte exakt wieder an diesen Platz zurückbringt. Also, an die Arbeit, keine Zeit vergeuden, und vielleicht tut's auch mal Wasser aus der Leitung statt Nobelkaffee aus der Hightechmaschine, Herr von Aha. Das vergeudet weder Ressourcen noch Energie und braucht weniger Zeit.«

Am Abend stand der Plan, alles schien gut organisiert. Man verabschiedete sich kühl und dennoch voller Hoffnung.

***

Am frühen Morgen ließ sich der zuständige Pathologe Dr. Gerrit Jansen nicht davon abhalten, persönlich mit dem Ergebnis des DNA-Abgleichs im K1 aufzutauchen. Braun gebrannt, in helles Leinen gekleidet, war eine gewisse Ähnlichkeit mit Humphrey Bogart nicht zu leugnen.

Er reichte eine Arbeitsmappe an Jerry Patalon, dem der Vorgang ungewöhnlich erschien. Die Daten wurden normalerweise auf kurzem Dienstweg im Intranet übermittelt, er war gespannt auf den Grund seines persönlichen Erscheinens im Kommissariat 1.

Jansen kam sofort zur Sache. »Der Kopf gehört eindeutig zu der Leiche aus Rees. Wir haben versucht, mit einem neuen Programm von Interpol das Gesicht zu rekonstruieren, es ist gut gelungen.«

Er zögerte, druckste herum, setzte sich ungebeten und blickte Patalon mit besorgtem Gesichtsausdruck an. »Ich kann nicht verleugnen, an diesem Punkt mit einem gewaltigen Problem konfrontiert zu sein.«

Jerry Patalon öffnete die Mappe und blätterte. »Und das wäre?«

»Ich habe im Intranet das Profil von Hauptkommissarin Karin Krafft aufgerufen. Das rekonstruierte Foto passt nicht zu ihr. Entweder stimmt die DNA nicht und es handelt sich um eine ganz andere Person, oder …«

»Warten Sie, ich glaube, ich muss Ihnen etwas erklären. Sie haben diesen Fall von einem Kollegen übernommen?«

»Ja, ich bin einen Monat lang in Thailand gewesen und hatte jetzt den ersten Wochenenddienst.«

Der Mann war nicht eingeweiht, offensichtlich hielt sich der Personenkreis der Wissenden wirklich in überschaubarem Rahmen, der nun notgedrungen erweitert werden musste.

»Ihr Kollege hat anscheinend einen erklärenden Vermerk vergessen.« Er erläuterte dem staunenden Fachmann die Sachlage, den fingierten Tod der Hauptkommissarin, damit sie – was auch geglückt zu sein schien – überleben konnte.

»Deshalb passt ihr Foto nicht zu dem Kopf der Toten. Dass wir jetzt Anhaltspunkte für unsere Ermittlungen haben, ist gut, sehr gut. Wir hatten bislang in keiner Vermisstendatei eine Frau gefunden, auf die das ungefähre Alter und die körperlichen Merkmale passten. Vielleicht hilft das Bild weiter. Was ist mit dem Zahnstatus, lässt sich darüber etwas in Erfahrung bringen? Sie verstehen, dass wir mit dem Foto aus gegebenem Anlass noch nicht an die Öffentlichkeit gehen können.«

Gerrit Jansen war überrascht. Bei einem verdeckten Vorgehen dieser Art habe er noch nie mitwirken können, das erinnere an Undercover-Storys aus den USA, eine gewisse Unruhe erfasste ihn, die Patalon nicht verborgen blieb. Das Hirn des Arztes schien auf Hochtouren zu laufen.

»Der Zahnstatus ist nicht so einfach zu ermitteln wie in einem Münsteraner Tatort. Ich heiße weder Börne, noch bin ich in einer Universitätsstadt verwurzelt, in der man sich in der Branche kennt. Nennen Sie mir die Region, in der mögliche Zahnärzte angesiedelt sein sollen, und ich kann nachfragen. Es gibt kein Register für Röntgenaufnahmen. Das sind immer ganz gezielte Anfragen. Wenn Körper zu verstümmelt sind, keine Merkmale mehr hergeben und wir ungefähr wissen, wo der Mensch gelebt hat, wenn ein Name bekannt ist, dann können wir Anfragen stellen. Aber so schaffen wir das nicht.«

Jerry Patalon nahm die Mappe und stand auf. »Liegt eine entsprechende Aufnahme bei den Unterlagen?«

Der Pathologe bestätigte. »Alle Dateien sind zusätzlich auf einem Stick beigefügt. Ich wollte nur sichergehen, dass mir nicht entscheidende Fehler unterlaufen sind.«

»Ich gebe es rüber zu den Ermittlungsergebnissen und werde mich im Milieu der Obdachlosen umhören. Da haben wir natürlich nicht weiter nachgeforscht, da uns Anhaltspunkte fehlten. Mit dem Foto kann ich bei Meldestellen und in den Unterkünften vorsprechen. Eine Obdachlose kommt nicht so schnell in eine Vermisstenliste wie jemand aus geordneten Verhältnissen.«

»Und was ist mit der Hauptkommissarin?«

Jerry Patalon blickte den Pathologen an. »Sie stehen somit auch unter Schweigepflicht, bis wir sie gefunden haben.«

»Selbstverständlich. Gibt es berechtigte Hoffnung?«

Was sollte Patalon sagen? Er entschied sich, dem Pathologen aus Duisburg keine weiteren Einblicke in den aktuellen Ermittlungsstand zu gewähren.

»Die einen sagen so, die anderen sagen so.«

***

Gero von Aha nahm in aller Frühe den Ort des vermeintlichen Anschlags in Birten in Augenschein, stand auf der Überführung und blickte hinab auf das Gleisbett, während unter ihm die Regionalbahn in Richtung Duisburg durch die Schlucht hinwegrauschte. Hier hatte also entweder ein Verrückter für Aufsehen gesorgt oder ein militant ausgerichteter Täter einen Testdurchgang für einen ernst zu nehmenden Anschlag durchgeführt. Schwieriges Gelände, abgelegen, ohne aufmerksame Zeugen hätte der Lokführer den Rucksack überrollt, kein Aufsehen, kein Polizeieinsatz mit Spezialkräften, in den nächsten Tagen tote Schnecken im Umkreis, die niemand wahrgenommen hätte.

Oberhalb führte der Fluchtweg des Radfahrers entweder in Richtung Veen und Sonsbeck oder zur anderen Seite in Richtung Xanten. An unterschiedlichen Stellen bot sich die Möglichkeit, in dem Waldstück der Hees zu verschwinden, um von dort aus wieder in Richtung derselben Städte abzubiegen. Die Spurensicherung hatte überall nach entsprechenden Reifenspuren gesucht und nichts Verwertbares gefunden.

Ganz in der Nähe befand sich am Waldrand das Sankt-Josefs-Krankenhaus, in dem Burmeester lag. Spontan beschloss der Kommissar, bei ihm vorbeizuschauen. Er stellte seinen Wagen auf dem Parkplatz vor dem Gebäudekomplex ab. Neben dem

Gelände führte der Heeser Weg ebenfalls in Richtung Xanten, vorbei an dem Jüdischen Friedhof, wie er der Ausschilderung entnahm. Noch ein möglicher Fluchtweg, dachte von Aha und schaute nachdenklich nach oben. Regenwolken zogen am Sommerhimmel auf.

Von Aha fand Burmeester in einem Zimmer in der ersten Etage, er lag mit geschlossenen Augen telefonierend im Bett. Sein Nachbar schaute neugierig zur Tür, als der Kommissar eintrat, wartete anscheinend auf Visite, Pflegepersonal oder Besuch. Burmeester blinzelte, wies auf sein Smartphone, signalisierte per Handzeichen, dies sei ein wichtiges Gespräch.

Goswin Harvix deutete mit zittrigem Finger auf das technische Teufelswerk in den Händen seines Zimmergenossen. »Der telefoniert schon den ganzen Morgen, nie hat man seine Ruhe hier. Nehmen Sie dat Dingen mit, eigentlich is et Reden mit dem Teil hier verboten.«

Burmeester wirkte angestrengt und genervt, schüttelte den Kopf. »Ruhe dahinten, nichts ist verboten! Gero, ich habe einen Bahnangestellten an der Strippe, ein Bekannter vom Freund meiner Vermieterin.«

»Henner Jensen kennt eine Menge Leute. Und? Gibt es nennenswerte Erkenntnisse?«

»Was? Moment, komm, sprich du mit ihm, mein Hirn hat Löcher, merkt sich nichts, und das Schreiben bereitet mir Mühe. Es geht um abgelegene Orte in der Nähe von Bahnhöfen. Der Mann kann uns behilflich sein.«

Gero nahm das Handy, fingerte Notizbuch und Stift aus der Jackentasche, stellte sich an die Fensterbank, hörte zu und schrieb.

Burmeesters Zimmernachbar geriet in Wallung. »Noch einer, der hier Lärm macht, ich fass et nich. Is ja wie früher auf de Hauptpost, wo et die einzigen Telefonapparate gab und man sich anmelden und anstellen musste. Unten is en Cafeteria, geht doch dahin.«

Burmeester wies auf seine missliche Lage, die ihn ans Bett fesselte. »Es geht hier um wichtige Ermittlungen, und Sie sind doch sowieso wach, also können wir Sie auch nicht stören. Außerdem haben Sie den Fernseher eingeschaltet.«

»Aber den kann ich gar nicht hören.«

»Dazu müssen Sie sich die Kopfhörer auch aufsetzen und nicht einfach nur in der Hand halten. Ich kann hier sehr gut hören, welche Zutaten man für Kohlrouladen braucht.«

»Außerdem wollt ich en anderen Sender, wie stellt man dat Teil um?«

Burmeester hatte sich vorgenommen, freundlich und geduldig mit ihm zu sein, geriet aber bereits knapp nach dem Frühstück deutlich an seine Grenzen. »Da liegt eine Bedienungsanleitung auf Ihrem Nachtschrank, wie wäre es, wenn Sie da mal einen Blick drauf werfen?«

Geros Telefon meldete sich schrill, er ignorierte es nach kurzem Blick auf sein Display und beendete kurz danach das Gespräch auf Burmeesters Apparat.

»Ich habe mir einiges notiert und werde es gleich durchgeben. Erst mal hallo, altes Haus. Du siehst ja echt lädiert aus.«

Er wandte sich charmant an den zweiten Mann im Raum, der ratlos auf die laminierten Unterlagen blickte, die er auf Armeslänge von sich entfernt hielt. »Das ist so klein gedruckt, man kann es kaum entziffern. Haben Sie keine Lesebrille?«

»Doch, die liegt auf dem Tisch, hat mein Sohn gestern gebraucht und nich zurückgelegt.«

Von Aha nahm die Brille auf, bereute sein großherziges mitmenschliches Handeln jedoch umgehend, nachdem er bemerkte, dass die Brillengläser nur in der Mitte ein halbwegs durchsichtig geriebenes, centgroßes Stückchen Lesehilfe freigaben, während der Rest, inklusive des Gestells, von einer schmandartigen, übel riechenden Dreckschicht bedeckt war. Eine Ekelwelle durchfuhr ihn, er ließ das Objekt zwischen Daumen und Zeigefinger in der Luft baumeln.

»Soll ich das Teil mal eben abduschen? Dann können Sie auch wieder richtig durchsehen.«

»Nee, is schon gut, passt genau.«

Von Ahas Smartphone meldete sich erneut, bevor er jedoch danach griff, sprühte er sich einen doppelten Hub Desinfektionsmittel aus dem Spender neben der Tür in eine Handfläche und verrieb es gründlich. Wieder verstummte das Telefon. Er kontrollierte die Anrufliste, der zweite Versuch von Theo Krämer, ihn zu erreichen. Wichtig, die Entscheidung zum Rückruf fiel spontan zwischen den Betten.

Krämer wirkte verärgert und kam ohne Begrüßung zur Sache. »Vielen Dank für den wertvollen Hinweis, du hast genau gewusst, dass das Kennzeichen von dem Ducato geklaut war. Und? Hast du noch so einen Supertipp auf Lager, oder können wir uns ernsthaft austauschen?«

»Du verstehst das falsch, Theo, natürlich ist das Kennzeichen gestohlen, aber der Ducato fährt damit wahrscheinlich noch munter durch die Gegend. Der Fahrer kann nicht wissen, dass wir von dem Wagen wissen und das Nummernschild bereits überprüft haben.«

Goswin Harvix blickte von der Bedienungsanleitung auf, das Brillengestell hing schief auf seiner knolligen Nase, er brabbelte vor sich hin.

»Die Sache mit dem weißen Auto, jaja. Unsereins ist ja hier leider beschäftigt mit so ein kniffeligen Scheiß, sonst könnt ich ja weiterhelfen. So is dat, wenn keiner op de ahle Bour hört. Selbst die Polizei wollt nix hören, da wären ja immer Leut mit fremden Autos auf dem Hof.«

Gero von Aha fotografierte seine Notizen und schickte sie an Jerry Patalon, das ging schneller als fernmündlich und lag sofort als schriftliche Nachricht vor. Im Hintergrund drang das Gemurmel des Bauern zu ihm durch. »Was? Was sagen Sie da? Wovon sprechen Sie?«

Harvix blickte mit gespieltem Desinteresse aus dem Fenster. »Ich weiß grad nich, wat Sie meinen. Ich komm hier nich klar mit meinem Fernseher und will RTL gucken.«

Burmeester verdrehte die Augen, was er gleich wieder bereute, da sein Kopf mit stechendem Schmerz reagierte. »Ist bestimmt gar nicht so einfach«, meinte er.

Harvix sank in sein Kopfkissen. »Sag ich doch, mir glaubt nur keiner.«

***

Jerry Patalon hatte mittlerweile die Karte des rechten Niederrheins entlang der Bahnführung mit unterschiedlichen Zeichen bestückt und erläuterte Anka Fresenius deren Herkunft und Bedeutung.

»Die blauen Markierungen stehen für mögliche Verstecke in Nähe der Trasse. Der Mann von der Bahn sprach von alten, leer stehenden Gebäuden wie stillgelegten Stellwerken und Lagerhallen, von leer stehenden Waggons auf nicht genutzten Gleisen und seines Wissens nach aufgegebenen Gebäuden, teilweise mit zugemauerten Fenstern und Türen, zu alt für effektive Nutzung, zu teuer im Abriss. Wie ihr erkennen könnt, zieht sich eine Linie von Emmerich bis nach Duisburg. Wenn wir uns entscheiden, dort zeitgleich zu suchen, dann brauchen wir viel Personal.«

Die Tür sprang auf, Tom Weber hielt Papierbögen in der Hand, mit denen er nervös wedelte. »Schlechte Neuigkeiten. Die van den Berg wird keine Hundertschaften aus allen Teilen des Bundeslandes zusammenziehen, weil in jeder Stadt, die vom Ausbau der Betuwe-Linie betroffen ist, zeitgleich Demonstrationen angemeldet worden sind. Ganz ordentlich und von bekannten Bürgern, man rechnet aber mit Ausschreitungen und kann die Beteiligung der bislang unbekannten militanten Aktivisten nicht ausschließen. In den Städten rotieren die Verantwortlichen, besonders nach der Vorwarnung vom Wochenende. Wir sprechen hier von Großeinsätzen in Emmerich, Wesel, Voerde, Dinslaken, Oberhausen und Duisburg.«

Fresenius zog ihre Stirn in Falten. »So ein Mist, das kann nicht zeitgleich stattfinden, ich werde mit meiner Dienststelle über die Möglichkeiten konferieren. Die Sonderkommandos müssten sich aufteilen für die Suche, vielleicht kann man bei den Hundertschaften auch die neu ausgebildeten Kollegen einsetzen.«

Sie sprang auf. »Weber, Sie halten uns auf dem Laufenden über die Einsatzpläne für die Demos, ich setze mich mit Düsseldorf in Verbindung. Wo steckt eigentlich von Aha?«

Patalon berichtete von seinem Besuch bei Burmeester, er sei auf dem Weg.

»Der soll sich den Suchkommandos anschließen, koordinativ und direkt.«

***

Nichts außer einer Befreiung von außen hätte Karin Krafft davon abhalten können, ihren Plan in die Tat umzusetzen. Es kostete sie viel Energie, die Liege, die sich aus einem solide verschraubten Metallgestell mit einer Schaumstoffauflage zusammensetzte, von der Wand zu rücken, längs in den Raum zu schieben und auf die Seitenkante zu stellen. Sie wollte erreichen, dass sie sich am hinteren Ende gegen die Streben stützen und mit dem Rücken zur Wand dagegenstemmen konnte, um die, wenn alles nach Plan lief, durch das Feuer beeinträchtigte Tür aus den Angeln zu drücken. Sie folgte einem Plan, den sie in den vergangenen Stunden bis ins kleinste Detail erarbeitet hatte.

Der Müll tauschte den Platz mit dem der Liege, brennender Kunststoff würde für zusätzliche Giftgase sorgen. Die Liege musste schnell in ihre endgültige Position zu bringen sein, da Karin zunächst die Gaskartuschen positionieren und die Tür präparieren musste, um sich dann bei erfolgreichem Zünden mit angefeuchteter Decke über dem Körper in Sicherheit zu bringen. Wenn es brannte, musste sie sich nah am Boden aufhalten, der Rauch würde nach oben ziehen. Vielleicht konnte sie ja noch das Lüftungsgitter wegstoßen und den Luftschacht erweitern.

Sie blickte nach oben. Eine riskante Kletteraktion auf die Seite der Liege wäre dafür notwendig, und selbst dann müsste sie über ihrem Kopf arbeiten. Das gab ihr Körper nicht her, allein schon der Gedanke ließ sie zusammensinken. Erschöpft setzte sie sich auf den Boden, lehnte den Rücken an die Wand und sah sich um, gleichermaßen mit Stolz und Sorge.

Was würde geschehen, wenn Greta jetzt hereinkäme und ihre Umbauten entdeckte? Sie verfügte garantiert über eine Schusswaffe und würde nicht vor einem weiteren Mord zurückschrecken. Greta war jähzornig und von ihrer Mission überzeugt, Karin ein lästiges Anhängsel aus einer anderen Zeit, durfte so lange leben, wie sie keinen zusätzlichen Stress verursachte. Der Raum sah nach verdammt viel Stress aus, allein schon durch das kleine Fenster in der Tür würde sie die Revolution im Schuhkarton erkennen.

»Greta, ich werde ganz einfach schneller sein als du. Ich werde den Überraschungseffekt ausnutzen. Ich habe Laufen geübt, weißt du, und ich werde mein Leben nicht in dieser widerlichen Behausung beenden.«

Durst. Hunger. Draußen rauschte ein Zug, ein langer Zug vorbei. Ihr Kopf hämmerte, und der Arm war dick geschwollen, rote Ränder waren um das letzte großflächige Pflaster herum sichtbar. Offensichtlich wirkte sich jede Anstrengung gleich auf die Wunde aus. Wie würde sie sich gegen eine wütende, gesunde, kräftige Greta zur Wehr setzen? Darüber hatte sie noch nicht nachgedacht.

Sie nahm den Dosenöffner zur Hand, den sie sich mit den anderen Utensilien für ihren finalen Ausbruch hinter der Liege zurechtgelegt hatte. »Ich muss Funken erzeugen, möglichst nah am ausströmenden Gas. Es wird eine Frage der Effektivität sein, ich kann nicht ewig lange brauchen, sonst sind die Kartuschen leer.«

Karin betrachtete das abgestoßene, teils rostige Metall auf der Unterseite des Bettgestells. Sie schloss die Augen und löschte das Licht, öffnete die Augen wieder, die sich nun an die Dunkelheit gewöhnt hatten. Sie nahm den Öffner und hieb auf das Metall ein. Zu lasch, keine Reaktion außer zuckenden Schmerzen in Kopf und Arm. Sie würde fester zuschlagen, es mussten die Funken stieben, die sie in ihren letzten Träumen immer durchschritten hatte, ohne zu wissen, was sie auf der anderen Seite erwartete.

Nach mehreren wuchtigen Schlägen sah sie die winzigen Lichtblitze in der Dunkelheit aufspritzen, die sie für ihren Weg in die Freiheit brauchte. Karin sackte vor Anstrengung keuchend zu Boden und wurde von einer heftigen Heulattacke gebeutelt. Womit hatte sie das hier verdient? Warum saß sie in dieser beschissenen Situation, aus der es nur unter erhöhter Gefahr einen Ausweg zu geben schien?

Verzweiflung, Wut, Angst und Hoffnung wurden in diesem Augenblick zu emotionalen Blutsgeschwistern in dem dunklen, stinkenden Raum. Karin wischte sich die Feuchtigkeit mit den Handflächen von den Wangen. Verflixt, wann hatte sie zum letzten Mal so viele Tränen vergossen? Und das geschah ihr jetzt, wo sie jedes Fetzchen Energie dringend brauchte. Sie musste noch das alte T-Shirt in Streifen reißen und an die Türklinke hängen. Alles würde knapp werden, Wasser, Luft, sie würde hier elendig krepieren, wenn ihr Vorhaben misslang.

Dieser Gedanke durfte nicht aufkommen.

»Es wird funktionieren, es muss. Greta! Hörst du mich? Ich komme hier auch ohne dich raus, und gnade dir Gott, wenn wir uns noch einmal über den Weg laufen!«

Karins Finger schlossen sich um den Dosenöffner, ihr Blick fiel auf die Flasche Desinfektionsmittel und die Gaskartuschen.

»Genau, das ist es. Ich werde meine Erinnerungen an dich einsprühen, die Kartusche öffnen und für Funken sorgen! Greta, sei gewarnt! Entweder lässt du mich in kürzester Zeit hier raus, oder du wirst brennen.«

SECHS

»Alfons Mackedei?«

»Ja, persönlich.«

»Theo Krämer. Ich wollte mal nachfragen, was Ihr Informant in Hamminkeln erlebt hat.«

»Herr Krämer, so dringlich, ist denn schon Saure-Gurken-Zeit?«

Krämer lachte auf. »Nein, es mangelt uns nicht an Themen.«

»Ich muss leider gestehen, dass ich mich auf den falschen Mann verlassen habe. Er ist bei der Versammlung gewesen, bis irgendwelche Idioten sie durch den Einsatz von Buttersäure vorzeitig beendet haben. Auf dem Weg nach Hause ist ihm dann sein komplettes Notizpapier mit den Zitaten und Bezeichnungen abhandengekommen. Er ist sehr schluderig, ich hätte es wissen müssen.«

Krämer schien zu überlegen. »Dann muss ich eine andere Quelle suchen, ich habe jemandem versprochen, dass ich Informationen sammeln werde. Unterhalten wir uns über ein anderes Thema. Sie waren angeblich bei diesem vermeintlichen Attentat auf die Bahnlinie in Birten ganz nah am Geschehen.«

Mackedei erinnerte sich nur allzu gut. »Ja, das war ein Ding. Aus Angst vor einer Explosion wollten die Fachleute erst auf ein Sondereinsatzkommando in Schutzkleidung warten, um den jungen, sympathischen Kommissar Burmeester, der sich mutig eingebracht hatte, aus der Gefahrenzone zu holen. Das müssen Sie sich mal überlegen. Ich konnte mir das nicht anschauen, bin hingelaufen und habe den verletzten Mann gerettet. Und dann entpuppte sich die Bombe als Attrappe, die ganze Aufregung war umsonst.«

»Ja, aber Fakt ist, dass es mittlerweile eindeutige Hinweise darauf gibt, dass da ein Ernstfall geprobt wurde.«

Mackedei machte eine nachdenkliche Pause. »Das kann ich mir kaum vorstellen, das ist doch unlogisch. Nach so einem Vorfall sind alle gewarnt und passen besonders gut auf.«

»Andererseits macht diese Offensive unter den Augen der

Öffentlichkeit Sinn, glauben Sie mir, die wollen Sympathisanten gewinnen gegen ein ganz bestimmtes, sowieso schon umstrittenes Projekt. Da kann es nicht schaden, wenn alle aufmerksam sind. Herr Mackedei, sagen Sie, gibt es Ihrer Meinung nach ein gutes Versteck, eine Art Untergrund-Unterschlupf in der Nähe des Testlaufs? Ich dachte, wenn sich jemand auskennt, dann Sie und Ihre Kollegen.«

Nachdenkliche Stille lag in der Leitung.

»Ich werde Ihr Anliegen an Heinz-Hermann weiterleiten, ich sehe ihn nachher. Wir sollen in Monis Laden in Sonsbeck eine Umkleidekabine bauen, die Besitzerin und ihr Mann stammen auch aus dem Ort, alte Bekannte von mir, die kann ich ebenfalls fragen. Ich melde mich dann bei Ihnen, ist das in Ordnung so?«

»Wann kann ich ungefähr mit Ihrer Nachricht rechnen?«

»Es eilt, stimmt's? Ich mache mich gleich auf den Weg, um Trüttgen abzuholen. Sagen wir in einer Stunde?«

***

Gero von Aha hatte Burmeester eine SMS geschickt, weil er ihn auf seinen Zimmernachbarn aufmerksam machen wollte: »Der Mann weiß etwas über den Ducato, da geh ich jede Wette ein. Sieh zu, dass du für gute Stimmung sorgst und in Erfahrung bringst, was er weiß.«

Burmeester las die Botschaft, nickte von Aha kaum merklich zu und blickte zu Goswin Harvix hinüber, der weiterhin verzweifelt das richtige Programm suchte. »Soll mein Kollege Ihnen mal eben helfen? Der kann das bestimmt.«

Harvix blinzelte durch die verkratzten Sehlöcher in seiner verbogenen Brille und verzog mürrisch die Mundwinkel. »Wat wird dat jetzt? Will sich der Schnösel bei mir einschleimen? Nich mit mir.«

Burmeester verdrehte die Augen, von Aha kam ihm zu Hilfe. »Ich kann doch eben Ihren Sender suchen und einstellen, ist doch kein Problem. Man kommt ja kaum mit, wenn sich die Technik so schnell entwickelt.«

Harvix gab sich versöhnlich, schien nicht mit so viel Verständnis gerechnet zu haben. »Endlich mal ein wahres Wort hier.«

Er deutete auf von Aha und blinzelte in Burmeesters Richtung. »Der Mann hier, der is genau richtig. Ich brauch RTL. Gucken Se mal.« Er strahlte von Aha mit offenem Lächeln entgegen und überließ ihm den laminierten Bogen und die Fernbedienung ohne weiteren Kommentar.

Von Aha wich nach dem ersten Hauch unglaublichen Mundgeruchs erschrocken zurück.

Er brauchte nicht lange, und das Logo des Privatsenders erschien in der Ecke des Bildschirms, es lief gerade Werbung, eine neue Limousine wurde als flott und kraftstoffsparend angepriesen. Von Aha nutzte die Gunst der Stunde und sprach den zufrieden wirkenden Landwirt an.

»Schönes Auto, richtig schnell.«

»Ja.«

»Eher was für junge Leute.«

»Ja, und unpraktisch für en Hof. Kriegste nix rein.«

»Da bräuchte man eher so einen Transporter.«

Harvix verstummte und grinste in sich hinein. Und schwieg. So plump war er heute nicht zu gewinnen. Da musste schon mehr kommen.

***

Die Chefin der Kreispolizeibehörde musste nicht erst in zähen Verhandlungen von der Notwendigkeit des Großeinsatzes überzeugt werden, obwohl bereits eine Hundertschaft bei den angekündigten Demonstrationen eingeplant war. Sie stimmte ohne Wenn und Aber zu und gab die Genehmigung gleich an den Koordinator der zusätzlichen Kräfte weiter, der wiederum der Leitung von Anka Fresenius unterstellt wurde.

Insgesamt sammelte sich in unterschiedlichen Dienststellen eine weitere halbe Hundertschaft zur Unterweisung, die per Direktschaltung von Wesel aus über das Intranet stattfinden sollte. Ein Sondereinsatzkommando im Hintergrund, das in Minutenschnelle per Helikopter an einen der Einsatzorte gebracht werden konnte, hielt sich bereits in den Räumlichkeiten an der Reeser Landstraße in Wesel auf. Die zentrale Lage war ideal.

Van den Berg ließ es sich nicht nehmen, persönlich mit den Kollegen zu sprechen, und zog sich routiniert die kirschroten Lippen nach, nicht ohne prüfenden Blick in einen Taschenspiegel, um Lippenstiftflecken auf den Zähnen zu vermeiden. Mit dem obligatorischen Seidentuch, das wie angenäht auf ihren Schultern lag, nahm sie im Büro des Pressesprechers vor der Kamera Platz.

Sie hatte ein Skript in der Hand, war sich dennoch sicher, alles Wesentliche weiterzuleiten. Es ging schließlich um eine ihrer besten Kräfte, um die Leiterin des K1, Hauptkommissarin Karin Krafft. Im Vorfeld hatte es heftige Diskussionen gegeben, ob es korrekt war, die Kollegin, die man vor Kurzem erst für tot erklärt hatte, nun im Rahmen so vieler Beteiligter wiederauferstehen zu lassen. Die Wahrscheinlichkeit, dass einer der ausgewählten Einsatzkräfte in Kontakt mit den Entführern stand, wurde als gering eingestuft, offiziell galt dieser Einsatz der Suche nach Verstecken der mutmaßlichen Terroristen. Die Presse würde nach Beendigung des Einsatzes informiert werden, alle Beteiligten unterlagen einer explizit erwähnten Schweigepflicht, die ab sofort galt.

»Frau van den Berg, sind Sie bereit?«

Der Pressesprecher und seine Mitarbeiter blieben nun im Hintergrund und zählten gut sichtbar drei Finger auf null zurück, ein rotes Lämpchen leuchtete auf.

»Guten Morgen, Kollegen und Kolleginnen, ich begrüße Sie zur Instruierung über den bevorstehenden Einsatz. Sie alle werden in den letzten Tagen die intern wie offiziell verbreitete Nachricht über den Tod der geschätzten Kollegin Hauptkommissarin Karin Krafft gelesen haben. Dies war ein taktischer Zug, um das Leben unserer Kollegin nicht zu gefährden. Man hat uns eine Leiche mit eindeutigen Merkmalen präsentiert, die keine andere Vermutung zuließ, als dass die Kommissarin zwar lebt, sich jedoch in den Händen einer Kriminellen befindet, die deren Tod inszeniert hat. Die vom Rhein angeschwemmte Frauenleiche ließ keine andere Deutung zu.«

Van den Berg legte eine Kunstpause ein.

»Wir haben nur vage Anhaltspunkte zum jetzigen Aufenthaltsort von Hauptkommissarin Krafft, mit entsprechendem Kartenmaterial werden Sie in den einzelnen Dienststellen versorgt. Wichtig ist die absolute Verschwiegenheit aller Beteiligten. Die Öffentlichkeit, Vertreter der Presse werden auf Sie aufmerksam werden. Denken Sie bei jedem Wort daran, dass Sie Frau Krafft in höchste Gefahr bringen, wenn lautbar wird, dass sie noch lebt. Jeder kann sich als ein den Entführern nahestehender Informant entpuppen. Ihre Aktion steht offiziell unter dem Zeichen der Gefahrenabwendung in einem möglichen Fall von Störung des Bahnbetriebs. Ich wünsche Ihnen, uns allen, den denkbar besten Erfolg und überlasse Sie nun Ihren jeweiligen Einsatzleitern und -leiterinnen.«

Der Pressesprecher beendete die Aufnahme, van den Berg lehnte sich zurück. »Ich kam mir vor wie die Kanzlerin bei der Weihnachtsansprache ans Volk.«

»Sie waren um einiges besser, keine pauschalen Aussagen, Eindeutigkeit, klare Worte, und, was ich bislang bei keiner Verlautbarung von Ihnen gespürt habe, Emotion. Die Kollegen werden ihr Bestes geben, glauben Sie mir, das war gut.«

***

»Herr Harvix, soll mein Kollege Ihnen noch einen Kaffee holen? Einen echten aus der Cafeteria, nicht den Muckefuck aus der Stationsküche?«

Burmeester hatte seinen charmantesten Ton aufgelegt, er hatte verstanden, dass sein beleidigter Bettnachbar schwer zu einer Auskunft zu bewegen sein würde, wenn nicht ein wenig Entgegenkommen sichtbar wäre. Ohne die Antwort abzuwarten, spurtete von Aha los und brachte keine fünf Minuten später eine Tasse Kaffee und ein Stück Gebäck. Er stellte es auf Harvix' Tischchen ab.

»Sie müssen verstehen, wir sind die echten Kommissare, und das erwähnte Fahrzeug, der alte weiße Ducato, ist Teil einer äußerst heiklen Ermittlung. Über die darf eigentlich offiziell nicht gesprochen werden. Ist es nicht so, Nikolas?«

Burmeester war offensichtlich eingenickt, von Aha schaute

auf seine Uhr. Wenn er nicht in kürzester Zeit losfahren würde, käme er zu spät zum Einsatz. Hier war eine ungewöhnliche Vorgehensweise gefragt, er entschied sich für eine rigide Maßnahme, schob den Wagen mit dem verlockenden Kaffeearrangement zur Seite, befestigte den Beutel für die Infusionen am Kopfende des Bettes und schaute den verdutzten Mann an, bevor er die Bremsen des Krankenbettes mit den Füßen löste. Er fingerte seinen Dienstausweis aus der Jackentasche.

»Herr Harvix, ich werde jetzt einen Krankentransporter anfordern, ich nehme Sie mit ins Kommissariat 1 nach Wesel. Sie sind ein wichtiger Zeuge und verweigern in einem aktuellen Fall die Aussage. Dafür droht Ihnen Beugehaft.«

Er bugsierte das Bett mit dem Fußende in Richtung Tür.

Dem Patienten wurde klar, dass von Aha es ernst meinte, er fuchtelte hektisch mit den Armen. »Moment, dat könnt ihr nich mit einem alten Mann machen, halt. Stopp! Schwester, Hilfe!«

»Herr Harvix, was wissen Sie über den Ducato?«

Burmeester blinzelte in die Welt und richtete sich verwundert auf. Er hörte den Bauern stammeln.

»Ich habbet doch nur vom Helmut gehört, dass da in dem alten Hof immer ein weißet Auto rein- und rausfährt.«

»Auf welchem Hof?«

»Richtung Kervenheim, wo sich die jungen Leut immer treffen, die vermieten den alten Hof an so Verrückte, die sich verkleiden.«

Von Aha rief auf seinem Smartphone ein Navigationsprogramm auf und suchte Sonsbeck.

»Richtung Kervenheim sagen Sie? Balberger Straße also.«

»Genau, hinter dem Traktormuseum auf dem Pauenhof, noch bevor et abgeht nach Kevelaer.«

»Na, da können wir doch was mit anfangen.«

Er hatte den aufgeregten Mann just in dem Moment wieder zurückgeschoben, als ein Pfleger die Tür öffnete. Von Aha ließ sich nicht irritieren, bugsierte dem Patienten noch Kaffee und Gebäck in greifbare Nähe und befestigte den Infusionsbeutel am Galgen.

»Keine Sorge, der Mann wollte abhauen, Krankenhauskoller,

da habe ich ihn aufgehalten. War doch so, Herr Harvix? Oder? Tschüss zusammen.«

Burmeester grinste ihm hinterher, sein Nachbar, dessen Knie versorgt wurde, biss genüsslich ins Gebäck.

***

Alfons Mackedei parkte den Bulli der O.P.A.-Initiative direkt vor dem Schaufenster von Monis Laden an der Wallstraße. Durch das vielseitig mit Dekorationsgegenständen gestaltete Fenster sah er die kleine, sympathische Frau winken, ihr Mann Winfried öffnete bereits die Ladentür.

Alfons kannte ihn von diversen Theaterbesuchen, lange Zeit hatte Winfried Cleve die Geschicke des Son'Theaters, einer regionalen Laienspielgruppe, in erfolgreiche Bahnen gelenkt und für vergnügliche Stunden gesorgt. Die Firma von Mackedei hatte sich vor Jahren dazu entschlossen, die Schauspieler mit Spenden zu unterstützen. Die beiden Männer hatten dies ein ums andere Mal gebührend begossen.

Winfried Cleve kam mit offenen Armen vor die Tür. »Alter Freund, du findest auch nicht in den Ruhestand, was?«

Mackedei wies auf das Geschäft mit Ambiente, Einrichtungsgegenständen und Bekleidung. »Du hilfst doch deiner Frau auch noch immer beim Geldverdienen. Gut siehst du aus.«

Es folgte ein Geplänkel über die Wehwehchen des Alters und in der Zwischenzeit überstandene Krankheiten, während Heinz-Hermann Trüttgen sich bereits dem Gestänge der leicht gebauten Umkleide widmete, deren Halterung es an die Decke zu dübeln galt. Der Praktiker schritt zur Tat, während Moni emsig ein Tablett mit dampfenden Kaffeetassen auf die Theke stellte.

»Zur Stärkung, meine Herren, ich bin ja so froh, dass Sie das übernehmen. Winfried soll nicht mehr über Kopf arbeiten, der ist doch vor seiner letzten Premiere von der Leiter gefallen, als er Kabel richten wollte.«

Trüttgen nahm einen Schluck des Heißgetränks. »Kein Problem, dat Teil haben wir in fünf Minuten an der Decke.«

Mackedei erinnerte sich an seine Zusage, den Reporter aus

Wesel mit Informationen zu versorgen, er wandte sich an Winfried. »Sag mal, hast du etwas von einem alten weißen Ducato gehört, völlig neu im Ort und mit auswärtigem Kennzeichen?«

Winfried dachte kurz nach. »Da war was. Moni, sag, hat nicht die Hermi erzählt, dass gegenüber von dem Hof ihrer Cousine immer so merkwürdige Leute in einem alten Transporter aus der Einfahrt kommen? Die jungen Leute grüßen nicht, haben sich nicht vorgestellt, verbergen sich unter Kappen und Kapuzen, die sie tief ins Gesicht ziehen, und stellen ihre Fahrzeuge immer schnell in die Remise. War das nicht so?«

Moni schaute zu den Männern hoch, Trüttgen stand auf der Trittleiter und setzte den Bohrer an, eine lärmende kurze Pause entstand.

Moni sprach gewohnt leise. »Nein, das war nicht die Hermi, ich meine, Trude Overbeek hat erzählt, dass ihr Schwager seit Neuestem so merkwürdiges Volk als Kunden an der Tankstelle hat. Leute, die bar bezahlen, sind eher ungewöhnlich. Sie betanken unterschiedliche Fahrzeuge und Kanister, versorgen sich mit Getränken und sagen einem nicht mal die Tageszeit. Unfreundlich und wortkarg.«

Mackedei fühlte sich bestätigt. Wenn sich jemand mit den Menschen hier auskannte, dann die beiden, die sich kurz berieten, bevor Winfried wieder das Wort ergriff.

»Wir wollen schließlich nichts Falsches in die Welt setzen. Also, die Frauen sprachen unabhängig voneinander über einen alten Transporter, weiß, und als Marke fiel auch das Wort Ducato.«

Sie schauten sich an und nickten.

»Und Trude ist sich sicher, dass Kurt ihr gesagt hat, die hätten wohl einen Kotten an der Balberger Straße gemietet. Den Hof, wo immer ganz viel Gerüssel ist.«

Mackedei zückte sein Handy, verließ zum Telefonieren das Geschäft, musste sich unterstellen, da ein heftiger Sommerregen einsetzte, und während Trüttgen die letzten Dübel versenkte, versorgte er Theo Krämer mit den neuesten Informationen.

»Ja, wir sind ganz in der Nähe. In ein paar Minuten können wir dort vorbeifahren.«

Kaum hatte, zu Monis Entzücken, Trüttgen den Vorhang an

die Leiste gehängt, schlürften die emsigen Männer noch einen Schluck Kaffee und verabschiedeten sich von dem älteren Paar, das in der Eingangstür stand und winkte.

***

Regen. Gero von Aha würde zu spät kommen. Erst mal die Windschutzscheibe ordentlich einweichen lassen, damit Blütenstaub und Stadtdreck mit einem Wisch verschwanden. Im Blindflug bog er von der B 57 ab auf die Landstraße in Richtung Wesel.

Hinter der Abzweigung nach Unterbirten, in der lang gezogenen Linkskurve, auf deren rechter Seite durch die Absenkungen des Salzbergwerks ein ausgedehnter Teich in den Weiden entstanden war, betätigte er den Hebel für den Scheibenwischer. Es tat sich nichts. Hatte er sich vergriffen? Falscher Hebel? Nein, egal, welche Stufe er wählte, auf seiner Scheibe tat sich nichts. Von Aha verringerte die Geschwindigkeit, geriet dennoch ins Schlingern, seine Finger suchten den Schalter für die Warnblinkanlage, und er kam schräg in der Einfahrt zu einem Gehöft zum Stehen, der rechte Vorderreifen sank in einen durch dichtes Gras verborgenen Graben.

Für einen Moment saß er wie benommen hinter dem Steuer. Was war das? Er stieg aus, es prasselte auf ihn nieder wie aus Eimern. Er griff nach einem der beiden Wischer und musste feststellen, dass er in den Gelenken zwar federte, sich die Gummilippe jedoch keinen Millimeter von ihrer Position rührte. Was hatte das zu bedeuten? Mit einem Ruck riss er an dem Bügel, die Gummilippe gab nach und spaltete sich, einen Teil hielt er zusammen mit dem Bügel in der Hand, der andere klebte offensichtlich an der Scheibe.

»So ein Mist, was soll das denn?«

Er beugte sich näher zur Scheibe, knibbelte an einer Ecke an dem völlig verhärteten Material. Glas und Gummi schienen miteinander verschmolzen zu sein. Die Schlussfolgerung, die sich daraus ergab, konnte er nicht fassen.

»Die Dinger sind festgeklebt.«

Während er kopfschüttelnd mit den Fingern über den Gummirest auf dem Glas fuhr, kam ein offener Transporter vom Gehöft auf ihn zu, der Fahrer hielt fragend die Hände auseinander. Landschaftsgärtner auf dem Weg zur Arbeit. Von Aha bedeutete dem Mann, die Scheibe herunterzukurbeln. Er hielt seinen Dienstausweis in die Höhe.

»Meine Herren, dies ist ein Notfall. Ich bin im Kripo-Einsatz und muss gerade feststellen, dass man mir die Scheibenwischer ans Glas geklebt hat.«

Der Fahrer stieg aus und überzeugte sich selbst vom Zustand der Wischer. »Da meint es jemand ganz mies mit Ihnen. Stellen Sie den Wagen zwischen die Bäume.«

»Ich glaube, der hängt vorne fest.«

Der Mann im grünen Overall schaute sich den abgerutschten Reifen an. »Kripo-Einsatz, sagen Sie? Das erlebt man ja nicht so häufig. Wir ziehen Sie da raus.«

Während zwei kräftige Männer sich um das Auto kümmerten, informierte von Aha die Dienststelle.

Weber reagierte entsetzt. »Wir warten hier auf dich. Festgeklebt, sagst du? Ist das Sabotage? Will jemand verhindern, dass wir loslegen? Ich gebe es rund, alle sollen vor dem Einsatz ihre Autos kontrollieren, bevor noch was Ernstes passiert. Wie kommst du dort weg?«

»Kümmert euch nicht um mich, ich denke, ich werde Marlene anrufen. Die startet immer erst gegen neun und kann mich bringen. Wo finde ich euch?«

»Lass dich zum Weseler Bahnhof bringen, da bist du eingeteilt. Ich koordiniere von hier aus und informiere die Kollegen über deine Verspätung. Und gib mir durch, wo dein Wagen steht, ich schicke vorsichtshalber jemanden zum Abschleppen, vielleicht müssen wir Spuren sichern.«

Von Aha erkundigte sich nach der Adresse und erreichte seine gute Bekannte nach dem zweiten Klingelton. Sie gab sich erschrocken, jedoch sofort hilfsbereit, in fünf Minuten würde sie dort sein. Der Kommissar nahm wichtige Utensilien aus dem Wagen und sah Marlenes Kugelauto von Weitem, während der Transporter mit den beiden Landschaftsgärtnern in Richtung Wesel abbog.

Mit Marlene zum Einsatz. Das konnte spannend werden,

diese Frau war nur schlecht zu bremsen, wenn es aufregend wurde. Sie bog rasant zu ihm ab, wendete ihr Auto und hielt vor seinen Füßen. Er stieg ein. Küsschen.

»Einsatz? Wo kann ich dich hinbringen?«

»Nach Wesel, zum Hauptbahnhof.« Von Aha drückte das Blaulicht auf das Autodach. »Und zwar flott.«

Marlene ließ den Motor aufheulen. »Ich wollte schon immer mal die Sau rauslassen auf der Strecke hier.«

Gero von Aha krallte sich an seinen Gurt. »Übertreib es bloß nicht, mir reicht ein Zwischenfall für heute.«

Marlene grinste ihn von der Seite her an. »Du erzählst mir auf der Stelle, um was es geht, sonst …« Ihr Motor jaulte im dritten Gang bei überhöhter Drehzahl.

»Schon gut, schon gut, bleib friedlich. Ich sag's dir ja.«

Marlene gab Gas.

***

Mackedei und Trüttgen fuhren von der Wallstraße aus direkt zur Balberger Straße. Unmittelbar hinter dem Ortsausgangsschild von Sonsbeck kam ihnen mit hoher Geschwindigkeit ein anthrazitfarbener SUV entgegen, der im Vorbeifahren eine hohe Fontäne aufspritzte, die Mackedei für einen Moment die Sicht nahm.

»Verflixt. Da kommt wieder viel zu viel Wasser auf einmal von oben, die Erde kann das nicht so schnell aufnehmen.«

»Jaja, Klimawandel, Starkregen und orkanartige Stürme. Hier steht et Wasser noch in den Feldern, der Mais säuft ab, und drüben bei Hamminkeln droht die kleine Issel mit großem Schaden, wenn der Deich bricht. Da machste nix. Guck, da vorne muss et sein.« Trüttgen wies nach rechts, eine einfache Einfahrt kam in Sicht, die Ränder mit Holunderbüschen zugewuchert.

Der Hof lag zurückgesetzt, durch eine nicht gemähte Wiese von der Straße getrennt. Alles wirkte verwildert und unbewohnt, selbst die Fenster des Hauses schienen lange nicht mehr geputzt worden zu sein. Der Regen lief von halb blinden Scheiben und über Rahmen, von denen der Lack in spröden Splittern abfiel, auf verdreckte Fensterbänke. Mackedei und Trüttgen blickten sich kurz an, Mackedeis alter Bulli arbeitete sich durch die Schlaglöcher der Einfahrt, die sich unaufhaltsam mit Regenwasser füllten.

»Das sieht echt trostlos aus.« Trüttgens Augen nahmen auf Anhieb den Berg Arbeit wahr, der notwendig wäre, um dieses Gehöft wieder instand zu setzen, der berühmte Handwerkerblick, dem nichts verborgen blieb. »Vom Dach bis zum Zaun eine einzige Katastrophe.«

In Mackedei flammten währenddessen Zweifel an seiner Mission auf. »Was machen wir eigentlich hier? Wenn jemand da ist, während wir hier einfach über das Gelände laufen, ist das hochgradig bescheuert.«

Er wollte den Rückwärtsgang einlegen. Trüttgen legte seine Hand auf den Schaltknüppel.

»Warte. Fahr doch ebkes mal neben das Haus, damit wir einen Blick auf die hinteren Gebäude werfen können. Wenn jemand kommt, sind wir auf der Suche nach Leuten, die hier wohnen sollen. Dann fragen wir unschuldig, ob hier die Schmithüsens wohnen, denen sollen wir bei der Gartengestaltung helfen.«

Gesagt, getan. Am Haus vorbei parkte Alfons den Bulli, für den Straßenverkehr nicht einsehbar, direkt an der Wand der ehemaligen Tenne, die, den eingefahrenen Spuren nach, nun als Remise genutzt wurde. Unsicher stiegen sie aus und beeilten sich, durch den Regen zur seitlich gelegenen Tür zu kommen.

Hasenfuß meldete sich erneut. »Sollen wir nicht besser gleich die Leute vom K1 informieren? Das hier könnte gefährlich werden«, flüsterte Mackedei.

»Quatsch, du hast dem Presseheini gesagt, du würdest ihn informieren. Das hier ist ein verkommener alter Bauernhof, nicht mehr. Und jetzt sammeln wir alles, was interessant sein könnte. Wenn uns wer begegnet, dann lass mich reden. Mensch, ich bin schon nass bis auf die Haut.«

Sie klingelten, riefen, klopften ohne Erfolg. Beherzt drückte Trüttgen die Klinke hinunter. Die Tür sprang auf, die Männer wechselten unsichere Blicke, schon standen sie auf den alten geblümten Fliesen eines schmalen Flurs und hinterließen kleine Pfützen um ihre Schuhe herum.

Trüttgens Stimme schallte in das Haus hinein. »Hallo? Ist da jemand? Die Tür stand offen, wir sind hier unten. Hallo?«

Es tat sich nichts, die einzigen Geräusche wurden vom Regen verursacht, der aus diversen Löchern der Dachrinne nah an der Hauswand auf den Boden pladderte.

Sie bewegten sich vorsichtig zur nächsten Tür, betraten eine spärlich eingerichtete Küche. Kaffeebecher standen auf einem Tisch, der reif für den Sperrmüll war, ein alter, rostiger Holzofen diente anscheinend als Herd, kein Kühlschrank, ein Regal mit billigem Geschirr, das Besteck steckte in zwei dicken Gläsern, auf einem kleineren Tisch Brotpakete, Margarine, Marmeladengläser, eine dieser modernen Kaffeemaschinen für Pads.

Trüttgen wies auf das Stillleben des Alltags. »Kaffee für vier Leute.«

Er befühlte einen Becher, der halb gefüllt war. »Noch lauwarm.«

Mackedei unterdrückte seinen Fluchtimpuls. »Vier Leute leben hier, und egal, weshalb sie das Interesse diverser Menschen auf sich ziehen, es wird unangenehm werden, wenn sie uns hier entdecken. Du schaust dich unauffällig hier unten um, und ich gehe in die Remise. In drei Minuten sind wir hier weg.«

Trüttgen reckte einen Daumen in die Höhe. »Is gebongt, Chef.«

Mackedei nutzte die hintere Tür der Küche, die erfahrungsgemäß in alten Bauernhäusern über einen Zwischenflur zum Stall oder zur Tenne führte. So auch hier. Die nächste Tür führte in die als Garage genutzte ehemalige Tenne.

Alfons Mackedei stand unvermittelt vor einem Transporter wie von der Polizei beschrieben, ein älteres Modell, weiß und mit einem Bocholter Kennzeichen. Seine Füße wollten umkehren, jedoch siegte seine Neugier, er umrundete den Kleintransporter und blickte ins Innere. Der Schlüssel steckte, der Boden auf der Beifahrerseite war mit Plastikflaschen, zerknüllten Zeitungen und leeren Kaffeebechern »to go« zugemüllt, ansonsten konnte er nichts ausmachen, was sein Interesse weckte. Neben dem Transporter war eine Wand mit Folie bespannt, was in dieser Umgebung deplatziert wirkte.

Der Ducato war nicht das einzige Fahrzeug in dem Gebäude, er entdeckte noch ein Motorrad und ein Fahrrad mit ultramodernen Felgen. Er hatte genug gesehen und kehrte um zur

Tür. Plötzlich fiel ihm ein, dass eine seiner Enkelinnen ihn vor Kurzem darauf aufmerksam gemacht hatte, wie er sein Handy auch zum Fotografieren nutzen konnte.

Er blickte durch seine Gleitsichtbrille auf das kleine multifunktionale Telefon, klickte sich in das Menü, und es gelang ihm eine Reihe von Bildern, bevor er sich wieder auf den Weg in die Küche machte. Dort fand er Trüttgen im Vierfüßlerstand vor dem Ofen kniend, in die Betrachtung teilweise angekohlter Papierfetzen vertieft. Mühevoll blickte er auf, als Mackedei näher kam.

»Hier, guck mal. Da wollte jemand eine Menge Papier verbrennen, das geht aber nicht problemlos, wenn man dicke Stapel auf ein kleines Feuer legt. Offenbar war es zu viel für die Flammen, die unter den vielen Seiten erstickt sind. Ich versuch mir einen Reim drauf zu machen. Viel Gekritzel, kaum zu entziffern. Nix is gedruckt, alles mit der Hand geschrieben und teilweise gezeichnet. Weil die Seiten an den Rändern verbrannt sind, kann man nur die Mitte erkennen. Dat is en Puzzle.«

»Wir holen doch die Kripo, bevor wir hier wichtige Beweismittel vernichten.«

Plötzlich schrie Trüttgen auf. »Mein Rücken. Und da, guck genau hin. Da steht ein Name in Großbuchstaben. Mehr ... ja, genau, dat is Mehrhoog.«

Mackedei beugte sich herab und begutachtete Trüttgens Fund. Eine Zeichnung, nicht sehr talentiert, befand er, eine Skizze, auf der ganz eindeutig die Hauptstraße zu erkennen war, ein Bahnübergang, durch eine schraffierte Schranke dargestellt, die Gleise wie auf einer Karte gestrichelt. Gebäude in der Nähe, ein umrandetes P für einen Parkplatz und, von wesentlich größerem Interesse, mitten auf den Gleisen neben dem Parkplatz ein großes, deutliches Kreuz.

Mackedei deutete stumm auf seine Entdeckung. »Was, meinst du, hat das zu bedeuten?« Er hielt die Zeichnung für bedeutungsvoll, nahm sein Handy zur Hand und fotografierte das Papier.

Trüttgen erhob sich ächzend und reckte sich. »Nix Gutes, glaub mir, wir sind hier bei äußerst dubiosen Leuten gelandet, komm, wir machen uns vom Acker.«

Beide beeilten sich, ins Freie zu kommen, und stiegen hastig in ihren Bulli. Feuchtigkeit hatte sich innen an die Scheiben gelegt, Mackedei kurbelte sich im Blindflug in Richtung Auffahrt, die Stoßdämpfer des Oldtimers seufzten bei der unsensibel flotten Fahrt durch die Pfützen in Richtung Landstraße.

Erst auf dem Parkplatz vor dem Sonsbecker Kastell hielten sie an und starrten noch eine Weile auf die Tropfen, die unaufhörlich auf sie niederprasselten.

Mackedei schüttelte den Kopf. »Immer wieder bringen wir uns in Schwierigkeiten. Wenn meine Frau das erfährt, lässt die mich unter Betreuung stellen wegen lebensgefährlichem Unfug in fortgeschrittenem Alter.«

Er machte eine kurze Pause und wischte mit einem Lederschwamm das Kondenswasser von der Windschutzscheibe. Mackedei tippte sich an die Stirn. »Überleg mal die Tragweite unserer Entdeckung. Ein Kreuz auf den Gleisen! Die haben doch was vor in Mehrhoog.«

»Wo liegt das überhaupt?«

»Wenn ich mich nicht irre, gehört der Ort zur Stadt Hamminkeln.«

»Ach, ich weiß, zwischen Wesel und Rees an der B 8.«

»Richtig, man fährt an der Peripherie durch den Ort, und erst wenn man rechts abbiegt, ist man auf der Hauptstraße.«

»Wir müssen die Leute vom K1 alarmieren, den von Aha am besten. Der Burmeester ist ja nicht einsatzbereit.«

»Und was ist mit dem Reporter? Du hast zugesagt, ihn mit Informationen zu versorgen. Kennst doch die Leut von der Zeitung, der wird uns löchern.«

Mackedei zog sein Handy aus der Brusttasche seines Overalls. »Keine Sorge, ich kenn mich aus im Umgang mit denen, aber erst telefoniere ich mit Gero von Aha. Und ich schicke ihm die Bilder. Dann kann er entscheiden, wie wichtig dein Fund ist.«

Schon blickte er wieder durch den Weitsichtbereich seiner Brille und suchte von Ahas Telefonnummer, die er gespeichert hatte.

Er suchte die Fotos aus, die er verschicken wollte, und drückte die Taste zum Senden. Danach wählte er die Nummer, es klingelte.

Er flüsterte Trüttgen zu: »Und danach rufe ich Theo Krämer an.«

Gero von Aha meldete sich.

»Ja, Mackedei hier, schauen Sie sich die Fotos an, die ich Ihnen geschickt habe. Wir haben den Ducato in Sonsbeck gefunden. Und noch mehr.«

»Was haben Sie gemacht, mischen Sie sich wieder in laufende Ermittlungen ein?«

»Ja, nein. Wir sind Hinweisen von Freunden gefolgt und haben –«

»Das ist echt gefährlich. Sie wissen nicht, mit wem Sie es zu tun haben, Sie sind wahnsinnig. Geben Sie mir die Adresse, da muss die Spurensicherung hin, ein Einsatzkommando.«

Das Wort »Einsatzkommando« ließ Mackedei aufhorchen. »Sie meinen, die scheuen vor nichts zurück? Da haben wir großes Glück gehabt, es war weit und breit niemand zu sehen. Wer ist das denn?«

»Sie verstehen, dass ich Ihnen nicht mehr sagen kann, außer dass Sie sich fernhalten von dem Hof. Und ich verpflichte Sie zum Schweigen, Sie erzählen niemandem von Ihrer Mission, verstanden?«

Bislang hatte Mackedei den Kommissar moderat und umgänglich in Erinnerung, sein bestimmender Tonfall ließ ihn kleinlaut werden. Sie hatten den Bogen überspannt.

»Jaja, ist schon gut, ich habe es kapiert. Die haben was vor. In Mehrhoog. Schauen Sie sich die Fotos auf Ihrem Handy an.«

***

Von Aha war irritiert angesichts der Fotos, die ihn gerade erreichten. Was sollte er nun machen? Sich von seiner faszinierenden, politisch engagierten, thematisch involvierten Bekannten weiter nach Wesel kutschieren lassen, um sich an der großflächig organisierten Suchaktion zu beteiligen? Zurück ins K1, um dort die anderen zu informieren und dann weiter nach Mehrhoog zu fahren?

Es galt, hier und jetzt eine Entscheidung zu treffen, die Chefin zu retten oder den halben Ort, denn offenbar war

Mehrhoog das auserkorene Ziel eines neuerlichen Anschlags der Gruppe. Dort gab es weder einen Suchtrupp, noch war der Name bei den Planungen mit Protestaktionen in Verbindung gebracht worden.

»Marlene, vielleicht kannst du eben an der Tankstelle anhalten, ich muss kurz nachdenken.«

Marlene lenkte rasant zu der neuen Tankstelle vor Büderich und stellte ihr Fahrzeug zentral auf dem Platz zwischen Bäckerei und Verkaufsraum ab. Ein bleckendes Blaulicht hatte nicht jeder Ford Ka auf dem Dach. »Was ist los? Wird dir wieder schlecht, weil ich zu schnell fahre? Manchmal bist du echt die Frau von uns.«

»He, bitte keine persönlichen Vorhaltungen im Einsatz. Ich schicke eben äußerst relevante Fotos an die Schaltzentrale am Herzogenring. Dann werde ich Nikolas Burmeester im Krankenhaus Bescheid sagen, der muss irgendwie die Sicherung des Bauernhofs organisieren. Und dann werden wir eine Kursänderung vornehmen.«

Marlene schaute von Aha an, der eilig auf seinem Smartphone tippte. »Das heißt im Klartext?«

»Du musst mich nach Mehrhoog fahren. Alle sind unterwegs und anderweitig eingeteilt.«

»Genauso schnell und mit aufgestecktem Blaulicht? Und ohne dein Gemecker über meinen Fahrstil, weder verbal noch nonverbal?«

»Na klar. Du bist meine Fahrerin. Und deine Knutschkugel ist eine optimale Tarnung, klasse. Im Ort werden wir allerdings auf die offizielle Beleuchtung verzichten.«

Von Aha tippte auf die Verbindungsdaten zu Burmeester, der meldete sich mit belegter Stimme.

»Nikolas? Kannst du dich irgendwie aus dem Krankenhaus bewegen?«

Plötzlich wirkte der hellwach und munter. »Nee, nicht so richtig, aber Maarten ist gerade gekommen. Wenn du mir sagst, was Sache ist, und er …«

»Wir können jetzt nicht anfangen, lauter Privatleute in die Ermittlungen einzubinden, das ist viel zu gefährlich.«

»Red nicht. Ich habe kein Auto hier, aber Maarten. Ich werde mich von der Station unbemerkt verabschieden, kurze Pause, das kriege ich hin, also, wie ist der Stand?«

***

»Krämer.«

»Alfons Mackedei hier.«

»Ach, hallo. Haben Sie Neuigkeiten für mich?«

»Ja, aber ich darf seit ein paar Minuten nicht mehr darüber reden.«

»Tatsächlich? Ein Maulkorb von der Kripo?«

»Ja, tut mir leid.«

»Hm. Und das lassen Sie sich als ehemaliger Chef einer riesigen Firma so einfach gefallen? Ich kenne Sie doch schon ziemlich lange, Sie sind einer, dem niemand das Wort verbieten kann.«

Eine knisternde Stille entstand in der Leitung, einige Sekunden verstrichen. Mackedei räusperte sich.

»Da ist was dran. Ich mache eine kurze, ganz knappe Ausnahme bei Ihnen, schließlich stehe ich bei Ihnen im Wort. Hören Sie gut zu. In Sonsbeck, an der Balberger Straße auf einem leer stehenden Bauernhof, den junge Leute manchmal nutzen, da steht der Ducato in der Remise. Unser Einsatz war ganz schön riskant, denn wir sind einfach durch das Haus gelaufen.«

»Was macht Sie sicher, dass es sich um das richtige Fahrzeug handelt?«

»Mehr darf ich Ihnen doch nicht sagen.«

»Und wieso nicht?«

»Weil das ganz schön gefährlich war, dass wir durch das Haus gelaufen sind.«

»Sie sind also im Haus gewesen? Mit wem denn? Erzählen Sie.«

»Heinz-Hermann Trüttgen, den kennen Sie ja auch.«

»Stimmt, das ist der Praktiker, der immer eine Lösung findet, richtig?«

»Ja, Trüttgen ist ein alter Fuchs. Der hat Hinweise aus einem alten Küchenofen gefischt, die jemand dort verbrennen wollte.«

»Teufelskerle wie Sie kann man nicht an der Nase herumführen, Ihnen entgeht nichts, selbst wenn es halb verbrannt ist.

War bestimmt nicht einfach, einen Hinweis darauf zu entziffern, oder?«

»Ach, mit richtigen Gläsern geht alles. Meine Gleitsichtbrille ist da Gold wert. Ich konnte das Kreuz auf den Schienen bei Mehrhoog sofort erkennen.«

Mackedei erschrak über den Stupser, den Trüttgen ihm an die Schulter gab, während er energisch den Kopf schüttelte.

»Herr Krämer, ich muss jetzt Schluss machen.«

Mackedei drückte aufs Knöpfchen und schaute Trüttgen an. »Da hab ich mich wohl nach allen Regeln der Kunst aushorchen lassen.«

»Du bist reingefallen wie eine Jungfrau auf schöne Komplimente und leere Versprechungen.«

Beide starrten auf die regenverhangene Windschutzscheibe.

»Was sollen wir jetzt machen?«

Trüttgen schnaubte. »Jetzt sind wir mittendrin, und jetzt mischen wir mit. Fahr nach Mehrhoog, alter Freund. Und wenn wir dort sind, um den bekloppten Reporter von einer Eselei abzuhalten, egal.«

»Du meinst, unser Einsatz vor Ort hat jetzt Priorität?«

»Was? Ja, so eine Art Mission.«

Mackedei brachte den Motor des Bullis auf regennasser Fahrbahn zu Höchstleistungen.

***

Übermüdet und aufgedreht. Verletzt. Geschwächt. Hungrig. Durstig. Euphorisch. Zu Tode betrübt.

Karin Krafft wachte mit ambivalenten Gefühlen aus wirren Träumen auf. Oder waren es Phantasien, während sie wach vor sich hindämmerte? Die Zunge klebte ihr am Gaumen, sie hatte definitiv zu wenig getrunken, ihr Magen knurrte hörbar, und ihr Arm pulsierte.

Die körperlichen Anstrengungen hatten sich negativ ausgewirkt, das Dahinvegetieren in schlechter Luft und vermüllter Umgebung taten ein Übriges zu ihrem Befinden dazu. Inzwischen krochen Larven auf den Lebensmittelresten, es gab also irgendeine Verbindung nach außen. Fliegen folgten dem untrüglichen Geruch nach Fäulnis und Verwesung und hatten sie gefunden. Sie würden sich über ihren Körper hermachen, wenn sie hier drin starb, würden Eier in ihren Körperöffnungen ablegen, die zu hungrigen Larven wurden.

Plötzlich hörte sie das sirrende Geräusch tausender hungriger Brummer. Sie schrak auf, fand sich seitlich neben der Liege, an die Wand gelehnt hockend, anscheinend hatte sie lange in dieser Stellung ausgeharrt, denn ihre Beine kribbelten, und ihre Rückenmuskulatur schmerzte. Karin rappelte sich auf, schaltete das kleine Licht ein, streckte sich so gut es ging und blickte sich um. War das wirklich ihr Plan, sich durch ein Feuer aus dieser Situation zu befreien?

Als Kind hatte sie eine Martinslaterne, in der die Kerze noch brannte, auf einem Sofakissen abgestellt. Wie hypnotisiert hatte sie nur Sekunden später in die Flammen geschaut, die in Windeseile Laterne und Kissen erfassten, bevor ihr Vater geistesgegenwärtig den Brand mit einer Decke erstickt hatte. Seitdem trug sie gehörigen Respekt vor Feuer in sich, war darauf bedacht, besonders in geschlossenen Räumen umsichtig mit dem Element umzugehen. Dies hier konnte sich blitzschnell in eine unkontrollierbare Lage verwandeln.

Was gab es zu verlieren? Im Ernstfall ihr Leben. Was würde sie verlieren, wenn sie diesen waghalsigen Befreiungsversuch nicht durchführte? Richtig. Ihr Leben. Vielleicht blieben ihr ohne diesen Versuch noch ein paar dämmrige, fiebrige Tage, sie würde innerlich verbrennen.

Anscheinend war dieses Versteck so gut gewählt, dass nicht einmal ein Hund sich hierher verirrte, geschweige denn ein Mensch. Und Greta war offenbar fort. Karin musste zur Tat schreiten, bevor die letzten körperlichen Kräfte sie verließen, sie musste Funken schlagen und ein Gasgemisch und das Desinfektionsmittel entzünden, um diese Tür zu öffnen. Der Weg in die Freiheit führte durch einen Feuerreif, wie in einer Raubtiernummer im Zirkus.

Ein Schluck Wasser, einen letzten Schluck wollte Karin nehmen, strauchelte über die zerknüllte Decke zu ihren Füßen. Eine Kunststoffflasche fiel zu Boden. Leise gluckerte Wasser. Karin erschrak. Sie hatte vor dem letzten Hinwegdämmern den

Schraubverschluss nicht zugedreht. Zu ihren Füßen ergoss sich das letzte kostbare Nass, breitete sich aus. Hastig ergriff sie die Flasche, rettete einen kläglichen Rest.

Mit den Füßen schob Karin die Decke über die Pfütze, um sie mit dem Wasser zu tränken. Jetzt blieben ihr ein, zwei Schlucke. Was würde bei Wassermangel mit ihr geschehen? Aus den Tiefen ihres Gedächtnisses kramte sie spärliche abgespeicherte Informationen hervor. Die erste Stufe hatte sie bereits erreicht, ihr Kreislauf sackte immer wieder in den Keller. In absehbarer Zeit würde ihr Gehirn protestieren, weil es unterversorgt war, sie würde sich nicht mehr konzentrieren können, unter Schwindel leiden.

Karin wagte nicht, mit Daumen und Zeigefinger an der Haut an ihrem Unterarm zu zupfen, die entstandene Falte würde bleiben. So bewies sie im Sommer immer ihrer kleinen Tochter, wie wichtig es war, ausreichend zu trinken. Hannah! Diese Erinnerung schmerzte wie ein Pfeil, der in sie eindrang. Sie musste wach und aktiv bleiben, die Welt da draußen wiedersehen, ihr Kind, ihre Familie. Die Kollegen. Gedanken überschlugen sich, ließen sich nur schlecht ordnen. Wann hatte sie zuletzt den Drang verspürt, die ekelige Toilette zu benutzen? Ohne Flüssigkeit drohte Nierenversagen.

Apathie, Koma, Herzstillstand.

Der Zeitpunkt, den Plan zu vollenden, rückte in unmittelbare Nähe. »Ich muss es machen, bevor ich verdurste.«

Ihre Lider lagen rau auf den Augäpfeln, ihr Körper vermisste das lebensnotwendige Nass bereits jetzt. Es bildeten sich keine Schweißperlen mehr, die sie von der Stirn wischen konnte. Karin hob die Decke vom Boden auf, wollte sich einmal das Gesicht abtupfen, suchte mit den Fingern nach nassen Stellen, immer dringlicher, bis ihr bewusst wurde, was innerhalb von wenigen Minuten geschehen war.

»Die Decke trocknet.«

Karin betrachtete ihre Utensilien, die parat lagen. Sie nahm den Dosenöffner zur Hand, mit der anderen setzte sie die Flasche an den Mund. Der letzte Schluck Wasser.

***

»Einsatzleitung an alle Einheiten, bitte die Ankunft an den Einsatzorten bestätigen.«

Anka Fresenius lauschte in ihre Kopfhörer, ein Verantwortlicher nach dem anderen meldete sich, die Kollegen und Kolleginnen, die Hundeführer, alle standen an der Streckenführung für den Güterverkehr zwischen Oberhausen und Wesel parat, hatten Fotos der getöteten Margarete Kwiatkowski und eines weißen Ducato in den Händen, irgendjemand musste etwas gesehen haben.

Fresenius blickte ernst, hielt sich eine Hörmuschel dichter an ihr Ohr. »Von Aha ist noch nicht angekommen? Ach ja, der hatte einen Unfall. Eher harmlos, aber er ist auf ein anderes Fahrzeug angewiesen. Sie warten nicht auf ihn, der Ersatzmann übernimmt. In Punkt fünf Minuten geht die Suche los.«

Sie streifte die Hörer vom Kopf, wandte sich an Weber. »Ist die Spurensicherung unterwegs nach, wie hieß das Dorf?«

»Sonsbeck, ja, alles ist organisiert.«

»Halten Sie es für wahrscheinlich, dass in Mehrhoog etwas geschieht?«

»Eher nicht, dazu sind zu viele Einsatzkräfte unterwegs. Die Angreifer sind bestimmt über die Demonstrationen informiert und wissen, dass die Strecke heute ganz besonders unter Beobachtung steht.«

Sie nickte Tom Weber zu, der den Einsatz auf der digitalen Karte skizziert hatte. Die gelben Zeichen standen für die Suchtrupps, die blauen für die Einheiten, die zu den Demonstrationen längs der Betuwe-Linie beordert waren.

»So viele Kräfte hatten wir hier in der Gegend noch nie gleichzeitig im Einsatz.«

Fresenius lächelte kurz. »Doch, hatten Sie. Denken Sie an die Demonstrationen gegen den stillen Brüter, dieses umstrittene Kernkraftwerk in Kalkar in den Siebzigern, da war zusätzlich auch noch die Bundeswehr vor Ort.«

»Das war vor meiner Zeit. Seit ich hier bin, gab es keinen solch aufwendigen Einsatz.«

»Sie standen ja auch noch nie vor so einem breit gefächerten Problem, bei dem es gleichzeitig um unterschiedliche Delikte ging. Mord, Freiheitsberaubung, Nötigung, Gefahr eines

Terroranschlags, schwer einzuschätzende Demonstrationen, alles wie an einer Perlenkette fein säuberlich entlang der rechten Rheinseite auf verschiedene Städte verteilt.« Sie blickte auf die Karte.

Tom Weber drehte sich zu ihr um. »Wir sollten jemanden nach Mehrhoog schicken. Das ist mir nicht geheuer.«

»Ja, machen wir, wenn die Spurensicherung uns die entsprechenden Hinweise aus dem Bauernhaus bestätigt hat.«

Karin hätte anders entschieden, da war sich Weber sicher. Fresenius kannte die Männer nicht, von denen Gero von Aha seine Informationen bezogen hatte.

»Aber wir kennen die Männer, die sich dort umgeschaut haben, die waren doch auch bei dem vermeintlichen Anschlag auf die Xantener Bahnstrecke in der Nähe. Das sind redliche Leute, wir können auf deren Wort zählen.«

Fresenius hatte wieder die Kopfhörer aufgesetzt, lauschte angestrengt und wies ihn per Handzeichen an, sie jetzt nicht zu stören.

Weber fühlte sich unwohl mit der Entscheidung. »Wenn das mal gut geht.«

***

Maarten stand vor Burmeesters Bett und stützte sich mit den Unterarmen auf dem Fußende ab. »Du sagst mir jetzt sofort, was du krampfhaft versuchst zu verbergen. Du weißt doch was.«

Burmeester fühlte sich in die Enge getrieben, setzte sich mit schmerzverzerrtem Gesicht auf. »Du musst mir helfen, Maarten. Ich muss hier raus.«

»Koller wegen des schnarchenden Nachbarn?«

»Nein. Ich muss die Kollegen unterstützen. Ich kann doch nicht hier unter der Decke liegen, während da draußen der größte Einsatz aller Zeiten durchgeführt wird. Los, gib mir eine Hose aus dem Schrank.«

Er reichte Maarten den Schlüssel, der griff eine neongrüne enge Röhre aus einem Fach und warf sie ihm zu. »Wo kriegst du immer diese Farben her? Und dann noch ein rotes T-Shirt dazu. Wie willst du das mit der Infusion lösen?« Er schaute zu

Burmeester, der bereits den Schlauch von seinem Zugang gelöst hatte.

»Eingestöpselt, ausgestöpselt, so einfach. Und jetzt noch meine Sportschuhe. Da musst du mir helfen. Alles, was weit unten und weit oben ist, liegt für mich noch außerhalb der schmerzfreien Zone. Und die Sweatshirt-Jacke mit der Kapuze, jetzt kann sie mal nützlich sein.«

Maarten schnürte ihm die Schuhe zu. »Wenn das mal richtig ist, was du hier machst.«

»Guck lieber, ob jemand kommt, ich habe keine Lust auf Rechtfertigungen. Vielleicht bin ich ja zurück, bevor meinem Nachbarn oder dem Personal meine Flucht auffällt.«

Der Weg vom Zimmer zum Treppenhaus war kurz, Burmeester fühlte sich wackelig auf den Beinen, aber gut. Dabei zu sein wirkte belebend und heilsam.

»So, wir fahren nach Sonsbeck und sichern das Haus, bis die Spurensicherung da ist.«

Er nannte die Straße, die Maarten bekannt war. Flott verließen sie den Krankenhausparkplatz.

***

»Wieso fahren wir hier lang, willst du etwa doch zum Schwarzen Wasser?« Der Mann neben dem Fahrer wusste genau, dass es falsch war, überhaupt und erst recht in so einem Stadium seine Zweifel anzumelden.

Sie waren nicht auf die B 8 in Richtung Mehrhoog abgebogen, sondern auf der Bocholter Straße geblieben, und hier ging es gleich links ab zu ihrem ursprünglich ausgewählten X-Punkt. Schon fuhr der Anführer an der Abzweigung vorbei.

»Du sollst keine dämlichen Fragen stellen. Natürlich fahren wir zum ausgewählten Zielpunkt. Nur würden wir von der B 8 aus unter Umständen minutenlang vor der geschlossenen Schranke stehen, weil wieder mehrere dieser eisernen Drachen durch den Ort fauchen. Wir wären unnötig lange für alle sichtbar, man würde in die Fenster starren, das Auto beglotzen, was man so macht, wenn man nicht weiterfahren kann. Über Hamminkeln sind wir auf der richtigen Seite der Gleise und können gleich zur Tat schreiten. Geht noch einmal gedanklich die einzelnen Handgriffe und Schritte durch!«

Ein Handy vibrierte offenbar in seiner Jackentasche, er brachte es zum Vorschein. »Und denkt daran, es muss klappen.« Grußlos nahm er das Telefon an sein Ohr.

»Ja, wir sind planmäßig auf dem Weg. … Nein, es wird nicht zu riskant sein, wir werden abseits von den Schranken agieren. Und wenn es Überprüfungen gibt, dann dort. … Stimmt, in Mehrhoog ist keine Demo angemeldet. … Ja, mir ist bewusst, dass es Kontrollen geben kann, nur werden sie auf den ersten Blick hier nette Frauen und Männer finden, die freundlich lächeln. … Sprengstoffhunde? Glaube ich nicht. Ich weiß sowieso nicht, warum plötzlich alles auf den Beinen ist. … Nein. Dortmund sagt, heute. … Es wird gelingen, wir haben hart gearbeitet, alle Abläufe sitzen in den Köpfen und den Fingern. … Ja, werde ich machen.«

Er wies den Beifahrer an, die SIM-Karte aus dem Gerät zu nehmen, zwischen den Zähnen zu demolieren und danach aus dem Fenster zu schnippen.

»Überall soll erhöhte Polizeipräsenz sichtbar sein. Das war unser Kontakt in Wesel, der sich keinen Reim darauf machen kann. Er erwartet genauso wie Dortmund und ebenso wie ich einen vollen Erfolg.«

Hamminkeln kam in Sicht.

***

Unter Maartens Reifen spritzte das Wasser aus den Pfützen, bereits auf der Zufahrt des beschriebenen Hofes sahen sie das Tatortfahrzeug der Spurensicherung von Heierbeck stehen, der sich gerade einen weißen Ganzkörperschutz überzog. Sein Kollege wollte Maartens Wagen aufhalten, erkannte im letzten Moment Burmeester auf dem Beifahrersitz. Mühselig pellte dieser sich aus dem Fahrzeug.

»Brauchen Sie mich hier?«

Heierbeck schüttelte den Kopf, während er den langen Reißverschluss vom Schritt an nach oben zog.

Maarten stieg aus und beäugte die offene Remise, in der ein

weiterer Kollege die Hecktüren des Ducato geöffnet hatte. Von Weitem sah er in einem Durcheinander aus gelben Säcken mit Leergutflaschen, Kunststoffkisten mit Werkzeug und diversen Decken zwei großformatige Plastiktüten mit einer ihm bekannten Aufschrift.

Heierbeck redete mit Burmeester, während er sich anzog. »Es reicht, dass hier zwei Männer von der O.P.A.-Initiative durchgelatscht sind und alles Mögliche betatscht haben. Immer das Gleiche mit diesen Amateurdetektiven, die meinen, uns zu helfen. Haben ein Halbwissen aus jahrzehntelanger Fernsehkrimi-Bildung und wissen nicht, was sie mit ihrem Aktionismus anstellen.«

Burmeester verzog das Gesicht, ganz wohl war ihm nicht. »Die wollten nur helfen, ich kann es ihnen nicht übel nehmen.«

»Sie müssen ja auch nicht deren Fingerabdrücke aus dem ganzen Gemisch heraussortieren. Als ob ich nichts anderes zu tun hätte. Zumal auch noch das Auto des Kollegen von Aha gerade in unsere Werkstatt geschleppt wird, da werden ebenfalls schnelle Ergebnisse erwartet.«

Burmeester fragte nach dem Grund, und Heierbeck erklärte ihm, dass es sich offenbar um einen Anschlag auf den Kommissar handelte.

»Festgeklebte Scheibenwischer, das ist tödlich auf der Autobahn, glauben Sie mir, da sollte ein Beamter des K1 ausgeschaltet werden. Und das Perfide ist, dass nicht einmal nachzuweisen sein wird, wann dies überhaupt geschehen ist.«

Er stülpte sich Kunststoffschoner über die Schuhe, nahm seinen Koffer und betrat das Haus.

Maarten fühlte Unruhe aufbranden. »Bitte, Herr Heierbeck, Ihre Leute sollen mal in die Plastiktüten von Real schauen, die in dem Transporter sind. Die sehen sehr neu aus, ich meine, die stehen noch nicht lange in dem Laderaum.«

»Jetzt pfuschen Sie uns auch noch ins Handwerk. Was machen Sie überhaupt hier?«

Burmeester setzte sich vorsichtig wieder auf den Beifahrersitz.

»Ich fahre nur den Burmeester. Aber da stehen Plastiktüten, und vielleicht ist etwas drin, was auf Karin hinweist.«

»Und? Würde es uns dem Aufenthaltsort ein Stück näher bringen?«

Maarten hatte bereits sein Smartphone in der Hand. »Ich google mal eben die Filialen, die es im Umkreis gibt, ich glaube, in Rees und in Dinslaken. Und ganz bestimmt in Wesel. Und dann schaue ich auf Google Maps nach, wo es den größeren Güterbahnhof gibt. Und wissen Sie was? Ich glaube, dann kommen wir ihr wirklich näher.«

Heierbeck nickte anerkennend und ordnete an, die Tüten näher zu untersuchen. Zum Vorschein kamen Dosenravioli, Sechserpacks Mineralwasser, eingeschweißte Äpfel, eine große Packung Paracetamol und Verbandszeug, einzeln abgepackte Pflaster für großflächige Wunden.

Heierbeck runzelte die Stirn. »Donnerwetter, das nenne ich Spürnase. Da haben Sie wohl ins Schwarze getroffen. Nur ist hier kein Bon zu finden, wir wissen also nicht, aus welcher Filiale der Einkauf stammt.«

Burmeester hatte sich wieder mühsam aus dem Wagen gepellt, die Wirkung des Schmerzmittels ließ langsam nach, es wurde unangenehm. Er verlangte nach einem Paar Handschuhe und griff sich die Packung mit den Tabletten, betrachtete sie von allen Seiten, hielt sie Heierbeck triumphierend entgegen.

»Schauen Sie, die Medikamente haben ein Preisetikett mit dem Namen der Apotheke. Sie brauchen nur zu überprüfen, zu welcher Filiale die Bären-Apotheke gehört, dann ist die Wahrscheinlichkeit hoch, dass der nächstgelegene Güterbahnhof in Frage kommt.«

Maarten gab sich beeindruckt, nahezu euphorisch. »Man könnte meinen, deine Birne hätte nichts abgekriegt. Das ist es, hier, Google sagt, die gehört zu der Niederlassung in Wesel.«

Burmeester wies ihn an, loszufahren. »Ich rufe das K1 von unterwegs an, damit die informiert sind. Wir sollten uns der dortigen Suche anschließen.«

Wieder heizte Maarten durch die Pfützen der vernachlässigten Einfahrt.

Burmeester hielt sich den Kopf. »Ich hätte die Blister mit den Pillen mitnehmen sollen.«

»Ich bringe dich besser wieder ins Krankenhaus.«

Burmeester wurde laut. »Nichts da. Du fährst mich nach Wesel zum Bahnhof.«

»Auf deine Verantwortung.«

Schweigend fuhren sie los. In Sonsbeck an der Ampel tippte Burmeester an Maartens Schulter.

»Und ich sage dir, wir finden sie.«

***

Schon nach wenigen Metern fragte sich Gero von Aha, ob er Marlenes Auto wieder von dem Blaulicht befreien und sie von dem Auftrag entbinden sollte. Ihre Augen glänzten vor Freude, ihr rechter Fuß kannte nur eine Richtung und ein Pedal, sie rief im Stadtverkehr abwechselnd Sätze wie »Weg da, du Ignorant!« und »Mensch, das hier ist ein Einsatz, mach Platz!«. In ihm wuchs Sorge um die Sicherheit auf Wesels Straßen. Er musste versuchen, sie abzulenken, er kannte diese Frau, Appelle würden nur Widerstand bewirken.

»Marlene, was weißt du über all die Aktionen, die heute den Niederrhein überrollen, hat dich einer von deinen aktivistischen Freunden informiert?«

Marlene bog mit quietschenden Reifen so rasant auf die B 8 in Richtung Rees ab, dass es von Aha fast vom Sitz riss und sie die Richtung korrigieren musste, um nicht in den Gegenverkehr zu schlingern. Mit beiden Händen umklammerte er den Haltegriff über der Tür.

Marlene trat aufs Gaspedal, in ihrem Gesicht spiegelte sich Ehrgeiz gepaart mit Fahrspaß. »Was hast du gesagt?«

»Dass ein Blaulicht auf dem Dach eine sensible Einschätzung der eigenen Geschwindigkeit erfordert. Nein, das denke ich gerade. Ich fragte nach deinem Informationsstand zu den Aktionen gegen die Bahn.«

»Offiziell weiß ich nichts.«

Sie raste am Abbieger nach Bislich vorbei, vor ihr eine gerade Strecke.

»Was heißt das, was weißt du inoffiziell?«

»Man hört so dies und das. Mensch, ich wusste gar nicht, was dieser Motor alles schafft. So oft bin ich noch nicht auf der

Autobahn gewesen, um es zu testen. Und das Blaulicht begeistert mich, kannst du es mir vielleicht mal ausleihen?«

Von Aha hatte bereits mit dieser Anfrage gerechnet. »Marlene, das darf ich nur dienstlich einsetzen, ansonsten ist die Nutzung strafbar. Amtsanmaßung nennt man das. Bleib ernst, dir ist hoffentlich bewusst, dass es hier unter Umständen um Leben und Tod geht?«

»Ja, natürlich, was meinst du, warum ich alles aus meiner Kugel heraushole?«

»Also, was weißt du inoffiziell?«

»Ich weiß, dass die Initiative, die gegen den Ausbau der Linie kämpft, sich gegen jegliche Form von Gewalt gegen Menschen, Material oder geografische Gegebenheiten verwehrt. Die haben damit nichts zu tun und würden niemanden unterstützen, der den gewaltfreien Widerstand auf politischer Ebene zu anderen Zwecken missbraucht. Ich weiß, dass der Wälbers eine Reihe von Telefonaten deswegen geführt hat, es wurden jede Menge E-Mails verschickt und einige Statements in den Umlauf gegeben. Der Landrat hat sich auch schon eingeblendet, das Ding wird hoch aufgehängt, die Kreis- und Landespolitik will sich distanzieren, bevor es zu ersten Anfragen aus der Öffentlichkeit kommt und die Presse sich draufstürzt. Du kannst dir vorstellen, dass es zu Bauernopfern und Neubesetzungen hochdotierter Posten kommen würde, wenn es einen Zusammenhang gäbe. Nein, da ist alles sauber, aber …«

Sie zog das »aber« sehr lang, da sie mit Tempo einhundertfünfundvierzig von dem Starenkasten in Bergerfurth erfasst wurde.

»Das geht doch wohl auf Kosten der Kreispolizeibehörde, oder? Wenn das den normalen Weg nimmt, bin ich meinen Führerschein los.«

»Ja, ich werde es durchgeben. Zurück zu deinem Aber, was wolltest du noch loswerden?«

»Es gibt ja noch die Leute, die diese subversiven Flyer in die Rathäuser und ins Kreishaus getragen haben. Das sind Radikale, glaub mir. Und die kommen nicht vom Niederrhein.«

»So weit waren wir gedanklich auch schon.«

Plötzlich schrie Marlene los, der Kommissar sank mit gesteigertem Herzschlag in den Sitz und bangte um sein Leben. Dies war schlimmer als ein Einsatz mit der Waffe.

»Mensch, mach dich vom Acker, los, fahr rechts an den Rand, du siehst doch im Rückspiegel, dass ich komm!«

»Marlene, der hört dich nicht, geh vom Gas!«

Begleitet von einem anhaltenden Hupsignal schleuderte sie an dem Hindernis in Form eines Lkws mit Anhänger vorbei. Gut, dass der Sportflitzer, der ihnen entgegenkam, rechtzeitig abbremsen konnte.

Von Aha gab sich ungeduldig und kämpfte gleichzeitig mit aufkommender Übelkeit, er öffnete sein Fenster. Zutiefst bereute er seinen Entschluss, diese sonst umgängliche Frau zu seiner Fahrerin erkoren zu haben. Kritik würde nicht helfen, da musste er jetzt durch, möglichst sachlich und zum letzten Mal.

»Hast du eine Idee, wer dahintersteckt? Ich meine, in deinem Referat wird man sich doch austauschen und auch schon Theorien entwickelt haben.«

»Haben wir. Moment, ich muss mich eben konzentrieren.«

Gero von Aha schaute einer neuerlich vor ihnen auftauchenden Gefahr ins Auge. Wenn er jemals heil an dem Einsatzort ankommen würde, dann wäre in der nächsten offenen Kirche ein Kerzchen zum Dank an den Schutzpatron der Reisenden fällig. Heiliger Christophorus, hilf. Er blickte auf die Rücklichter eines riesigen Claas-Axion-Traktors, die immer größer wurden und vor seinen Augen verschwammen.

»Neiiiiin!«

***

Die Behördenchefin van den Berg stand Anka Fresenius gegenüber, Tom Weber lauschte dem Disput der beiden Frauen, war froh, nicht involviert zu sein. Es geschah selten genug, dass er sich bedingungslos der Meinung seiner Chefin anschloss.

Fresenius verteidigte ihre Entscheidungen, an welchen Stellen eine hohe Personaldichte einzusetzen sei, und nun bestand van den Berg darauf, dass man nach neuesten Erkenntnissen auf jeden Fall Mehrhoog mit zu den gefährdeten Streckenabschnitten zählen müsste.

»Sie sind doch schon in der Frühe über die Funde in Sonsbeck informiert worden, warum haben Sie nicht reagiert?«

»Das waren Informationen von neugierigen Amateuren, ich werde ohne fundierte Beweise nichts von hoher Tragweite veranlassen.«

»Mittlerweile steht jedoch fest, dass diese Männer recht hatten, die Spurensicherung bestätigt den Fund. Wer ist in Mehrhoog und überwacht die Strecke? Das wird man uns ewig ankreiden, ein Disziplinarverfahren werde ich Ihnen anhängen, wenn dort etwas geschieht. Schicken Sie jede verfügbare Kraft dorthin, auf der Stelle.«

Fresenius wechselte die Gesichtsfarbe. »Ich habe hier die Befehlsgewalt, ich treffe die Entscheidungen, Sie vergessen, dass ich von der übergeordneten Behörde hierher abkommandiert worden bin. Ich werde zu gegebener Zeit reagieren.«

Van den Berg stürmte zur Tür, öffnete sie, drehte sich noch einmal zu Fresenius um. »Sie werden umgehend reagieren, und wenn nicht, werde ich mich bei Ihrem Vorgesetzten dafür einsetzen, dass Sie ganz schnell wieder in Düsseldorf tätig und dort für die nächsten Jahre unentbehrlich sein werden. Ich hoffe, wir haben uns verstanden.«

Tom Weber hörte Fresenius laut atmen, nachdem die Chefin längst verschwunden war. Minuten später trafen sich ihre Blicke.

Er durchbrach die Stille. »Ich kann versuchen, ein paar Kollegen und Kolleginnen von den Suchtrupps zurückzubeordern.«

»Zunächst erfragen Sie Amtshilfe aus dem angrenzenden Kreis. Kleve hat bestimmt noch freie Kapazitäten, die könnten am schnellsten dort sein. In diesem bedeutungslosen Kaff, das, egal, was geschehen wird, innerhalb der nächsten Stunden unerwartete Bekanntheit erlangen wird.«

Tom Weber setzte sich mit der Dienststelle in Kleve in Verbindung. Sein Gespräch verlief eher einseitig und nachdem er sein Anliegen vorgetragen hatte, von seiner Seite her einsilbig.

»Sie können niemanden abstellen, die sind mit Ausschreitungen und Protesten an der Strecke in Emmerich ausgelastet, dort muss es wüst zugehen.«

»Emmerich. Noch ein Name, den ich nie zuvor gehört habe. Ach, da im Norden.« Fresenius stellte sich vor die digitale Karte und schaute von einem Einsatzort zum nächsten, entschied sich dann energisch. »Nein, da ist jede Kraft fest eingeplant. Und Frau van den Berg bevorzugt eine große Lösung.«

Sie drehte sich zu Weber um, er hätte schwören können, dass sie ein Lächeln im rechten Mundwinkel andeutete. »Die soll sie haben. Kommissar Weber, veranlassen Sie die Sperrung der gesamten Strecke in beide Richtungen.«

»Was?«

»Regionalbahnen, ICEs, Güterverkehr, stoppen Sie alles, was da in den nächsten Stunden rollen soll.«

Sie deutete auf die Karte. »Und zwar ab der Grenze zu den Niederlanden bis hinab nach Duisburg im Süden. Uns soll niemand nachsagen, wir hätten irgendjemanden fahrlässig gefährdet. Ich entscheide hiermit, ab sofort die Gefahrenlage entlang der Betuwe-Linie als sehr hoch einzustufen. Veranlassen Sie die Gesamtsperrung, setzen Sie sich diesbezüglich mit der Deutschen Bahn in Verbindung. Ich will, dass innerhalb kürzester Zeit hier nichts mehr rollt.«

Sie schaute erneut auf die Karte, von Nord nach Süd. »Informieren Sie als Erstes Frau van den Berg. Sie kann zügig eine Pressekonferenz einberufen und alles erklären. Ich kümmere mich derweil weiter um die Suchtrupps an den Bahnhöfen, und sobald die ihre Koordinaten abgesucht haben, können sie sich anderen Aufgaben widmen.«

Weber fühlte sich gefordert, hatte sich Notizen gemacht, telefonierte und tippte gleichzeitig in seinen PC. So eine weitreichende, große Entscheidung hatte es noch nie im K1 gegeben. Und alles ohne seine direkte Vorgesetzte Karin Krafft. Er würde zeigen, was er konnte.

***

Der neue Chef der Redaktion stand an seinem Pult und schüttelte den Kopf.

»Krämer, das passt jetzt nicht ins Konzept. Sie sollen heute über die Riesenrammler und Zwergkaninchen in der Niederrheinhalle berichten, ich habe niemanden, den ich sonst dahinschicken könnte. Und überhaupt, was ist das für eine Spekulation mit dem geplanten Anschlag auf die Bahn? Da gibt es bis jetzt keine konkreten Warnungen der Behörde, oder?«

Theo Krämer kochte innerlich, ließ sich jedoch äußerlich nichts anmerken, es würde nichts verändern, außer dass die jungen Kollegen ihn wieder mal als Dinosaurier des Fachs belächelten. Der neue Geist seines alten Blattes ließ keine spontanen Veränderungen in der Planung der Beiträge mehr zu, es musste schon die Berichterstattung über eine Katastrophe mittleren Ausmaßes aus der ersten Reihe sein, dann würden die wenigen Kräfte ausnahmsweise von den üblichen Themen erlöst werden.

Karneval, Schützenfest, Ausstellung vom Kaninchenzüchterverband. Zwischendurch lokale Politik, meist sauber und konfliktfrei, und wenn es mal krachte, dann wurde groß berichtet, um unweigerlich wieder zum gewohnten Jahresablauf zurückzukehren. Rosenmontagsumzug, abgeschossene Holzadlerfragmente und die Karnickel mit aktuellen Bildern und gespreizten Worten sorgten bei älteren Berichterstattern entweder für apathisch erduldete Routine oder für Brechreiz. Ein Hoch auf die Traditionen.

Theo Krämer packte missmutig seinen Notizblock ein, beäugt von Youngstern mit ihren Tablets und Smartphones, für die Papier und Stift zu Relikten aus grauen Vorzeiten wurden. Ja, er würde die Riesenrammler wieder nett umschreiben, vielleicht dieses Mal mit einem feinen Rezept für Hasenbraten garnieren. Wie viele Jahre noch umjubelte Prinzenpaare, Umzüge der Bürgerschützen und prämiertes Vieh? Während er mit sich und dem Konzept haderte, sah er eine neue E-Mail auf dem Bildschirm an seinem Platz aufleuchten. Der Pressesprecher der Kreispolizeibehörde schrieb, die Überschrift prangte ihm in großen Lettern entgegen, erweckte seine Neugier.

»Hohe Gefahreneinschätzung. Gesamter Zugverkehr am rechten Niederrhein für unbestimmte Zeit unterbrochen.«

Er hockte sich zurück auf seinen Platz, die anderen waren beschäftigt, warfen keinen Blick auf die Neuigkeiten, die regelmäßig eintrudelten und entweder gelöscht oder später beachtet wurden. Rasch druckte er sich den knapp gehaltenen Text zur Mail aus, ließ die Schlagzeile auf seinem Monitor in den Papierkorb wandern. Das war die persönliche Theo-Krämer-Baustelle.

»Ich bin dann mal zu den domestizierten Nagern in die Niederrheinhalle, Fotos von den Preisträgern bringe ich mit.«

Keine Reaktion, auch gut. Er schnappte sich seinen Fotoapparat und verließ die Redaktion.

Im Treppenhaus las er über die hoch eingestufte Gefahrenlage und den Entschluss, die Deutsche Bahn aufzufordern, sämtliche Züge, egal, ob Personen- oder Güterverkehr, umgehend im nächsten Bahnhof zu stoppen, wenn dieser freigegeben war. Was für eine Story lag in seinen Händen?

Er wusste genau, wohin er jetzt fahren würde, den Bericht seines Lebens schreiben, die hautnahen Fotos von der mittleren bis großen Katastrophe machen, das Inferno dokumentieren, die Hilflosigkeit der Rettungskräfte, die unvorbereitet auf das Grauen trafen. Der Ort der Zerstörung würde ab heute einen Namen haben: Mehrhoog, Ortsteil von Hamminkeln, gelegen zwischen Wesel und Rees. Und unter jedem Foto, jedem gedruckten Wort würde sein Name stehen, Theo Krämer, Ihr Reporter vor Ort berichtet für Leute vom Niederrhein, die TAZ, die Sun und Het Nederlands Dagblad. Der Pulitzerpreis 2016 und das Foto des Jahres winkten ihm.

Theo Krämer stürmte zu seinem alten Golf und nahm die Ausfahrt der Tiefgarage mit quietschenden Reifen.

***

Zum Glück hatte Burmeester darauf bestanden, dass Yasmin sein altes, abgenutztes Portemonnaie mit seinen Papieren nicht mit nach Hause nahm, so hielt er nun den bewaffneten Ordnungskräften, die einen Teil des Parkplatzes links neben dem Bahnhofsgebäude in Wesel für Einsatzfahrzeuge bereithielten, seinen Dienstausweis entgegen. Er forderte Maarten auf, den Zeichen der Uniformierten zu folgen und seinen Wagen in einer Lücke zwischen zwei Mannschaftswagen abzustellen.

Burmeester stieg mühsam aus, musste sich am Autodach festhalten, bis sein Kreislauf weitere Aktionen gestattete.

Maarten betrachtete ihn mit Sorge. »Du gehörst zurück ins Bett, das war eine bekloppte Idee, dich selbst zu entlassen. Steig ein, ich fahr dich zurück.«

»Nix da, es geht schon. Maarten, ich kann mich nicht hinlegen und einfach nichts tun.«

Mit wackeligen Knien setzte er sich in Bewegung, fragte den nächststehenden Ordnungshüter nach dem Verantwortlichen und erhielt die Antwort, momentan sei man auf den allgemeinen Befehl angewiesen, da der Leiter, ein Kommissar von Aha vom K1, nicht aufzutreiben sei. Die Vertretung sei aus gesundheitlichen Gründen verhindert. »Ich hörte, der kommt nicht vom Pott runter. Ungünstiger Zeitpunkt für Magen-Darm.«

Dem stimmte Burmeester wortlos zu. Er hatte bereits sein Smartphone in der Hand und aktivierte die Kurzwahl für das Kommissariat 1.

Weber meldete sich, gab sich erstaunt, setzte jedoch in kürzester Zeit an, den momentan unerwünschten Gesprächspartner abzuwimmeln, weil die Leitung frei bleiben musste. »Hör mal, ich kann jetzt nicht, wir werden dich besuchen, wenn wir hier alles gestemmt haben.«

»Tom, lass mich ausreden. Ich bin in Wesel am Bahnhof und stelle fest, dass weder Gero da ist noch seine Vertretung. Ich melde mich hiermit in den Dienst zurück, stell mir den Einsatzplan auf mein Handy, ich übernehme hier die Leitung.«

»Bist du denn auf dem Damm?«

»Natürlich, solange keine Stunts von mir erwartet werden, bin ich fit genug, und die Koordination würde ich auch liegend hinkriegen. Ich bin zwar unbewaffnet, aber das Aufstemmen von Türen und die dunklen Ecken überlasse ich den Kräften in Schutzkleidung. Ich pass schon auf, keine Sorge. Gero hat mich am Morgen ordentlich mit dem aktuellen Stand versorgt. Ich bin also im Bilde. Her mit dem Einsatzplan für den Bereich des BF Wesel und Umgebung. Ich will hier in kürzester Zeit alle Eingeteilten in geordneter Bewegung sehen.«

Er hörte, wie Weber mit Fresenius sprach, bevor er das Telefon an sie weiterreichte.

»Kommissar Burmeester, sind Sie in der Lage, klar zu denken und Entscheidungen zu treffen?«

»Natürlich, sonst wäre ich nicht hier.«

»Ihr körperlicher Zustand lässt einen anstrengenden Einsatz zu?«

»Unter diesen Umständen würde ich mich im Rollstuhl herfahren lassen. Ich bin okay.«

»Gut, dann übergebe ich Ihnen hiermit die Leitung des Einsatzes ›Eisendrachen BF Wesel‹. Sind Sie bewaffnet und haben eine Schutzausrüstung angelegt?«

Burmeester schaute an sich hinab, blickte auf seine neongrüne Hose, die rote Baumwolle seines T-Shirts und die Birkenstocks in Türkisblau an den Füßen. So sah man eher aus, wenn man gerade aus einem Krankenhaus geflohen war.

»Nein.«

»Beides nachrüsten und viel Erfolg. Ich gebe Ihre Autorisierung per Funk an alle weiter.«

Aus einem der Einsatzfahrzeuge kam ein junger Beamter mit Schutzweste, Helm und Waffe auf ihn zu.

»Helm geht nicht, bei der Weste helfen Sie mir, die ist zu sperrig für meine Bewegungsmöglichkeiten. Und mein Kollege wird ebenfalls mit Schutz versorgt.«

Maarten blickte sich um, niemand neben oder hinter ihm, Nikolas Burmeester hatte also eindeutig ihn gemeint. Schon wurde ihm eine Weste gereicht, den Helm nahm er von dem Kommissar mit dem Kopfverband entgegen, wunderte sich über das Gewicht. »Donnerwetter, nicht gerade ein leichtes Jäckchen aus Sommerleinen.«

»Nein, das Ding soll ja nicht Mücken vom Stechen abhalten, sondern das Eindringen von Kugeln in lebenswichtige Organe verhindern.«

»Muss das sein?«

»So wie ich dich einschätze, wirst du nicht lockerlassen und hierbleiben wollen. Los, anlegen, oder du gehst zu McDoof und wartest dort drinnen. Ich will hier niemanden ohne Weste im Einsatz sehen. Wir wissen nicht, was uns erwartet.«

Burmeester bekam ein Headset überreicht, mit dem er in Funkverbindung zur Zentrale am Herzogenring stand, und bestätigte den tadellosen Empfang der Stimme von Anka Fresenius.

Nach einem weiteren Blick auf sein Smartphone war klar, wie die Aufteilung der Kräfte vor Ort geplant war. Es brauchte nur kurze Befehle, alle schienen vorbereitet und machten sich auf den Weg. Besonders umfangreich waren die Hochhäuser in unmittelbarer Nähe des Gleisbetts, sie mussten vom Keller bis zum Dach durchsucht werden, die Akzeptanz der Maßnahme durch alle Bewohner wurde vorausgesetzt. Gefahr im Verzug, der Zutritt erlaubt.

Maarten fühlte sich sichtlich unwohl in Weste und Helm. Er hängte sich an Burmeester. »Ich fühle mich wie ein Gladiator, mir fehlt noch das Schwert. Ich werde dich beschützen, du wirkst echt geschafft.«

Burmeester setzte sich in den nächstbesten Einsatzwagen und erklärte ihn über Funk zur Einsatzzentrale vor Ort.

»Alles läuft, das sind gute Jungs und Mädels, die haben ihre Aufgabe im Kopf. Ich bleibe hier. Maarten, kannst du mir ein Schmerzmittel aus der Apotheke drüben in Richtung Berliner Tor besorgen?«

»Klar, mach ich.« Schon lief Maarten los.

Burmeester schrie hinter ihm her. »Nimm den Helm ab im Laden, sonst erschrecken sich die Leute.«

»Ach was, ich bin doch der Gladiator an deiner Seite, der für das Gute kämpft. Ich beeile mich.«

Burmeester sackte in sich zusammen. »Ja, komm schnell wieder her, einer muss mich im Ernstfall stützen.«

***

Mitten in Hamminkeln, in einer Parkbucht auf der Molkereistraße in Sichtweite vom Café Winkelmann, hielt der SUV, die Männer und Frauen im Inneren unternahmen keinerlei Anstalten, das Fahrzeug zu verlassen. Der Fahrer schaute nach vorn, begann zu sprechen, bewegte dabei seinen Kopf nicht einen Millimeter. Er hatte nicht vor, den anderen in die Augen zu schauen, er wollte die uneingeschränkte Aufmerksamkeit jeder einzelnen Person, keine Fragen, keine Anmerkungen, keine Diskussion, er wollte in knappen Dialogen erfragen, ob sein Plan in den Köpfen verankert war. Bedingungslos. Eindeutig. Klar.

Mehrere Fahrzeuge schlichen durch die verkehrsberuhigte Molkereistraße, Mütter brachten auf Fahrrädern ihren Nachwuchs zum Kindergarten, aus der kleinen Buchhandlung an der Ecke kamen drei Frauen, die sich lebhaft unterhielten. Auf der

Terrasse des Cafés saßen erste Gäste unter den Sonnenschirmen und genossen das Frühstück, das sie sich am reichhaltigen Büfett zusammengestellt hatten.

Niemand nahm Notiz von dem großen weißen Auto am Straßenrand, in dem abwechselnd der Fahrer oder einer der anderen Passagiere sprach, die sich nicht regten, keine Luftbewegung im Innenraum erzeugten.

Hätte jemand die Szene von außen über mehrere Minuten hinweg beobachtet, wäre er vermutlich auf die Idee gekommen, dass dort Handlungsreisende auf ihren schweißtreibenden Einsatz eingeschworen wurden, unauffällige junge Leute, die gepflegt wirkten, mit ordentlichen Frisuren und freundlichen Gesichtern, in denen man bei eingehender Betrachtung ein eingefrorenes Lächeln erkennen konnte. Ihr müsst Erfolg haben, Verträge abschließen, ihr müsst gut sein. Vielleicht hätte man sich darüber gewundert, dass niemand ein Fenster öffnete, es musste langsam warm werden dort, vielleicht wäre einem in Aufmerksamkeit geschulten Geist aufgefallen, dass niemand da drinnen wagte, sich Schweißperlen von der Stirn zu wischen, und eventuell hätte sich jemand das Kennzeichen des Autos gemerkt, wenn demjenigen aufgefallen wäre, dass die Personen nicht wagten, sich zu regen, einander anzublicken oder auch nur den Mundwinkel zu verziehen, während der Mann hinter dem Steuer sprach. In dem Auto herrschte spürbarer Druck, Disziplin.

Ein Kind, sorgfältig angeschnallt auf einem Fahrradsitz im Rücken seiner Mutter, warf im Vorbeifahren einen kurzen Blick auf die starren Gesichter hinter den Scheiben und fasste in Worte, was allen anderen Menschen in der Molkereistraße entging: »Mama, die Leute in dem Auto gucken wie der Heinzi von nebenan, wenn der einen Hund sieht.«

»Heinzi hat Angst vor Hunden. Saß da ein Hund im Auto?«

»Nein. Aber Heinzi kriegt dann Angst und kann sich nicht mehr bewegen.«

»Ach, was erzählst du da? Meinst du, die Leute in dem Auto haben Angst?«

»Ja, wie der Heinzi.«

»Was du dir immer ausdenkst.«

Als sie um die nächste Ecke verschwunden waren, sinnierte das Kind ein wenig weiter. »Und der Mann hinter dem Lenkrad ist der böse Wolf.«

***

Alfons Mackedeis Handy meldete sich, ordnungsgemäß fuhr er auf den Randstreifen an der B 8, stellte den Motor ab und griff nach dem kleinen Gerät, das in einer Holzkiste auf dem durchgehenden Vordersitz lag, die zwischen ihm und Heinz-Hermann Trüttgen stand.

Er nahm das Gespräch an und lauschte konzentriert.

»Nein, ich kann jetzt nicht nach Hause kommen, ich bin unterwegs. Aber dreh doch den Haupthahn im Keller zu. … Ja, im Waschkeller, der Hahn neben der Wasseruhr, dann hört es sofort auf. Und als Nächstes holst du unseren Installateur, ruf an und sag, es sei ein Notfall. … Ja, der kommt bestimmt. Aber es ist doch besser, wenn man die Dinge, die mit Strom und Wasser zu tun haben, von Fachleuten richten lässt und nicht von uns Semi-Amateuren. … Ja, mach schnell. … Nein, wir sind nicht auf Abwegen, wir sind auf dem Weg zu einem Auftrag. Alles hat seine Richtigkeit, Constanze, du kannst mir glauben. … Nein, wir doch nicht. Ja, mach schnell, damit die Überschwemmung nicht zu groß wird, wir kommen sobald es geht und helfen dir.«

Nachdem das Gespräch beendet war, ließ Mackedei den Motor an und blinkte, um sich wieder in den fließenden Verkehr einzuordnen. Trüttgen war neugierig.

»Das war deine Frau, oder?«

»Ja.«

»Und?«

»Und? Was soll sein? Sie wird nicht mehr mit mir sprechen, wenn das hier in die Hose geht oder in die Zeitung kommt. Du kennst doch die alten Spielfilme mit Heinz Rühmann als Pater Brown? Der hatte nur gute Absichten und stolperte dennoch immer in höchst kriminelle Angelegenheiten hinein.«

»Ich erinnere mich, eine Episode hieß ›Das schwarze Schaf‹. Du meinst, deine Frau riecht Lunte wie die Haushälterin in den Filmen?«

»Genau, statt einer Predigt vom Bischof, der mich in die Einöde versetzt, wird es eine Ansprache der Gattin geben, die mich unter Betreuung stellen lässt.«

»So schlimm wird es schon nicht werden. Warum fährst du nicht los?«

»Ich lasse noch eben das Blaulicht vorbei.«

Ein Ford Ka mit aufgestecktem Licht raste an ihnen vorbei.

Trüttgen wunderte sich. »Seit wann fahren die von der Polizei solche Autos?«

»Das kann nichts Offizielles gewesen sein, das war bestimmt das hiesige Ordnungsamt oder so.«

Mackedei ordnete sich wieder ein, der Motor des Bullis schnurrte, stumm saßen die Männer nebeneinander.

»Und wenn das doch alles drei Nummern zu groß für uns ist?«

Trüttgen verschränkte die Arme. »Hü und hott, hin und her, einmal willste und dann wieder nich. Mensch, entscheide dich endlich mal, schließlich isset nich mehr weit bis Mehrhoog. Wir gucken einfach mal nach, ob auf den Schienen ein großes rotes Kreuz zu sehen ist.«

»Wie meinst du das?«

»Na, wenn et zu groß leuchtet und gefährlich wirkt, dann überlassen wir dat Feld den anderen und machen uns vom Acker.«

Mackedei nickte. »Das hört sich gut an, genauso werden wir es machen. Wenn wir erkennen, dass da etwas Übles im Gange ist, dann ziehen wir uns zurück.«

Trüttgen schaute auf seiner Seite aus dem Fenster. Er schmunzelte, flüsterte kaum merklich: »Wer et glaubt, wird selig.«

***

Karin blickte mit ungläubigem Ausdruck auf einen opulent gedeckten Tisch, zwischen Vasen mit Wiesenblumen standen dampfende Schüsseln und Platten mit Gemüse, Suppen und Fisch, riesige Schalen mit knackigen Salatblättern, Körbe mit Brotscheiben, Etageren mit frischem Obst, mit Beeren und Trauben, Gläser mit Mousse aus dunkler Schokolade, garniert mit Erdbeerscheiben und Pfefferminzblättern, und es gab Karaffen mit Saft, Wein und Wasser. Sie langte nach dem Wasser, nur Wasser sollte es sein, frisch, klar, kühl, goss es in eines der Gläser. Das Glas nahm aber nichts auf, die Karaffe leerte sich, das Glas blieb trocken, entsetzt griff ihre Hand nach dem Saft, schüttete, wieder blieb das Glas trocken und sauber, Panik machte sich in ihr breit, die kostbare Flüssigkeit blieb ihr versagt, auch der Wein, den sie sich nun in den Mund schüttete, verschwand, ohne dass auch nur ein Tropfen ihren Durst stillte. Die Trauben. Ihre Hand griff ins Leere. Ein Trugbild, alles Essbare, die Getränke erwiesen sich als Halluzination, egal, was ihre Hände berühren wollten, sie griff nach leeren Gläsern, Schalen, Tellern. Durst, Hunger und Angst blieben.

Schweißgebadet erwachte Karin Krafft, schaute sich mit völligem Unverständnis um. Wo war sie? Sie hatte den letzten Rest Orientierung verloren, suchte minutenlang nach Antworten, bis ihr Hirn die Situation stückchenweise preisgab, in der sie sich befand.

Neben ihr, direkt in Griffweite ihrer Hand, lag in dem Chaos ein Dosenöffner, was sollte das bedeuten? Ihre Augen fanden eine leere Wasserflasche, sie setzte sie sekundenlang an ihre Lippen, nicht ein Tropfen kam heraus. Die anderen leeren Flaschen fielen ihr auf, sie kroch in die Ecke des Raumes, durchsuchte den Müll, nahm jede Flasche auf, einige Tropfen Wasser benetzten ihren trockenen, rauen Hals.

Was wollte sie mit dem Dosenöffner machen? Wach bleiben, sie durfte nicht wieder wegdämmern. Mit einem Alptraum aufzuwachen, aus dem Panik erwuchs, das kostete wertvolle Energie, Zeit. Da war etwas gewesen, sie hatte sich einen Plan zurechtgelegt, etwas waberte durch ihre Erinnerung, nur blieben die konkreten Bilder dazu aus.

Sie warf den Dosenöffner von sich, er traf auf das Gestell, offenbar von einem Bett oder einer Liege, jedenfalls ein möbelartiger Gegenstand, der auf Kippe zwischen ihr und der Tür lag. Ein schepperndes, metallisches Geräusch drang an ihr Ohr. Karins Augen sahen etwas, das ihre Erinnerung beflügelte. Für den Bruchteil einer Sekunde hatte das Auftreffen des kleinen Küchenhelfers auf dem Gestell einen winzigen Lichtblitz erzeugt. Krampfhaft suchte Karin in ihrem Kopf nach dem Sinn ihrer Wahrnehmung. Warum hatte dieser winzige Funke so eine Bedeutung für sie, weckte tief in ihrem Inneren einen Funken Hoffnung?

Genau, das war es. Sie wollte Funken erzeugen und damit etwas in Brand setzen. Nur was?

Ihr wurde mit einem Mal bewusst, dass sie angefangen hatte, die Dinge zu vergessen. Bald würde es so weit sein, Halluzinationen, Koma, Ende.

»Ich muss eine Möglichkeit finden, mir die Dinge zu merken, ich muss sie aufschreiben oder an die Wand malen. Womit?«

Wieder beugte sie sich über die Müllecke, nahm eine Dose mit Soßenresten, fauliger Geruch schlug ihr entgegen. Egal. Das war eine Raviolidose, sie beleuchtete den Boden. Offenbar war sie über Feuer erwärmt worden, das Blech hatte sich verfärbt. Ihr Blick fiel auf die Gaskartuschen, die vor der Tür standen.

Klar, sie hatte geplant, ein Feuer zu legen, um diese Tür zu öffnen, deshalb der Dosenöffner zum Funkenschlagen.

Schon wollte sie loslegen, hatte jedoch nicht damit gerechnet, dass ihre Kräfte so schnell nachlassen würden. Sie hockte sich vor die Wand, tauchte ihre Finger in den seifigen, übel riechenden Soßenrest und bemühte sich, ihren Plan an die Wand zu schreiben, bevor sie wieder wegdämmerte.

Dosenöffner.

Metall.

Funken.

Gas.

Tür.

Feuer.

Karin Krafft sank in sich zusammen.

***

Die Bahnschranken versperrten dem Durchgangsverkehr die freie Fahrt, für den SUV mit den ordentlich aussehenden Männern und Frauen reichte der Abstand der haltenden Fahrzeuge, um ohne Probleme links in Richtung Bahnhof abzubiegen. Ordnungsgemäß wurde das Fahrzeug auf dem Pendlerparkplatz zwischen unauffälligen Autos abgestellt. Niemand verließ den Innenraum. Etwas schien den Anführer stutzig zu machen.

»Was ist das hier für eine Ruhe?«

»Wieso? Womit hast du gerechnet?«

Er blickte auf seine Armbanduhr. »Es ist kurz vor neun, zumindest der regionale Verkehr läuft doch meistens um die volle Stunde herum. Ich werde am Bahnhofsgebäude auf den Fahrplan schauen. Ihr wartet hier. Und nicht dass mir einer von euch raucht und die Kippen hier auf dem Boden hinterlässt. Ich habe so viele Spuren vernichtet, als Letztes werde ich nach beendeter Mission das Haus in Sonsbeck säubern.«

Mit einem schrägen Lächeln fügte er in sarkastischem Unterton hinzu: »Es wird anschließend brandneu wirken.« Er stieg aus und bewegte sich ohne Hast auf das Gebäude zu.

In der sommerlichen Morgensonne heizte sich das Innere des Fahrzeugs schnell auf, eine der Frauen öffnete die hintere Tür und stieß damit an den alten Opel Astra auf dem Nebenparkplatz. Ein älterer Mann in beiger Stoffhose, mit ebensolchem Käppi und einer altmodischen Herrenhandtasche, die an einer Schlaufe an seinem Handgelenk baumelte, hatte auf dem Rückweg zu seinem Auto das Geräusch von Weitem gehört.

»So geht das aber nicht, immer diese breiten Autos auf schmalen Plätzen, und dann knallen die Türen an die Karosserie. Da muss ich gucken, ob was passiert ist. Wehe, Sie bewegen das Auto weg, ich hab das Kennzeichen.«

Er beäugte seine Autotür und fand in der Tat eine winzige Veränderung, über deren Herkunft man sich im Normalfall an Ort und Stelle heftig hätte streiten können.

Der Beifahrer im SUV stieg aus, wohlbedacht, mit seiner Tür nicht wieder das Nebenfahrzeug zu berühren. Er schaute sich die Tür ebenfalls an und erkannte einen winzigen weißen Schleier. »Hören Sie, das ist allenfalls eine Sache für die Politur.«

»Nä, das muss sich meine Werkstatt erst mal angucken. Das muss fachgerecht behoben werden. Wo ist denn der Fahrer von dem Kasten hier?«

Mit unruhigem Blick in Richtung Bahnhofsgebäude kramte der Mann aus dem SUV in seinen Hosentaschen und brachte seine Geldbörse zum Vorschein. »Wir wollen doch die Sache zu Ihrer Zufriedenheit und ohne Ärger regeln, oder? Hier, ich kann Ihnen hundert Euro geben, damit dürfte Ihre Werkstatt den Schaden beheben, und Sie gehen sich am Abend noch ein Bierchen trinken.«

Der Mann in Beige warf einen beiläufigen Blick auf das geöffnete Portemonnaie des Jüngeren. »Das wird teurer, glauben Sie mir, Arbeitslohn, Material, vielleicht sogar für einen Tag ein Leihauto, man hat schließlich seine Termine.«

Noch war niemand auf dem Weg zurück zum Parkplatz, die blonde Frau im Auto winkte mit ihrer Geldbörse, der Mann aus dem Auto ließ sich Bargeld reichen.

»Hier, vierhundert Euro, das ist alles, was wir bar zur Verfügung haben. Das reicht aber bestimmt.«

Die Augen des Alten leuchteten auf. Er nahm das Geld und nickte. »Gut, das wird so eben reichen. Na, dann immer schön aufpassen beim Aussteigen, da kann leicht was passieren. Ich hab Sie hier noch nie gesehen, Sie sind auf der Durchreise?«

»Eh, ja, wir holen jemanden ab.«

Die beige Kappe wurde gelupft, ein Stofftaschentuch nahm den Schweiß auf, der sich auf der Glatze gebildet hatte. Der Mann entriegelte die Fahrertür. »Da werden Sie wohl Geduld haben müssen, im Moment kommt kein Zug an, sie werden es wieder mit einer technischen Störung rechtfertigen und den Pendlern Entschädigungen zahlen, um ihr Image zu wahren.«

Während er einstieg, kam der Anführer der Gruppe wieder zum Auto zurück, die Fahrzeugtüren schlossen sich leise, bevor er in Hörweite war. Er riss die Fahrertür auf und setzte sich mit besorgter Miene. »Zeitliche Verzögerung im Regionalverkehr aus unbestimmten Gründen.«

Die Frau mit den strengen Zöpfen, die diszipliniert hinter dem Fahrersitz saß, räusperte sich. »Vielleicht hat sich wieder jemand vor einen Zug geworfen, das kann unter Umständen dauern.«

Der Beifahrer blickte besorgt. »Passt das in den Zeitplan?«

»Eigentlich überhaupt nicht. Für Punkt halb zehn sind die bundesweiten Aktionen terminiert. Da sollte das Ding angeschlossen und zündfertig sein. Wir brauchen den großen Schock. Wir wollen aufwecken, vergesst das nicht, hier geht es nicht darum, einfach mal bum zu machen, hier geht es um

Beeinflussung der großen Politik. Man soll uns ernst nehmen mit unseren Forderungen. Über die politische Ausrichtung werdet ihr in den nächsten Schulungen noch mehr erfahren. Wir schulen nur Leute, die wirklich zu uns gehören wollen. Und den Beweis dafür könnt ihr heute abliefern.«

Er schaute in Richtung Gleisbett. »Das hier ist ja nur ein kleiner Teil dessen, was den Westen heute ereilen wird. Ihr werdet sehen, wie groß unser Einfluss ist. Und jetzt schaut mal nach rechts. Seht ihr das Wohnmobil mit dem Frankfurter Kennzeichen? Da steigen wir nachher in aller Ruhe nacheinander ein und fahren damit los in Richtung Hamminkeln. Im gleichen Moment, wenn wir uns nur knapp hundert Meter entfernt haben, wird dieses Auto hier in die Luft fliegen. So hinterlassen wir nirgendwo unsere Spuren.«

Die Frau hinter dem Fahrer und der Mann neben ihm wechselten einen verstohlenen Blick. Keine Fingerabdrücke. Die waren gerade mit einem gewieften alten Mann in einem Opel Astra vom Parkplatz gefahren.

Unbeirrt erörterte der Anführer den weiteren Plan. »In zehn Minuten sind wir auf der Autobahn.«

***

»Burmeester?«

Der Kommissar setzte sich automatisch auf, als die Stimme von Anka Fresenius ihn über sein Headset erreichte. »Ich höre.«

»Sie sind nicht wiederhergestellt, sondern haben sich eigenmächtig aus dem Krankenhaus entfernt. Ich habe mit der dortigen Station telefoniert, um sicherzugehen, wie fit Sie sind, die halten Ihnen dort das Bett frei.«

»Wie kommen Sie dazu, hinter meinem Rücken Auskünfte über meine Gesundheit abzufragen? Ich werde mich erkundigen, ob das rechtens ist.«

»Lassen Sie es gut sein, die haben mir nichts gesagt, aber keine Antworten sind auch aufschlussreich.«

»Mir geht es gut, ich bin hier genau richtig.«

»Sehen Sie, und ich dachte mir, ich frage nach, was Sie da so sicher macht.«

»Ist die Spurensicherung aus Sonsbeck noch nicht zurück?«

»Nein. Was werden die Kollegen mir Interessantes mitteilen, was meinen Sie?«

Burmeester druckste herum. »Es gab in dem Ducato eindeutige Hinweise, die nach Wesel zielten. Da konnte ich nicht einfach zurück ins Bett und den Bahnhof mit Umgebung den Kollegen überlassen. Frau Fresenius, ich muss doch alles tun, um Karin Krafft zu finden.«

Anka Fresenius bat um eine kurze Pause, widmete sich einem Gespräch aus anderer Richtung und kehrte nach wenigen Sätzen zurück zu Burmeester. »Was für Hinweise meinen Sie?«

»Im Laderaum befanden sich Plastiktüten mit Vorräten, alles ohne zu kochen essbar.«

»Ja, und?«

»Es waren auch Schmerzmittel und Verbandszeug dabei.«

»Das ist schon interessanter. Und wie kommen Sie auf eine Verortung in Wesel?«

»Die Medikamente haben ein Etikett, sie stammen aus der Apotheke bei dem großen Real.«

»Sehr gut. Gestatten Sie mir eine persönliche Frage. Wie eng sind Sie und Frau Krafft?«

Burmeester atmete tief durch. Was sollte er antworten? Dass die Hauptkommissarin ihn mit all seinen Spleens in ihrem K1 akzeptierte, dass er ihre direkte Art und ihre Ermittlungsarbeit bewunderte und auch, wie Karin nebenher ihr Leben meisterte, ihre Kinder erzog, ihn selbst vor seiner esoterischen Mutter gerettet hatte, ihn in ihrer früheren Bleibe im Haus ihrer eigenen Mutter in Bislich-Büschken einquartiert hatte. Dass Karin Krafft ein feiner Mensch war?

»Ich schätze sie sehr als Vorgesetzte und als Mensch.«

»Sie bleiben neutral und sachlich?«

»Selbstverständlich.«

»Moment.«

Sie ließ Burmeester zugeschaltet, er konnte mithören, wie Jerry Patalon sich aus Dinslaken meldete und die Vorgehensweise zur Durchsuchung eines verschlossenen Gebäudes in Bahnhofsnähe erfragte.

Sie gab grünes Licht für eine ordentlich durchgeführte Stürmung. »Unter Berücksichtigung aller Maßnahmen für die Sicherheit einer Geisel, also nicht zu flott, leise und umsichtig. Das wird keine Hauruckaktion, verstanden?«

Maarten kam aus Richtung Berliner Tor zurück und besorgte sich bei der Verpflegung eine Wasserflasche. Er hielt Burmeester die Flasche und einen Blister mit weißen Tabletten entgegen. Dankbar nahm der Kommissar beides an.

»Kommissar Burmeester?«

»Ich höre.«

»Ich lese hier gerade eine Bestätigung Ihrer Vermutung, auf den Plastiktüten befinden sich Fingerabdrücke der getöteten Margarete Kwiatkowski.«

»Bingo!«

»Vorsicht, vielleicht ist alles auch nur Tarnung, oder die räumliche Entfernung wird von uns falsch eingeschätzt. Die Frau kann in Wesel eingekauft und alles ganz woanders hingebracht haben. Gerade wird in Dinslaken die Stürmung eines verdächtigen Gebäudes vorbereitet. Bei Ihnen was Neues?«

Burmeester schüttete rettendes Wasser auf die beiden Tabletten, die rau in seiner Kehle steckten.

»Im Moment nichts Neues.«

»Sie halten mich …«

»… auf dem Laufenden, ich weiß.«

Burmeester blickte auf zu Maarten, der in alle Richtungen spähte und in seiner Sicherheitskleidung nicht von den anderen zivil gekleideten Beamten zu unterscheiden war.

»Nicht dass du noch zu uns wechselst.«

»Wer, ich? Nein, bestimmt nicht. Einer, um den man Angst haben muss, reicht in einer Familie.«

***

Der alte Bulli stand an der Ampelkreuzung auf der B 8. Langsam, jedoch nicht ohne Bedacht betätigte Mackedei den Blinkerhebel. Rechts abbiegen in Richtung Bahnhof Mehrhoog. Sein Zögern blieb Heinz-Hermann Trüttgen nicht verborgen.

»Noch kannst du geradeaus weiterfahren. Nach Rees, im Café Rösen ein Bierchen auf der Terrasse am Rhein trinken.«

»Klar. Könnten wir machen.«

»Oder du wechselst die Spur, wir fahren über Haldern nach Bislich und setzen uns im alten Fährhaus an den Rhein.«

Mackedei lehnte sich über sein Lenkrad. »Auch das wäre jetzt eine Option. Eine sehr verlockende übrigens.«

Noch sprang die Ampel nicht um. Beide Männer blickten stumm auf die Straße.

Mackedei seufzte. »Wir können auch wenden und zum Weseler Yachthafen fahren. Dort liegt mein Boot. Wie lange habe ich nicht mehr an Bord in der Sonne gesessen!«

Trüttgen bemerkte, dass die Fußgängerampel auf Rot sprang. »Ja, wir können tun und lassen, was wir wollen. Gleich kommt Grün.«

»Uns ein einfaches, echt unkompliziertes Rentnerleben gönnen.« Mackedeis Hand lag am Blinkerhebel, als die Ampel vor ihm auf Grün umsprang. »Wir sind völlig frei, Heinz-Hermann, frei in unserer Zeiteinteilung, darin, welche Inhalte und Schwerpunkte wir in unserem Leben setzen.«

Der Fahrer im Wagen hinter ihnen hupte.

»Genau, ich hätte et nich besser sagen können.«

Mackedei legte den ersten Gang ein, nahm die Hand vom Hebel. »Und genau deshalb mischen wir uns jetzt da ein.«

Trüttgen atmete auf. »Ich dacht schon, du ziehst den Schwanz ein.«

Mackedei schüttelte den Kopf. »Ich doch nicht. Den Ärger mit meiner Frau werde ich überstehen. Und den Bauch in die Sonne halten können wir noch, wenn wir alt sind. Jetzt helfen wir erst einmal den netten Kommissaren vom K1 aus der Patsche.«

»Richtig. Wir verstehen uns.«

Der Motor des Bullis schnurrte, als Mackedei das Fahrzeug in Richtung Bahnhof lenkte.

»Und das kühle Bier gönnen wir uns, wenn das hier gelaufen ist.«

SIEBEN

Gespannt saß Tom Weber im Besprechungsraum vor dem Monitor. Die Stürmung in Dinslaken wurde von einer Schulterkamera direkt übertragen, verwackelt und aus zufälligen, völlig unwillkürlichen Blickwinkeln, jedoch mittendrin. Anka Fresenius stand neben ihm und blickte mit strengen Augen auf das Geschehen.

»Ihr Kollege macht das vorbildlich. Ich hätte die Leute nicht anders eingeteilt. Die stummen Kommandos sind klar, jeder weiß, was zu tun ist, und bewegt sich zielstrebig und umsichtig.«

»Der Zugang zum Gebäude war zwar gut verriegelt, aber in den unteren Räumen ist rein gar nichts zu finden. Leere alte Industriepaletten und unbestückte Regale.«

»Das Haus ist auch viel zu groß für eine Geiselnahme. Die Personen sind meist in kleinen, oft viel zu engen Räumen untergebracht, bis hin zu selbst gebauten Kisten oder Verschlägen. Große Räume sind schlecht zu überwachen, und es schallt dort. Da schauen Sie, jetzt arbeiten sie sich schon durch das Treppenhaus. Ach, eigentlich wird von unten nach oben durchgängig gesucht, was machen die da?«

»Jerry Patalon wird seine Gründe haben, vielleicht gab es oben Geräusche. Die Entscheidung, hier genauer nachzusehen, liegt in der Tatsache begründet, dass offensichtlich eine Energiequelle genutzt wird, der Schornstein stößt Emission aus.«

Gebannt verfolgten sie den Weg der Kollegen.

Tom sagte: »Gut, wenigstens bleibt ein Teil des Trupps an der Kellertreppe stehen. Wir hätten eine zweite Kamera einplanen sollen, so bleibt uns immer nur Einblick in eine Richtung.«

»Andererseits muss eine Aufteilung gut überlegt sein, um nicht in der Minderzahl in Aktion treten zu müssen. Die obere Etage ist sehr gründlich verriegelt.«

Fresenius griff an ihr Headset. »Moment, ich habe Patalon in der Leitung. Ja? … Nicht ohne Gewalt zu öffnen? Wissen Sie etwas über die Nutzung der Räume? … Ach, der Eigner ist auf den Bahamas und hat das gesamte Gebäude verpachtet. Und der Pächter? … Ist nicht aufzutreiben. Haben Sie bewusst erst den Weg nach oben gewählt? … Sie haben von meiner Seite das Okay.«

Weber hakte nach. »Und, weshalb ist er gleich nach oben?«

»Er sagt, er habe intuitiv entschieden. Jetzt wird es schnell gehen, da diese Tür nicht geräuschlos zu öffnen ist. Die setzen die Ramme ein.«

Wieder griff Fresenius an ihr Headset und meldete sich. Sie stand auf und ging zur digitalen Karte. Sie markierte Voerde als »sauber«, ebenso Oberhausen, Duisburg war bereits abgehakt. Dort war das Bahnhofsumfeld in den letzten Jahren saniert und aufgeräumt worden, es gab keine geheimen Unterschlupfmöglichkeiten. In den gekennzeichneten Städten waren die Einsätze beendet. Sie begab sich zurück neben Weber, der den Einsatz konzentriert am Monitor verfolgte.

»Der Eingang ist nicht leicht zu stemmen. Jemand hat sich große Mühe gegeben, etwas zu verbergen.«

»So viel Aufwand für eine einzige Geisel? Ich befürchte, wir werden dort etwas ganz anderes finden.«

»Worauf tippen Sie?«

Sie neigte den Kopf zu den Seiten, hin und her, unentschieden, strich sich ihr strähniges Haar aus der Stirn.

»Ich werde nicht mutmaßen, warten wir es ab.«

***

Theo Krämer hielt auf dem Seitenstreifen bei Wesel-Bergerfurth an. Er musste dringend die Speicherkarte für seine neuen, sensationellen Bilder leeren. Er würde freie Kapazitäten brauchen, um das Grauen am Niederrhein zu dokumentieren.

Was würde er antreffen in diesem kleinen, unscheinbaren Ort, Mehrhoog, dessen Name den meisten Menschen nicht geläufig war? Die Polizeibehörde hüllte ein Deckmäntelchen um notwendige Informationen, da war er sich ganz sicher. Die Verlautbarungen hatten sonst einen anderen Ton.

Der Pressesprecher wurde garantiert angehalten, nicht alle Fakten in die Öffentlichkeit zu bringen. Seine persönliche, ansonsten spätestens nach drei Bier sprudelnde Quelle aus den

Reihen der Kripo hielt sich vom Gerstengetränk und von der Preisgabe gedeckelter Interna fern. Gut, dass die Männer von der Alte-Herren-Initiative involviert waren und Mackedei mit den Jahren sämtliche seiner einstigen Verhandlungs- und Kommunikationsstrategien verlernte oder vergaß. Wenigstens einer in diesem Fall, den man aushorchen konnte, wenn sich schon sein Bekannter Gesthuysen bei der Informationsbeschaffung als absolute Lusche erwiesen hatte.

Speicherplatz für Hunderte von Bildern und Videos, das sollte reichen. Er setzte seine Fahrt auf der B 8 fort.

Theo Krämer näherte sich Mehrhoog, etwas stimmte nicht. Wenn es wirklich eine Gefahrenlage gab, dann würde man doch bereits auf den Zufahrtsstraßen Schutz für die Bevölkerung, Straßensperren, bis unter die Zähne bewaffnete Polizeibeamte, das THW erwarten. Er konnte jedoch an der Ampelkreuzung ohne Weiteres in Richtung Bahnhof abbiegen, und selbst in der Ferne nahm er weder Sperren noch Blaulicht wahr. Entweder war er hier exklusiv einem ganz großen Ding auf der Spur, oder er folgte einer Vermutung, die sich in nichts auflösen würde.

Er näherte sich dem Rückstau, ausgelöst durch die herabgelassene Schranke. Eine Schande, dass der Ausbau der Gütertransportlinie den Ort brutal in zwei Teile zerriss.

Krämer parkte ein Stück entfernt bei einem Einkaufszentrum, nahm seine Ausrüstung und machte sich zu Fuß auf den Weg. Von Weitem erkannte er, dass die Schranke zwar geschlossen war, sich jedoch auf den Schienen nichts bewegte. Normalerweise durchzog eine abwechslungsreiche Linie aus Containeraufschriften und unterschiedlichen Waggons die Szene, jetzt gab es freie Sicht. Jedoch waren die Autofahrer ausgestiegen, standen in kleinen Gruppen zusammen und unterhielten sich. Die Situation dauerte offensichtlich schon länger an. Was lief hier ab?

Krämer näherte sich drei Männern, die rauchend an einem Kleinlaster standen. »Was ist los, geht es nicht vorwärts?«

»Keine Ahnung, wir haben versucht, mit der Polizei zu reden, aber in der Leitstelle wissen die auch nicht, warum die Schranken unten sind. Vielleicht ein Defekt in der Sicherungsanlage.«

Einer der Männer telefonierte. »Chef, echt, seit einer halben

Stunde passiert hier nichts. Jeden Augenblick glaubt man, es geht weiter, aber die Schranken bleiben unten. ... Klar, machen wir.«

»Und? Was sagt der Alte?«

»Wir sollen über Hamminkeln fahren.«

Kippen verschwanden unter den Sohlen schwerer Arbeitsschuhe.

»Mann, eine halbe Stunde hier, noch eine Stunde Umweg, wer zahlt den Ausfall?«

Der Dritte öffnete die Fahrertür. »Die Bahn entschädigt doch bei Verspätungen, oder? Der Chef soll denen eine Rechnung schicken. Los, einsteigen.«

Die Männer ließen Krämer stehen, der Kleinlaster wendete rasant in drei Kehren, mehrere Pkws folgten ihm.

Was immer dort geschehen würde, der Reporter wusste genau, es hatte bereits angefangen. Er straffte seine Schultern, die Hand lag auf der Kamera, und lief in Richtung Bahnübergang, überquerte die Straße und begab sich über unbefestigtes Terrain zu wild wuchernden Holunderbüschen.

***

Marlene regte sich lauthals darüber auf, dass Gero von Aha ihr untersagte, ihn in Richtung Bahnhof zu begleiten.

»Schließlich habe ich dich hergefahren, da werde ich jetzt nicht tatenlos zusehen, wie du allein in eine unberechenbare Situation schlidderst. Natürlich werde ich dich begleiten.«

»Nun sei doch vernünftig, hier geht es um Kriminelle, deren Vorhaben und Skrupellosigkeit ich nicht einschätzen kann. Ich verlange doch nur zu deinem Schutz, dass du im Wagen sitzen bleibst. Meinetwegen melde ich mich alle fünf Minuten, und wenn das nicht geschieht, schlägst du bei den Kollegen Alarm. Denk an die Attacke beim Schwarzen Wasser, und der Grund für deine Anwesenheit hier sind verklebte Scheibenwischer an meinem Auto. Da besteht ein direkter Zusammenhang, glaub mir.«

»Du bist ja doch ein Macho. Ich habe gedacht, du wärst anders. Aber nein, die kleine, schwache Frau soll im Auto bleiben, während der starke Mann mal eben alles regelt.«

Von Aha fingerte sein Smartphone aus der Jackentasche, er hatte es während der höllischen Fahrt ignoriert und stellte fest, dass jemand vom K1 ununterbrochen versuchte, ihn zu erreichen. Er meldete sich, während seine beste Bekannte sich weiter echauffierte.

»Meinst du vielleicht, ich könnte Gefahren nicht erkennen und gebotenen Abstand halten? Hältst du mich für so naiv, dass ich an …«

Von Aha hielt sich ein Ohr zu, verstand trotzdem nicht, was die Frauenstimme am anderen Ende ihm mitteilen wollte, er erhob seine Stimme. »Mensch, Marlene, sei bitte für einen Moment still, ich verstehe nichts!«

Marlene schaute den Mann, der ihr gegenüberstand, entsetzt an. »Jetzt offenbarst du dein wahres Gesicht, ich bin maßlos enttäuscht von dir. Wenn das mit uns weitergehen soll, dann werden wir darüber reden müssen.«

Von Aha konzentrierte sich auf das Gespräch, Anka Fresenius wurde lauter. »Herr von Aha, wo sind Sie? Ist Ihnen bewusst, dass Sie gerade Ihren Einsatz am Bahnhof von Wesel versäumen?«

»Ja, ich hatte doch den Unfall.«

»Ja, bei Ginderich. Und wo sind Sie jetzt?«

»Ehm, ich bin in Mehrhoog.«

»Was machen Sie dort ohne offiziellen Einsatzbefehl?«

»Prioritäten setzen.«

»Mit Ihrer Bekannten zusammen? Wollen Sie mich verarschen?«

»Nein, das liegt mir fern. Ich habe mich von ihr herbringen lassen, weil doch in dem Haus in Sonsbeck ein Hinweis auf Mehrhoog gefunden wurde.«

Marlene ließ nicht locker. »Du kannst mich nicht zu deiner Fahrerin degradieren und von dem Fall fernhalten, schließlich habe ich euch mit Informationen weitergeholfen, und ohne mich wüsstest du nur einen Bruchteil dessen, was du gerade gedanklich zusammensetzt, und –«

»Marlene, bitte, das ist meine Vorgesetzte in der Leitung.«

»Sagen Sie mir, dass es nicht wahr ist, was ich aus dem Dialog entnehme. Sie haben Ihre Freundin involviert?«

»Nein, meine gute Bekannte hat mich gefahren.«

»Sie steht neben Ihnen, ist informiert und mitten in einem nicht abgesprochenen Einsatz?«

»Ja. Nein.«

»Was denn nun?«

»Ich befinde mich nicht auf dem Weg zu der Stelle auf den Gleisen, die mit einem Kreuz markiert ist, wir sind noch auf dem Parkplatz eines Supermarktes. Sie ist also nicht involviert.«

»Das will ich in Ihrem Interesse hoffen. Macht denn hier jeder, was er will, und ermittelt das K1 immer mit tatkräftiger Unterstützung von engagierten Privatleuten? Was ist das hier …«

Marlenes Gesicht nahm eine warnende rötliche Farbe an, signalisierte höchste Gefahr. »Du sagst deiner Chefin, ich sei nicht beteiligt? Wie kannst du nur, das ist mein Fachgebiet, ich beschäftige mich seit Jahren mit nichts anderem als den Auswirkungen des Gleisnetzausbaus.«

»Ja, du bist die Fachfrau für politische Entwicklungen, ich bin der Fachmann für Kriminalität. Das ist manchmal nicht zu trennen, aber glaub mir, ich weiß, wie brutal es in meiner Sparte zugeht. Ja, Frau Fresenius, ich höre.«

»Sie setzen sich sofort in Ihr Auto und fahren nach Wesel, Ihr verletzter Kollege leitet den Einsatz dort, das geht nicht.«

»Nein, das geht wirklich nicht, denn dann müsste ich den möglichen Tatort hier verlassen, ohne die Lage zu eruieren.«

»Genau das sollen Sie machen, die nächste Sondereinheit, die zur Verfügung steht, wird sich umgehend in Richtung Mehrhoog in Bewegung setzen.«

»Und wie lange kann das dauern?«

»Weiß ich noch nicht.«

Gero von Aha hielt sein Smartphone auf Armeslänge von seinem Gesicht entfernt. »Ich verstehe Sie plötzlich so schlecht. Hallo, Frau Fresenius, sind Sie noch in der Leitung? Hallooooo?«

Er beendete das Gespräch und steckte das Telefon zurück in seine Jacke. Marlene sah ihn immer noch wütend an, er ging auf sie zu und blieb knapp vor ihr stehen.

»Nein, ich bin kein Macho. Ja, ich bin besorgt um deine Sicherheit, weil das hier echt gefährlich werden kann, und ja, du hast mir sehr geholfen, und bitte hör nicht damit auf. Ja, wir reden über mein Verhalten, nur nicht jetzt, jetzt muss ich zu den Gleisen und schauen, ob ich etwas Verdächtiges entdecke.«

»Das sagst du nur, um mich zu beruhigen.«

Er drückte ihr einen flüchtigen Kuss auf die Wange. »Nein, ich will dich nicht verlieren. Komm mit bis zu den Schranken. Wenn ich dir sage, du sollst dich zurückziehen, dann machst du das, still, schnell und ohne Diskussion. Okay?«

Marlene nickte matt. »In Ordnung.«

***

Staatsanwalt Haase betrat den Raum, nachdem die Verbindung zwischen von Aha und Fresenius getrennt worden war. Mit einem Handzeichen bedeutete sie ihm, dass sie in ihr Headset lauschte, ließ ihn an den Neuigkeiten teilhaben.

»Ein verdächtiges Haus in Bahnhofsnähe in Dinslaken wird gerade gestürmt, das Erdgeschoss ist sauber, jetzt sind Obergeschoss und Keller dran. Der Zugang ist extrem gesichert, man berät vor Ort, ob eine Sprengung durchgeführt werden soll. Da nicht sicher ist, ob sich Frau Krafft dort befindet, bedarf es einer genauen Abwägung der Auswirkungen.«

Haase schaute sich die Karte an. »Sie wissen, dass Sie grünes Licht von mir für alle erforderlichen Vorgehensweisen haben. Ramme oder Sprengstoff, wenn es keinen anderen Weg gibt, dann ist der Einsatz in Ordnung. Aber war es nötig, gleich den gesamten Bahnverkehr lahmzulegen? Die Bevölkerung reagiert extrem verunsichert.«

»Besser verunsichert als tot, oder? So, einen Moment noch, ich beordere die Einsatzkräfte aus Duisburg nach Mehrhoog, das ist eine Einheit mit Spezialkräften.«

Haase schaute auf die Karte. »Wieso Mehrhoog?«

Fresenius gab den Befehl per Headset weiter. »Die Einheiten drei und vier begeben sich umgehend auf den Weg nach Mehrhoog. … Ja, ›Mehr‹ wie viel mehr und ›Hoog‹ wie die Hallig Hooge. Mehrhoog, an der B 8 zwischen Wesel und Rees. Soll ich buchstabieren? Gefahrenstufe Rot. … Wie viele? Wie lange? … Gut.«

Sie blickte auf, sah die Markierungen auf der Karte, die die

Suche nach Karin Krafft kennzeichneten, und Haases Finger, der auf den Hamminkelner Ortsteil deutete.

»Ich vermute, die haben dieses Dorf gewählt, weil es klein und unscheinbar ist.«

Sie trat neben Haase vor die Karte. »Niemand rechnet ernsthaft mit einem terroristischen Anschlag in der Provinz.«

Sie hielt sich das Headset nah ans Ohr, es schien Neuigkeiten zu geben. »Gut. Sie haben meine Zustimmung zu dem Vorgehen.«

Der Staatsanwalt sah die Frau aus Düsseldorf fragend an.

»Sie werden sich in Dinslaken den Weg ins Innere der Etage freisprengen, in den nächsten Minuten wissen wir mehr.«

»Hoffentlich ist sie dort und wir finden sie rechtzeitig.«

Fresenius sah den Staatsanwalt an. »Die Hauptkommissarin scheint sehr geschätzt zu sein.«

Haase nickte. »Ich persönlich arbeite gerne und gut mit ihr zusammen, in der Tat. Sie geht manchmal außergewöhnliche Wege, immer unprätentiös und stets mit untrüglichem Blick. Und dabei mit vollem Einsatz. Sie ist die Beste am Schießstand, und sie stellt sich ohne Skrupel vor ihre Leute, da vergisst sie Mann und Kinder und ist die Hauptkommissarin, die Chefin. Das weiß hier jeder.«

Fresenius schaute auf Weber, der den Bildschirm unbeirrt überwachte. »Das merkt man. Ein gutes Team. Echte Ermittler, wenn auch manchmal eigenwillig und sehr individualistisch.«

Wieder presste sie die kleine Hörmuschel an ihr Ohr, Weber wies beide per Handzeichen an, einen Blick auf das Geschehen zu werfen, das über die Schulterkamera übertragen wurde.

Fresenius stand in Verbindung mit Patalon. »Ja, ich kann Sie verstehen. Ich habe Sie auf dem Bildschirm. Alle in Deckung? Geben Sie das Kommando.«

Auf dem Bildschirm wurde eine Staubwolke sichtbar, die in Windeseile den ganzen Raum erfüllte.

»Und?«

Sie hörte Jerry Patalon husten, die Wolke schien mächtiger als vermutet.

»Kommissar Patalon? Was ist los da?«

»Ich kann noch nichts erkennen. Hinter einer doppelten

Metalltür befand sich nicht der Eingang, wir haben ein Stück Mauer gesprengt. Der Zugang ist wesentlich kleiner als die vorgebaute Tür. Ein Trugbild, aber es tut sich ein enger Einschlupf auf, ungewöhnlich schmal.«

Auf dem Bildschirm lichtete sich der Staubnebel, schemenhafte Figuren wurden sichtbar, Teile der Metalltür lagen verstreut, von Putz und Steinstücken bedeckt, in dem Vorraum. Wie aus einer anderen Welt segelten Staubpartikel durch Lichtstrahlen, die aus der schmalen Maueröffnung drangen.

»Ich werde selbst nachschauen.«

Anka Fresenius, Staatsanwalt Haase und Tom Weber sahen kommentarlos zu, wie Patalon in der tanzenden Wolke verschwand. Fresenius hielt sich die ganze Zeit über das Headset an den Kopf gepresst, bemüht, kein Wort zu versäumen.

Nichts geschah. Eine gefühlte Ewigkeit lang regten sich die Einsatzkräfte nicht von der Stelle, flirrten die restlichen Staubpartikel durch die Lichtstrahlen, kein Wort drang über die Lippen der Anwesenden, weder vor dem Bildschirm noch in dem Gebäude in Dinslaken. Dann erschien Patalon wieder im Vorraum.

»Fund!«

Er wies den Kollegen mit der Schulterkamera an, ihn zu begleiten.

Fresenius ballte ihre Hände zu Fäusten. »Herr Patalon, was ist? Was haben Sie dort entdeckt?«

»Sie werden es gleich sehen.«

***

Burmeester stand vor dem Einsatzfahrzeug, fühlte sich wiederhergestellt, stark und unbezwingbar. Die Schmerztabletten hatten ihre volle Wirkung entfaltet, dämpften das Pochen und belebten die Sinne zugleich. Er sammelte die Informationen der einzelnen Trupps, die in den Hochhäusern und auf dem Gelände unterwegs waren. Es war unwahrscheinlich, dass sie in den drei Kästen fündig wurden, die Kollegen bestätigten, die Bewohner sprächen von minimaler Lärmbelästigung durch die Bahn, und zur Straße hin könne man bestimmt nichts Spezifisches hören, was auf diesen Standort schließen ließe.

Die Durchsuchung hatte als Teilerfolg die Festnahme von zwei mit Haftbefehl gesuchten Drogenhändlern zu vermelden, bei denen ein mittelgroßes Depot synthetischer Pillen lagerte.

Maarten de Kleurtje, immer noch in der kompletten Schutzkleidung, beobachtete Burmeester ununterbrochen. Jede kleine Regung im Gesicht des Kommissars erzeugte wachsende Anspannung bei ihm, während er sich die aktuelle Lage durchgeben ließ. Wenn Burmeester nur laut einatmete, wollte er schon aufspringen. Jeder Satz, den Burmeester in seinem rechten Ohr wahrnahm, konnte bedeuten, sie hatten Karin gefunden.

Aus Verständnis und Mitgefühl heraus, nicht ohne eine Spur Gereiztheit, die sich von Minute zu Minute weiter aufbaute, schaute Burmeester alle paar Minuten zu ihm hinüber und schüttelte den Kopf. Nichts. Alles Mögliche gaben die Kollegen und Kolleginnen durch, nur nicht das Auffinden der entführten Hauptkommissarin. Als Maarten sich nach einem Fehlstart mit bebenden Beinen wieder hinsetzte und an seinen Fingernägeln kaute, streifte sich Burmeester das Headset vom Kopf.

»Du platzt gleich, der Helm wird dir zu eng werden, nimm ihn ab. Und dann gehst du gefälligst in die Bahnhofshalle und suchst nach Beschäftigung. Kauf dir eine Zeitschrift oder einen Burger, ganz egal, aber hör auf, mir von den Lippen abzulesen, ob es was Neues gibt. Du bist der Erste, der es erfahren wird, nur gehst du mir hier gehörig auf die Nuss.«

Burmeester sah Maarten nach, konnte unter der schusssicheren Weste hängende Schultern erkennen.

Zum Aufatmen kam er nicht, denn mit jedem Streckenabschnitt, der als »sauber« abgehakt wurde, schwand die Chance, Karin hier zu finden. Waren sie auf der falschen Fährte? Hatten sie sich von der Logik, zusammengesetzt aus der Szene aus einem alten Kinderbuch und der damit verbundenen Euphorie, die Karins Familie versprühte, in die Irre führen lassen? Noch hatten sie nicht alle Planquadrate durchforstet, und der Zusammenhang mit den Funden im Laderaum des Ducato führte eindeutig nach Wesel.

Wieder meldete sich ein Suchtrupp, dieses Mal vom nördlichen Rand des Suchgebiets, die westliche Seite sei unauffällig, es gebe keine verschlossenen, verborgenen Räume in Hörweite der Gleise. Anwohner und die Angestellten der Sozialinitiative Spix und der Autowerkstatt dahinter gäben zu Protokoll, dass man dort die abbremsenden Züge, die am Bahnhof hielten, nicht mehr hören könne.

Wieder ein Quadrat erfolglos abgesucht. Burmeester wippte mit den Beinen und erwischte sich dabei, wie er mit einer Intensität in sein Headset lauschte, als wolle er die erlösende positive Nachricht mit aller Macht erzwingen.

Kein Jubel, keine Erleichterung, keine neuen Informationen.

***

Das Biest war zurück. Es verbreitete einen morbiden Gestank, der die Aura des vergammelnden Mülls um sie herum überlagerte, und hockte wie festgeklebt auf ihrer Schulter. Mit je einer der scharfen Klauen krallte es sich gleichzeitig an Kopf und Arm in ihren Wunden fest, schien in Abständen darin herumzuwühlen, zu bohren, riss an den Wundrändern.

Karin Krafft wagte nicht, es anzuschauen, in ihrem Kopf baute sich die Erinnerung an die erste Begegnung mit diesem Wesen auf. Es hatte feurige Augen, und der Gestank entwich seinem Maul, in dem spitze Zähne von zähem Speichel umspült wurden. Ihr fiel ein, woran sie diese olfaktorische Belagerung erinnerte. Es roch nach Verwesung und Tod. Sie erschrak über diesen Gedanken, zuckte vor ihm zurück, wodurch sich die Klauen weiter in ihr Fleisch gruben. Woher wusste sie, wie der Tod riecht?

Sie bemühte sich, den Ursprung ihrer Erfahrungswelt zu orten, es brauchte Zeit, bis ihr ins Bewusstsein kam, dass es ihr Beruf war, durch den sie immer wieder in Kontakt mit dem Tod gekommen war. Bilder bauten sich auf, verstümmelte Leichen, abgetrennte Gliedmaßen. Leichen, die wochenlang unbemerkt in Wohnungen gelegen hatten. Fahle, aufgedunsene Wasserleichen, lächelnde Selbstmörder und immer wieder der Geruch, der aus dem Inneren der Körper strömte, sobald sie auf den Tischen in der Pathologie lagen und geöffnet wurden. Die ersten Male war sie mit einem Würgereiz aus dem Raum gelaufen, hatte ihre Nase dankbar mit Tigerbalsam und anderen

Mitteln versorgt, die verhindern sollten, dass Reste des Geruchs sich über lange Zeit in den Sinnesnerven einnisteten und einen selbst daheim stundenlang nicht frei atmen ließen.

Was summte so penetrant in ihrer Nähe? Fliegen umschwirrten den Kopf des unheimlichen Wesens. Fliegenschwärme begleiteten den Tod. Karin schreckte hoch, das Biest geriet aus dem Gleichgewicht, löste sich von ihrer Schulter, purzelte hinab, drehte sich gelenkig, einer Katze gleich, und verschwand lautlos unter dem Müllberg.

Sie versuchte sich zu orientieren. Ihr Name fiel ihr als Erstes ein, sie war Karin Krafft. Sie wiederholte diese beiden Worte mehrfach, wie ein Mantra gegen das Vergessen. Da gab es noch andere Namen, Moritz, Hannah, Maarten. Sie hatte ein Zuhause, es gab Menschen, die sie liebte. Sie wollte alle wiedersehen. Überleben.

»Ich bin Karin Krafft, und ich muss hier raus.«

Es gab ein Licht hier, wo war die Lampe? Sie tastete um sich herum den Boden ab, fand das runde Licht, ihre Augen reagierten mit stechendem Schmerz auf die Helligkeit, sie blinzelte, die Lider benetzten die Augäpfel nicht mehr, die Trockenheit scheuerte.

Das Biest saß unter den Plastiktüten und kicherte, es war böse, und sie musste verhindern, dass es sie wieder erwischte. Karin fand neben sich eine Decke, umhüllte Kopf und Schultern damit, fühlte sich geschützt vor den Überfällen des widerlichen Wesens.

Was waren das für Geräusche außerhalb dieses Raumes? Sie konnte sie nicht zuordnen. Ihr Blick streifte durch den Raum. In groben Buchstaben hatte jemand Worte an die Wand geschrieben. Funken, Feuer. Sie blickte sich um, beleuchtete den Bereich zwischen diesem schrägen Gestell und der Tür. Nein, abgesehen von dem gelbäugigen Monster und einem Schwarm lästiger Fliegen war sie allein hier, nur sie konnte die Botschaft verfasst haben.

Schmerzen durchfluteten ihren Körper, sie krümmte sich. Ihr Hunger hatte sich schon längst in den Hintergrund verzogen, der Durst wurde unerträglich. Hatte sie einen Knall gehört? Ihre Ohren spielten ihr bestimmt einen Streich, es rauschte im

Takt ihres Herzschlages, die Außengeräusche kamen nur noch gedämpft bei ihr an. Hören, sehen, alles wurde zweitrangig, sie war Karin Krafft, sie hatte eine Familie, sie wollte sie wiedersehen.

Es wollte ihr nicht einfallen, sie dachte angestrengt über die blassen Worte an der Wand nach, diese kryptische Botschaft blieb ein Rätsel, bis ihr die Augen erneut zufielen.

***

»Patalon, geben Sie den aktuellen Stand durch, auf dem Bildschirm ist kaum etwas zu erkennen, ist das wirklich Mauerstaub, der da in der Luft liegt?«

»Ja, keine Sorge, es scheint hier ein Belüftungssystem zu geben, daher wird alles immer wieder aufgewirbelt, es wird nicht lange brauchen, bis die Sicht wieder klar ist. Wir stehen hier vor einer weiteren Tür. Schauen Sie sich das an.«

Langsam lenkte der Beamte den Fokus der Kamera über die Wand. Immer deutlicher wurde eine weitere doppelflügelige Stahltür sichtbar, die offenbar mit mehreren professionellen Schließsystemen gesichert war. Zudem hielten Hebel, die ebenfalls mit dicken Schlössern gesichert waren, die Flügel in Decke und Boden verankert.

Der Staub legte sich tatsächlich wesentlich schneller, als Fresenius vermutet hatte, es bot sich freie Sicht auf diesen weiteren Raum. Nichts wies auf die Nutzung der Etage hin, es schien widersinnig, dass hinter der vorderen Tür ein verborgener Eingang lag.

Patalon gab durch, er sei gespannt, was sich hinter der nächsten Tür verberge, ein brummendes Geräusch sei zu hören, stamme bestimmt von der Lüftung, die inzwischen für freie Sicht und reine Luft gesorgt hatte. Patalons Stimmung schwankte zwischen Neugier und Enttäuschung.

»Wenn Sie mich fragen, dann werden wir nicht auf eine gefangen gehaltene Geisel stoßen. Der Aufwand ist zu groß, hier wird was ganz anderes gesichert.«

»Haben Sie sich bemerkbar gemacht?«

»Ja, keine Reaktion, nur das gleichbleibende Geräusch

dieser Lüftung. Die sorgt vermutlich für die Emissionen, die wir von draußen gesehen haben. Das war kein Rauch, das sind irgendwelche Dämpfe, die gesammelt nach außen geführt werden.«

Fresenius horchte auf. »Das Gebäude wird doch zusätzlich von außen gesichert?«

»Ja, ein Teil der Einheit ist auf alle neuralgischen Punkte verteilt und hält die Lage im Blick.«

»Gibt es Hinweise darauf, dass ein Überwachungssystem installiert ist?«

Patalon stutzte. »Nichts Offensichtliches, aber vielleicht haben wir schon durch die Öffnung der ersten Tür einen externen Alarm ausgelöst.«

»Bleiben Sie aufmerksam. Von draußen kam niemand auf die Idee, dass sich hinter dieser unscheinbaren Fassade etwas vor der Öffentlichkeit verbirgt. Das bedeutet aber nicht unweigerlich, dass keine Informationen vom Gebäude aus weitergeleitet werden. Der Sicherungsaufwand ist ungewöhnlich groß. Seien Sie besonders vorsichtig, der Zugang könnte mit einer Falle versehen sein. Wer die erste Tür entdeckt hat, steht jetzt vor dem eigentlichen Eingang. Was auch immer sich dort befindet, soll dem Rest der Welt verborgen bleiben.«

***

Vor der Schranke hatte sich eine Menschentraube gebildet, teils neugierig, teils aufgebracht unterhielten sich Männer und Frauen über die ungewöhnliche Sperrung, prakesierten eifrig über mögliche Gründe, lamentierten erbost über das Unvermögen der Bahn, viele nutzten die Gelegenheit zu einer Zigarettenpause, andere telefonierten, um ihre Verspätungen durchzugeben.

Gero von Aha dachte beim Näherkommen an alte Westernfilme, in denen Indianer Botschaften per Rauchzeichen in die Luft schrieben. Er schnappte Satzfetzen auf, es gab offenbar unterschiedliche Theorien zu der niedergelassenen Schranke, man spekulierte größtenteils über einen Defekt im zuständigen Stellwerk, die Unfähigkeit der Bahn, die für alles herhalten musste, was in der Nähe von Gleisen nicht planmäßig funktionierte.

Marlene wollte sich in das Gespräch einbringen, von Aha bemerkte, wie sich ihre Schultern strafften, sie sich räusperte. Er hielt sie zurück. »Denk dran, wir führen so etwas wie eine nicht öffentliche Ermittlung durch.«

Sie reagierte anders als erwartet. Statt verbalen Widerstandes erntete er einen Kuss auf die Wange, sie schmiegte sich kurz an ihn und flüsterte: »Du hast ›wir‹ gesagt.«

Es würde nicht einfach werden mit dieser Frau.

Er zwang sich zu einem klaren Blick auf die Lage, spähte zu beiden Seiten der Schranke auf das Gleisbett, entdeckte keine Unebenheit, keine auffälligen Personen, nichts von Bedeutung. In Richtung Wesel war eine Gruppe Bahnarbeiter zu sehen, die in grauen Overalls mit orangefarbenen Warnwesten und Helmen bekleidet am Gleisbett entlangliefen und Werkzeugtaschen bei sich trugen. Eine Männerstimme aus dem Pulk rief seinen Namen.

»Herr von Aha!«

Er schaute sich irritiert um. Vom anderen Ende der Gruppe liefen zwei grauhaarige Männer hastig auf ihn zu. Der größere der beiden, Alfons Mackedei, rief aus einigen Metern Entfernung: »Gut, dass Sie hier sind, Herr Kommissar, wir haben uns gedacht, wir unterstützen die Polizei bei der Suche nach den Terroristen.«

Von Aha bahnte sich den Weg, lief ihm entgegen, fasste ihn am Oberarm, hätte, einem inneren Impuls folgend, ihm am liebsten den Mund zugehalten und zog ihn außer Hörweite der restlichen Leute, von denen einige hinter den beiden herschauten.

»Hasse dat gehört?«

»Terroristen.«

»Wie bekloppt is dat denn?«

»Hier aufm Land. Wir sind doch nich Brüssel oder Paris.«

»Ob das wirklich ein Kommissar ist?«

»Auffallen um jeden Preis, und das in dem Alter.«

»Obwohl, et würd ja erklären, warum hier nix läuft.«

Der Kommissar konnte sich nur schwer beherrschen, ihm war

danach, sein Gegenüber am Kragen zu fassen und wenigstens grob durchzuschütteln.

»Sind Sie von allen guten Geistern verlassen? Sie verbreiten Unruhe durch Ihre Unbedachtheit. Wollen Sie Panik auslösen? Und überhaupt, was machen Sie hier?«

Mackedei erkannte seinen Fauxpas und flüsterte schuldbewusst: »Wir dachten uns, Sie könnten jede Unterstützung brauchen, nur tut sich hier nichts, außer dass die Schranke sich nicht öffnet.«

»Verschwinden Sie, es macht keinen Sinn, wenn lauter Amateure hinter Kriminellen herlaufen.«

Marlene bahnte sich den Weg zu den Männern. »Gero, was ist, wenn der nächste Bahnhof gemeint ist, das sieht hier nach einer echten Fehlmeldung aus.«

Mackedei protestierte, fasste sich schnell und nahm sich in Gestik und Lautstärke zurück. »Ich weiß doch, was ich auf dem Papier in Sonsbeck gesehen habe. Das war eindeutig ein Kreuz auf den Gleisen, eine rote Markierung. Hier, bei diesem Bahnhof in Richtung Wesel. Und Heinz-Hermann Trüttgen wird dies bestätigen, der hat ja die halb verbrannten Seiten entdeckt und genau inspiziert.«

Er blickte auf seinen Kollegen, der mit hochrotem Kopf neben ihm stand, und ermunterte ihn zu einem Kommentar.

»Ja. Genau. Rotes Kreuz, es wird dahinten passieren.«

Gero von Aha ließ sich nicht erweichen. »Also in nächster Zeit kann in Mehrhoog definitiv nichts passieren, auf der einen Seite wird gearbeitet, auf der anderen hat man freie Sicht auf blanke Gleise. Ich denke, die haben ihre Pläne geändert.«

Der Kommissar tippte Alfons Mackedei auf die Tasche im Latz seines Overalls und setzte eine ernste Miene auf. »Und Sie haben hier nichts verloren. Vielen Dank für den wirklich heißen Tipp, wir sind immer dankbar für Hinweise von aufmerksamen Bürgern, aber jetzt muss ich hier den Kopf hinhalten, und ich sage Ihnen: Verlassen Sie umgehend den Ort.«

Alfons Mackedei schüttelte den Kopf, trat auf den Kommissar zu und flüsterte in sein Ohr: »Solange nicht alle anderen auch den Platz vor der Schranke räumen müssen, solange rühren mein Kollege und ich uns nicht von der Stelle.«

Was sollte von Aha machen? Allein auf die Leute zugehen und verlangen, dass sie aus Gründen, die er nicht nennen konnte, den Ort verließen? Nein, das ginge nicht ohne uniformierte Unterstützung.

Er schaute sich um. Wo steckte Marlene?

Sie stand in vorderster Linie an der Schranke und spähte abwechselnd in beide Richtungen. Wenigstens machte sie hier nicht die Leute scheu.

***

»Wir sind im Objekt.«

Fresenius spürte die Anspannung, die Patalons Nachricht bei ihr auslöste. Sie wartete regungslos auf weitere Informationen, vernahm Hintergrundgeräusche, presste sich das Headset ans Ohr, wollte nichts versäumen. Da ging es nicht leise zu bei diesem Einsatz, man schien sich vor Ort sicher zu sein, dass sich keine Gefährder in den Räumlichkeiten befanden. Dann Patalons erlösende Botschaft.

»Fund!«

Klar und eindeutig. Hauptkommissarin Anka Fresenius straffte sich und reckte den Daumen in die Höhe. Tom Weber sank zurück in seinen abgenutzten Bürostuhl.

»Wie geht es ihr? Brauchen Sie eine Rettungseinheit, haben Sie einen Wagen in der Nähe stehen?«

Patalon wirkte mit einem Mal eher beeindruckt als erleichtert, schickte einzelne Laute wie »ah« und »oh« durch den Funk, brauchte ein paar Sekunden, um konkret zu antworten.

»Was? Nein, keinen RTW. Wir haben einen Fund, aber es ist nicht die Chefin. Ich wiederhole, hier ist keine Person.«

»Was, verdammt, ist dann Ihr Fund?«

»Der Kollege mit der Kamera wird es gleich aufzeichnen. Sie werden es nicht glauben. Mitten in Dinslaken, keine hundert Meter vom Bahnhof und keine zweihundert Meter von der Polizeistation entfernt, befinden wir uns in einem alten Industriegebäude, in dessen oberem Geschoss sich die größte Marihuanaplantage befindet, die ich in meiner ganzen Laufbahn gesehen habe. Professionell angelegt und technisch optimal ausgestattet. Die Lüftung ist anscheinend so ausgeklügelt, dass man selbst hier drinnen nichts riecht, es sind taghelle Lampen installiert, es gibt Förderbänder, und für die Verpackung stehen hier speziell angefertigte Folienroller zur Verfügung. Hier werden schmale Platten hergestellt, die man bequem durch den kleinen vorderen Eingang transportieren kann. Berieselung, Dünger, alles läuft automatisch. Ich bin gespannt, wie bei dem Stromanbieter der sicherlich extreme Verbrauch deklariert wurde.«

Fresenius konnte ihre Enttäuschung kaum verbergen, reagierte schroff, aber sachlich. »Sie übergeben umgehend an die Kollegen von der Drogenfahndung. Ist denn der ganze Niederrhein ein einziges Drogenloch? Und wie sieht es mit den anderen Koordinaten aus, wurde bislang das gesamte Umfeld dieses Bahnhofs ordentlich durchsucht, oder haben Sie alle verfügbaren Kräfte in dieser Aktion gebündelt?«

»Nein, keine Sorge, ich hatte während der ganzen Zeit alles unter Kontrolle. Draußen wurde fieberhaft weitergesucht, es war kein Erfolg zu vermelden. Der letzte Trupp ist noch bei kleineren Gewerbebetrieben in Gleisnähe unterwegs, eine Autowerkstatt, ein Gemüsehändler, alles harmlos. Die Damen vom angesiedelten Rotlichtgewerbe haben sich nicht über die frühe Störung gefreut und unsere Leute teilweise übel beschimpft. Hier bietet sich ein vielfältiges Bild, die meisten Anlieger und Anwohner verhalten sich kooperativ und zeigen Verständnis.«

Mit einem Mal wurde es still in der Leitung.

Schließlich sprach Jerry Patalon es aus: »Leider haben wir das Versteck nicht gefunden. Karin Krafft bleibt verschwunden.«

***

Am Weseler Bahnhof blickte Burmeester dem letzten Suchtrupp entgegen, der an der Fahrradwerkstatt von Spix vorbeilief, um zu den Sammelfahrzeugen zurückzukehren. Der Kommissar legte seine Schutzweste ab, zog sich das Headset vom Kopf und setzte sich auf den Beifahrersitz im Einsatzwagen. Er würde Maarten darüber informieren müssen, dass die Suche soeben erfolglos beendet wurde.

Burmeester stand mühselig wieder auf, bewegte sich langsam in Richtung Eingang, vor dem einige gestrandete Passagiere in der Sonne standen. Die ersten Fahrzeuge verließen bereits das Gelände. Noch bevor er die Tür zur Bahnhofshalle erreicht hatte, kam Maarten ihm aufgeregt entgegen.

»Was passiert hier? Warum fahren die weg? Die können niemals fertig sein, erst muss hier alles abgesucht werden.«

»Maarten, es war so geplant, dass die Kollegen überfallartig in aller Frühe ausschwärmen, zeitgleich das Gelände und angrenzende Gebäude durchkämmen.«

»Ja, das habe ich gesehen, die können unmöglich schon fertig sein.«

»Doch, Maarten, ich habe mir gerade die Protokolle angeschaut. Es hat alles seine Richtigkeit. Es ist alles durchsucht worden, leider ohne Karin zu finden. Dass wir Drogenhändler gefasst haben, ist nur ein positiver Nebeneffekt.«

Maarten sank in sich zusammen und setzte sich auf das Pflaster, lehnte sich an die Wand hinter ihm. Lautlos rannen Tränen über seine Wangen.

Burmeester stand hilflos neben ihm. »Komm, bring mich ins Kommissariat, vielleicht gibt es dort Neuigkeiten.«

Maarten wandte sich ab, einem trotzigen Kind gleich. »Nein, ich geh hier nicht weg. Ich bin davon überzeugt, dass sie hier irgendwo ist. In Wesel. Kannst du mir die Protokolle zeigen? Ich will sehen, wo ihr gewesen seid. Irgendwas habt ihr nicht auf dem Plan gehabt.«

»Komm mit, ich zeige dir im Einsatzwagen, dass alles seine Richtigkeit hat. Glaub mir, alle, die dabei waren, sind genauso enttäuscht wie wir beide. Jeder wusste, worum es hier geht.«

Maarten stand auf und wischte sich mit dem Handrücken über die Wangen. »Bist du sicher, dass sich alle bewusst waren, wie ernst es ist? Ich habe ganz junge Gesichter gesehen, die haben noch keine Erfahrungswerte, wie kannst du wissen, dass sie ordentlich gesucht haben?«

»Die einzelnen Trupps bestanden aus erfahrenen Kollegen und Nachwuchs, keiner der Neulinge wurde allein mit dem Auftrag in das Gelände geschickt. Komm, ich gebe dir Einblick in die internen Listen, damit du beruhigt bist.«

Auf dem Weg zum Wagen der Einsatzleitung, der als Letzter abziehen würde, wirkte Maarten immer noch skeptisch.

***

Der Anführer schob sich den Helm zurecht, bislang erfolgte jeder Schritt, jeder Atemzug seiner Leute exakt zum richtigen, synchronisierten Zeitpunkt. Sie liefen im Gleichschritt zum Ziel.

Er befand sich in einem Zustand gesteigerter Euphorie, gepaart mit Stolz und dem unbeugsamen Willen, diese Aktion zum Ende zu bringen. Koste es, was es wolle, sein Leben oder diese kleinen, unscheinbaren, unbedeutenden Leben, die an seinen Fersen hafteten, die auswechselbar waren wie Batterien in einer Taschenlampe. Endlich konnte er beweisen, dass er alles beherrschte, Planung, Organisation, die Auswahl der Helfer.

In dieser schrillen, vorlauten Frau hatte er sich getäuscht. Obwohl, ihr Plan mit der Entsorgung der Polizistin, die ihr auf dem Rastplatz über den Weg gelaufen war, der verdiente seinen Respekt. Man musste nur verhindern, dass die Leute, die besondere Aufgaben erfüllten, plötzlich über sich hinauswuchsen, aufmüpfig wurden, vorlaut, sich über seine Grenzen hinwegsetzten. Das durfte nicht geschehen. Die Hierarchie musste jederzeit von allen akzeptiert werden.

Klar, er hätte sie einfach im Wald verscharren können, nur was brachte das? Früher oder später wurden sie alle entdeckt. Da konnte man doch gleich diese ganze Polizeimaschinerie auf Fährten locken, die ganz offensichtlich in die falsche Richtung führten, und einen öffentlichen Ort für eine Hinrichtung wählen. Das machte er seit Jahren so, sein Patronengürtel hatte schon einige Kerben aufzuweisen. Und heute käme Anerkennung von oberster Stelle dazu.

Alles hier lief wie am Schnürchen, die Füße hinter ihm versuchten, lautlos über das Schotterbett zu laufen, graue Schatten, die niemand bemerken sollte. Sie gierten in einer Mischung aus Gehorsam und Angst nach Anerkennung, er hatte sie gut eingenordet.

Trotzdem spürte er Unbehagen, etwas stimmte nicht an diesem Setting. Eigentlich hätten seit ihrer Ankunft eine Reihe unterschiedlicher Züge diesen Ort passieren müssen. Es war still. Er hörte nicht einmal dieses Sirren der Schienen, durch das sich eine Bahn ankündigte. Er stoppte, die anderen taten ihm es gleich, er spähte in beide Richtungen, blickte danach auf seine Armbanduhr. Sie hatten noch ganze zehn Minuten Zeit für die Vorbereitungen.

Er schritt voran, alle anderen folgten. Sein Plan würde aufgehen. In absehbarer Zeit würden sie sich in dem Wohnmobil umziehen und in Richtung Autobahn abbiegen, in dem Moment würde er auf das Knöpfchen seiner Fernbedienung drücken und den Sprengsatz exakt unter den Wagen mit Gefahrengut zur Detonation bringen. Brandgefährlich, umweltverpestend, nachhaltige Schäden auf und neben der Strecke verursachend, würde sich eine gewaltige Feuerwalze entwickeln und auf die anderen Waggons mit den deklarierten Tanks übergreifen. Das Fanal würde sich in einem Maß ausbreiten, das alle zur Verfügung stehenden Rettungskräfte hoffnungslos überforderte. Der Gedanke, dass die schwarze Rauchsäule bis in ihr Rückzugsgebiet in den Niederlanden zu sehen sein würde, entlockte ihm ein minimales Lächeln.

Eine der Frauen atmete anders, er spürte das, bevor sie den Mund aufmachte. »Es fährt kein Zug. Und dort hinten stehen Leute an der Schranke.«

Abrupt drehte er sich um. »Wen interessiert dein Gequatsche? Noch zehn Meter, dann beginnen wir mit der Installation.«

Zehn Meter, das waren vielleicht fünfzehn Schritte.

Die grau gekleideten Bahnarbeiter mit den orangefarbenen Warnwesten und den Helmen stoppten und stellten ihre Werkzeugtaschen ab. Eine der Frauen zog ein rotes Signalhorn aus ihrem Werkzeuggürtel und postierte sich als Wächter.

***

Theo Krämer hielt sich von der Schranke fern. Ihm war nicht nach Bildern von ratlos Wartenden, er hatte sich vorgenommen, die Katastrophe ganz aus der Nähe abzulichten. Er konnte sich vorstellen, wie die Männer und Frauen, die an der Hauptstraße standen, sich unterhielten, er hatte ihre Antworten auf seine Fragen im Ohr. Sie würden sich über die Bahn aufregen, das Unvermögen, die Verspätungen, die fehlenden Informationen. Darauf hatte er keine Lust.

Jemand hatte sich vorgenommen, den Plan der Betuwe gehörig aus der Bahn zu werfen. Er lachte kurz auf, das Wortspiel gefiel ihm. Es würde so ähnlich in seinem Titel auftauchen. »Bahn aus dem Gleis gebombt«. Die Betuwe-Planer würden heute zum ersten Mal auf brutale, unerbittliche Gegner stoßen.

Es hatte alles lang genug gedauert, seit über zwanzig Jahren sollte realisiert werden, was über die Köpfe Tausender Anwohner hinweg geplant, beschlossen und rücksichtslos und undemokratisch umgesetzt wurde. Während die Gegner sich formierten, hatte sich der Konzern vorbereitet, den Widerstand ins Leere laufen zu lassen, und wie bei einem Schachspiel die Bauern zunächst lange genug vor sich hergeschoben, um sie im richtigen Moment vom Brett zu kicken. Die Anwohner waren hingehalten worden, um nun mit unumstößlichen Tatsachen und ungenügenden Maßnahmen ruhiggestellt zu werden. Nimm, Bauer, oder ich opfere dich für den Sieg des Systems.

Theo Krämer am Puls des Widerstands, der garantiert nicht vom Niederrhein aus organisiert war. Gewaltsame Aktionen lagen den Menschen hier fern. Sollte wirklich etwas an der Bahnstrecke geschehen, dann war es an anderer Stelle geplant worden, da war er sich sicher. Und vielleicht konnten seine Bilder sogar bei der Aufklärung des Vorfalls dienlich sein.

Ja, es hatte einen höheren Grund, dass er sich auf der westlichen Seite der Gleisanlage hinter dichtem Strauchwerk verbarg und sein Objektiv ausrichtete, indem er Fotos von den Bahnarbeitern machte, die in gemäßigtem Schritt in Richtung Bahnhof liefen.

***

Marlene hielt sich an dem rot-weißen Holm der Schranke fest und schaute abwechselnd zu beiden Seiten, während Gero von Aha etwas abseits mit den beiden Männern in Arbeitskleidung diskutierte. Der Mann neben ihr hatte sie nach Feuer gefragt, sie musste passen. Nun erkannte sie, dass er einen Vorwand gesucht hatte, um mit ihr ins Gespräch zu kommen.

»Das ist wieder mal ärgerlich, immer diese Verspätungen. Eigentlich müsste ich schon in der Regionalbahn Richtung Emmerich sitzen, stattdessen steht mein Auto in der Schlange, und ich schaue Löcher in den Himmel.«

»Ja, ärgerlich.«

»Andererseits hätte ich Sie nicht nach Feuer fragen können, das ich übrigens selbst nicht brauche, weil ich Nichtraucher bin. Das wäre bedauerlich gewesen.«

Marlene ließ sich nicht ablenken, sie sollte Bescheid geben, wenn sie etwas Verdächtiges bemerkte.

»Bedauerlich, bestimmt.«

»Oh, Sie finden das auch? Ich bin ganz aus dem Häuschen. Wissen Sie, als ich Sie vorhin hier an der Schranke sah, dachte ich, was macht diese Frau hier? Sie hat es bestimmt eilig, schaut ständig nach links und rechts, diese Verzögerung passt ihr nicht, aber sie hat Stil und regt sich nicht künstlich auf. Wie jetzt. Wir unterhalten uns hier, und Sie bleiben ganz ruhig, während in Ihrem Rücken die Volksseele kocht. Da sind wir uns sehr ähnlich. Ich bin echt beeindruckt.«

Sie ließ sich nicht beirren, Marlene hatte eine Aufgabe in Kooperation mit dem Kommissariat 1 übernommen, da konnte nichts und niemand sie ablenken.

»So, Sie sind beeindruckt.«

Es tat sich nichts auf den Gleisen. Die Arbeiter hatten Position bezogen, einer von ihnen mit einem Signalhorn, um die anderen vor herannahender Gefahr zu warnen. Alles hatte seine Richtigkeit, wirkte ruhig und friedlich. Der Mann neben ihr nervte, da half nur, ihn zu ignorieren.

»Ich wüsste ja zu gerne, was Sie beruflich machen. Also ich bin unterwegs in Sachen Einrichtung für Supermärkte. Wissen Sie, jeder Einkaufswagen, den Sie mal geschoben haben, stammt von meiner Firma. Und die Regale, selbst die neuen Backstraßen, alles wird von uns gefertigt. Sie reisen nicht, nein, Sie haben irgendwo ein Büro und sind von dort aus tätig, nicht wahr? Tja, meine Menschenkenntnis sagt mir, dass ich richtigliege, sonst hätten Sie schon protestiert.«

»Sie sind ganz schön gewieft.«

Marlene bemerkte im Augenwinkel, wie die Bahnarbeiter etwas auf die Gleise stellten, etwas, von dem sie nicht wusste, was es darstellen sollte, es wirkte wie ein Rucksack, der mit dem Gleis verdrahtet wurde. Sie blickte an ihrem gesprächigen Nachbarn vorbei zu der Stelle, vielleicht hundert Meter von der Schranke entfernt. Ihr Nebenmann fühlte sich beachtet.

»Sie plauschen so gerne mit mir wie ich mit Ihnen. Wir sollten unsere Daten austauschen, ich bin öfter hier in der Gegend. Der Niederrhein ist meine Region, wissen Sie, mein Chef meint, ich komme mit dem Menschenschlag hier gut zurecht. Ich spreche seine Sprache, Sie verstehen.«

Das kam Marlene verdächtig vor. Bahnarbeiter, die ihre Rucksäcke auf den Schienen abstellten, erschienen ihr unlogisch. Rucksack auf der Schiene! Das gefiel ihr nicht, sie ließ den Holm los und einen ratlosen Mann hinter sich herblicken.

Er war brüskiert. »So schlimm bin ich jetzt auch nicht, dass Sie einfach wegrennen müssen!«

Marlene steuerte Gero von Aha an, der immer noch mit Mackedei im Disput lag. Sie zog ihn unwirsch aus dem Gespräch, war jedoch laut genug, die O.P.A.-Herren verstanden jedes Wort.

»Die Bahnarbeiter sind nicht echt! Niemand, der dort zu tun hat, würde während der Arbeit seinen Rucksack auf die Schienen stellen. Zwei von denen haben das gemacht, und nun hantieren sie mit Kabeln.«

»Was? Dann geht es doch hier los. Wir müssen verhindern, dass das hier ein Fiasko gibt. Hier, nimm meinen Ausweis und weise die Leute an der Schranke an, zurückzutreten. Und ich brauche deinen Wagen.«

»Der steht beim Supermarkt, das ist weit weg. Außerdem kannst du da nicht hin …«

Mackedei meldete sich. »Also, unser Bulli steht in Fahrtrichtung Schranke, wir könnten –«

Schon zog Gero von Aha ihn am Ärmel. »Kommen Sie, wir müssen diese Irren verunsichern, vertreiben, geben Sie mir die Schlüssel.«

Mackedei war sich unsicher, was mit seinem heiß geliebten Auto geschehen würde. »Sie können nicht über das Gleisbett …«

»Los, Schlüssel her, es ist keine Frage von Können, es ist ein Muss.«

Marlene nahm ihren Auftrag sehr ernst und verschaffte sich mit gehobenem Ausweis Gehör.

»Dies ist ein Polizeieinsatz, verlassen Sie umgehend den Bereich vor der Schranke, bringen Sie sich auf dem Parkplatz des Supermarktes in Sicherheit. Wir brauchen Platz für Einsatzfahrzeuge, die umgehend hier eintreffen werden. Danke für Ihr Verständnis.«

Von Aha setzte sich hinter das Steuer des Oldtimers, brach aus der Warteschlange aus, hupte wild und fuhr an entgeisterten Gesichtern vorbei in Richtung Schranke.

Heinz-Hermann Trüttgen verfolgte das Geschehen ungläubig. Was war in Mackedei gefahren, dass er sein geliebtes Auto einem fremden Fahrer überließ?

***

Dem Kommissar war bewusst, dass er gegen eine ganze Reihe von Vorschriften verstieß, indem er einer Privatperson Einblick in interne Ablaufpläne gewährte. Andererseits wusste er genau, dass Karins Mann nicht mit seinem Wissen hausieren gehen würde.

Maarten hatte sich alle Fakten angeschaut und musste Burmeester zustimmen. Sie hatten jeden Stein umgedreht. Dennoch konnte er den Bahnhof nicht verlassen. Er bat den Kommissar, sich nicht von ihm, sondern von einem Kollegen im K1 absetzen zu lassen. Er akzeptierte resigniert die Beendigung des Einsatzes, konnte sich aber noch nicht von diesem Ort entfernen.

Maarten fehlte so etwas wie der Blick auf das große Ganze, um sich mit dem Gedanken abfinden zu können, dass er mit seiner Hoffnung und den für seine Begriffe logischen Zusammenhängen falschlag.

Jetzt suchte er einen Platz für freie Sicht über das gesamte Gelände, schaute auf die Hochhäuser an der Dinslakener Landstraße. Letzte Vorbehalte gegen sein Vorhaben schwanden mit jedem Schritt in Richtung der kantigen Bauten. Er lief durch den Busbahnhof auf die Häuser zu, fand eine offene Eingangstür und das Treppenhaus, begab sich in die oberste Etage und schellte dort gleich bei zwei Parteien. Eine Frau in mittlerem Alter öffnete, Maarten setzte sein sympathischstes Lächeln auf. Jetzt galt es, ohne Legitimation zu überzeugen. Auf dem Weg nach oben hatte er sich eine Geschichte zurechtgelegt.

»De Kleurtje von der Sucheinheit der Polizei, ich bin beauftragt, im Rahmen der Zertifizierung eine Umfrage zu dem Einsatz, der gerade beendet wurde, durchzuführen. Haben Sie Zeit für ein paar Fragen?«

Die Frau ließ ihn bereitwillig eintreten, es war kein Problem für ihn, sie auf den Balkon, der in Richtung Bahnhof lag, zu komplimentieren. »So ein schöner Platz, von hier oben haben Sie alles im Blick. Ein richtiges kleines Paradies.«

Lobe die Menschen, und ihre Herzen öffnen sich. Sie bot ihm daraufhin nicht nur einen Platz auf dem Balkon, sondern sogar noch ein Mineralwasser an.

Zwischen Geranien und Männertreu stellte Maarten beiläufige Fragen zu Höflichkeit, Gründlichkeit, korrektem Vorgehen und prüfte dabei die Gegend, indem er seinen suchenden Blick wie zufällig im großen Bogen schweifen ließ. In der Ferne in südöstlicher Richtung erstreckten sich die Wiesen an der Lippe, er entdeckte dann vor sich die Engelkirche von Fusternberg, das evangelische Krankenhaus in Obrighoven und die alte Bahnstrecke nach Drevenack. Er ließ den Blick über das Gewirr von Gleisen gleiten, das sich vor seinen Augen im gesamten Ausmaß darbot.

Eine Reihe von stillgelegten Schienen deutete auf die frühere Nutzung als Güterbahnhof. Über die Theodor-Heuss-Brücke, auf der reger Verkehr herrschte, führte die B 58 in Richtung Schermbeck. Weiter in Blickrichtung Norden verjüngte sich das Gleisbett auf vier Spuren, eine weitere endete noch vor der Überführung der Isselstraße in dichtem Bewuchs.

Burmeester hatte recht. Im Bereich des Bahnhofs gab es keine verborgenen Ecken oder baufälligen Gebäude, es gab auch keine Brachen oder verfallende Häuser an den parallel geführten Straßen. Fast alles wirkte ordentlich und aufgeräumt.

Er erinnerte sich an Bahnfahrten vor zwanzig Jahren, als der Strukturwandel verzweigte Bahnnetze nutzlos werden ließ und die Strecken durch das Ruhrgebiet dem hoffnungslosen Verfall preisgab. Auch das Bahnhofsgelände in Wesel hatte damals wie ein verlassenes, vergammeltes Relikt aus längst vergangenen, besseren Tagen gewirkt. Hier gab es jedoch keine Wälder aus Birken oder Sommerflieder, die sich wild gesetzt hatten, auch standen hier nicht ganze Reihen verlassener, verfallender Waggons wie auf der anderen Rheinseite bei Millingen oder Trompet. In der Ferne erkannte er Grün neben den Gleisen, jedoch war auch dort keinerlei Behausung zu erkennen.

Er hatte genug gesehen für den Moment. Zufriedenheit und Einsicht ließen dennoch auf sich warten.

»Ja, vielen Dank, ich werde Ihre Meinung schriftlich fixieren. Sie haben mir sehr geholfen, und das Glas Wasser war eine willkommene Erfrischung. Schön haben Sie es hier.«

Auf dem Weg nach unten durch das fensterlose Treppenhaus fiel ihm Woodstock ein, den er daheim bei dem Beamten gelassen hatte, der sein Telefon überwachte. Der Jung musste bestimmt mal vor die Tür.

Bei seinem Auto angekommen, stand für ihn fest, dass er hier noch nicht fertig war. Er würde mit seinem Hund wiederkommen.

ACHT

Was machten die Arbeiter dort? Das ging nicht mit rechten Dingen zu. Theo Krämer war sich sicher, er befand sich genau an der richtigen Stelle, am besten Ort in seinem ganzen Berufsleben.

Seine Nackenhaare sträubten sich bei dem Gedanken, in den beiden Rucksäcken, die diese Männer und Frauen auf den Schienen abstellten, wären scharfe Bomben verpackt. Vorsichtig wurde das Material platziert, aber das reichte wohl noch nicht. Zwei der fünf Personen hielten die Rucksäcke aufrecht, ein Mann hantierte mit Kabeln, während eine weitere Frau ein Signalhorn in der Hand hielt.

Alles wirkte wie ein normaler Arbeitstag auf Schienen, doch es drohte Gefahr. Wenn da nicht sein Antrieb, gespeist aus der Nachricht über das Kreuz und seinem Ehrgeiz, gewesen wäre, der ihn in diese Holundersträucher getrieben hatte. Hoffentlich hielt sein Akku durch.

Was war das denn nun? Ein Blick nach links zeigte, dass in dem Bereich zwischen den Schranken ein Fahrzeug in Richtung der Gruppe Arbeiter stand. Oder waren es Terroristen?

Klick, klick, klick, es war nicht schwer auszumachen, wer der Anführer dieser Gruppe war, alles lief ruhig und routiniert ab. Zwei Menschen in Arbeitskleidung verdrahteten mit Hilfe eines dritten Rucksäcke mit den Schienen, während ein vierter Wache stand. Klick, klick, klick, wenn die abhauen sollten, er, Theo Krämer, hatte sie alle abgelichtet und würde der Welt die Fahndungsfotos präsentieren.

Wenn die Wirkung des Sprengstoffs ihn verschonte.

***

Dank Marlenes Geschick leerte sich der Platz vor der Schranke, sie wirkte souverän, gab sich autoritär und ließ keine Widersprüche zu, das drückte sie allein schon durch ihre Gestik und Körperhaltung aus.

Der Vertreter machte sich aus dem Staub: »Eine Polizistin, und ich dachte, Sie arbeiten irgendwo im Amt.«

Gero von Aha hatte den Bulli mit viel Geschick um die Halbschranke gelenkt. Er stand nun mit der Front in Richtung Wesel. Unter ihm Schienen, die im Asphalt versenkt lagen, vor ihm ein Gleisbett mit Schienen auf Betonschwellen, dazwischen Schottersteine. Das bedeutete unweigerlich, dass sein fahrbarer Untersatz Schaden nehmen würde. Neben ihm auf dem Beifahrersitz klammerte sich Mackedei in ungesund schräger Haltung an der Rückenlehne der Sitzbank fest. In Gero von Ahas Augen blitzte Heldentum auf.

»Ich muss dahin, bevor diese Verrückten das Ding hochgehen lassen, Sie verstehen das bestimmt?«

Mackedei nickte wortlos, ein Kloß steckte in seiner Kehle, er brachte nur noch krächzende Laute hervor. »Machen Sie. Los.«

Gero von Aha trat erbarmungslos aufs Gaspedal, die ersten Meter schaffte der Bulli noch mit Geräuschen, die nichts Gutes verhießen, dann platzte der erste Reifen, während die beiden Männer im hoppelnden Wagen in rhythmisches Holpern verfielen.

Die Person mit der Signalhupe rief den anderen etwas zu, sie schauten auf und hantierten ruhig weiter.

Marlene schirmte den Zugang zu den Gleisen ab, als Einziger blieb Heinz-Hermann Trüttgen in ihrer Nähe. Jedes Knirschen, auch der zweite Knall, der dieses Mal durch den Reifen hinten links erzeugt wurde, verursachte bei ihm körperlichen Schmerz.

Trotz des herausfordernden Untergrunds fingerte von Aha nach seinem Handy und rief im Kommissariat an.

»Wo bleibt das Sonderkommando? Ich habe die Täter gesichtet und bin auf dem Weg, um das Schlimmste zu verhindern.«

Anka Fresenius hatte Mühe, die holprig gesprochene Botschaft zu begreifen. »Ich kann Sie kaum verstehen, suchen Sie sich einen ruhigen Ort, um Ihre Nachricht zu übermitteln.«

Von Aha ließ Mackedei das Telefon halten, umklammerte mit beiden Händen das Steuer und schrie mit fester Stimme: »Geht nicht, fahre im Auto über die Gleise, muss mutmaßliche Täter stoppen. Vor meinen Augen wird eine Bombe montiert. Das

SEK soll die Evakuierung organisieren, der Ort muss geräumt werden. Schnell!«

***

Burmeester betrat den Besprechungsraum. Fresenius blickte ihn an, als wäre ihr ein Gespenst erschienen.

»Was? Von Aha? Verstehen Sie mich? Machen Sie keinen Blödsinn, hören Sie? Eigensicherung vor Fremdsicherung, und stoppen Sie das Fahrzeug. Von Aha? Hallo?«

Sie schaute Weber und Burmeester ratlos an.

»Hat aufgelegt. Machen hier alle, was ihnen gerade in den Sinn kommt? Der von Aha rattert mit einem Auto über die Schienen und, Herr Burmeester, Sie gehören ins Krankenhaus und nicht hierher. Aber ich kann anordnen, was ich will, jeder entscheidet hier nach eigenem Ermessen. Was mache ich eigentlich hier?«

»Koordinieren«, rief Weber vom Bildschirm aus, »ist schließlich extrem wichtig.«

Sie funkte Patalon in Dinslaken an. »Sie stehen noch im Kontakt mit Ihrer Einheit?«

»Ja, zum Teil, die Hälfte der Leute ist noch vor Ort.«

»Sofort starten in Richtung Mehrhoog, alle. Die aus Duisburg sind noch zu weit entfernt. Und, Vorsicht, da könnte eine Bombe detonieren.«

»Ist jemand von uns am Einsatzort?«

»Ihr Kollege von Aha fährt gerade auf den Schienen in Richtung des wahrscheinlichen Tatorts.«

»Eine Draisine in Mehrhoog?«

»Nein, ein Pkw.«

»Oh. Na, der nimmt, was er kriegt, und handelt, so kennen wir ihn. Wir sitzen schon im Wagen. Abfahrt!«

Weber schüttelte den Kopf. »Das ist zu weit, hier geht es um Minuten.«

***

Der vierte Reifen des gepflegten VW-Veteranen gab seinen Geist auf, der Kontakt der Felgen mit dem holprigen Untergrund erzeugte Geräusche, die von Aha fast die Plomben aus den Zähnen springen ließen, Mackedei hielt sich mit letzter Kraft fest und blickte mit aufgerissenen Augen nach vorn.

Die fünf Personen setzten sich zeitgleich in Bewegung, liefen ein Stück zurück in Richtung Wesel und verschwanden nacheinander hinter der Schutzwand. Einer Halluzination gleich stürmte ein Mann aus den Sträuchern auf der rechten Seite und wechselte über das Gleis in Richtung Schutzwand, blieb an der Ecke stehen und schien aus der Deckung heraus zu fotografieren. Von Aha brachte den Bulli kurz vor den Rucksäcken zum Stillstand.

»Raus hier!«

Die Männer eilten ungelenk auf dem Schotter zu dem Mann mit dem Fotoapparat, der sich kurz zu ihnen umdrehte. Von Aha erkannte das Gesicht.

»Krämer, bringen Sie sich in Sicherheit. Neben uns befindet sich eine Bombe auf den Gleisen.«

»Ich habe es mir gedacht, ich will nur eben festhalten, wie die abhauen, damit ihr Bilder für die Fahndung habt.«

Mackedei keuchte, hielt sich an der Schutzwand fest, die anderen beiden lugten um die Wand herum, von Aha sah gerade noch die Rücklichter eines Wohnmobils.

»Da sind die eingestiegen?«

Krämer nickte. »Fünf Personen, die hier als harmlose Gleisarbeiter unter den Augen der Öffentlichkeit eine Bombe installiert haben.«

Das Trio blickte sich um. Keine fünfzig Meter von ihm entfernt standen zwei Rucksäcke und waren mit Drahtseilen an den Gleisen fixiert. Mackedei formulierte langsam, was den dreien durch den Kopf ging.

»Ohne Werkzeug lassen sich die Dinger nicht von der Stelle bringen.«

Von Aha setzte heiser hinzu: »Niemand ohne Fachwissen und Schutzkleidung sollte sich den Objekten nähern. Die enthalten bestimmt etwas anderes als Schneckenkorn.«

Niemand regte sich, als könnte die kleinste Bewegung den großen Knall verursachen.

Von Aha erwachte als Erster aus der Starre, in der die drei

verharrten. Blitzschnell entriss er Krämer die Kamera. »Beschlagnahmt«, schrie er und zog Alfons Mackedei, der immer noch schnaufend an der Wand lehnte, am Ärmel. »Sie müssen jetzt mitkommen. Weg hier!«

Die drei Männer rannten in Richtung Parkplatz, Mackedeis Beine gaben, was sie konnten, und Krämer lamentierte keuchend, wollte, während er rannte, von Aha die Kamera aus der Hand reißen.

Marlene und Heinz-Hermann Trüttgen mussten aus sicherer Entfernung hilflos mit ansehen, wie ein Feuerball auf den Gleisen in die Höhe schoss, gefolgt von einem ohrenbetäubenden Knall und einer Druckwelle, die bei den Schranken noch spürbar war. Die Schutzwand wurde zusammengedrückt wie eine Papiermembran, der Bulli erhob sich wie von Geisterhand in die Luft, drehte sich um sich selbst, zerfiel, landete krachend wieder auf dem Boden, Metallteile flogen meterweit durch die Luft, Fensterscheiben in den anliegenden Häusern zerbarsten, Menschen schrien panisch auf, das Feuer fraß sich von den Gleisen aus in Richtung der Bebauung und durch das wild bewachsene Gelände, setzte die Holunderbüsche in Brand, hinter denen sich Krämer verborgen hatte.

Eine weitere, kleinere Detonation hinter der geborstenen Schutzwand ließ Unruhe bei Marlene und Trüttgen aufkommen. Dorthin waren die Männer aus ihrem Blickfeld entschwunden. In der Ferne aus Richtung der B 8 bleckte das Blaulicht der ersten Einsatzfahrzeuge, die Sirene der freiwilligen Feuerwehr heulte und schreckte das Dorf auf.

***

Am Nachmittag trafen sich alle Kollegen des K1 gemeinsam mit Anka Fresenius und Staatsanwalt Haase, den Herren Mackedei, Trüttgen und Krämer sowie Marlene im Besprechungsraum. Haase hatte belegte Brötchen geordert und kannenweise Kaffee.

Die Rettungskräfte in Mehrhoog hatten zu der Zeit alle Hände voll mit den Auswirkungen der Detonationen zu tun. Mit dem zweiten Knall war der SUV in Brand gesetzt worden, wohl um die letzten Spuren zu vernichten.

Es gab weder Tote noch Schwerverletzte zu beklagen, die Bahnstrecke war weiterhin gesperrt, was über einen unbestimmten Zeitraum erhebliche Störungen im Personen- und Güterverkehr auslösen würde. Niemand wusste, wie lange die Wiederherstellung der Linie brauchen würde.

Auf den Fotos von Theo Krämer war nicht nur das Kennzeichen des Wohnmobils zu erkennen, es konnten auch zwei der fünf Personen identifiziert werden. Sie waren dem Verfassungsschutz bekannt, wurden der rechten Szene zugeordnet und als gewaltbereit eingestuft. Die restliche Ermittlungsarbeit wurde der Zuständigkeit des Landeskriminalamts unter der Leitung von Anka Fresenius übergeben. Die Aktion wurde als terroristischer Anschlag eingestuft.

Feierlaune lag nicht in der Luft, euphorische Erfolgsgefühle blieben auf der Strecke, die verhinderte Katastrophe wurde von einer Wehmut überlagert, denn eine Person fehlte bei dieser Zusammenkunft.

Es gab keine Spur von Hauptkommissarin Karin Krafft.

Das Telefon klingelte, Fresenius fühlte sich weiterhin zuständig und meldete sich, nahm das Telefon mit auf den Flur, da sie nichts verstehen konnte.

Wieder zurück, verkündete sie einen grenzübergreifenden Fahndungserfolg. »Das Wohnmobil mit zwei Männern und zwei Frauen ist rund zwanzig Kilometer hinter der Grenze auf der A 12 in Richtung Arnheim im Rahmen eines fingierten Staus gestellt worden. Das Fahrzeug wurde systematisch eingekeilt von Autos, in denen sich Polizisten befanden.«

Fresenius stoppte einen Moment und sammelte sich.

»Ich bin immer wieder überrascht, wie kreativ unsere Nachbarn handeln. Als genügend offizielle Fahrzeuge das Wohnmobil umrahmten, haben sie zwischen zwei Zufahrten den zivilen Verkehr aufgehalten beziehungsweise den Gegenverkehr gestoppt und zugegriffen. Die fünf werden umgehend an die hiesige Justiz ausgeliefert. Es bestand zu keinem Zeitpunkt Gefahr für die Bevölkerung. Genial nenne ich das.«

Die Anwesenden stimmten zu.

»Meine Herrschaften, ich habe noch nie erlebt, dass ein Zusammenwirken von Zivilisten und Kriminalbeamten so schnell zum Erfolg geführt hat wie hier. Am Morgen habe ich mich noch gefragt, ob es überhaupt eine Form von Ordnung gibt, der man im K1 folgt. Jetzt muss ich erkennen, dass Professionalität und Intuition sich keineswegs ausschließen, sondern miteinander kombiniert durchaus zum Erfolg führen können. Sie wissen, dass Sie unter Schweigepflicht stehen, damit Ihre Aussagen während eines Gerichtsverfahrens Bestand haben, bitte halten Sie sich daran. Das gilt auch für den Berichterstatter von der hiesigen Presse.«

Während sie sprach, fand sich Behördenchefin van den Berg im Besprechungsraum ein und quittierte die Ansprache von Fresenius mit gestenreichem Widerspruch.

»Ich stelle die Fachlichkeit Ihrer Behörde somit in Frage. Offenbar konnten Sie sich nicht durchsetzen und haben somit zugelassen, dass sich Bürger in unberechenbare Gefahr begeben haben.«

Ihr strenger Blick glitt über Mackedei, Trüttgen, Krämer und schließlich über Marlene Schürmann, die sich neben Gero von Aha postiert hatte. Van den Berg nahm die Frau ins Visier. »Es ist ein Unterschied, ob man im Kommissariat referiert oder vor Ort den Kopf hinhält.«

Sie ließ nicht locker und widmete sich erneut der Hauptkommissarin der übergeordneten Behörde. »Des Weiteren erwarte ich einen Bericht darüber, ob Ihre Durchsuchungen personell ordnungsgemäß aufgestellt waren und ebenso durchgeführt wurden.«

Das war genug. Fresenius stand auf und ging auf van den Berg zu. »Ich verbitte mir jegliche Form von Kritik an meinen fachlichen Entscheidungen, es besteht keinerlei Grund dazu.«

Van den Berg hatte ihre Hand bereits wieder auf der Türklinke liegen, ein letzter missbilligender Blick traf Fresenius. »Wie erklärt es sich sonst, dass unsere Frau Krafft nicht aufgefunden wurde?«

Sprach's, verschwand und hinterließ eine Stimmung, die bedrückender war als zuvor. Es dauerte einige Minuten, bis sich die Anwesenden wieder gefasst hatten.

Jerry Patalon wollte die Wogen glätten. »Die ist echt am Ende. Wenn sie emotional involviert ist, findet sie manchmal nicht die richtigen Worte.«

Staatsanwalt Haase wollte ein Zeichen setzen und ging auf die Hauptkommissarin zu. »Besser ging es nicht.«

Gemeinsam schüttelten sie Hände, versprachen Alfons Mackedei, eine Lösung zur Wiederbeschaffung eines ähnlichen Oldtimers wie seinem Bulli zu finden, und bedankten sich bei Marlene für ihr umsichtiges Handeln.

Alle waren noch sehr beansprucht von den Ereignissen des Morgens, sogar die professionellen Kräfte mussten sich sammeln. Mackedei war danach, sich auf seinem Boot zu erholen, und selbst Marlene verabschiedete sich relativ schnell und wortkarg. Von Aha versprach nachzukommen, sobald es möglich war.

Später, wieder unter sich, wirkten die Kriminalbeamten bedrückter denn je.

Wo war Karin Krafft?

***

Burmeesters Handy schrillte, er sah auf sein Display und ahnte nichts Gutes.

»Yasmin, ja, ach, du bist im Krankenhaus. Tut mir leid, ich habe vergessen, dir mitzuteilen, dass ich mir ein paar Stunden freigenommen habe. Ich bin gerade noch im K1. … Ja, ich verspreche dir, ich fahre nachher zurück und lege mich freiwillig wieder ins Bett. Ja … nein, ich habe dich verstanden, ich werde mich fahren lassen. … Ja, mir geht es einigermaßen. Ich weiß, ich passe auf meinen Kopf auf. … Ja, kein Problem.«

Nach dem Gespräch kramte er den letzten Blister aus seiner Hosentasche und musste feststellen, dass er im Laufe des Tages die gesamten Schmerztabletten einer Packung eingenommen hatte. Zu viel, und jetzt schien der Schmerz ihn wieder einzuholen. Er setzte sich und schloss die Augen.

Weber bemerkte das. »Es geht dir nicht gut, stimmt's?«

Niedergeschlagen hielt sich Burmeester den Kopf. »Vielleicht hat die van den Berg doch recht, und wir haben was Wesentliches übersehen. Ich weiß nicht, was schlimmer ist, dieser hämmernde Kopfschmerz oder meine Enttäuschung darüber, dass wir Karin nicht gefunden haben.«

Das Telefon klingelte, Weber nahm ab, legte nach wenigen Worten wieder auf.

»Die Pforte sagt, Maarten kommt rauf zu uns.«

Schon klopfte es, und er betrat den Besprechungsraum, gefolgt von Woodstock, der aufgeregt hechelte. Maarten sank auf einen Stuhl und schaute in die Runde. Er war blass, verschwitzt, dunkle Ränder lagen unter seinen Augen. In dieser Situation konnten Worte nicht helfen. Von Aha reichte ihm eine Tasse Kaffee, Maarten nahm sie dankbar entgegen.

Fresenius durchbrach die Stille. »Wir sind wirklich untröstlich.«

Maarten blickte auf, sagte nur zwei Worte. »Karin lebt.«

Sie schaute ihn bedauernd an. »Ich weiß, als Angehöriger sind Sie natürlich emotional gebunden, was es nicht zulässt, die Tatsachen zu realisieren und –«

Matt, aber bestimmt unterbrach er sie. »Nein, nein, ich meine das ganz ernst. Ich bin hergekommen, um euch zu sagen, dass Karin lebt.«

Patalon und Weber starrten sich an, Zweifel in ihrem Blick. War der Ehemann der verschwundenen Hauptkommissarin ein Fall für psychiatrische Behandlung?

»Maarten, geht es dir wirklich gut?«

Er stellte die Tasse ab und schaute erschöpft in die Runde. »Sie liegt im evangelischen Krankenhaus und ist noch nicht bei Bewusstsein. Ich will auch gleich wieder hin, darf aber den Hund nicht mitnehmen. Einer von euch muss auf ihn achten.«

Langsam sackten die Fakten, drangen den Anwesenden ins Bewusstsein. Aufatmen. Bewegung. Erleichterung. Plötzlich redeten alle durcheinander.

»Karin lebt, Gott sei Dank.«

»Erzähl, wer hat sie gefunden?«

»Und wo, wo war sie versteckt?«

»Wie geht es ihr, was sagt sie?«

Maarten blickte auf einen Punkt auf dem Boden, berichtete mit leiser Stimme. Er hatte Woodstock von zu Hause geholt und war zurückgekehrt zum Weseler Bahnhofsgelände. Die ganze Zeit hatte er über den Ausblick vom Hochhaus an der Dinslakener Landstraße nachgedacht, wo er nach Beendigung des Einsatzes gewesen war. Er war gedanklich immer wieder an einen bestimmten Punkt gelangt.

»Da war dieser kleine Wald in der Nähe der Friedenstraße. Ich hatte ihn vom Hochhaus aus gesehen und mich gefragt, ob dort vielleicht ein Unterschlupf so verborgen sein könnte, dass er übersehen wurde. Das betreffende Gelände lag am äußersten Rand der Koordinaten, die durchsucht wurden.«

Er hatte seinen Wagen auf dem Pendlerparkplatz abgestellt und war die Friedenstraße entlanggelaufen. In Höhe der Blücherstraße war er, zu den Gleisen hin, in eine Einfahrt abgebogen, wo ein unbefestigter Weg an einer Mietwagenfirma vorbei auf ein leeres Gelände führte. Jemand von der Firma war ihm nachgelaufen und hatte auf Nachfrage erzählt, das Gelände werde während der kalten Jahreszeit immer vom Zirkus Renz als Winterquartier genutzt. Die Frage, ob es vielleicht einen Unterschlupf in dem kleinen Wald zwischen dem Gelände und den Gleisen gäbe, hatte er verneint, er wisse von nichts.

»Da bin ich wieder gegangen. Meine Hoffnung war verflogen. Auf dem Bürgersteig begegnete mir eine Mutter mit Kind. Natürlich musste Woodstock dem Jungen entgegenwedeln, der liebt alle Kinder, und wir blieben stehen. Plötzlich zeigt das Kind hinter mich und sagt, wir sollten mal gucken, da seien komische Wolken. ›Mama‹, sagt das Kind, ›echt, da sind dicke, ekelige Wolken.‹ Da schaue ich mich um und sehe Rauch aufsteigen. Und in dem Augenblick ist mir klar, dass es mehr zwischen den Bäumen gibt, als man von außen erkennen kann.«

Er rannte zurück und machte den Mann von der Autovermietung auf den Rauch aufmerksam, der konnte sich keinen Reim darauf machen und informierte die Feuerwehr, denn seine Fahrzeuge standen zu dem kleinen Wald hin geparkt. Das konnte kritisch werden.

Wie gebannt hörten die Kollegen vom K1 Maarten zu, niemand rührte sich, Fresenius kraulte Woodstock, nachdem sie ihn mit Wasser versorgt hatte.

»Ich bin der immer dickeren Rauchfahne gefolgt und habe festgestellt, dass es einen verborgenen Weg durch dichtes Unterholz gibt. Er endete bei einem ausgebauten alten Waggon auf einem völlig überwucherten Nebengleis. Vergessen, abgehakt, dem Verfall überlassen. Ich hörte Feuer knistern, und mit einem Mal begann Woodstock wie wild zu bellen. Da wusste ich, ich hatte sie gefunden. Das Feuer drang aus der geöffneten Tür, ich wollte hinein, aber der Rauch war zu dicht, die Flammen züngelten mir entgegen. Woodstock verschwand abseits des Feuers zwischen den Bäumen im Unterholz, er hatte ein festes Ziel in der Nase und bellte und bellte und hörte erst auf, als ich sie entdeckte.«

Maarten nahm einen Schluck Kaffee, schüttelte sich, er war kalt. Weber reichte ihm eine frische Tasse.

Patalon sah die Besorgnis in seinem Gesicht. »Wie geht es ihr?«

Maarten blickte auf zu ihm und erzählte weiter, ohne auf seine Frage einzugehen. »Sie lag da wie ein Häufchen Elend, verdreckt, die Kleidung teilweise angesengt, ganz dünn, ausgezehrt und mit Verbänden um den Kopf und um den linken Oberarm, deren Zustand man nicht beschreiben kann. Sie reagierte nicht, aber ich spürte ihren Herzschlag, ganz schwach. Sie lebte.«

Er hatte sie zu dem freien Gelände getragen, als der erste Feuerwehrwagen eintraf. Schnell kam ein Rettungswagen dazu, der Notarzt versorgte sie über einen venösen Zugang mit Flüssigkeit.

»Völlig dehydriert, sagte er mir, ein Wunder, dass sie noch lebe, und man müsse sie umgehend mit Antibiotika versorgen, die Wunden seien stark entzündet, die Nierenfunktion strengstens zu überwachen.«

Der Arzt hatte immer wieder gestaunt, von schier unglaublichem Überlebenswillen gesprochen. Karin müsse eine starke Frau sein.

Fresenius rief bei der Leitzentrale an und fragte erbost, warum sie nicht über den Brand nahe den Gleisen informiert worden war.

»Ein ausgebrannter, verlassener Zirkuswagen, eine verletzte Frau ohne Bewusstsein, die in der Nähe aufgefunden und, von ihrem Mann begleitet, ins Krankenhaus eingeliefert wurde. Wir haben die Personalien aufgenommen. Eine Befragung zu dem Brand wird stattfinden, wenn Frau … Moment, Frau de Kleurtje wieder ansprechbar ist.«

Fresenius beendete das Gespräch, ohne den Kollegen darüber aufzuklären, wen sie gefunden hatten. Das würde er früh genug erfahren.

Sie wandte sich an Maarten. »Sie heißen de Kleurtje?«

Maarten schaute sie an und nickte. »Ja, warum?«

»Niemand ist auf die Idee gekommen, dass es sich bei der verletzten Frau um unsere Hauptkommissarin handelt, weil Sie den Rettungskräften gesagt haben, sie heiße de Kleurtje.«

Maarten blickte auf. »Das habe ich getan?«

»Sieht so aus. Und jetzt fahren Sie in die Klinik. Stellen Sie richtig, wer da behandelt wird. Ich sorge dafür, dass sie bewacht wird.«

»Besteht denn immer noch Gefahr?«

»Nein, aber die Presse wird bald von Ihrer Geschichte erfahren und dort auftauchen. Das wollen Sie nicht wirklich erleben.«

Maarten stand auf, Woodstock erhob sich ebenfalls und wollte ihm folgen. Fresenius bot sich an, ihn in den nächsten Tagen zu betreuen, von Aha fiel ihr ins Wort.

»Nein, ich werde ihn versorgen. Wir kennen uns schon länger, er ist ein pensionierter Ex-Kollege.«

Fresenius wandte sich wortlos ab, packte die drei, vier persönlichen Gegenstände vom Schreibtisch in ihre Beuteltasche. »Ich werde wohl hier nicht mehr gebraucht. Die restlichen Formalien lassen sich über das Intranet von Düsseldorf aus regeln. Meine Herrschaften, alles Gute weiterhin.«

Sie lehnte Worte der Verabschiedung mit eindeutiger Handbewegung ab und verließ den Besprechungsraum. Der Impuls, ihr nachzulaufen, stellte sich bei niemandem ein.

Tom Weber erklärte sich bereit, Burmeester zurück ins Krankenhaus nach Xanten zu fahren. Der weigerte sich, nein, er müsse sich erst davon überzeugen, dass Karin Krafft wirklich und wahrhaftig lebe.

»Ich habe noch nie einen Einsatz mit so wenig Hoffnung beendet wie heute Morgen, ich muss sie sehen.«

Gemeinsam mit Maarten de Kleurtje verließ er den Besprechungsraum.

»Nur kurz«, murmelte Burmeester merkwürdig glücklich.

EPILOG

Es dauerte, bis Karin Krafft die Erinnerungen an die Geschehnisse wieder abrufen konnte.

Sie hatte an der Raststätte angehalten, um zur Toilette zu gehen und Woodstock in die Büsche zu lassen. Es war die Stimme ihrer Jugendfreundin Greta, die sie hinter sich erkannt hatte. Sie waren sich in die Arme gefallen, erfreut, sich wiederzusehen. Stundenlang hatten sie sich über ihre Lebensgeschichte ausgetauscht, und letztlich war Karin ihr zu dem Transporter gefolgt. Greta wollte eine Visitenkarte aus einer Tasche holen, die im Laderaum stand.

Karin erinnerte sich, dass Lkw-Fahrer ihnen nachgepfiffen hätten, weil sie sich benahmen wie Teenager, ausgelassen und glücklich. Sie hatte sich noch darüber gewundert, wieso Woodstock bei dem Transporter zunächst den Gehorsam verweigerte und wie wild bellte. Sie hatte ihn streng anweisen müssen zu bleiben.

Der Schlag auf den Kopf kam ohne Vorwarnung. Danach herrschte Dunkelheit.

Für den mysteriösen Anschlag auf Gero von Aha und Marlene Schürmann zeichnete ihr Ex-Freund verantwortlich. Verborgen hinter einem riesigen Strauß roter Rosen, hatte er ihr die Eifersuchtsattacken gestanden. Den Strauß hatte sie ihm nach dem letzten Wort um die Ohren gehauen.

Die festgenommenen Terroristen wurden in mehreren Fällen des versuchten, geplanten und durchgeführten Mordes angeklagt und zu langen Haftstrafen verurteilt. Über die Hintermänner, das gesamte Netzwerk, schwiegen sich die Männer und Frauen aus. Die tote Frau am Rhein, der man Karin Kraffts Tattoo aufgeklebt hatte, konnte weiterhin nicht identifiziert werden, man vermutete, sie habe keinen festen Wohnsitz gehabt.

Die Betuwe-Linie wird ausgebaut wie geplant.

Danksagung

Unser Dank gilt auch bei diesem Buch, dem neunten gemeinsamen, den beiden geduldigen Menschen, die uns nahestehen.

Ebenso gilt er den redseligen Informanten, die uns über die Geschichte und die aktuelle Situation der Betuwe-Linie bereitwillig und detailliert Auskunft erteilt haben.

Erwähnen möchten wir unsere Treffpunkte in Wesel, das Eiscafé La Gondola und das Café Kuchenzauber. Dort sind wir während der Schreibphase oft zu Gast, treffen ein mit einem Wust von Ideen, breiten Papiere aus und belegen auch schon mal mehrere Tische. Wir reden, schreiben und diskutieren, schmieden Plots und besprechen die kommenden Lesungen.

Ein persönlicher Dank geht an Tanja und Detlef und ihr Team vom Café Ernsting's Flair in Voerde. Der reservierte Tisch in der Mittagspause, die Kanne mit grünem Tee und die netten Worte haben dazu beigetragen, eine ganze Reihe von Seiten in angenehmer Atmosphäre zu schreiben.

Thomas Hesse/Renate Wirth
DIE EULE
Broschur, 256 Seiten
ISBN 978-3-89705-769-2

»Die Verwicklungen setzen sich in bester Thriller-Manier am Ende komplett zu einer Geschichte zusammen. Besonders eindringlich ist die Darstellung der Figuren gelungen, ihre jeweilige Farbe, ihre eigene (Sprach-)Melodie, ihr Witz. Gut, dass kluger Humor und Herz dabei sein dürfen.« Rheinische Post

»Humorvolle und spannende Handlung!« Niederrhein Nachrichten

www.emons-verlag.de

Thomas Hesse/Renate Wirth
EULENBLUES
Broschur, 272 Seiten
ISBN 978-3-89705-930-6

»Renate Wirth und Thomas Hesse, das Krimiduo von beiden Seiten des Rheins, wissen, wie man im Team Spannung erzeugt.« NRZ

»Mit farbig ausgemalten Szenen, Humor und schrägen Späßen vermag das Duo zu punkten. Mit sicherem Blick werden menschliche Missgeschicke aufgespürt.« Rheinische Post

www.emons-verlag.de

Thomas Hesse/Renate Wirth
DER KÄFER
Broschur, 288 Seiten
ISBN 978-3-95451-553-0

»›Der Käfer‹ ist mit eigenem Humor und Charme geschrieben. Eine gelungene Fortsetzung.« Rheinische Post

www.emons-verlag.de